MANESSE BIBLIOTHEK DER WELTLITERATUR

Stille Nacht

Die schönsten Weihnachtsgeschichten
aus aller Welt

Guillaume Apollinaire · Ambrose Bierce
Rudolf G. Binding · Camillo Boito
Fjodor M. Dostojewskij · Arthur Conan Doyle
Nikolaj Gogol · Bret Harte · O. Henry
Frigyes Karinthy · Alexander Kielland
Guy de Maupassant · Emilia Pardo Bazán
Giovanni Verga

MANESSE VERLAG
ZÜRICH

O. HENRY
Dick der Pfeifer und der Weihnachtsstrumpf

Mit äußerster Behutsamkeit öffnete Dick der Pfeifer die Schiebetür des Güterwagens, denn nach Artikel 5716 der Stadtverordnung war es zwar vielleicht verfassungswidrig, aber durchaus möglich, auf einen bloßen Verdacht hin eine Verhaftung vorzunehmen, und diese Verordnung war ihm von früher hinlänglich bekannt. Vor dem Ausstieg peilte er deshalb die Lage mit der Umsicht eines patenten Generals.

Seit seinem letzten Besuch in dieser großen, ebenso almosenbereiten wie leidgeprüften Stadt im Süden, dem Kaltwetterparadies der Tramps, schien sich auf den ersten Blick nichts verändert zu haben. Der Deich war an der Stelle, wo Dicks Güterwagen stand, von verstreuter Fracht übersät wie von schwarzen Pickeln. In der Luft hing der nur allzu vertraute widerliche Geruch nach den alten Planen, die Ballen und Fässer schützten. Ölig gurgelnd glitt der graubraune Fluss zwischen den Schiffen dahin. Weit unten in Richtung Chalmette erblickte Dick die von einer Reihe elektrischer Lichterketten gesäumte weite Biegung des Stroms. Am anderen

Ufer lag Algiers, ein lang gezogener unregelmäßiger Fleck, der in der aufziehenden Morgendämmerung noch dunkler wirkte. Ein, zwei emsige Schleppkähne auf dem Weg zu einem frühen Segler tuteten ein paar Mal markerschütternd, als wollten sie damit dem anbrechenden Tag einen Morgengruß entbieten. Die italienischen Logger näherten sich, beladen mit erstem Gemüse und Schalentieren, langsam ihren Landeplätzen. Undeutlich hörte und spürte man – gleichsam wie aus dem Untergrund – das Dröhnen der Rollwagen und Straßenbahnen; und die Fährboote, die Hilfsarbeiter der Flussschifffahrt, machten sich missgelaunt an ihre niederen Arbeiten.

Dicks roter Schopf verschwand sehr plötzlich wieder im Inneren des Waggons, denn jetzt war auf der Bildfläche jemand erschienen, dessen Glanz Dick zu blenden drohte. Ein ungeheuer korpulenter und unvergleichlich imposanter Polizist umrundete einen Stapel mit Reissäcken und blieb zwanzig Meter vor dem Waggon stehen. Die Morgendämmerung – dieses tägliche Wunder, das sich auch an diesem Tag über Algiers vollzog – durfte sich über die schmeichelhafte Aufmerksamkeit dieses amtlichen Prachtexemplars freuen. Mit gelassener Würde betrachtete der Polizist die sanft leuchtenden Farben, bis er ihnen schließlich den breiten Rücken drehte, als sei er überzeugt davon, dass gesetzliches Eingreifen nicht erforderlich sei und der Sonnenaufgang ungehindert vonstattengehen könne. Stattdessen wandte er den Blick den Reissäcken zu, holte einen Flachmann aus einer Innentasche, setzte ihn an die Lippen und sah zum Firmament hoch.

Dick der Pfeifer, Tramp von Beruf, unterhielt eine fast freundschaftliche Beziehung zu dem Beamten. Beide liebten Musik. Unter den obwaltenden Umständen aber lag Dick nichts an einer Auffrischung der Bekanntschaft. Es ist ein Unterschied, ob man einem Polizisten an einer menschenleeren Straßenecke begegnet und mit ihm zusammen ein paar Opernweisen flötet oder ob er einen dabei erwischt, wie man aus einem Güterwagen krabbelt. Dick wartete, denn irgendwann muss sich – es mag ein ausgleichendes Naturgesetz sein – selbst ein Polizist aus der schönen Stadt New Orleans wieder in Bewegung setzen, und tatsächlich dauerte es nicht lange, bis «Big Fritz» majestätischen Schrittes zwischen den Güterzügen verschwand.

Dick der Pfeifer wartete so lange, wie es ihm tunlich erschien, und glitt dann rasch zu Boden, wobei er sich nach Kräften bemühte, den ehrlichen Arbeiter zu geben, der auf dem Weg zu seiner täglichen Fron ist. Rasch überquerte er das Gewirr der Gleise mit dem Ziel, auf dem Weg über die ruhige Girod Street zu einer bestimmten Parkbank auf dem La

Fayette Square zu gelangen, wo er seinen Kumpel, einen gewissen Slick, zu treffen hoffte, denn dieser abenteuerlustige Pilger war schon einen Tag zuvor eingetroffen – in einem Viehwagen, in den einzusteigen ihn eine lose Latte verlockt hatte.

Während Dick der Pfeifer sich vorsichtig seinen Weg durch die Nacht suchte, die noch immer zwischen den großen, übel riechenden Lagerhäusern hing, gab er sich jener Gewohnheit hin, der er seinen Spitznamen verdankte. Gedämpft, aber klar, jede Note so rein und mühelos wie das Lied des Reisstärlings, tanzten seine Weisen über die düsterkalten Backsteingebirge wie Regentropfen, die in einen verborgenen Teich fallen. Dick folgte einer Melodie, die aber verschwamm nebelhaft in einem wabernden Strom von Improvisationen. Man erkannte das Plätschern von Bergbächen, das Stakkato über frostigen Lagunen raschelnder grüner Binsen, das Piepsen schlaftrunkener Vögel.

Als er um eine Ecke bog, stieß er mit einem Berg aus Blau und Messing zusammen.

«Du bist also schon zurück», stellte der Berg gelassen fest. «Dabei hat's in den nächsten zwei Wochen noch gar keinen Frost. Und du hast das Pfeifen verlernt. Im letzten Takt war ein falscher Ton.»

«Was redest du da für 'n Stuss», sagte Dick in vorsichtig vertraulichem Ton. «Du mit deinem erbärmlichen Trallala. Was verstehste schon von Musik? Wasch dir die Ohren und hör genau hin. So hab ich's gepfiffen, klar?»

Er spitzte die Lippen, aber der dicke Polizist hob die Hand.

«Schtopp», sagte er, «und pass Obacht, wie's richtig geht. Und merk dir, dass ein rollender Stein sich mit dem Pfeifen schwertut.»

Der üppige Schnurrbart von Big Fritz rundete sich zum Kreis, und der Laut, der aus seiner Tiefe kam, war so dunkel und samtig wie der einer Flöte. Er wiederholte ein paar Takte der Weise, die der Tramp gepfiffen hatte. Die Wiedergabe war fade, aber korrekt, und er betonte die Note, an der er Anstoß genommen hatte.

«Das is 'n H und kein B. Kannst dich übrigens freuen, dass ich dich getroffen hab. 'ne Stunde später, und du hättst bei den Knastbrüdern flöten können. Hab Befehl, nach Sonnenaufgang alle Penner ranzukriegen.»

«Wozu?»

«Alle Penner ohne nachweisbares Einkommen müssen raus. Sonst gibt's dreißig Tage Knast oder fünfzehn Dollar Geldstrafe.»

«Ehrlich? Oder willst du mich veräppeln?»

«Das ist der beste Tipp, den du je gekriegt hast. Ich geb ihn dir, weil ich denk, dass du nicht so übel bist wie die anderen. Und weil du den ‹Freischütz› besser pfeifen kannst als ich. Pass auf, dass du nicht noch mehr Bullen in die Arme läufst, und verdrück dich für ein paar Tage aus der Stadt. Mach's gut.»

Demnach hatte Madame Orleans nun doch genug von der wunderlichen und zerzausten Schar, die sich jedes Jahr unter ihre schützenden Fittiche flüchtete. Als der dralle Polizist gegangen war, blieb Dick eine Minute unentschlossen stehen und empfand die gerechte Empörung des säumigen Mieters, der sich aus seiner Wohnung gewiesen sieht. Er hatte sich nach dem Zusammensein mit seinem Kumpel auf einen Tag traumverlorener Muße gefreut, einen Tag genussvollen Faulenzens auf dem Kai beim Verspeisen der Bananen und Kokosnüsse, die beim Löschen der Obstkähne heruntergefallen waren, danach ein Gelage an den Imbissbuden, von denen ihn zu verscheuchen die unbekümmerten Besitzer zu gutmütig oder zu großherzig waren, dann ein Pfeifchen in einem der blühenden kleinen Parks und ein Nickerchen in einem schattigen Winkel des Kais. Aber da war nun dieser strenge Befehl, dem er, wie er wohl wusste, Folge leisten musste. Also trat er, wachsam Ausschau nach blinkenden Messingknöpfen haltend, den Rückzug in ein ländliches Refugium an. Ein paar Tage auf dem Land mussten nicht unbedingt eine Katastrophe bedeuten. Abgesehen von einem leichten Nachtfrost war kein schlimmes Unglück zu gewärtigen.

Trotzdem war Dick der Pfeifer ein wenig niedergeschlagen, als er auf der von ihm gewählten Route am Fluss entlang den alten French Market passierte. Sicherheitshalber zeigte er sich der Welt nach wie vor als wackerer Handwerker auf dem Weg zur Arbeit. Ein Budenbesitzer, der sich davon nicht hatte täuschen lassen, sprach ihn mit der Gattungsbezeichnung für seinesgleichen an, und «Jack» blieb überrumpelt stehen. Der Verkäufer, durch diesen Beweis des eigenen Scharfsinns milde gestimmt, verehrte ihm ein Paar Frankfurter und einen halben Laib, womit das Frühstücksproblem gelöst war.

Als die Straßen begannen, topografisch bedingt dem Flussufer auszuweichen, stieg der Vertriebene auf die Krone des Dammes und setzte seinen Weg auf dessen ausgetretenem Pfad fort. Der Blick der Vorstadtbewohner folgte ihm mit kaltem Argwohn. Jeder Einzelne spiegelte den gestrengen Geist des herzlosen Edikts wider, das die Stadt erlassen hatte. Dick fehlte der Schutz der belebten Stadt und die Sicherheit, die er stets in der Menge fand.

In Chalmette, nach sechs Meilen auf seinem ziellosen Weg, sah er sich unvermutet durch eine ungeheure, verwirrende Betriebsamkeit bedroht. Ein neuer Hafen wurde angelegt, das Dock war in Arbeit, Pressen wurden gebaut; Pickel und Schaufeln und Schubkarren schossen wie Schlangen von allen Seiten auf ihn zu. Ein arroganter Vorarbeiter stürzte sich auf Dick und taxierte dessen Muskeln mit dem

Blick eines rekrutierenden Feldwebels. Überall um ihn herum schufteten braune Männer und schwarze Männer. In Panik ergriff er die Flucht.

Zur Mittagszeit hatte er die Welt der Plantagen erreicht, jene weitläufigen, still-traurigen Weiten, die an den mächtigen Fluss angrenzen. Er blickte auf ausgedehnte Zuckerrohrfelder, deren äußerste Ränder mit dem Himmel verschmolzen. Die Zuckerrohrernte war schon weit fortgeschritten, und die Schnitter waren bei der Arbeit; eintönig knarrend folgten ihnen die Fuhrwerke; die schwarzen Fuhrleute trieben die Maultiere mit markig-klangvollen Verwünschungen zu größerer Eile an. Dunkelgrüne, im Blau der Ferne verschwimmende Waldstücke ließen erahnen, wo die Häuser der Pflanzung standen. Die hohen Schornsteine der Zuckerfabriken waren wie Leuchttürme am Meer meilenweit zu sehen. Irgendwann witterte Dicks zuverlässiges Riechorgan gebratenen Fisch. Wie ein Jagdhund auf der Fährte der Wachtel lief Dick den Damm herunter und steuerte schnurstracks auf das Lager eines harmlosen alten Fischers zu, den er mit Gesang und Geschichten traktierte, sodass er speisen konnte wie ein Admiral und danach die schlimmsten drei Stunden des Tages wie ein Philosoph mit einem Schläfchen unter den Bäumen herumbrachte.

Als er ausgeschlafen hatte und seine Wanderschaft fortsetzte, hing nach der trägen Wärme des

Tages nun ein frostiges Funkeln in der Luft, und als dieser Vorbote einer kalten Nacht sich dem Hirn des Wanderers mitteilte, beschleunigte er den Schritt und begann sich Gedanken über ein Nachtquartier zu machen. Die Straße, auf der er unterwegs war, folgte getreulich den Windungen des Dammes, doch wohin sie führte, wusste er nicht. Büsche und wucherndes Gras reichten bis zu den Wagenspuren, und aus diesem Hinterhalt stürzten sich mit bösartigem Soprangesumm die Plagen des Tieflands auf ihn. Und als Nacht und Kälte näher rückten, wurde das Winseln der Moskitos zu einem gierigen, gereizten Knurren, das alle anderen Geräusche übertönte. Vor dem Himmel sah Dick rechts von sich wie auf dem Schirm einer Laterna magica ein grünes Licht, das sich bewegte, und in seiner Begleitung die Masten und den Schornstein eines einlaufenden Dampfers. Zu seiner Linken erstreckten sich geheimnisvolle Sümpfe, aus denen seltsam gurgelnde Schreie und ein ersticktes Krächzen kamen. Der flötende Wandersmann stimmte, um diese trübsinnigen Eindrücke abzuwehren, ein munteres Liedchen an, und vermutlich waren nie zuvor, seit Pan sein Schilfrohr an die Lippen gesetzt hatte, in dieser bedrückenden Einsamkeit ähnliche Töne laut geworden.

Ein fernes Trappeln hinter Dick wurde im Näherkommen zu schnellem Hufgeklapper, und er trat zur Seite in das taunasse Gras, um die Fahrspur freizumachen. Als er den Kopf wandte, sah er zwei prächtige Graue, die einen Zweispänner zogen. Ein beleibter Mann mit weißem Schnurrbart saß auf dem Kutschbock und konzentrierte sich ganz auf die straff gehaltenen Zügel in seinen Händen. Hinter ihm saßen eine sanftmütige Dame mittleren Alters und ein bildhübsches, noch kaum dem Kindesalter entwachsenes junges Mädchen. Dem Gentleman auf dem Kutschbock war die Reisedecke halb von den Knien gerutscht, und Dick der Pfeifer sah, dass zwei robuste Segeltuchtaschen zwischen seinen Füßen standen, Taschen, wie Dick sie bei seinen Streifzügen durch die Städte gesehen hatte, wenn sie achtsam von Expressfuhrwerken abgeladen und zu dem Eingang einer Bank gebracht wurden. Den restlichen Platz im Fahrzeug nahmen Päckchen unterschiedlicher Größe und Form ein.

Als der Wagen auf gleicher Höhe mit dem seitlich abgedrängten Tramp war, beugte sich das Mädchen mit blitzenden Augen und strahlendem Lächeln zu ihm herunter und rief in schrillem, durchdringendem Diskant: «Fröhliche Weihnacht!»

So etwas war Dick noch nicht oft untergekommen, und er hatte gewisse Schwierigkeiten, die richtige Antwort zu finden. Doch da er keine Zeit zum Überlegen hatte, ließ er sich von seinem Instinkt leiten, riss sich den ramponierten Filzhut vom Kopf, streckte ihn auf Armeslänge von sich weg, zog ihn mit der gleichen Bewegung wieder zu sich heran und rief dem dahineilenden Gefährt ein lautes, aber formvollendetes «Danke, ebenso!» hinterher.

Durch die plötzliche Bewegung des Mädchens war eins der Päckchen aufgegangen, und etwas Schlaffes, Schwarzes fiel auf die Straße herab. Der Tramp hob es auf und stellte fest, dass es ein nagelneuer schwarzer Seidenstrumpf war, lang und fein und schmal, der sich in seiner Hand knisternd und sinnlich weich zugleich anfühlte.

«Verflixt noch mal, so ein frecher Fratz», sagte Dick, und ein breites Grinsen zog über sein sommersprossiges Gesicht. «Was sagt man dazu? Fröhliche Weihnacht... Klang wie 'ne Kuckucksuhr. Möcht wetten, dass die in dem Zweispänner feine Pinkel sind. Der Alte hat die Geldsäcke unter den Quanten, als wenn's getrocknete Äpfel wärn. Haben Weihnachtseinkäufe gemacht, und die Kleine hat ein'n von den neuen Socken verloren, die wo sie für Santa hat aufhängen wollen. Dieser freche kleine Fratz mit seinem ‹Fröhliche Weihnacht›... Verflixt noch eins! Warum nicht gleich: ‹Hallo Jack, wie geht's?› Nobel wie Fifth Avenue und fidel wie 'n Wildfang aus Cincinnati.»

Dick legte den Strumpf sorgsam zusammen und steckte ihn in die Tasche.

Erst zwei Stunden später erreichte er wieder bewohnte Gegenden. Nach einer Wegbiegung kamen die Gebäude einer ausgedehnten Plantage in Sicht. Unschwer erkannte er das Haus des Plantagenbesitzers, ein großes quadratisches Gebäude mit zwei Flügeln, zahlreichen hohen hellen Fenstern und breiten Veranden, die sich um das ganze Haus zogen. Es stand auf kurz geschorenem Rasen, den das Licht vom Haus her matt beleuchtete. Edle Bäume umgaben das Haus, und an Wegen und Zäunen wuchs unmodern dichtes Buschwerk. Die Arbeiterquartiere und die Fabrikgebäude lagen in einiger Entfernung dahinter.

Die Straße war jetzt rechts und links von einem Zaun begrenzt, und als Dick der Pfeifer näher an die Gebäude herankam, blieb er plötzlich stehen und schnupperte.

«Wenn nicht hier ganz in der Nähe ein Hobo-Essen schmort, müsst mich meine Nase schon sehr täuschen», sagte er sich.

Kurzerhand kletterte er windwärts über den Zaun. Jetzt war er auf einem Stück Brachland, auf dem alte Backsteine und morsches Holz lagerten. In einer Ecke sah er den schwachen Schein eines Feuers, das bis auf eine Schicht glühender Kohlen heruntergebrannt war, und erkannte vage einige menschliche Gestalten, die um das Feuer herumsaßen oder -lagen. Er ging näher heran und erblickte im Licht einer kurz auflodernden Flamme die ausladende Figur eines zerlumpten Mannes in einem alten braunen Pullover und mit einer Mütze auf dem Kopf.

«Der Mann da», sagte sich Dick, «gleicht aufs Haar Boston Harry. Ich versuch's mal bei ihm mit unserem Signal.»

Er pfiff ein, zwei Takte einer Ragtime-Melodie. Die Weise wurde sogleich aufgenommen und endete in einem ungewöhnlichen Lauf. Selbstbewusst trat der Flötenkünstler an das Feuer heran.

Der Fettwanst sah auf und sagte mit lauter, asthmatisch keuchender Stimme: «Meine Herren, dieser unerwartete, aber willkommene Zuwachs unserer Runde ist Mr. Dick der Pfeifer, ein alter Freund von mir, für den ich mich hundertprozentig verbürge. Der Kellner wird sogleich ein weiteres Gedeck auflegen. Mr D.P. wird uns beim Abendessen die Ehre geben und uns bei dieser Veranstaltung über die Umstände aufklären, die uns das Vergnügen seiner Gesellschaft verschaffen.»

«Hast mal wieder Worte wie 'n ganzes Lexikon, Boston», sagte Dick, «aber dank dir trotzdem für die Einladung. Bin wohl auf dieselbe Weise hergekommen wie ihr Jungs. Ein Cop hat mir heut früh den Tipp gegeben. Habt ihr Arbeit auf der Plantage gefunden?»

«Ein Gast», erklärte Boston streng, «sollte nie seine Gastgeber beleidigen, bis er sich satt gegessen hat, das zeugt nämlich nicht von hinreichendem Geschäftssinn. Arbeit? Also hör mal – aber nein, ich halt mich lieber zurück. Uns fünf – mich, Deaf Pete, Blinky, Goggles und Indiana Tom – haben sie dazu verdonnert, in New Orleans für die Besucher den Dreck von den Straßen zu schaffen, deshalb sind wir, kaum dass die sanften Farben der Dämmerung sich auf die lieben Blümelein gelegt hatten, sofort auf und davon. Blinky, reich mal die geleerte Austerndose zu deiner Linken an den darbenden Gentleman zu deiner Rechten weiter.»

In den nächsten zehn Minuten widmete sich die Landstreicherrunde mit ungeteilter Aufmerksamkeit dem Abendessen. In einem alten Zwanzigliter-Kerosinkanister hatten sie einen Eintopf aus Kartoffeln, Fleisch und Zwiebeln gekocht, den löffelten sie jetzt aus kleineren Dosen, die sie auf dem unbebauten Grundstück gefunden hatten.

Dick der Pfeifer kannte Boston Harry schon lange und wusste, dass er einer der geriebensten und erfolgreichsten seiner Bruderschaft war. Er sah aus wie ein wohlhabender Viehtreiber oder ein gediegener Dorfkrämer, war kräftig und kerngesund und hatte ein frisches, stets glatt rasiertes Gesicht. Seine Kleidung war solide und ordentlich, wobei er besonderen Wert auf anständiges Schuhwerk legte. In den letzten zehn Jahren hatte er mehr erfolgreiche Trickbetrügereien zustande gebracht als alle seine

Bekannten und keinen einzigen Finger ehrlicher Arbeit gerührt. In seinen Kreisen hieß es, dass er über beträchtliche Rücklagen verfügte. Die übrigen vier Männer waren typische Exemplare jener Gattung duckmäuserischer, abgerissener, krakeelender Zeitgenossen, die das Schild «verdächtig» deutlich sichtbar vor sich hertragen.

Nachdem sie den Kanister bis zum Boden ausgekratzt und ihre Pfeifen an den Kohlen angezündet hatten, winkten zwei der Männer Boston zur Seite und redeten leise und verschwörerisch auf ihn ein.

Der nickte nachdrücklich und sagte dann laut zu Dick: «Jetzt sperr die Ohren auf, mein Sohn, ich will mal Klartext mit dir reden. Wir fünf haben da ein Ding vor. Ich hab garantiert, dass auf dich Verlass ist, und du sollst den Gewinn mit den Jungs teilen, aber du musst mithelfen. Zweihundert Arbeiter auf dieser Plantage erwarten morgen früh ihren Wochenlohn. Morgen ist Weihnachten, da wollen sie feiern. Sagt der Boss: ‹Wenn ihr vormittags von fünf bis neun arbeitet und eine Zugladung Zucker auf den Weg bringt, zahl ich jedem von euch den Wochenlohn bar auf die Hand und noch einen Tag drauf.› – ‹Ist geritzt›, sagen sie. ‹Ein Hoch auf den Boss.› Er fährt heut nach New Orleans und holt die Kohle. Zweitausendvierundsiebzig Dollar fünfzig, ich hab die Zahl von einem, der zu viel redet, und der hat sie vom Buchhalter. Der Boss hier denkt, dass er diesen Reichtum an die Arbeiter auszahlen wird, aber da hat er falsch gedacht. An uns wird er's auszahlen, damit bleibt's in der Klasse von denen, die vom Müßiggang leben, und da gehört's auch hin. Die Hälfte von der Beute geht an mich, die andere Hälfte könnt ihr unter euch aufteilen. Warum der Unterschied? Ich bin das Hirn. Es ist mein Plan. Und so holen wir uns den Zaster: Im Haus haben sie Gäste zum Abendessen, aber die gehen gegen neun, sie sind nur auf eine Stunde oder so vorbeigekommen. Und wenn sie nicht so schnell gehen, ziehen wir die Sache trotzdem durch. Wir brauchen die ganze Nacht, um mit den Dollars abzuhauen, das Zeug ist nämlich schwer. Gegen neun gehen Deaf Pete und Blinky am Haus vorbei ein Stück die Straße runter und legen Feuer auf einem großen Zuckerrohrfeld, an dem die Schnitter noch nicht dran waren. Der Wind steht günstig, zwei Minuten später brennt alles lichterloh, sie schlagen Alarm, und innerhalb von zehn Minuten kommen alle Mann zum Löschen raus. Dann sind nur die Säcke mit dem Geld im Haus und die Frauen, und mit denen werden wir fertig. Hast du schon mal Zuckerrohr brennen hören? Es gibt nur wenige Weiber, die lauter kreischen können als brennendes Zuckerrohr knistert. Die Sache ist todsicher. Das einzige Risiko ist, dass sie uns schnappen, eh wir mit dem Zaster weit genug weg sind. Also wenn du …»

«Hör zu, Boston», unterbrach ihn Dick und stand auf. «Schönen Dank, dass ihr mir was zu futtern abgegeben habt, aber ich mach mich jetzt wieder auf den Weg.»

«Was soll das heißen?» Boston war ebenfalls aufgestanden.

«Dass ich bei so was nicht mitmache, müsstest du wissen. Mag sein, dass ich ein Penner bin, aber das andere läuft bei mir nicht. Einbruch taugt nichts. Gute Nacht allerseits, und schönen Dank für …»

Während er sprach, hatte sich Dick der Pfeifer ein paar Schritte entfernt, aber jetzt blieb er sehr plötzlich stehen.

Boston hatte einen kurzläufigen Revolver von beachtlichem Kaliber auf ihn gerichtet. «Hinsetzen», befahl der Obertramp. «Müsst mich ja vor mir selber in Grund und Boden schämen, wenn ich dich gehen und mir von dir die Chance vermasseln lass. Du bleibst hier im Camp, bis wir den Job erledigt haben. Das Ende von dem Backsteinstapel da ist deine Grenze. Zwei Zoll drüber raus – und ich muss schießen. Bloß keine vorschnellen Bewegungen, ist das klar?»

«Immer mit der Ruhe, und dann mit 'nem Ruck, das ist mein Motto», sagte Dick. «Kannst deinen Ballermann wieder einstecken. Ich verweile gern in eurer Mitte, wie es immer in der Zeitung heißt.»

«Na schön.» Boston ließ die Kanone sinken, und

Dick machte kehrt und setzte sich auf ein Brett, das aus einem Holzstoß herausragte. «Hauptsache, du haust nicht ab. Ich lass mir das Ding hier nicht durch die Lappen gehen, selbst wenn ich dafür einen alten Bekannten umnieten müsste, denn mit diesen tausend Dollar hab ich ausgesorgt und kann runter von der Straße. Will einen Saloon aufmachen in einer kleinen Stadt, die ich kenne. Ich hab's satt, mich rumstoßen zu lassen.»

Boston Harry holte eine billige silberne Uhr aus der Tasche und hielt sie ans Licht des Feuers. «Viertel vor neun. Pete, du gehst mit Blinky los. Die Straße runter am Haus vorbei. Ihr zündet an zehn, zwölf Stellen das Zuckerrohr an, dann kommt ihr über den Damm zurück und nicht über die Straße, damit ihr niemandem begegnet. Bis ihr zurück seid, sind die Männer alle mit dem Feuer beschäftigt, und wir machen uns auf den Weg zum Haus und schnappen uns die Dollars. Alle mal herzeigen, was ihr an Streichhölzern habt.»

Die beiden verdrossenen Tramps sammelten sämtliche Streichhölzer der Gruppe ein, wobei Dick seinen Anteil mit versöhnlicher Eilfertigkeit einbrachte, und dann marschierten sie im matten Licht der Sterne in Richtung Straße.

Zwei der drei zurückbleibenden Tramps, Goggles und Indiana Tom, hatten es sich auf herumliegenden Holzresten bequem gemacht und musterten Dick mit unverhohlenem Missfallen. Boston, der merkte, dass der gegen seinen Willen Angeworbene offenbar nur friedliche Absichten hegte, ließ in seiner Wachsamkeit ein wenig nach. Daraufhin stand Dick auf und schlenderte auf und ab, wobei er gewissenhaft die ihm gezogenen Grenzen einhielt.

Vor Boston Harry blieb er stehen. «Wie kommst du darauf, dass dieser Plantagenboss den Zaster bei sich im Haus hat?»

«Bin über die Fakten bestens unterrichtet», erwiderte Boston. «Er ist, wie ich schon sagte, heute nach New Orleans gefahren und hat das Geld geholt. Willst du es dir noch überlegen und doch mitmachen?»

«Nein, war nur so 'ne Frage. Was für Gäule hatte er?»

«Zwei Graue.»

«Zweispänner?»

«Ja.»

«Weiberleute dabei?»

«Frau und Tochter. Jetzt möcht ich aber doch wissen, für welche Morgenzeitung du mir das alles aus der Nase ziehen willst.»

«Frag nur so zum Zeitvertreib. Glaub nämlich, dass der Zweispänner heut Abend an mir vorbeigefahren ist, das ist alles.»

Als Dick der Pfeifer die Hände in die Taschen

steckte und seinen unterbrochenen Rundgang um das Feuer wieder aufnahm, ertastete er den Seidenstrumpf, den er von der Straße aufgelesen hatte. «Dieser freche kleine Fratz», murmelte er und grinste. Im Auf- und Abgehen erblickte er durch eine Art natürliche Öffnung oder Gasse zwischen den Bäumen das etwa zweihundert Meter entfernte Wohnhaus des Plantagenbesitzers. Die ihm zugewandte Seite hatte große, hell erleuchtete Fenster, aus denen ein sanfter Glanz auf die breite Veranda und einen Teil des Rasens darunter fiel.

«Was hast du eben gesagt?», fragte Boston scharf.

«Ich? Nichts, gar nichts», beteuerte Dick lässig und trat zerstreut nach einem kleinen Stein am Boden.

«Ganz fidel», fuhr der flötende Tramp in leisem Selbstgespräch fort, «leutselig und vornehm und naseweis, alles miteinander, mit ihrem ‹Fröhliche Weihnacht!› Was sagt man dazu!»

Das Abendessen wurde mit drei Stunden Verspätung im Speisesaal der Bellemeade-Plantage serviert. Der Raum mit allem, was dazugehörte, zeugte von einer althergebrachten Ordnung, die nicht so sehr Erinnerungen weckte, als hier ihre Fortsetzung fand. Das Silber war so prunkvoll, dass man es leicht protzig hätte nennen können, wäre nicht sein Alter und die kunstfertige Ausführung gewesen; die

Bilder an den Wänden trugen bemerkenswerte Signaturen in den Ecken; die Speisen waren dazu angetan, die Augen von Gourmets leuchten zu lassen. Die Bedienung war schnell, lautlos, nobel wie in den Tagen, als die Kellner ebenso zum Besitz gehört hatten wie das Silberzeug. Die Namen, mit denen sich die Plantagenbesitzerfamilie und ihre Besucher anredeten, waren in den Annalen zweier Nationen historisch verankert. Umgangsformen und Konversation hatten jene besonders schwer zu erlangende Leichtigkeit, die bei allem stets die Etikette hochhält. Offenbar war es der Plantagenbesitzer selbst, der als Dynamo für den Großteil an Witz und Kurzweil sorgte. Die jüngeren Gäste hatten die größte Mühe, ihm sein Geplänkel mit gleicher Münze heimzuzahlen. Zwar versuchten die jungen Männer wiederholt, seine Bastion zu stürmen, angespornt von der Hoffnung, damit den Beifall des schönen Geschlechts zu erringen, aber selbst wenn sie einen gut gezielten Pfeil abgeschossen hatten, mussten sie sich dem dröhnenden Gelächter, das auf die Erwiderung des Plantagenbesitzers folgte, geschlagen geben. Am Ende der Tafel regierte, hier und da das passende Lächeln, das passende Wort, den ermutigenden Blick verteilend, abgeklärt und mütterlich-gütig die Dame des Hauses.

Die Tischgespräche waren zu sprunghaft, zu flüchtig, als dass man ihnen hätte folgen können, dann aber kam man auf die Landstreicherplage zu sprechen, die in letzter Zeit für die Plantagen in weitem Umkreis zum Ärgernis geworden war. Der Plantagenbesitzer nutzte die Gelegenheit, mit seinem gutmütigen Spott die Dame des Hauses aufs Korn zu nehmen, die er beschuldigte, dieser Heimsuchung noch Vorschub zu leisten. «Jeden Winter wuseln sie flussauf und flussab», sagte er. «Sie überrennen New Orleans, und wir bekommen das, was übrig bleibt und meist das Schlimmste ist. Vor ein, zwei Tagen stellt Madame Nouveau Orléans plötzlich fest, dass sie nicht zum Einkaufen gehen kann, ohne mit ihren Röcken an lange Reihen von Landstreichern zu streifen, die sich auf den Banketten sonnen, und sagt zur Polizei: ‹Schnappt sie alle!›, die Polizei greift sich ein, zwei Dutzend, die übrigen drei- oder viertausend überschwemmen die Dämme, und die gnädige Frau ...» – dabei deutete er mit einer dramatischen Bewegung des Tranchiermessers auf seine Gattin – «... füttert sie durch. Sie weigern sich zu arbeiten, sie widersetzen sich meinen Aufsehern und freunden sich mit meinen Hunden an. Und Sie, Madame, füttern Sie vor meinen Augen und kanzeln mich ab, wenn ich versuche zu intervenieren. Verraten Sie uns, Verehrteste, wie viele Sie heute zum Faulenzen und zu künftigen Bubenstücken ermutigt haben!»

«Sechs, glaube ich», sagte die Herrin nachdenklich lächelnd. «Aber du weißt, dass zwei sich angeboten hatten zu arbeiten, du hast es selbst gehört.»

Wieder ertönte das dröhnende Lachen des Plantagenbesitzers. «Ja, und der eine war Kunstblumenmacher und der andere Glasbläser. Auf Arbeitssuche, freilich, aber für eine andere Tätigkeit würden die nie auch nur einen Finger krumm machen.»

«Und ein anderer», fuhr die weichherzige Dame fort, «wusste sich ganz manierlich auszudrücken, geradezu erstaunlich für einen Menschen aus dieser Schicht. Und er hatte eine Uhr. Und hatte in Boston gelebt. Ich glaube nicht, dass sie alle schlecht sind. Mir scheint immer, als wären sie in ihrer Entwicklung stehen geblieben. Für mich sind sie wie Kinder, deren Denkfähigkeit ins Stocken geraten ist, während Schmutz und Bart weiterwachsen. Wir sind heute auf der Heimfahrt an einem vorbeigekommen, dessen Gesicht so lieb wie einfältig war. Er pfiff das Intermezzo aus der ‹Cavalleria›, und man meinte, den Geist von Mascagni selbst darin zu hören.»

Ein munteres junges Mädchen, das links von der Herrin saß, beugte sich zu ihr hinüber und sagte in vertraulichem Ton: «Ich möchte wohl wissen, Mama, ob der Tramp meinen Strumpf gefunden hat. Was meinst du, ob er ihn heut Abend aufhängt? Ich hab ja jetzt nur noch einen. Die alte Tante Judy sagt, wenn du zwei aufhängst, die du noch nie getragen hast, steckt Santa Claus in den einen lauter gute Dinge, und in den anderen steckt Monsieur Pambé alles – Gutes wie Schlechtes –, was du am Tag vor Weihnachten gesagt hast. Deshalb war ich heute zu allen Leuten besonders nett und höflich. Monsieur Pambé ist nämlich ein Zauberer, er …»

Ein unerwartetes Geschehnis unterbrach die Rede des jungen Mädchens. Wie der Schweif eines ausgebrannten Kometen kam ein schwarzes Etwas krachend durchs Fenster geflogen und landete auf der Tafel, wo es ein Dutzend Gläser und Porzellan kurz und klein schlug und dann zwischen den Köpfen der Gäste an der Wand landete, wobei eine tiefe runde Delle entstand, die der Besucher von Bellemeade staunend betrachtet, während er dieser Geschichte lauscht.

Die Frauen kreischten in vielerlei Tonarten, und die Männer sprangen auf und hätten ans Schwert gegriffen, hätten das die tatsächlichen zeitlichen Gegebenheiten nicht untersagt.

Der Plantagenbesitzer handelte als Erster. Mit einem Satz war er bei dem Geschoss und hielt es hoch. «Beim Jupiter», rief er. «Ein Meteorschauer aus Strumpfwaren. Ist endlich die Verbindung mit dem Mars gelungen?»

«Ich würde – hm – eher auf die Venus tippen», bemerkte ein junger Gast und sah beifallheischend zu den jungen Damen hin, die nicht dergleichen taten.

Der Plantagenbesitzer hielt den rüden Besucher auf Armeslänge von sich weg – einen langen baumelnden schwarzen Strumpf. «Das Geschoss ist geladen», verkündete er.

Mit diesen Worten packte er den Strumpf an der Spitze und drehte ihn um. Heraus fiel ein rundlicher Stein, der in ein Blatt vergilbtes Papier gewickelt war. «Da hätten wir also die erste interstellare Botschaft des Jahrhunderts!» Er nickte den Gästen zu, die sich um ihn geschart hatten, rückte aufreizend gelassen seine Brille zurecht und sah sich das Schreiben genau an. Als er fertig gelesen hatte, war aus dem jovialen Gastgeber ein praktischer, zupackender Geschäftsmann geworden. Sofort schwang er eine Glocke und wies den geräuschlos herbeieilenden Mulatten an: «Geh und sag Mr Wesley, er soll mit Reeves und Maurice und zehn kräftigen, zuverlässigen Arbeitern unverzüglich zum Hauseingang kommen. Sie sollen sich bewaffnen und reichlich Stricke und Zugseile mitbringen. Und sie sollen sich sputen.» Dann las er laut das Folgende vor:

«für den Herrn und Boss hier im Haus auf dem leeren Gruntstük an der Strahse mit den alten Backsteinstahpeln sint 5 stramme Hobos außer mir. Die haben mich mit ner Kanone bedroht und deshalb meld ich mich auf diese Art. 2 von den Jungs wollen zu dem Zuckerrohrfeld hinter dem Haus + wenn ihr löschen komt will die Bande das Gelt rauben, das ihr auszahlen wolltet also macht schnell. die kleine hat den Strumpf auf der Strasse verlohren ich lass sie grühsen und wünsch ihr auch fröhliche Weihnacht. Schnappt euch erst die Halunken da hinten und hohlt dann mich aus dem Loch hochachtungsvol Dick der Pfeifer»

In der folgenden halben Stunde entwickelte sich in Bellemeade eine ebenso geräuschlose wie hurtige Betriebsamkeit, und das Ende vom Lied war, dass fünf übellaunige Tramps gefangen und bis zum Morgen in einem Schuppen festgesetzt wurden, wo sie ihrer Strafe harrten. Was zur Folge hatte, dass sich der junge Besucher nach seinem edelmütigen und heldenhaften Verhalten der uneingeschränkten Bewunderung der weiblichen Gäste von Bellemeade sicher sein konnte. Und das wiederum hatte zur Folge, dass Dick der Pfeifer und Held an die Tafel des Plantagenbesitzers gebeten wurde, sich auserlesene Speisen schmecken ließ, von denen er bislang nicht einmal geträumt hatte, und dabei von schwärmerischer Weiblichkeit umsorgt wurde, die so viel Schönheit und feine Lebensart auf sich vereinte, dass er sich selbst bei ständig vollem Mund das Pfeifen kaum versagen konnte. Man drängte ihn, über sein Abenteuer mit Boston Harrys übler Bande in allen Einzelheiten zu berichten, zu schildern, wie er auf den schlauen Gedanken gekommen war, den Brief zu schreiben, den Zettel um den Stein zu wickeln und in die Strumpfspitze zu stecken, wie er seine Chance abgepasst und ihn lautlos, mit einem eleganten Zentrifugalschwung in eins der hell erleuchteten Fenster des Speisesaals geschleudert hatte.

Der Plantagenbesitzer beteuerte, dass Dicks Wanderjahre nun ein Ende haben würden; dass seine Tugend und Ehrlichkeit belohnt werden sollten und er, der Plantagenbesitzer, tief in Dicks Schuld stünde, denn hatte er sie nicht vor einem unmittelbaren Verlust und möglicherweise einem größeren Unglück bewahrt? Er erklärte, Bellemeade würde es zur Ehre gereichen, die Verantwortung für Dick zu übernehmen, versprach, dass man sogleich eine für sein Können geeignete Stelle für ihn finden werde, und deutete darüber hinaus an, dass man ihm nach Kräften alle Wege zu Positionen auf der Plantage ebnen wolle, die noch mehr Gewinn und Ansehen versprachen.

Jetzt aber, hieß es, sei er wohl müde und müsse zuallererst an Ruhe und Schlaf denken. Die Herrin sprach mit einem Diener, und Dick wurde zu einem Zimmer im Dienstbotenflügel geleitet. Dorthin brachte man eine mit Wasser gefüllte Zinkbadewanne, die man mit einem Stück Wachstuch als Unterlage auf den Fußboden stellte. Hier nun sollte Dick die Nacht verbringen.

Im Licht einer Kerze besah er sich das Zimmer. Das Bett mit der einladend zurückgeschlagenen Tagesdecke hatte schneeweiße Kissen und Betttücher. Auf dem Fußboden lag ein abgetretener, aber sauberer roter Läufer. Ferner gab es hier eine Frisierkommode mit geschliffenem Spiegel, auf einem Waschtisch eine Schüssel und Krüge mit Blumenmuster und zwei, drei weich gepolsterte Stühle. Auf einem Tischchen lagen Bücher und Zeitschriften, in einem Krug stand ein Rosenstrauß vom Vortag. Auf einem Ständer hingen Handtücher, in einer weißen Schale lag Seife.

Dick stellte seine Kerze auf einen Stuhl und legte den Hut geflissentlich unter den Tisch. Nachdem er durch eine genaue Prüfung seine verständliche Neugier befriedigt hatte, zog er die Joppe aus, faltete sie zusammen und legte sie an die Wand, möglichst weit weg von der unbenutzten Badewanne. Die Joppe als Kopfkissen benutzend, streckte er sich wohlig auf dem Läufer aus.

Was der Geschichtsschreiber zu erzählen hat, ist häufig enttäuschend, und wenn es sich bei besagtem Geschichtsschreiber um einen Menschen mit Blick für Wirkung und Proportionen handelt, ist die Versuchung groß, dass es zu Ungenauigkeiten kommt. Denn Ergebnisse lassen sich nicht nach den Gesetzen der Logik zurechtrücken und bekunden die größte Gleichgültigkeit gegenüber künstlerischer Konsequenz. Hier aber sind wir hilflos den Fakten ausgeliefert, und die klassischen Einheiten, was auch immer sie sein mögen, werden einem schwachen Schluss geopfert.

Als sich am Weihnachtstag die ersten Strahlen der Morgendämmerung über den Sümpfen zeigten, wachte Dick der Pfeifer auf und griff instinktiv nach seinem Hut. Dann fiel ihm wieder ein, dass am Vorabend Fortunas Röcke ihn gestreift hatten, und er trat ans Fenster und schob es hoch, um sich von der frischen Morgenluft die Stirn kühlen zu lassen und in seinem Kopf die bislang nur traumgleichen Erinnerungen an sein Glück zu ordnen. Wie er da so stand, drangen alsbald unheilverkündende Geräusche an sein banges Ohr.

Die Plantagenarbeiter, denen es darum zu tun war, die ihnen zugebilligte verkürzte Arbeitszeit rasch hinter sich zu bringen, waren sämtlich auf den Beinen. Das mächtige Dröhnen des Monsters Fron und Plage ließ die Erde erbeben, und der arme abgerissene, verkleidete Prinz auf der Suche nach seinem Glück hielt sich selbst in dem verwunschenen Schloss am Fensterbrett fest und zitterte.

Schon drang aus den Tiefen der Fabrik das Donnern rollender Zuckerfässer, und Ketten rasselten gefängnisgleich, während anfeuernde Flüche die Maultiere an die Deichseln trieben. Eine zornige kleine Spielzeuglokomotive, eine Reihe von Flachladern im Schlepptau, stand rauchend und dampfend an dem Wasserkran der Schmalspurbahn, und im Halbdunkel erkannte man undeutlich eine schuftende, hetzende Menge, die unter großem Hallo die Waggons mit dem wöchentlichen Ausstoß an Zucker beluden. Was man hier sah, war ein Gedicht, ein Epos, ach was – eine Tragödie, und ihr Motto war Arbeit, der Fluch der Welt.

Die Dezemberluft war frostig, aber Dick trat der Schweiß auf die Stirn. Er steckte den Kopf aus dem Fenster und sah hinaus. Fünfzehn Fuß unter ihm zog sich an der Hauswand ein Blumenbeet hin, und das bedeutete, dass da unten weiche Erde sein musste.

Lautlos wie ein Fassadenkletterer schwang er sich aufs Fensterbrett, machte sich lang, bis er nur noch mit den Händen am Rand hing, und landete wohlbehalten auf dem Boden. Auf dieser Seite des Hauses schien niemand unterwegs zu sein. Tief gebückt eilte er über den Hof zu dem niedrigen Zaun. Den zu bezwingen war ein Leichtes, denn die Angst trieb ihn an wie die Gazelle, die über den Dornbusch setzt, wenn der Löwe sie verfolgt. Ein Anlauf durch die taunassen Unkräuter am Straßenrand, ein Krallen und Rutschen den begrünten Deich hoch bis zu dem Fußpfad auf der Deichkrone – und er war frei!

Der Osten errötete und wurde lichter. Der Wind, auch er ein Landstreicher, berührte seinen Bruder mit einem Gruß auf die Wange. Am Himmel riefen ein paar Wildgänse. Ein Karnickel hüpfte auf dem Weg vor ihm her, frei, sich nach Lust und Laune nach rechts oder links zu wenden. Der Fluss glitt vorbei, und niemand kannte seine Bleibe.

Ein zerzauster kleiner Vogel mit brauner Brust saß auf einem Hartriegelschössling und stimmte ein leises, kehlig-zärtliches Liedchen zum Lobe des Taus an, der dumme Würmer aus ihren Löchern lockt; aber mit einem Mal hielt er inne, legte den Kopf schief und lauschte.

Auf dem Weg vor ihm ertönte ein jubilierendes, mitreißendes, erregendes Pfeifen, laut und klar und leidenschaftlich wie die reinsten Klänge einer Pikkoloflöte. Mit Arpeggien, trillernd und quinquilierend stieg dieser Laut auf, aber nicht wie das Lied der Vögel in der Natur, sondern mit einer ungezügelt stürmischen Grazie, die den kleinen braunen Vogel an etwas Vertrautes erinnerte, ohne dass er hätte sagen können, was es war. Der Weckruf der Vögel – der *réveil* –, den alle Vögel kennen, lag darin beschlossen, aber daneben reichlich Sinnlos-Überflüssiges, das die Kunst hinzugefügt und arrangiert hatte und das fremd und verwirrend klang; und der kleine Vogel saß mit schief gelegtem Kopf da, bis die Töne in der Ferne verhallt waren.

Der kleine Vogel wusste nicht, dass eben dank dieses ihm Unbegreiflichen der Flötist heute nicht zum Frühstücken gekommen war; aber dass das, was daran unbegreiflich war, ihn nichts anging, wusste er wohl, und so schlug er ein paar Mal kurz mit den Flügeln und stieß wie ein braunes Geschoss auf einen langen dicken Wurm herunter, der sich auf dem Weg ringelte.

GIOVANNI VERGA
Der Esel des heiligen Josef

Als sie ihn auf dem Jahrmarkt von Buccheri kauften, war er noch ein Füllen; kaum dass er eine Eselin erblickte, lief er hin und nestelte sich an ihre Zitzen; dafür bekam er wilde Schläge auf Kopf und Buckel und wurde vergeblich angeschrien: «Arriccà!» Gevatter Neli, der ihn so lebhaft und dickköpfig sah, wie er sich die Lefzen leckte, wenn er Hiebe bekam, und nur die Ohren dazu schüttelte, meinte: «Der ist gerade, was ich brauche ...»

Schnurstracks ging er auf seinen Besitzer zu und hielt die Hand mit den fünfunddreißig Lire fest in der Tasche.

«Das Füllen ist schön», sagte dessen Herr, «und ist mehr als fünfunddreißig Lire wert. Auf das schwarz-weiße Elsterfell müsst Ihr nicht achten. Ich zeig Euch jetzt seine Mutter; die halten wir da hinten im Gebüsch, weil das Kleine immer den Kopf nach den Zitzen streckt. Ihr sollt mal sehen, was das für ein schönes schwarzbraunes Tier ist! Und arbeitet besser als ein Maultier und hat mir mehr Junge geworfen, als sie Haare auf dem Buckel hat. Auf Ehr und Gewissen, ich kann mir nicht vorstellen, woher das Füllen seinen Elsterpelz hat! Aber das Gerüst ist tadellos, das garantier ich Euch! Das Aussehen ist nicht die Hauptsache. Hier, diese Brust! Und die Beine, wahre Säulen! Und wie es die Ohren stellt! Einen Esel, der die Ohren so steil trägt, den könnt Ihr an den Karren spannen oder vor den Pflug, wie's Euch gefällt, und ihm vier volle Ladungen Dinkel aufladen, besser als einem Maultier, bei allen Heiligen, das könnt Ihr! Da, fühlt Euch mal diesen Schwanz an, an den könnt Ihr Euch anhängen, mitsamt Eurer ganzen Verwandtschaft!»

Das alles wusste Gevatter Neli so gut wie er; aber er war doch nicht so dumm, sich das anmerken zu lassen; er wartete ab, die Hand stets fest in der Tasche, zuckte die Achseln und rümpfte die Nase, während der Besitzer ihm das Füllen von allen Seiten vorführte.

«Hm!», brummte Gevatter Neli schließlich, «mit einem solchen Fell, dass er aussieht wie der Esel des heiligen Josef! Die Tiere mit solch einem Fell sind alle hinterlistig, und wenn man durchs Dorf reitet, lachen die Leute hinter einem her. Was meinst du denn, was ich dir für den Josefsesel schenken soll?»

Da drehte ihm der Besitzer zornig den Rücken und schrie, wenn einer nichts von Tieren verstünde oder kein Geld habe, eins zu kaufen, solle er lieber gar nicht erst zum Jahrmarkt kommen und ehrlichen Leuten den Tag stehlen.

Gevatter Neli ließ ihn fluchen und entfernte sich, von seinem Bruder begleitet, der ihn am Rockärmel zupfte und sagte, wenn er für das scheußliche Vieh Geld wegwerfen wolle, würde er ihm mit Fußtritten belohnen.

Dennoch schielten sie verstohlen zu dem Josefsesel hinüber und zu dessen Herrn, der, den Halfter zwischen den Beinen, so tat, als schälte er grüne Saubohnen, während Gevatter Neli zwischen den Pferden und Maultieren umherging, bald dieses, bald jenes näher prüfte, hin und wieder um ein gutes Tier zu handeln vorgab, als möchte er den halben Markt auskaufen, ohne jedoch die Faust mit den fünfunddreißig Lire aus der Tasche zu ziehen. Aber sein Bruder deutete mit den Blicken auf den Esel des heiligen Josef und meinte leise: «Der dort, das ist ganz was für uns.»

Hin und wieder kam die Besitzerin von dem Füllen hergelaufen, um zu sehen, wie das Geschäft sich anließ; als sie ihren Mann, mit dem Halfter in der Hand, dastehen sah, begann sie zu klagen: «Schickt denn die Madonna heute keinen, der das Füllen kauft?»

Und jedes Mal antwortete der Mann: «Bis jetzt ist's nichts. Einer war da, dem gefiel es; aber er hält sein Geld an sich und ist wieder gegangen. Siehst du, der da drüben mit der weißen Mütze, dort, hinter der Schafherde. Er hat aber bis jetzt noch nichts gekauft, das heißt wohl, dass er wiederkommen wird.»

Das Weib hätte sich am liebsten dicht bei seinem Eselein auf zwei Steinen niedergelassen, um zu sehen, ob es verkauft würde. Aber der Mann sagte: «Geh weg! Wenn sie merken, dass du drauf wartest, schließen sie den Handel nicht ab.»

Das Füllen drängelte sich inzwischen den vorbeilaufenden Eselinnen zwischen die Beine, denn es hatte Hunger; sobald es aber das Maul aufriss, um zu wiehern, hieb ihm der Besitzer mit dem Stock über den Kopf, aus Wut, weil man es ihm nicht abgekauft hatte.

«Er ist immer noch dort», flüsterte Gevatter Neli seinem Bruder zu und tat dabei, als suche er den Mann mit den gerösteten Erbsen. «Wenn wir bis Vesperläuten warten, kriegen wir ihn um fünf Lire billiger, als wir geboten haben.»

Die Maisonne brannte heiß, sodass hin und wieder, inmitten des Lärms und Stimmengewirrs des Jahrmarkts, eine plötzliche Stille entstand, als sei kein Mensch mehr da; dann sagte die Frau wieder zu ihrem Mann: «Versteif dich nicht auf fünf Lire mehr oder weniger; heute Abend können wir nichts einkaufen; und dann, du weißt ja, fünf Lire, die frisst das Füllen in einem einzigen Monat, wenn es an uns hängen bleibt.»

«Wenn du nicht machst, dass du fortkommst, versetz ich dir einen Fußtritt, aber einen saftigen», erwiderte der Mann.

So vergingen die Stunden auf dem Jahrmarkt; aber keiner, der an dem Esel des heiligen Josef vorbeiging, hielt, um ihn zu prüfen; dabei hatte sein Herr doch den bescheidensten Platz gewählt, bei den billigen Tieren, damit er mit seinem Elsterfell nicht zu sehr von den schönen Maultieren und den glänzenden Pferden absteche. Um den Josefsesel zu erhandeln, da musste schon einer wie Gevatter Neli kommen, der die Leute zum Lachen reizte, wenn sie seiner nur ansichtig wurden. Das Füllen, vom langen Warten in der prallen Sonne ermattet, ließ Kopf und Ohren hängen, und sein Herr hatte sich entmutigt auf einem Stein niedergelassen; die Hände, in denen der Halfter lose baumelte, hingen zwischen den Knien herab. Trübsinnig betrachtete er die in der sinkenden Sonne immer länger werdenden Schatten der vielen Beine der Tiere, die keinen Käufer gefunden hatten. Gevatter Neli und sein Bruder mit einem Freund, den sie absichtlich zugezogen hatten, schlenderten vorbei, wie von ungefähr, und der Herr des Füllens blickte auch gelangweilt weg, um nicht zu zeigen, dass er auf sie gewartet hatte. Da sagte der Freund ganz unvermittelt, als sei ihm der Einfall eben erst gekommen: «Seht mal da, der Esel des heiligen Josef! Warum kauft Ihr den nicht, Gevatter Neli?»

«Ich hab schon heut früh drum gehandelt, aber er ist zu teuer. Und dann... man würde mich ja auslachen, mit so einem schwarzweißen Esel. Ihr seht ja, dass ihn bis jetzt keiner gewollt hat.»

«Das stimmt, aber die Farbe macht doch nichts aus für das, wozu Ihr ihn braucht.»

Und zum Besitzer gewandt: «Wie viel soll man Euch denn für den Josefsesel schenken?»

Die Frau, als sie merkte, dass der Handel wieder aufgenommen wurde, schlich behutsam näher, die Hände unter dem Umschlagtuch gefaltet.

«Redet mir nicht davon!», schrie Gevatter Neli und lief weg. «Ich will nichts davon wissen!»

«Wenn er nicht will, soll er's eben bleiben lassen», antwortete der Besitzer. «Nimmt er ihn nicht, so nimmt ihn ein andrer. Schlimm ist nur der dran, der am Ende des Jahrmarkts nichts mehr zu verkaufen hat.»

«Zum Teufel noch mal! Will man mich auch mal reden lassen?», schrie der Freund. «Warum soll ich nicht auch mal Unsinn reden dürfen?»

Er rannte hinter Gevatter Neli her und riss ihn am Kittel; dann redete er wieder dem Besitzer leise etwas ins Ohr, der nun genug davon hatte und mit seinem Esel abziehen wollte; er warf ihm die Arme um den Hals und flüsterte: «Hört zu! Fünf Lire mehr oder weniger, wenn Ihr ihn heute nicht verkauft... einen Idioten wie meinen Freund findet Ihr so bald nicht wieder, der Euch das Vieh abkauft, das keine Zigarre wert ist.»

Und er umarmte auch die Frau, flüsterte ihr ins Ohr und versuchte sie für sich zu gewinnen. Aber sie zuckte die Achseln und erwiderte finster: «Das Geschäft geht meinen Mann an. Ich habe damit nichts zu tun. Aber wenn er es Euch um weniger als vierzig Lire gibt, ist er ein Dummkopf, auf Ehr und Gewissen, er kostet uns selbst mehr als das!»

«Ich war ja wohl verrückt heut früh, Euch fünfunddreißig zu bieten!», begann Gevatter Neli wieder. «Ihr seht ja, dass er zu dem Preis keinen Käufer gefunden hat. Auf dem ganzen Markt sind nur noch ein paar räudige Hammel und der Esel des heiligen Josef übrig. Jetzt also, dreißig Lire, wenn Ihr wollt.»

«Nimm sie!», flüsterte das Weib ihrem Mann zu; sie hatte Tränen in den Augen. «Wir haben heute Abend kein Geld für die Einkäufe. Und Turiddu hat wieder Fieber; wir brauchen Sulfat.»

«Zum Teufel noch mal!», brüllte der Mann. «Wenn du dich nicht wegscherst, kriegst du den Halfter zu spüren!»

«Zweiunddreißigeinhalb, los!», schrie endlich der Freund dazwischen und schüttelte ihn am Kragen. «Weder Ihr noch ich. Diesmal soll mein Wort gelten, bei allen Heiligen des Himmels! Und nicht einmal ein Glas Wein will ich dafür! Seht Ihr nicht, dass die Sonne schon untergegangen ist? Auf was wartet Ihr noch?»

Damit riss er dem Besitzer den Halfter aus der Hand, während Gevatter Neli fluchend die Hand aus der Tasche zog und ihm das Geld gab, ohne hinzusehen, als risse man ihm das Herz aus dem Leibe. Der Freund ging mit der Besitzerin beiseite, um das Geld auf einem Stein auszuzählen, während der Mann wie ein Irrsinniger davonlief und fluchend mit den Fäusten auf seinen Schädel einhieb.

Er ließ sich dann aber doch von seinem Weibe einholen, das noch einmal das Geld im Taschentuch überzählte, und fragte: «Stimmt's?»

«Stimmt genau. Gelobt sei der heilige Cajetan! Jetzt geh ich einkaufen.»

«Reingelegt hab ich sie! Ich hätt ihn ihnen auch für zwanzig Lire gelassen: Esel von der Farbe sind immer niederträchtig.»

Und Gevatter Neli, den Esel bergab hinter sich herziehend, sagte: «Bei Gott! Das Füllen hab ich ihm glattweg gestohlen! Die Farbe macht doch nichts aus. Schaut nur mal die festen Beine an, Gevatter! Der ist bei geschlossenen Augen vierzig Lire wert.»

«Ohne mich hättet Ihr's nicht fertiggebracht», erwiderte der Freund. «Ich hab hier noch zweieinhalb Lire, die Euch gehören. Wenn's Euch recht ist, gehn wir sie auf das Wohl des Esels vertrinken.»

Von nun an musste der Esel kräftig und wohlauf sein, um die zweiunddreißig und eine halbe Lire, die er gekostet hatte, und das Stroh, das er fraß, abzuverdienen. Einstweilen zottelte er hinter Gevatter Neli her, schnappte zum Spaß nach seinem Kittel, als wüsste er, dass dies der Kittel seines neuen Herrn sei, und als sei es ihm einerlei, den Stall zu verlassen, darin er wohlgeborgen bei seiner Mutter gestanden, die Schnauze am Rand der Krippe gerieben oder mit dem Hammel herumgesprungen und das Schwein in seinem Winkel geneckt hatte. Und seine Herrin, die beim Spezierer ihr Geld im Taschentuch nachzählte, dachte auch nicht daran, wie sie das Füllen hatte zur Welt kommen sehn, so weiß und schwarz glänzend wie Seide, und wie es noch nicht auf den wackligen Beinchen zu stehen vermochte und im Hof am Boden kauerte und alles Gras, daraus er groß und stark geworden, war durch ihre Hände gegangen. Die Einzige, die sich des Füllens erinnerte, war die Eselin, die wiehernd den Hals nach der Stalltüre reckte; aber als ihre Zitzen nicht mehr vor Milch strotzten, vergaß auch sie das Füllen.

«Ihr werdet sehn», sagte Gevatter Neli, «dass mir dieser hier vier Ladungen Dinkel tragen wird, besser als ein Maultier. Und zur Ernte lass ich ihn dreschen.»

Als die Zeit des Dreschens kam, trottete das Eselein, mit den anderen Tieren, alten Mauleseln und lahmen Pferden am Halse zusammengebunden, von früh bis spät über die Garben hin und her, bis es so müde war, dass es nicht einmal mehr am Stroh knabbern mochte, wenn es zum Ausruhen in den Schatten gestellt wurde, während die Bauern das Stroh fortschafften.

Die Bauern riefen fröhlich: «Viva, Maria!», aber das Eselein ließ Kopf und Ohren hängen wie ein alter Esel, mit erloschenem Blick, als möge er das weite weiße Feld nicht mehr sehen, aus dem der Staub der Tennen aufstieg wie Rauch und das aussah, als sei es nur erschaffen, um einen vor Durst umkommen zu lassen. Abends kehrte er mit vollen Säcken ins Dorf zurück, und der Junge seines Herrn stach ihn fortwährend in die Beine, während sie an den Hecken entlanggingen, die von Vogelgezwitscher und dem Duft würziger Kräuter erfüllt schienen; das Eselein hätte gern einmal einen Bissen geschnappt, wenn man es nicht immer mitleidlos weitergetrieben hätte. Es war so schlimm, dass ihm schließlich das Blut in die Beine ging und man es dem Hufschmied bringen musste. Seinem Herrn war das einerlei: Die Ernte war gut ausgefallen und das Füllen hatte seine zweiunddreißigeinhalb Lire abverdient. Er sagte sich: «Die Arbeit ist jetzt getan, selbst wenn ich es für zwanzig Lire verkaufe, mach' ich noch meinen Gewinn.»

Der Einzige, der das Eselein lieb hatte, war der Junge, der es stachelte, wenn sie vom Dreschen heimkamen, an den Hecken entlang; er weinte, als der Schmied ihm mit glühenden Eisen die Beine sengte und das Füllen mit erhobenem Schwanz sich vor Schmerzen wand; es hielt die Ohren steif, wie es beim Herumtollen auf dem Jahrmarktsfeld getan, und versuchte verzweifelt, sich der Schnur zu entledigen, mit der man ihm das Maul zugebunden hatte; und es verdrehte die Augen vor Angst, als begriffe es, was vor sich ging, wenn der Gehilfe des Schmieds die glühenden Eisen auswechselte, und die Haut rauchte und zischte wie Fische in der Bratpfanne. Aber Gevatter Neli schrie seinen Jungen an: «Du Idiot, warum weinst du? Seine Arbeit hat er jetzt getan, und weil die Ernte gut war, können wir ihn verkaufen und ein Maultier einhandeln, das ist viel besser.»

Manche Dinge kann so ein Junge nicht begreifen: Nachdem sie das Füllen an Cirino von Licodiano verkauft hatten, ging der Sohn von Gevatter Neli es im Stall besuchen und streichelte es an Kopf und Hals, denn der Esel wandte sich ihm zu und beschnüffelte ihn, als hinge sein Herz noch an ihm; aber die Esel werden dort angebunden, wo es ihrem Herrn beliebt, und ihr Schicksal ändert sich mit jedem neuen Stall. Massaro Cirino von Licodiano hatte den Esel des heiligen Josef billig erstanden, da er noch voller Narben war. Wenn sie ihren Esel mit seinem neuen Herrn vorbeigehen sah, sagte Gevatter Nelis Frau: «Der war unser Glück; das schwarzweiße Fell sah lustig aus auf der Tenne; jetzt geht es uns von Jahr zu Jahr schlechter, wir haben sogar das Maultier verkauft.»

Massaro Cirino hatte den Esel vor den Pflug gespannt, mit der alten Stute zusammen, die unentwegt Furche um Furche zog, Meile um Meile, vom ersten Lerchentriller im Morgenrot an bis zur Stunde, da die Rotkehlchen, vor Kälte zitternd, sich eilends in die Büsche verkrochen und im Nebel, der wie ein Meer heranwogte, ängstlich piepsten. Da aber der Esel kleiner war als die Stute, hatte man ein kleines Strohkissen unter das Joch gelegt, und so hatte er viel mehr Mühe, die gefrorenen Erdklumpen zu zerkleinern, und musste seine Schultern schmerzlich schinden. «Das schont meine Stute», schmunzelte Cirino. «Man sollte es nicht glauben, aber er hat ein Herz groß wie die Ebene von Catania, dieser Josefsesel!»

Und zu seiner Frau, die, in ihren Umhang gehüllt, hinter ihm herging und sparsam die Saat ausstreute, sagte er: «Wenn dem etwas passiert, was Gott verhüten möge!, dann wären wir ruiniert, bei der Missernte, die vor uns liegt.»

Das Weib betrachtete die Missernte, die vor ihnen lag, in dem trostlos steinigen Acker, wo die Erde weiß und rissig war, so lange hatte es nun schon nicht geregnet, und das Wasser kam nur als Nebel und fraß die Saat auf; und als es Zeit war, das Gesäte zu häckeln, da war es wie des Teufels Bart, so dünn und gelb, als habe man es mit Zündhölzern versengt. «Trotz allem, was ich hineingesteckt habe!», jammerte der Bauer und riss sich den Kittel vom Leibe. «Und der Esel hat sich abgerackert wie ein Maultier! Der Esel ist ein Unglückstier!»

Sein Weib fühlte die Kehle zugeschnürt beim Anblick ihres verbrannten Ackers, und sie antwortete mit Tränen in den Augen: «Der Esel kann nichts dafür. Gevatter Neli hat er ein gutes Jahr gebracht. Aber wir haben eben kein Glück.»

So wechselte also der Esel des heiligen Josef einmal mehr seinen Herrn, als Massaro Cirino mit der Sense auf dem Buckel vom Feld zurückkam, auf dem es dieses Jahr nichts zu schneiden gab, obwohl sie die Heiligenbilder, auf Schilfrohr aufgespießt, hingesteckt und zwei Tarì ausgegeben hatten, um es vom Priester segnen zu lassen. «Der Teufel soll's holen!», fluchte Cirino angesichts dieser bolzengeraden Halme, die nicht einmal der Esel fressen wollte; und er spuckte in die Luft, den tiefblauen wasserlosen Himmel an. Da traf Gevatter Luciano, der Kärrner, den Cirino, wie er den Esel mit leeren Säcken hinter sich herzog, und sagte: «Was soll ich Euch für den Josefsesel schenken?»

«Gebt mir, was Ihr wollt. Zum Teufel mit ihm und mit dem Heiligen, der ihn gemacht hat!», antwortete Cirino. «Jetzt haben wir kein Brot mehr zu essen und keinen Roggen mehr für das Vieh.»

«Ich geb Euch fünfzehn Lire, weil Ihr ruiniert seid, obwohl der Esel das nicht mehr wert ist; der hält keine sechs Monate mehr aus. Seht Ihr nicht, wie er zugerichtet ist?»

«Ihr hättet mehr verlangen können», brummte Massaro Cirinos Weib, als der Handel abgeschlossen war. «Gevatter Luciano ist der Maulesel eingegangen, und er hat kein Geld, einen anderen zu kaufen. Wenn er jetzt den Josefsesel nicht kaufte, hätte er mit seinem Karren und seinem Werkzeug nichts mehr anfangen können; Ihr sollt sehn, der Esel macht ihn reich.»

Der Esel lernte auch den Karren ziehen, dessen Stangen zu hoch waren für ihn, sodass ihm das ganze Gewicht auf den Schultern lastete; er hätte keine sechs Monate durchgehalten; wenn es bergauf ging, nahm es ihm den Atem, und Luciano bläute ihn ihm mit Stockschlägen ein; bergab war es noch schlimmer, weil das ganze Gewicht auf ihn fiel und ihn derart vorwärts stieß, dass er den Rücken mit aller Macht dagegenstemmen musste mit seinen armen, vom Feuer zerfressenen Beinen, dass die Leute lachten, sobald sie ihn sahen, und wenn er stürzte, bedurfte es aller Heiligen des Himmels, um ihm wieder aufzuhelfen. Aber Gevatter Luciano wusste, dass er drei Doppelzentner Ware zu schleppen vermochte, besser als ein Maultier, und bei jeder Fuhre bekam er fünf Tarì für den Doppelzentner. «Mit jedem Tag, den der Josefsesel durchhält, sind fünfzehn Tarì verdient», sagte er, «und was das Fressen anbelangt, da kostet er weniger als ein Maultier.»

Manchmal, wenn Leute so recht gemächlich hinter dem Karren den Berg hinaufstapften und das arme Tier sahen, wie es schwer atmend und mit mutlosem Blick die kraftlosen Beine stemmte und den Rücken bog, sagten sie wohl: «Legt doch einen Stein unters Rad und lasst das arme Tier verschnaufen!» Aber Gevatter Luciano antwortete: «Wenn ich ihm nachgebe, komme ich nicht auf fünfzehn Tarì am Tag; mit seiner Haut muss ich die meine flicken. Wenn er dann gar nicht mehr kann, verkauf ich ihn dem Gipser, denn der Esel ist gut und kann ihm dienen; und es ist nicht wahr, dass Josefsesel tückisch sind. Ich hab ihn Massaro Cirino für ein Stück Brot abgenommen, jetzt, wo er alles verloren hat.»

So geriet der Esel des heiligen Josef an den Gipser, der an die zwanzig ausgemergelte, halb tote Tiere hatte, die seine Säckchen mit Gips schleppten und von den spärlichen Grasbüscheln lebten, die sie am Wegrand abreißen konnten. Der Gipser wollte ihn eigentlich nicht, weil er so voller Schwären war, schlimmer als seine anderen Tiere, mit den vom Feuer gezeichneten Beinen, der geschundenen Brust, dem vom Pflug wund gescheuerten Widerrist und den von manchem Sturz verletzten Knien, ganz zu schweigen von dem schwarz-weißen Fell, das ihm so gar nicht zu seinen anderen, braunen Tieren zu passen schien.

«Das tut gar nichts», sagte Luciano, «im Gegenteil, daran könnt Ihr Eure Tiere von Weitem erkennen.» Und er ließ noch zwei Tarì nach auf die sieben Lire, die er verlangt hatte, nur um den Handel abzuschließen.

Aber den Josefsesel hätte selbst die Frau, die ihn hatte zur Welt kommen sehen, nicht mehr erkannt, so sehr war er verändert, wenn er mit tief gesenktem Kopf und Ohren wie Regenschirme unter den Gipssäcken dahintorkelte und unter den Schlägen des Jungen, der ihn antrieb, zusammenzuckte.

Doch auch die einstige Herrin hatte sich verändert, mit der Missernte, dem Hunger und den Fiebern, die alle Bewohner der Ebene ergriffen hatten, sie und ihren Mann und ihren Turiddu, ohne Geld, um Sulfat zu kaufen; denn Josefsesel gab es nicht alle Tage zu verkaufen, nicht einmal zu fünfunddreißig Lire.

Im Winter, wenn es weniger Arbeit gab, weil das Holz für den Brennofen zu rar und zu weit entfernt war, und die gefrorenen Wege kein Blatt mehr an den Hecken, kein Maulvoll Stoppeln am Grabenrand mehr hatten, da wurde das Leben für die armen Tiere noch schwerer; und ihr Herr wusste wohl, dass ihm der Winter die Hälfte seiner Tiere wegfraß; deswegen schaffte er sich jeden Frühling einen guten Vorrat an. Des Nachts blieb die Herde im Freien beim Ofen, und die Tiere drängten sich Schutz suchend aneinander. Aber die Sterne, die wie Dolche glitzerten, stachen sie durch und durch, trotz ihres harten Leders, und all die Zugtiere schauderten und zitterten in der Kälte, als könnten sie sprechen.

Und doch gibt es so manche Christenmenschen, denen es nicht besser geht und die nicht einmal so einen zerfetzten Mantel besitzen, sich dareinzuhüllen, wie der Hüterjunge, der zusammengerollt vor dem Ofen schlief. Dort in der Nähe lebte eine arme Witwe in einer Hütte, noch baufälliger als der Brennofen, wo die Sterne wie Schwerter zum Dach hereinstachen, als sei man im Freien, und der Wind die lumpigen Decken flattern ließ. Früher war sie Wäscherin gewesen; aber das war ein karges Brot, weil die Leute ihre Lumpen selber waschen, wenn überhaupt, und jetzt, da ihr Bub größer war, ging sie im Dorf Holz verkaufen. Aber niemand hatte ihren Mann gekannt und niemand wusste, woher sie das Holz nahm, das sie verkaufte; das wusste ihr Junge, der es hier und dort sammeln ging, immer in

Gefahr, eine Ladung Schrot von den Flurhütern zu bekommen.

«Wenn Ihr einen Esel hättet», sagte der Gipser, um den völlig erschöpften Josefsesel loszuwerden, «könntet Ihr größere Bündel ins Dorf bringen, jetzt, da Euer Junge stark genug ist.»

Das arme Weib besaß, in ein Taschentuch gebunden, ein paar Lire, die ließ sie sich vom Gipser abluchsen; denn es heißt: «Alte Ware endet im Haus des Narren.»

So hatte der arme Josefsesel doch noch leidliche Tage, denn die Witwe hütete ihn, um jenes Geldes willen, wie einen Schatz; sie ging bei Nacht Heu und Stroh holen und hielt ihn in der Hütte neben dem Bett, weil er ihr auch, wie ein Feuerlein, Wärme spendete, wie denn auf dieser Welt eine Hand die andere wäscht. Wenn das Weib das hoch beladene Eselchen, dessen Ohren unter der Last verschwanden, vor sich her trieb, baute sie Luftschlösser; und der Junge durchlöcherte die Hecken und wagte sich bis an den Waldrand vor, um die Ladung zusammenzubringen, denn Mutter und Sohn glaubten, bei dem Handel reich zu werden; schließlich erwischte der Feldhüter des Barons den Jungen beim Holzstehlen und richtete ihn übel zu. Um ihn wiederherzustellen, fraß der Arzt das letzte Geld aus dem Nastuch, den Holzvorrat und alles, was zu verkaufen war – wenig genug.

Eines Nachts, als der Junge mit hochrotem, abgewandtem Gesicht fantasierte und kein Bissen Brot im Hause war, lief die Mutter wie von Sinnen und wirr vor sich hinredend, als fieberte auch sie, hinaus; sie riss einen Mandelbaum aus, man musste sich wundern, dass sie es fertigbrachte, und frühmorgens lud sie ihn auf den Esel, um ihn zum Verkauf zu bringen. Aber unter dem Gewicht versagte des Esels Kraft bei der Steigung; er sank in die Knie, wie der Esel des heiligen Josef vor dem Jesuskindlein, und wollte nicht mehr aufstehn.

«Alle Heiligen!», murmelte die Frau, «tragt Ihr mir doch das Holz!»

Vorübergehende zogen den Esel beim Schwanz und zwickten ihn an den Ohren, um ihn zum Aufstehen zu bewegen.

«Seht Ihr denn nicht, dass er am Verenden ist?», sagte der Kärrner endlich; also ließ man ihn in Ruhe, sein Blick war schon ganz starr, die Schnauze kalt, und Schauer rieselten über seine Haut.

Das Weib aber dachte an ihren Jungen, der mit hochrotem Gesicht im Fieber fantasierte, und stotterte nur: «Was machen wir jetzt? Was fangen wir an?»

«Wenn Ihr ihn mitsamt dem Holz verkaufen wollt, geb ich Euch fünf Tarì», sagte der Kärrner, dessen Karren leer war. Und da ihn das Weib entgeistert anstarrte, fügte er hinzu: «Ich kaufe ja nur das Holz, denn der Esel… da seht, was der noch wert ist!»

Und er versetzte dem Balg einen Fußtritt, der wie eine geborstene Trommel widerhallte.

EMILIA PARDO BAZÁN
Die Heilige Nacht des Spielers

Die Spielsucht beherrschte mich. Wenn ich sage Spielsucht, so muss ich hinzufügen, dass sie mir nicht als solche vorkam, und ich verstand auch nicht, dass das Gesetz sie unterdrücken durfte, ohne gegen das selbstverständliche Recht des Menschen zu verstoßen, Hab und Gut zu verlieren wie auch es zu erwerben. «Sein Eigentum darf jeder gebrauchen und missbrauchen, wie er will», wiederholte ich immer wieder verächtlich und lachte über die wohlmeinenden Ratschläge ängstlicher Freunde.

Trotz meiner Geringschätzung der allgemeinen Meinung versuchte ich mit allen Mitteln, zu Hause meine unbändige Leidenschaft zu verheimlichen. Ich hatte, bis über die Ohren verliebt, ein reizendes Mädchen mit Namen Ventura geheiratet, und noch enger war unsere Verbindung durch das süße Pfand eines Kindes geworden, das jetzt noch zu klein war, selbst zu mir zu kommen, wenn ich es rief. Um meiner Gattin Angst und Bangigkeit zu ersparen, verbarg ich meine Spiellust wie ein Verbrechen und wählte geschickt die Stunde aus, sie zu befriedigen. Ich wandte die gleichen Vorsichtsmaßnahmen an, wie wenn ich neben meiner Frau eine Geliebte hätte, wenn ich ins Kasino gehen wollte oder sonst an einen Ort, wo es beim Umdrehen einer Karte um ganze Hände voll Gold oder um noch mehr geht. Ich erfand alle möglichen Ausreden – Börsengeschäfte, Verhandlungen mit politischen Gesinnungsfreunden, Krankenbesuche, unumgängliche Einladungen –, um meine häufige Abwesenheit zu rechtfertigen und meine Erregung, mein schlechtes Aussehen, meine Schlaflosigkeit, die plötzliche Freude und ebenso plötzliche Niedergeschlagenheit zu erklären, denn meine Nerven waren durch die stärkste und vielleicht abgründigste aller Leidenschaften zerrüttet, die ein Mensch haben kann.

Seit geraumer Zeit verfügte ich nur über das, was das Spiel mir einbrachte. Besitzer eines ansehnlichen Vermögens, hatte ich meine Landgüter nach und nach veräußert, um meine Verluste zu decken. Dann war mir das Glück lange hold, aber ich legte die Gewinne in leicht verkäuflichen Wertpapieren an, und diese waren durch Rückschläge der jüngsten Zeit bereits wieder ziemlich zusammengeschmolzen. Nichts von alledem merkte meine Ventura, denn wie fast alle Frauen nahm sie das Geld aus der Hand ihres Ehemannes entgegen, ohne nach seiner Herkunft zu fragen. Meiner Liebe sicher, lebte sie sorglos und glücklich in ihrem Heim dahin; sie kam nie auf den Gedanken, erfahren zu wollen, wie es um unsere Vermögensverhältnisse stand, und vielleicht wünschte sie nicht einmal, darüber Bescheid zu wissen. Wenn es mir gut ging, schenkte ich ihr kostbaren Schmuck und kaufte ihr schöne Kleider; wenn es mir schlecht ging, genügte mein Hinweis, und sie schränkte in wortlosem Einverständnis ihre Ausgaben ein und schob die Zahlungen auf. Meine Gattin also verursachte mir keinerlei Kopfzerbrechen, und sie von der richtigen Spur abzulenken, schien mir kinderleicht; hingegen flößte mir jemand anderes aus ihrer Familie unbegreiflichen Argwohn ein.

Dieser Jemand war Venturas ältester Bruder, mein Schwager Bernardo, ein Mann von wachem und scharfem Verstand und heißblütigem Wesen, der aus mir unbekanntem Kummer oder aus schmerzlichen Enttäuschungen die kirchliche Laufbahn eingeschlagen hatte. Bernardo übte sein Amt mit Feuereifer aus, sein Opferdurst verzehrte ihn, mergelte seinen Körper aus, und eine unheimliche Flamme flackerte stets in seinen blauen Augen. Wenn er sie auf mich heftete, sprach Misstrauen und Härte daraus. Sicher spürte der uneigennützige Heilige, der dafür lebte, das Gute zu tun, die entfesselte egoistische Leidenschaft in meinen schwarzblau umränderten Augen und in meiner zitternden Hand, die ich ihm zum Gruß entgegenhielt. Ich fühlte mich unbehaglich und missmutig in seiner

Gegenwart, wie jemand, der sich in schmutzigen Kleidern auf einem belebten Spazierweg dem Sonnenlicht aussetzen muss. Bernardo wohnte nicht in Madrid; er war immer voll beschäftigt mit gemeinnützigen Aufgaben – er gründete Heime und wohltätige Vereinigungen – und kam deshalb nur zweimal im Jahr zu uns auf Besuch: an Ostern und an Weihnachten.

Dieses Fest stand eben bevor, als das Spielglück, das mir schon eine Zeit lang nicht günstig gesinnt war, sich zornig von mir abwandte. Die Pechsträhne war so beständig und so grausam, dass sich alle meine Hoffnungen zerschlugen. Meine ausgeklügelten Tricks misslangen, meine gewohnte Geschicklichkeit versagte, mein Spürsinn trog mich, und jede Spielkarte, die ich berührte, bedeutete Unglück. Verbissen darauf, das Verlorene wettzumachen, stürzte ich mich mit blindwütiger Gier ins Spiel und erschöpfte meine Mittel, um das Schicksal zu bezwingen. Die Ahnung, dass das Verhängnis bald über mich hereinbrechen würde, verdoppelte meine Verzweiflungskräfte. Schon hatte ich auf mein Ehrenwort eine erkleckliche Summe geborgt und suchte nun einen Geldverleiher auf – den schlimmsten und schamlosesten Wucherer –, warf mich in seine Klauen wie jemand, der die Augen schließt und sich in den Abgrund stürzt, unterschrieb, ohne zu zögern, alles, was er wollte, und setzte sogar meine Ehre aufs Spiel, nur um sofort in den Besitz der Geldsumme zu kommen, die ich brauchte, um meine Schulden im Kasino zu begleichen und den Handstreich meines Lebens zu versuchen. Ich war entschlossen, den Tag nicht zu erleben, an dem ich Ventura gestehen musste, dass uns die Armut und die Schande obendrein bevorstünden. Allerdings war ich schon manchmal versucht gewesen, zu ihr zu sagen: «Stell dir vor, ich wäre Kaufmann; ich bin bankrott, wir müssen uns damit abfinden und arbeiten!» Sogleich aber war mir klar, dass es unmöglich, ja unsinnig war, die Folgen meiner Verstrickung als «Bankrott» zu bezeichnen. Wenn ich meiner Frau zu Füßen fiel und ihr die Wahrheit gestand, so musste ich sie um Verzeihung anflehen wie jemand, der seine Pflichten versäumt hat. Nein, lieber vorher sterben! Sterben schien mir überhaupt die einzige Lösung in diesem schrecklichen Zwiespalt. In solchen Augenblicken wurde mir sonnenklar, dass der Tod das natürliche und folgerichtige Ergebnis meiner Lebensauffassung war und dass das Recht auf das Spielen so viel wie Selbstmord bedeutete: Beides war ein und dasselbe … «Brauchen und missbrauchen», und dann furchtlos in den Tod gehen.

Mit solchen Gedanken kam ich am 24. Dezember nach Hause; in der Tasche hatte ich das Geld, das ich vom Wucherer bekommen hatte. Kaum war ich im Vorraum, spürte ich mich schon am Hals und an den Beinen umarmt. Die eine Umarmung war die meiner Frau und Geliebten, die in stürmischer Liebkosung ihr Gesicht an meines drückte; die andere ... Wer anders kann unterhalb der Knie umarmen außer dem Kind, dem Püppchen, das sich bei seinen Gehversuchen noch irgendwo festhalten muss, um nicht vornüberzufallen?

Ich spürte einen Schmerz, als ob eine Axt mein Herz spaltete, spürte, dass mir die Tränen in die Augen schossen, und um sie zu verbergen, riss ich mich unvermittelt los und fragte: «Was gibt es denn? Was soll das bedeuten?»

«Bernardo ist da», antwortete Ventura verwundert über meine Barschheit.

«Onkel Nado», plapperte die Kleine nach und jauchzte laut heraus.

«So nimm», sagte ich und drückte Ventura ein Bündel Banknoten in die Hand, «sorge für ein Abendessen, aber ein feines, so wie ich es gern habe ... Doch jetzt lass mich bitte allein; ich möchte ein wenig ausruhen, ich habe Kopfweh, ich hoffe, dass es bis zum Abend besser wird und ich mit Bernardo plaudern kann.»

Ventura gehorchte, und ich schloss mich ein, um so etwas wie ein Testament und einen Abschiedsbrief zu schreiben. Meine Zähne klapperten; mein Schriftstück war fertig, ich untersuchte meine Pistolen, lud sie, legte mich auf das Sofa und rauchte eine Zigarette nach der anderen, bis Ventura freudig erregt an meine Tür kam und mich liebevoll zum Essen bat. Es war noch früh, denn das Kind sollte an einem solchen Abend am Tisch nicht fehlen, und seine Mutter wollte es nicht bis in alle Nacht wachhalten. Wir gingen zusammen ins Esszimmer, wo rosarote Kerzen brannten und das Silberbesteck und die Kristallgläser auf dem blütenweißen Tischtuch festlich funkelten.

Die Mandelsuppe dampfte einladend und verströmte himmlischen Duft; seltene Früchte türmten sich in der Mitte des Tisches auf, und der Wandspiegel mit den späten Rosen zu beiden Seiten warf das köstliche Bild zurück; in den Gläsern funkelte schon golden der Sauternes*, und meine festlich gekleidete und herausgeputzte Frau mit ihrem dunklen Lockenhaar und den geröteten Wangen trat lächelnd auf mich zu und flüsterte mir mit schmeichelnder Stimme ins Ohr: «Willst du unseren Gast nicht begrüßen? Hier steht er.»

Ich umarmte Bernardo, und wir setzten uns zu Tisch. Anfänglich belebte das kindliche Geplapper das Essen; Ventura wollte mich kokett dazu bringen, ihre Frisur zu loben, und war so entschlossen, mich für sich zu gewinnen, dass sie sogar ihr zierliches

* Feiner frz. Weißwein, nach der gleichnamigen Ortschaft im Südwesten Frankreichs benannt.

Füßchen auf meinen Schuh stellte. Trotz allem floss das Gespräch träge und stockend; es war nicht schwer zu erraten, dass Bernardo und ich nachdenklich waren. Auf die besorgten Fragen meiner Frau schützte ich Müdigkeit und Unwohlsein vor, aber Bernardo mit seinen blitzenden blauen Augen erklärte rundheraus: «Deinem Mann mag fehlen, was will, und er wird uns nicht erzählen wollen, warum er dasitzt wie ein Angeklagter, dem man eben das Urteil verkündet hat; ich hingegen... ich bin in solcher Verfassung, weil ich mich schäme, ein derartiges Festessen vor mir zu haben, mit Lachs und Austern und Hummer und alten Weinen. Dabei kann ich nicht einmal einigen armen Familien das tägliche Brot das Jahr über bieten und die nötigsten Kleider, um ihre Blöße zu bedecken. Der Apostel lehrt, die Christen sollen sich nicht einschließen, um köstliche Speisen zu genießen. Wir sättigen uns hier mit einem reichen Essen und werden nun gleich mit Champagner anstoßen – ich weiß das von früheren Jahren her, gluck, gluck, gluck! –, während die Armen... Ich kann das nicht verhindern, und ihr könnt es auch nicht; aber da ist ein Winkel in meiner Seele, wo bittere Tränen quellen. Was kann man da tun? Ich weiß keine Abhilfe!»

Wie der Priester so sprach, schoss mir wie ein Blitzstrahl eine Idee durch den Kopf; es blieb mir keine Zeit zum Überlegen, auch nicht, um die Wirkung meiner Worte auf Bernardo abzuschätzen. Ich stand auf, füllte ein Glas mit dem Champagner, der schon eiskalt in der geschliffenen Kristallkaraffe bereitstand, streckte es Bernardo entgegen und sagte nachdrücklich und bedeutungsvoll: «So stoß mit mir an... oder bete, dass ein Plan gelingen möge, den ich gefasst habe... Gelingt er nämlich, so ist das Brot für einige Familien gesichert!»

Bernardo griff nach seinem Glas, aber bevor er es hob, heftete er seine durchdringenden Augen auf mich. Mir schien, er durchforsche mein Gehirn, sehe tief in mein Gewissen und lese darin wie in einem offenen Buch.

Plötzlich hob er kurz entschlossen das Glas, hielt es mir entgegen, wir stießen an, und er sprach mit tiefgründig ernster Stimme: «Ich stoße jetzt an... Beten werde ich später. Ich wünsche, dass dein Vorhaben gelingt... aber nur ein einziges Mal, hast du verstanden? Nur ein einziges Mal.»

Ich betrachtete den Pakt als geschlossen. In meinem Spieleraberglauben hatte ich schon alles versucht: Zigeunerinnen, Medien, Amulette, kindische Beschwörungen... alles, außer Gott mit dem Köder der Wohltätigkeit zu gewinnen, mit dem Versprechen, die Einnahmen mit dem höchsten Richter zu teilen, damit seine Vorsehung das blinde Geschick mit unsichtbarer Hand lenke. Den Himmel auf meine Seite bringen! Ja, denn auch der Himmel konnte nicht «wollen», dass ich den letzten und unwiderruflichen Entschluss in die Tat umsetze, den einzigen, der den teuflischen Knoten meines Schicksals lösen konnte...

Sobald das Essen fertig war, stand ich auf, brachte eine Entschuldigung vor, ließ Ventura schlecht gelaunt und Bernardo nachdenklich sitzen und eilte fort zum Spielen, aber diesmal nicht mehr um Geld, sondern um meine Ehre und um mein Leben, das mir in diesem Augenblick verführerisch vorkam und wert, gelebt zu werden neben einer Frau, die mich verliebt umschmeichelte, und einem Kind, das mich mit seinem leuchtenden Engelslächeln um Schutz und Hilfe beim Gehenlernen bat, indem es kurzerhand meine Beine umschlang...

Die Straßen waren von fröhlich lärmenden Menschen, von Tamburingeschelle und Gitarrenakkorden belebt; aus den Häusern drang mattes Licht und verriet das trauliche Beisammensein jener, die ein stilles Fest vorziehen; und ich dachte bei mir, während der Wagen, den ich vor meiner Haustür gemietet hatte, zum Kasino rollte: «Wenn ich verliere, ist das meine letzte Weihnacht gewesen.»

Wisst ihr, was entfesseltes, unglaubliches, wahnsinniges Glück heißt? Nun, solches hatte ich vom ersten Augenblick an. Es blieben noch Stunden zum Spielen, und da waren die Bollwerke, nämlich die mit den vollen Brieftaschen und den sicheren

Krediten. Pausenlos rannte ich gegen sie an; ich erinnere mich nicht an eine ähnliche Glückssträhne; es war, als sähe ich im Gegenlicht die Karten, die als Nächste aufgedeckt wurden, oder als flustere mir eine unsichtbare Macht ein, worauf ich setzen solle. Als wollte Gott es sich angelegen sein lassen, den Pakt zu erfüllen, steigerte sich mein Glück, kaum hatte es Mitternacht geschlagen.

Als ich wieder nach Hause kam, ging ich zuerst in Bernardos Zimmer. Der Priester war noch auf; sicher hatte er auf mich gewartet. «Geh ruhig ins Bett und schlafe», sagte ich zu ihm, «morgen bekommst du, was du brauchst, um einigen armen Familien das Brot für das nächste Jahr zu sichern.»

Im ausdrucksvollen Gesicht des Priesters las ich Bestürzung und Sorge. Er wusste genau, woher das Geld stammte, das ich ihm in Erfüllung unseres Pakts anbot, und sein Gewissen kämpfte mit seinem leidenschaftlichen Verlangen, Gutes zu tun, Sorgen zu lindern und Tränen zu trocknen. Von inneren Kämpfen geschüttelt, nahm er mich schwach bei den Händen und, vom Drang zu helfen überwältigt, murmelte er schließlich mit seiner sonst immer so klangvollen Stimme ungewohnt heiser: «Ich nehme es an… Her damit… Nur… denke daran…! Die Bedingung…»

«Heute ist es das letzte Mal gewesen, mein Ehrenwort!», sagte ich und kam so seiner Bitte zuvor.

Ich weiß nicht, ob ihr mir glaubt, aber seit jener Heiligen Nacht habe ich nie wieder gespielt. Wohl krampften sich mir am Anfang die Finger zusammen, und der Kopf taumelte mir vor Begier, die bitteren Freuden des Spiels zu kosten, aber allmählich wurde ich ruhiger; das Vergessen indes gelang mir nie. Ich trieb Handel und baute mir ein Vermögen auf; ich lernte, dass ich es brauchen, aber nicht missbrauchen darf. Ich weiß, dass ich nur Verwalter bin. Der Eigentümer ist oben im Himmel.

ALEXANDER KIELLAND

Else
Eine Weihnachtsgeschichte

I

Madam Späckbom besaß ein Haus, das die «Arche Noah» genannt wurde. Unten in den warmen, gemütlichen Zimmern an der Sonnenseite wohnte sie selbst, darüber Fräulein Falbe mit ihrem Bruder, und oben auf dem Boden – das Haus hatte nur zwei Etagen – lebten in Dachkammern, unter Treppen und hinter Schornsteinrohren allerlei zwielichtige Geschöpfe, die gemeinhin unter dem Namen «Die Bande» zusammengefasst wurden.

Madam Späckbom war nicht nur eine kluge Frau, sie war, ganz wortgetreu, eine «weise Frau», eine Heilkünstlerin – eine Quacksalberin, wie der richtige Doktor sie nannte.

Doch das focht die Madam nicht weiter an: Sie hatte ihre gute, sichere Praxis, und ihre Kunst trug ihr sowohl Geld als auch wissenschaftliche Triumphe ein.

Der Teil der Bevölkerung, der «Mam» Späckbom aufsuchte, war gewiss nicht der vornehmste, aber ohne Frage der zahlreichste. Es kam vor, dass bei ihr gleichzeitig fünf, sechs Patienten zur Behandlung lagen – in kleinen Kämmerchen und Verschlägen, von denen es in dem alten Haus eine unglaubliche Menge gab. Insbesondere abends nach der Arbeitszeit war sie vollauf damit beschäftigt, Patienten aller Art zu empfangen oder Krankenbesuche zu machen.

Wenn ein Patient kam, der bei dem richtigen Doktor – dem Stadtphysikus Bentzen – in Behandlung gewesen war, dann funkelte es in Mam Späckboms kleinen braunen Augen, und sie schüttelte die drei grauen Hängelocken, die ihr, mit einem Kamm festgesteckt, über jedes ihrer beiden Ohren baumelten, während sie sagte: «Wenn Sie von einem so gelehrten Herrn kommen, kann Ihnen ein zahnloses altes Weib gewiss nicht helfen.»

Dann musste lange verhandelt werden, ehe sie sich des Patienten erbarmte. Doch hatte sie ihn erst einmal in die Kur genommen, so erwies sie ihm, wie all denen, die der richtige Doktor «aufgegeben» hatte, eine ganz besondere Fürsorge.

Unter den Einwohnern der Stadt, selbst unter den hochgestellten, vornehmen, gingen unzählige Geschichten von Madams wundersamen Heilungen um, und Doktor Bentzen gegenüber brauchte man nur ihren Namen zu erwähnen, da fuhr der alte

Herr auf, fluchte und schimpfte, glutrot im Gesicht, ergriff seinen Hut und lief davon.

Die Sache war die, dass sich Doktor Bentzen, wenn er zu einfachen Leuten kam, niemals dazu herabließ, irgendeine Erklärung zu geben – dazu verachtete er die Unwissenheit allzu sehr. Er sagte nur: «Das und das hast du zu machen – und hier ist die Medizin!»

Wenn nun aber die Medizin nicht sofort half – und das kommt bei der besten Medizin vor –, dann hatten die Leute genug von diesem teuren Apothekerwässerchen und diesem strengen Doktor, der nur auf den Fußboden stierte, eine Anordnung gab und wieder ging.

Und dann kam Mam Späckbom.

Sie setzte sich hin und erklärte ordentlich, was dem Patienten fehlte: Entweder könne es eine Art Bleichsucht sein, zum Beispiel Erd- oder Wasserblässe, oder vielleicht die sogenannte Leichenblässe oder vielleicht auch ein «Blutstropfen, der sich festgesetzt» habe, oder etwas dergleichen.

Na also, das konnte man doch wenigstens verstehen. Und wenn man dann von Madam Medizin bekam, die gehörig roch und brannte, dann sah schließlich jeder ein, dass dies kein Pfusch und kein Schwindel war. Und selbst wenn es nicht immer half, so wussten doch alle, dass auch Mam Späckbom nicht über Leben und Tod gebieten konnte;

immerhin war dann aber alles Menschenmögliche getan worden, und das war auf jeden Fall besser, als durch die verdächtige Gelehrsamkeit des Doktors ins Jenseits befördert zu werden, wie es viele hatten erfahren müssen. Und außerdem war die Madam viel, viel billiger.

In ihrer Praxis diente als Helferin ein junges Mädchen, das Floh genannt wurde. Die Madam hatte es zu sich genommen, nachdem sie es von einer schlimmen Augenkrankheit kuriert hatte.

Floh hatte keine Eltern. Richtig hieß sie Else. Einen Familiennamen hatte sie wahrscheinlich niemals besessen. Denn sie war wohl die Tochter eines der vornehmsten Herren der Stadt, dessen Name keinesfalls in solchem Zusammenhang im Kirchenbuch stehen durfte.

Floh war nach dem Tod der Mutter, einer Dienstmagd, in einem Fürsorgeheim für Kleinkinder aufgewachsen. Und dort hatte sie auch ihren Spitznamen erhalten. Ein dunkelbrauner Mantel, der von einer Weihnachtsgabenverteilung stammte, hatte ihr den Namen eingebracht. Jener Mantel war ursprünglich sehr lang und weit gewesen, und wenn das Kind in ihm umherhüpfte, erinnerte es derart an einen Floh, dass schließlich ein Witzbold darauf verfallen war, dem Mädchen diesen Namen zu geben. Dieser Mantel war aus einem so unverwüstlichen Stoff, dass er Floh während des Heranwachsens immerzu begleitete – zuerst als Mantel, dann als Jacke, danach als Mieder und schließlich als Mütze mit rosenroten Kinnbändern.

Diese Kindermütze mit den rosenroten Kinnbändern trug sie noch, als sie die Augenkrankheit bekam. Bentzen als Arzt des Heims dokterte ein halbes Jahr an ihr herum, bis sie zuletzt wie ein erbarmungswürdiges Tier in einem dunklen Winkel lag und schrie, sobald man sie dem Licht zuwendete.

Dann aber brachte Fräulein Falbe sie heimlich zu Mam Späckbom, um sie von ihr behandeln zu lassen. Und wie immer es nun auch zugegangen sein mochte: Das Kind erholte sich.

Doktor Bentzen triumphierte: Endlich sei es ihm gelungen, dieser hartnäckigen Entzündung ein Schnippchen zu schlagen!

Da aber konnte Mam Späckbom nicht länger schweigen, und es gab einen großen Skandal. Fräulein Falbe musste aus der Direktion des Heims ausscheiden, wo sie im Übrigen schon vordem verhasst gewesen war. Doktor Bentzen geriet außer sich vor Wut, und selbst die kleine Else musste wegen ihrer frisch genesenen, blanken Augen leiden.

So nahm Mam Späckbom das Kind zu sich – teils weil sie wohlhabend und gutherzig war, teils weil Elses klare Augen ihr gleichsam ein Zeugnis als Augenärztin ausstellten, und schließlich brauchte sie das Kind, um Doktor Bentzen zu reizen.

Niemals konnte er an der Arche vorübergehen – und der Weg führte ihn mehrmals am Tage dort vorbei –, ohne dass Mam Späckbom das Kind ergriff, es ins Fenster setzte und ihm in den Nacken stupste, damit es dem Doktor zunicke. Und wenn sie ihn dazu gebracht hatte, mit grämlichem Flunsch zu ihnen herüberzublicken, dann schüttelte Mam Späckbom triumphierend ihre sechs Hängelocken und gab Floh ein Stück Zucker.

Je weiter Else heranwuchs, desto mehr entwickelte sie sich zu einem zarten, schlanken Mädchen – blond und ein wenig blass, aber doch gesund. Sie war munter und vergnügt, und sie neigte dazu, sich selbst und alles um sie her für hübsch und ordentlich zu halten. Als aber Mam Späckbom anfing, ihr Waschen, Scheuern und Nähen beizubringen und «sich nützlich zu machen», da erwies sich Floh als völlig untauglich. Sie wurde hier und dort von «Schmerzen» geplagt, und alle guten Ratschläge und bitteren Kräuter von Madam blieben wirkungslos.

Mam Späckbom war, wie erwähnt, auch eine weise Frau. Sie kannte diese Krankheit, die sich genau an den Wasch- und Scheuertagen einstellte und wie durch Zauberei stets am Sonntagmorgen verschwand, sehr gut. Doch als sie einsah, dass die Krankheit hier in einer unheilbaren Form auftrat, beschränkte sie sich darauf, ihre Hängelocken zu schütteln und irgendetwas von «diesem verfluchten feinen Blut» zu murmeln.

Die Kranken indes liebten Floh, obgleich sie eigentlich keine treue oder aufopfernde Pflegerin war. Sobald sie nur durchs Zimmer ging oder den Kopf zur Tür hereinsteckte, war es, als lindere dies bereits Schmerzen und Verdrießlichkeit. Und Mam Späckbom war sich wohl bewusst, welchen Anteil an ihren Kuren sie Flohs munterem Lachen verdankte. Denn dieses Lachen klang anders als jedes andere, das jemals in der Arche Noah zu hören gewesen war. Es lief die Treppe hinauf und in den Keller hinunter, durchs Schlüsselloch zu den Kranken hinein und geradewegs in deren Herz, sodass manchen von ihnen ganz warm wurde; andere mussten mitlachen, und alle waren willens, sonst etwas dafür zu geben, Floh lachen zu hören.

Und sie lachte freigebig über alles und nichts – wie es sich gerade fügte. Sie hatte rote Lippen und frische weiße Zähne, darüber aber leuchteten ihre Augen – und die waren Mam Späckboms ganzer Stolz, denn der gelehrte Doktor hatte sie ja «aufgegeben».

Mam Späckboms Arche war nicht so verlässlich gebaut wie die Noahs. Sie bot sich, offen gesagt, als ein gebrechlicher alter Kasten von Haus dar, das nur noch stand, weil es mit einem neuen, stärkeren zusammengebaut war. Doch da es sich, wie alles Alte, nicht dareinfinden konnte, Stütze von der Jugend anzunehmen, schob es sich immer mehr nach der anderen Seite, wie um gegen die Verbindung zu protestieren; und dadurch geriet es allmählich so in die Schräge, dass es schon bedrohlich über dem Abhang schwebte, der nach Osten zum Hafen und zu den Schiffsbrücken hinunterführte.

Es war ein Eckhaus, zur Straße hin weiß, an der Rückseite rot angestrichen. Alle nur denkbaren Krümmungen, schiefen Linien, Rütteltüren, Vorsprünge und Ausbuchtungen der Welt schienen sich in dieser Arche ein Stelldichein gegeben zu haben. Und wie sie da in ihrer ganzen Unmöglichkeit stand, bildete sie für die moderne Architektur ein ebenso großes Rätsel wie die Arche Noah.

Gleichwohl musste sie von zäher Konstitution sein, denn sonst wäre die Bande sicherlich längst in den Keller abgestürzt – bei dem Leben und Treiben, das dort oben oftmals herrschte. Besonders nachts war es für die Falbes eine schlimme Plage, wenn die Bande über ihnen randalierte. Tagsüber waren sowohl die Schwester als auch der Bruder meistens nicht zu Hause. Sie leitete eine Mädchenschule in dem vornehmeren Teil der Stadt, und er hielt sich aus irgendwelchen Gründen gleichfalls außerhalb der Arche auf.

Die beiden entstammten einem alten Beamtengeschlecht; mit ihrem Vater aber war irgendetwas gewesen. Das Gerücht besagte, dass er sich wegen einer Unterschlagung erhängt oder erschossen habe. Doch das lag etwa zwanzig Jahre zurück und hatte sich in einer ganz anderen Gegend des Landes zugetragen, sodass niemand so richtig darüber Bescheid wusste.

Fest stand, dass die Geschwister in der Stadt ziemlich fremd geblieben waren und dass sie für sich allein und in dürftigen Verhältnissen lebten. Die Mädchenschule der Schwester hatte jedoch ein beachtliches Ansehen, obwohl das Fräulein selbst durchaus keine beliebte Person war. Dazu war sie allzu herrisch und absonderlich.

Fräulein Falbe mochte um die fünfunddreißig sein, der Bruder zwei bis drei Jahre jünger. Sie war blond, hatte eine große, knollige Nase und ernste Augen. Doch zuweilen konnte sie so freundlich lächeln, dass die Leute, die es zum ersten Mal sahen, ganz verwundert waren.

Kristian Falbe ähnelte seiner Schwester, war jedoch ein hübscher Kerl; ihm stand die große Familiennase besser zu Gesicht. Ebendiese Nase hatte sich indes schon in seinem dreißigsten Jahr mit einem Netz rötlicher Äderchen überzogen, denn Kristian Falbe trank recht ausgiebig. Wenn er in einer großen Stadt gelebt hätte, wäre er wahrscheinlich ein ganz moderater Kaffeehausgast geworden. Doch in einer kleinen Stadt, wo es sich nicht schickt, Restaurants zu besuchen, schleicht man auf krummen Wegen einher und gewöhnt sich dabei das Trinken an.

Die ganze Stadt wusste natürlich über Herrn Falbe Bescheid, während sich die Schwester einbildete, dieses Geheimnis vor allen verborgen gehalten zu haben. Darum nämlich drehten sich ständig ihre Gedanken, diesem Hehl galt ihr ewiges Trachten von morgens bis abends und so manches Mal vom Abend bis zum Morgen. Sie hatte ihre Bemühungen aufgegeben, ihn auf den Weg der Besserung zu bringen; nun war sie all seiner schönen Versprechungen und missglückten Versuche überdrüssig. Jetzt ging es nur noch darum, ihn einigermaßen über Wasser zu halten – und das Ganze zu bemänteln.

Beide wussten sie um das Schicksal des Vaters; bei ihr hatte sich jedoch der Familienstolz in Energie umgesetzt, während er bei ihm in eitlen Missmut und nutzlose Bitterkeit umgeschlagen war.

Er war gewandt und recht begabt; wenn er sich in seinen besseren Perioden befand, gab er Privatunterricht in Sprachen. Danach aber überkam ihn immer wieder die Trunksucht, und dann verschwand er für ganze Wochen, bis er schließlich in der erbärmlichsten Verfassung in die Arche zurückkehrte.

Die Schwester verdiente genug für sie beide. Während er schlief, steckte sie Geld in sein Portemonnaie; sie lächelte ihm zu, wenn er abends betrunken heimkam; sie kochte Essen – das beste Essen, das sie sich für ihn ausdenken konnte. Er aß und trank und dankte niemals.

Aber dies war auch Fräulein Falbes einzige Schwäche, und die gestand sie sich in einsamen Stunden sogar selbst ein. Im Übrigen war sie korrekt, mutig, resolut und unermüdlich tätig.

In der Arche hatte man vor ihr mehr Respekt als vor Madam Späckbom selbst, und auch die Dreistesten der Bande schlichen auf den Zehenspitzen, wenn sie Fräulein Falbes Treppenabsatz passierten.

Es war übrigens eine beschwerliche, knarrende alte Treppe, die sich gemächlich mit vielen Absätzen nach oben wand und in einer leiterähnlichen Steile endete. Es gehörte zu Flohs Lieblingsbeschäftigungen, auf dem Geländer von ganz oben bis ganz unten hinunterzurutschen und bei jedem Absatz einen kleinen Hopser zu machen – das heißt, wenn Fräulein Falbe in ihrer Schule weilte.

Im Übrigen war das Fräulein in seiner etwas strengen Art gegenüber Floh stets freundlich. Abends, wenn Mam Späckbom von ihrer Praxis in Anspruch genommen war, saß Else oben bei den Falbes in der Stube und las oder besah sich Bilder, während das Fräulein Aufsätze korrigierte. Kam dann Kristian nach Hause, warf die Schwester einen raschen Blick auf ihn, und je nachdem, wie die Musterung ausfiel, wurde Else entweder nach unten geschickt oder aufgefordert zu bleiben. Hin und wieder setzte sich Kristian dann hin, um mit ihr Dame oder irgendetwas anderes zu spielen. Und wenn die beiden so richtig herzhaft übereinander lachten, blickte Fräulein Falbe mit ihrem hübschen Lächeln von ihren Aufsätzen auf.

Gleichwohl vergnügte sich Floh am allerbesten bei der Bande oben auf dem Boden. Dort lag über all den seltsamen Winkeln und kleinen Verschlägen ein eigenartiges, geheimnisvolles Halbdunkel. Außerdem wusste man niemals, wer dort eigentlich wohnte, denn die Gesellschaft wechselte ständig. Bald waren es nur zwei bis drei der festen Mieter, bald wimmelte es in jedem Winkel von Menschen – meistens Männern, die schliefen, Karten spielten, tranken oder die Köpfe zusammensteckten und tuschelten.

Die Hauptperson auf dem Boden war Puppen-Lene, ein großes, kräftiges Frauenzimmer mit dunklem Haar, kleinen Augen und einer ungewöhnlich dicken Unterlippe.

Sie hatte von Mam Späckbom sämtliche Räume hier oben gemietet, was für die Madam sehr bequem war. Ansonsten aber war das Verhältnis zwischen den beiden Damen nicht frei von Reibereien. Denn mit ihrer Musik, dem Lärm und dergleichen Störungen stellte die Bande ein großes Ärgernis für das Haus dar; außerdem brachte sie die Arche in der ganzen Stadt in Verruf.

Doch wie es sich damit nun auch verhielt – Puppen-Lene ließ sich nicht vertreiben. Mehrmals schon hatte die Madam ihr gekündigt, und ein paar Mal war Puppen-Lene tatsächlich verschwunden. Nach kurzer Zeit aber war es zu einer Versöhnung gekommen, und sie kehrte in die Arche zurück – «ganz wie die Taube mit dem Ölbaumzweig», wie sich der alte Schirrmeister ausdrückte.

Der alte Schirrmeister war ein versoffener deutscher Musikant, den es vor vielen Jahren mit einem umherreisenden Orchester hierher verschlagen hatte. Anfangs lief es gut mit ihm. Er spielte sehr schön Geige und besaß im Übrigen die Gabe, auch alle möglichen anderen Instrumente respektabel zu beherrschen. Deshalb fehlte es ihm nicht an Empfehlungen für die besten Häuser. Doch nach und nach kam er aus der Mode; sein Trinken nahm überhand, und schließlich tat er sich mit seinem einstigen Dienstmädchen Lene zusammen, das er «meine Puppe» zu nennen pflegte. Der Volksmund machte daraus den Spitznamen «Puppen-Lene».

Inzwischen war der alte Künstler so weit heruntergekommen, dass er vom Notenschreiben und von Puppen-Lenes Gnade leben musste. Unter dem schrägen Dach stand sein altes Klavier, das als Tisch zum Notenschreiben, zum Essen und Trinken diente, und ganz hinten an der Wand lehnte, verstaubt und vergessen, der Geigenkasten.

Wenn Else mit dem alten Schirrmeister allein war, brachte sie ihn mitunter dazu, für sie zu spielen; doch das kam nicht oft vor. Denn der alte Musikant war so tief gesunken, dass es ihm wehtat, Musik zu hören. Deshalb ging es am besten, wenn er ein bisschen angetrunken war. Dann aber konnte er spielen, dass es in dem alten Klavier seufzte und weinte. Und Floh saß atembenommen auf der Bettkante und weinte mit.

Solange er etwas zu trinken hatte, setzte er sein Spiel fort; manchmal sang er dazu oder erzählte ihr, was er gerade spielte. Und so ergab es sich, dass er ihr seine Jugend schilderte, die voller Hoffnung, Musik und Fröhlichkeit gewesen war: wie er mit den Göttinger Studenten Commerce gespielt und wie der große Spohr ihm einst seine Hand auf den Kopf gelegt und gesagt habe: «Er wird es weit bringen!»

Und dabei zog sich der alte Schirrmeister die hellgelbe Perücke herunter, damit Floh selbst den Kopf sehen könne, auf dem die Hand des großen Meisters geruht hatte. «Ja – ja, er hat es auch weit gebracht, der alte Schweinigel!», murmelte er dann vor sich hin, blickte sich in seiner Dachkammer um, nahm einen Schluck und spielte weiter.

Und Floh hörte und sah die wunderlichsten Dinge der Welt. Strahlende Bilder breiteten sich vor ihr aus: fein herausgeputzte Damen und Herren, Licht, Musik, Rosen, Kutschen und glänzende Pferde, die Braut in weißem Atlas – und wieder Rosen, deren Duft sie zu verspüren glaubte.

Ein Sommerabend – das Dachfenster stand offen, und der Schein der untergehenden Sonne fiel rötlich auf den kleinen Musikanten, der dort, die Flasche neben sich, saß und für Else spielte. Seine Augen waren vom Trinken und vor Rührung feucht geworden, während er gefühlvoll und auf die altmodisch behutsame Weise ein Adagio aus Mozarts Sonaten vortrug. Das war eine besondere Aufmerksamkeit gegenüber Floh, denn sonst war er durch nichts dazu zu bewegen, die alten Klassiker zu spielen, was immer man ihm auch bieten mochte.

Er hatte bemerkt, dass Else in der Lage war, ihm zu folgen. Und wenn er sah, wie er sie durch die Musik mitreißen konnte, sodass sich ihre klaren Augen bald mit Tränen füllten, bald wie vor einer Offenbarung öffneten, dann seufzte das alte Wrack: «Sie wird es auch weit bringen.»

Auf dem Boden draußen ertönte plötzlich ein sonderbares Gepolter, und jemand machte sich an der Tür zu schaffen.

«Tra-tra-tra! Die Trommel ist da!», rief Schirrmeister und ging zu einem heiteren Marsch über.

Die Tür öffnete sich, und zum Vorschein kam

eine Trommel, die ein hoch aufgeschossener, dürrer Kerl in blauem Uniformrock mit langen Schößen auf seinem Bauch vor sich herschob. Ihm folgte ein großer, dicker Mann mit einer Flöte unter dem Arm.

Man brauchte nur seine Unterlippe zu sehen, um sogleich zu erfassen, dass es Puppen-Lenes Bruder war. Doch ob es nun von der Flöte herrührte oder an seinem Temperament lag – seine Lippe war viel dicker und hing doppelt so weit herunter.

Dieser Mann war seinerzeit Ökonom in der städtischen Strafarbeitsanstalt gewesen, hatte dann aber seinen Abschied erhalten. Und nun lebte er in der Pension seiner Schwester – wie er sagte. Innerhalb der Bande trug er den Spitznamen «Bier-Ökonom», und soweit man wusste, tat er nichts weiter als trinken, Flöte spielen und für seine Schwester Besorgungen machen.

Über diesen Besorgungen, die stets in der Dämmerung erfolgten, lag indes irgendetwas Mystisches. Der lange, doppelt geknöpfte Frack des Bier-Ökonomen war, wenn dieser wegging, sonderbar ausgepolstert, und wenn er dann – verhältnismäßig schlank – zurückkehrte, stürzte sich die Schwester, ehe noch jemand von den anderen an ihn herankommen konnte, wie ein Habicht auf ihn. In der Bande war man allgemein der Überzeugung, dass er von solchen Expeditionen Geld mitbrachte.

Floh kannte sowohl den Bier-Ökonomen als auch Jørgen Tambour gut. Sie stand nun sofort auf und machte ihnen Platz, soweit es die Enge zuließ.

Jørgen Tambour brachte zum Konzert zwei Flaschen Bier und einen Pegel Branntwein mit. Der Bier-Ökonom zwinkerte geheimnisvoll und sagte: «Er hat einen Boten geschickt» – so wie er es immer sagte. Kein Mensch wusste, was das für ein Bote sein sollte, und ebenso wenig, wohin er geschickt worden war. Doch alle wussten mit Bestimmtheit, dass er niemals zurückkehren würde.

Der alte Schirrmeister warf unterdessen einen geringschätzigen Blick auf die Getränke und erklärte, er wolle heute nicht spielen.

«Befehl von Puppen-Lene», sagte Jørgen Tambour mit militärischer Kürze, und in diesem Augenblick steckte sie selbst den Kopf zur Tür herein und fragte in ungewöhnlich sanftem Ton: «Nun, spielt ihr nicht? Vielleicht sollte etwas zu trinken her?»

«Ei – ei! Scheint heute die liebe Sonne?», rief Schirrmeister. Der Bier-Ökonom nickte und putzte mit einem rot karierten Taschentuch die Klappen an seinem Instrument, während Jørgen Tambour bedächtig den Branntwein in seine Brusttasche steckte und die beiden Bierflaschen tief in seinen langen Rockschößen versenkte. Wenn Puppen-Lene spendieren wollte, konnte er das Seine für ein andermal aufsparen.

Das Konzert begann mit einem Rondo grazioso von Fürstenau. Der Bier-Ökonom hatte in seiner Jugend wirklich Fürstenau spielen können. Doch mit den Jahren hatte sich gleichsam ein Schleier von Speichel über sein Spiel gelegt, und die Finger waren so dick und steif geworden, dass er sie ausgestreckt halten musste, wenn er spielte.

Jørgen Tambour vollführte seinen Part mit Geschmack und Einfühlungsvermögen, indem er mit gedämpften Wirbeln die Triller und Läufe des Bier-Ökonomen, die in Speichel und Wind zerrannen, überdeckte. Der alte Schirrmeister begleitete indes nach seinem eigenen Kopf.

Es musste ziemlich weit mit ihm gekommen sein, wenn er an diesen Trios teilnahm; in seinem Gram und in seiner Schmach fiel die Begleitung bisweilen denn auch so wild aus, dass der selige Fürstenau sein sanftmütiges Rondo grazioso kaum wiedererkannt hätte.

Als sie einigermaßen in Gang gekommen waren, erschien Puppen-Lene strahlend an der Tür, und einen Augenblick darauf drängten zwei junge Leute herein, die nach Handwerksburschen oder Ähnlichem aussahen. Der eine hatte nur ein Auge, und Floh wusste, dass er Klempner war. Den anderen jungen Kerl hingegen kannte sie noch nicht. Er fing sogleich an, ihr den Hof zu machen. Else wäre lieber in Ruhe gelassen worden und hätte weiter der Musik zugehört, die sie herrlich fand. Aber sie war auch sonst daran gewöhnt, von dem Mannsvolk hier oben gekniffen und umgarnt zu werden, sodass sie sich nicht sonderlich belästigt fühlte.

Da kam Puppen-Lene selbst herein und schloss die Tür hinter sich ab. Und gleichzeitig – fast so, als wäre er aus ihren Röcken geschlüpft – kam noch jemand zum Vorschein, sodass es in dem kleinen Raum recht eng wurde.

Der Ankömmling war ein kleiner, blasser Mann. Floh hatte ihn nicht lange vordem schon einmal hier oben gesehen und den Eindruck gewonnen, dass es sich um eine wichtige Person handle.

Während er sich nun dicht neben der Wirtin auf einem Schemel niederließ, wanderte der Blick seiner kleinen, wasserblauen Augen ringsumher, in alle Winkel, über alle anwesenden Leute, nach oben zum Dachfenster und schließlich zur Tür, wo der Riegel vorgeschoben und der Schlüssel umgedreht war. Sein Gesicht war mager und blass, so als habe er lange im Dunkeln gelebt. Sein Haar war rötlich-bleich, nahezu weiß, und kurz geschoren; die Schläfen zeigten tiefe Einbuchtungen. Seine Hände waren heller als die der anderen; doch sie kamen selten zum Vorschein, denn für gewöhnlich saß er auf ihnen.

Floh musste ihn unentwegt ansehen. Er hatte ein so merkwürdiges Gesicht, am allermerkwürdigsten aber war, dass er, sooft sie zu ihm hinschaute, ein verändertes Gesicht zeigte. Und als er ihre Verblüffung bemerkte, fing er an, Grimassen zu schneiden. Schließlich setzte er ein so fürchterliches Gesicht auf, dass Floh einen kleinen Schrei ausstieß und nahe daran war, aufzuspringen. Da aber schlug er ein Lachen an, ganz lautlos, und ließ seine gelben Zähne blicken. Darauf folgte ein Tuscheln zwischen ihm und Puppen-Lene. Verschiedene Dinge, die Floh nicht sehen konnte, gingen unter dem Tisch von Hand zu Hand. Auch der Klempner und der andere junge Mann wurden in das heimliche Gespräch mit einbezogen. Doch jedes Mal, wenn die Musik verstummte, rief Puppen-Lene ihnen aufmunternd zu, und die Künstler labten sich in aller Eile und spielten weiter.

Mitten in einem vorzüglichen Allegro spirituoso, bei dem die Flöte des Bier-Ökonomen die Triller und Läufe hinaussprudeln ließ, dass es ein wahres Vergnügen war, klopfte es an der Tür.

Der Mann mit den vielen Gesichtern verschwand in Sekundenschnelle unter Puppen-Lenes Stuhl, und Else sah mit Verwunderung, dass ihr Kavalier und der Klempner auf einmal angefangen hatten, Karten zu spielen – mit Karten, die von der Decke gefallen zu sein schienen –, ja sie zankten sich sogar sehr heftig um einen Kreuzbuben.

«Aber Jørgen, wie trommelst du denn!», rief

Schirrmeister verärgert, denn je mehr der Trommler trank, desto eifriger wurde er. Er erinnerte sich an die stolze Zeit, da er für das Bürgerkorps getrommelt oder, wenn Feuer ausgebrochen war, in den Straßen Alarm geschlagen hatte.

«Still!», kommandierte Puppen-Lene, als es wieder klopfte. Das Trio verstummte. – «Wer klopft da?», fragte die Wirtin in trotzigem Ton.

Von draußen antwortete eine Stimme.

«Schließ auf», sagte Puppen-Lene beruhigt, «es ist nur Fräulein Falbe.»

Der Klempner zog den Riegel zurück, drehte den Schlüssel um und öffnete.

Fräulein Falbe blieb auf der Türschwelle stehen und wechselte einen Blick mit Puppen-Lene, der nicht gerade sehr freundlich ausfiel. Darauf sagte sie ruhig und ohne die anderen zu beachten: «Komm, Else! Hier hast du nichts zu suchen.»

Else erhob sich beschämt und folgte ihr. Niemand von der Bande wagte aufzumucken.

Als sie an Fräulein Falbes Tür kamen, fasste die Beschützerin Floh um den Leib und sagte: «Liebe Else! Versprich mir, dass du niemals mehr dort hinaufgehen wirst. Du bist ja jetzt ein erwachsenes Mädchen, und da musst du doch verstehen, dass es sich für dich nicht schickt, mit diesen garstigen Menschen zusammen zu sein.»

Else wurde blutrot und versprach unter Tränen,

niemals wieder zu der Bande hinaufzugehen. Und als sie unten in ihrer kleinen Kammer allein war, wiederholte sie, während sie sich auskleidete, ihr Versprechen.

Fräulein Falbe hatte recht: Ganz gewiss waren die da oben auf dem Boden garstige Menschen. Es war besser, sich um Mam Späckboms Patienten zu kümmern oder abends bei Fräulein Falbe zu sitzen und zu lesen.

Doch ehe Else schlafen ging, musste sie noch nach ihren Rosen im Fenster sehen. Sie liebte Rosen. Sie pflegte alle Blumen von Mam Späckbom – und die Madam hatte Blumen in allen ihren Fenstern. Die Rosen aber hegte Else am sorgsamsten, und wenn sie zu blühen anfingen, wurde ihr erlaubt, sie in ihre eigene Kammer zu stellen, denn dort schien die Morgensonne herein.

Es waren drei oder vier halb aufgesprungen, und während sich Else über die Blüten beugte, atmete sie den frischen, feinen Duft ein. Und bei diesem Duft ihrer Rosen erschienen ihr Bilder von den wunderlichsten Dingen der ganzen Welt: fein herausgeputzte Damen und Herren, Licht, Musik, Kutschen und glänzende Pferde – und wieder Musik, die sie aus weiter Ferne erklingen hörte.

Und als sie ins Bett kroch, dachte sie nicht an Mam Späckboms Patienten oder an Fräulein Falbes stille Stube, sondern schlief mit Rosen und Musik ein, träumte von weißem Atlas und Schwanendaunen, die ihre Schultern umhüllten. – Sie war siebzehn Jahre alt...

Das Leben in der Arche ging mit einer gewissen Regelmäßigkeit seinen schillernden Gang. Mam Späckbom führte ihren stillen Krieg gegen Doktor Bentzen, Fräulein Falbe arbeitete für ihre Schule und für ihren Bruder, und die Bande trieb oben ihr geheimnisvolles Wesen.

Eine ganze Weile unterließ es Floh, auf den Boden hinaufzugehen, bis sie eines Tages den alten Schirrmeister spielen hörte. Da überkam sie solche Lust, nachzusehen, ob er allein sei – daran konnte doch nichts Schlimmes sein.

Er war nicht allein. Als sie nun aber erst einmal nach oben gestiegen war, blieb sie trotz allem dort. Und allmählich fügte sich alles wie zuvor, nur dass sie jetzt alles tat, um ihre Besuche vor Fräulein Falbe geheim zu halten.

So ging es in Mam Späckboms Arche zu, und in all diesem Treiben wuchs Floh auf.

II

«Ja, meine Damen und Herren, aber wir müssen bedenken, dass es hier nicht nur darum geht, der bedrängten Menschheit in ihrer Allgemeinheit Hilfe zu leisten, sondern dass wir uns zur Aufgabe gestellt haben, innerhalb eines bestimmten Gebietes zu wirken. Wenngleich ich mich also aus vollem Herzen den von Herrn Konsul With dargelegten Gesichtspunkten anschließen möchte, so muss ich denn doch daran festhalten, dass wir unsere eigenen Grenzen nicht überschreiten sollten. Es ist schon möglich, dass die Not – und was uns hier besonders betrifft, die sittliche Verderbnis unter den jungen Mädchen – in der Gemeinde Sankt Pauli ebenso groß, ja vielleicht noch viel größer ist als hier in Sankt Petri. Dennoch glaube ich, dass wir uns, wenn unsere Arbeit sichtbare Früchte des Segens tragen soll, innerhalb der uns von Gott selbst zugewiesenen Grenzen halten müssen, und das ist – so denke ich – unsere eigene Gemeinde.»

«Oh, wie wahr ist das, was der Herr Kaplan da sagt!», rief Frau Bentzen freudig aus. «Das wäre ganz so wie früher, als ich meine bestimmten Armen zugeteilt bekam. Alles, was ich danach hingab, was wir für die Bedürftigen ausschütteten, das verschwand spurlos, und es kamen immer nur noch mehr, die bettelten. Aber jetzt lasse ich einfach das Mädchen antworten: ‹Wir haben da unsere bestimmten Kunden.› So weiß man wenigstens, dass es kein Unwürdiger bekommt. Und so kann man dann die unsichtbaren Früchte – nein, die gesegneten Früchte – sehen. Wie hat es doch der Herr

Kaplan ausgedrückt... Das war so treffend – und so schön.»

«Sichtbare Früchte des Segens», sagte der Kaplan, in Bescheidenheit errötend.

«Ja – so ist es», sagte die Frau und wiederholte die Worte halblaut, wie um sich auch später noch an sie zu erinnern.

«Ich für meinen Teil glaube gar nicht mal, dass es recht ist, blindlings draufloszugehen und zu helfen», sagte die junge Frau des neuen Polizeimeisters und senkte sittsam die Lider ihrer hübschen Augen.

Der Kaplan verbeugte sich anerkennend vor der Frau und wies darauf hin, dass es auch in der Heiligen Schrift heiße, es sei nicht recht, den Kindern ihr Brot zu nehmen und es vor die Hunde zu werfen. Daran knüpfte er einige Bemerkungen, wobei er wiederum hervorhob, der «Verein für gefallene Frauen», den zu gründen man hier versammelt sei, solle seine Tätigkeit streng innerhalb der Grenzen der Gemeinde Sankt Petri ausüben.

Großhändler With hatte im Grunde nicht das Geringste hiergegen einzuwenden. Er hatte ins Blaue hinein ein paar belanglose Worte von sich gegeben, nur um etwas zu sagen. Nun musste er doch erklären, dass es lediglich seine Absicht gewesen sei, so in groben Zügen... hm... zu skizzieren, was da... hm... seiner Meinung nach gegen dieses...

hm… gegen dieses Gesellschaftsübel getan werden müsse.

Der Kaplan zollte ihm Lob für seinen wertvollen Beitrag. Der Konsul habe Wesentliches zur Erhellung der Sache geleistet. Danach wurde die Diskussion zu diesem Punkt als abgeschlossen betrachtet und der vom Kaplan vorgeschlagene Name angenommen: «Verein für gefallene Frauen der Gemeinde Sankt Petri».

Konsul With glättete seinen schwarzen Knebelbart und warf einen verstohlenen Blick auf die Uhr. Seine Frau hatte ihn genötigt, an dieser Versammlung teilzunehmen, bei der außer ihm und dem Kaplan keine Herren sonst zugegen waren. Im Übrigen sah man eine Auswahl der allervornehmsten Damen der Stadt, die sich aus jenem Anlass, einer Einladung des Kaplans folgend, hier eingefunden hatten. Konsul With war mit einbezogen worden, weil man den Namen eines der reichsten und tüchtigsten Männer der Stadt unter den Gründern zu haben wünschte.

Boshafte Menschen mochten vielleicht finden, dass sich der Konsul gerade in einem Verein solcher Art etwas merkwürdig ausnehme, denn er stand tatsächlich nicht in dem besten Ruf.

Manche fanden eine Entschuldigung für ihn in dem Umstand, dass er so ziemlich das getan hatte, was nach Kierkegaards Meinung Luther hätte tun sollen – nämlich ein Bügelbrett zu heiraten. Denn Frau With war ganz gewiss so etwa das Flachste, was einem vor die Augen kommen konnte.

Andere meinten, sie verdiene es auch nicht besser, wenn sie so töricht habe sein können, sich einzubilden, dass der schmucke Otto With sie aus anderen Gründen als wegen ihres Geldes vom alten Schiffer Randulf genommen habe.

Doch der Konsul selbst war so geschmeidig und glatt, so liebenswürdig und gewandt, dass die Gerüchte von ihm abglitten. Diejenigen, die ihn genau kannten, lachten über ihn: Er sei nun einmal unverbesserlich. Die meisten aber meinten, er sei nicht so schlimm, wie geredet werde.

Unterdessen wurden die Erörterungen fortgesetzt. Man besprach die vorbereitenden Arbeiten und verteilte die Aufgaben unter den Anwesenden. Das ging jedoch nicht ohne Schwierigkeiten ab; der Kaplan musste äußerst behutsam sein und zwischen all den Damen manövrieren, ohne eine von ihnen zu kränken.

Er merkte, dass mehrere der Damen ganz begehrlich nach dem Posten des Vereinssekretärs trachteten. Und das war zum Teil des Kaplans eigene Schuld; denn er hatte ihnen halb im Scherz ausgemalt, wie interessant und verantwortungsvoll es sei, ein großes, dickes Protokoll mit Rubriken von roter und blauer Tinte zu führen.

In dieses dicke Protokollbuch schien sich speziell die Polizeimeistersgattin verliebt zu haben, und jedes Mal, wenn die Rede auf den Sekretärsposten kam, ließ sie die Blicke ihrer hübschen Augen mit einem schamhaften Flehen auf dem Kaplan ruhen.

Aber es gab andere, die einer solchen Auszeichnung noch würdiger sein mochten. Da war nun zunächst Frau With, in deren elegantem Gesellschaftszimmer die Versammlung stattfand und von der man den höchsten Beitrag erwartete. Der Kaplan hatte sich jedoch listigerweise ausgedacht, sie damit abzufinden, dass er ihren Mann, den Konsul, zum Vereinsvorsitzenden machte.

Dann war da auch die reiche Frau Fanny Garman vom Sandsgaard. Sie schien sich allerdings nur zu langweilen und sich um nichts zu scheren. Dennoch musste man damit rechnen, dass sie es übelnähme, wenn sie übergangen würde; man konnte ja nie wissen.

Und schließlich blieb für den Kaplan noch eine große Frage offen: ob es nicht richtig wäre, der Frau seines Pfarrers den Sekretärsposten anzubieten. Pastor Martens hatte im Namen seiner Frau die Einladung, in dem Verein mitzuwirken, angenommen. Allerdings hatte er hinzugefügt, seine Lena sei, obgleich sie sich mit Leib und Seele für die Sache interessiere, leider so kränklich, dass sie sich als stiller Mensch am liebsten innerhalb ihrer trauten vier

Wände aufhalte. Sie war bei der Zusammenkunft auch nicht zugegen.

Der Kaplan wurde allmählich unruhig. Er war verhältnismäßig neu in der Gemeinde, und die Gründung dieses «Vereins für gefallene Frauen der Gemeinde Sankt Petri» sollte eigentlich sein großes Entree werden. Nun spürte er bereits die Schwierigkeiten. Dieser Sekretärsposten – was sollte er hier nur machen?

Während er dasaß und alle diese Probleme in seinem Innern hin und her wälzte, klopfte es an die Tür, und Fräulein Falbe trat ein. Nach einem flüchtigen Gruß zu Frau With hin begann sie kurz und bündig, an die dort versammelte Gesellschaft gewandt: «Mir ist zu Ohren gekommen, dass hier ein Verein zur Rettung junger Mädchen gegründet werden soll, und da ich mir dachte, es könnte ein Rennen um die vorhandenen Plätze einsetzen, hielt ich es für dringend geraten, ein junges Mädchen zu empfehlen, das es im höchsten Grade nötig hat, aus seiner Umgebung befreit zu werden. Sie kennen das Mädchen gewiss auch, Frau Bentzen! Es ist die kleine Else von Madam Späckbom.»

Frau Bentzen schüttelte sich und zupfte einen Faden von ihrem Kleid. Ja, gewiss kenne sie die. Alle Welt kenne doch das kleine, durchtriebene Ding; sie müsse allerdings gestehen, dass…

Einige der anderen Damen murmelten und tuschelten miteinander. Konsul With aber war so unvorsichtig auszurufen: «Ach, Fräulein Falbe, Sie meinen den Floh! Eine niedliche … hm, hm!» Es half nichts, dass er hustete. Das Bügelbrett warf ihm einen sprechenden Blick zu, und Frau Garman konnte sich offenbar eines Lachens hinter ihrem großen Fächer nicht enthalten. Fräulein Falbe aber fuhr fort, ihre Empfehlung zu begründen, indem sie all die Anfechtungen schilderte, die das Leben in der Arche mit sich brachte.

«Dass Fräulein Falbe es aushält, in einem solchen Haus zu wohnen!», sagte das Bügelbrett frei heraus.

Das Fräulein zwang sich zu schweigen.

Da niemand etwas erwidern zu wollen schien, sagte die kleine Polizeimeistersgattin: «Entschuldigen Sie – ich bin ja hier noch so fremd. Wohnt denn das erwähnte junge Mädchen innerhalb der Grenzen der Gemeinde Sankt Petri?»

Diese scharfsinnige Frage machte auf den Kaplan einen so guten Eindruck, dass er beschloss, der Fragestellerin den Sekretärsposten zu überlassen. Unterdessen wurde schnell geklärt, dass die Arche wirklich innerhalb der Grenzen der Gemeinde Sankt Petri lag, und abermals entstand eine kurze, peinliche Pause. Alle wollten sie nämlich gern Fräulein Falbes Anliegen ablehnen, doch keiner der Anwesenden fand einen passenden Einwand.

Daraufhin sagte der Kaplan: «Entschuldigen Sie,

Fräulein Falbe! Da Ihnen Sinn und Zweck dieses Vereins bekannt sind, wissen Sie wohl auch, welche Menschen in unserem Gemeinwesen wir zu retten beabsichtigen. Gestatten Sie mir deshalb eine Frage: Ist das von Ihnen empfohlene Mädchen eine gefallene Frau?»

«Das weiß ich nicht», entgegnete Fräulein Falbe unverzüglich und wurde rot. Gleich darauf aber fügte sie ruhig hinzu: «Sie ist nicht älter als siebzehn Jahre, und gerade deshalb habe ich gehofft, dass sie gerettet werden könnte. Denn in der Umgebung, in der sie aufwächst, scheint es mir fast eine Zwangsläufigkeit zu sein, dass sie fällt und in den Sumpf abgleitet – wie wir es so oft bei Mädchen in ihrer Lage mit ansehen müssen.»

«Nun, Fräulein, darauf möchte ich Ihnen antworten, dass ich zum einen diese moderne Auffassung von der Zwangsläufigkeit nicht teile. Ich für meinen Teil glaube – und ich bin, auch wenn die neue Weisheit unserer Zeit über mich lachen wird, ich bin glücklich darüber, zu glauben, dass selbst dort, wo das menschliche Auge den sicheren, den zwangsläufigen Weg ins Verderben sieht, dass selbst dort Platz ist für Gottes liebevollen Ratschluss. Und was nun die Sache selbst angeht», fügte der Kaplan hinzu und blickte sich in der Versammlung um, «so muss ich hiermit wiederholen, was ich schon vorher in diesem Kreis die Ehre gehabt habe darzulegen: dass wir ebenso, wie wir es als unsere Pflicht erachten, unser Wirken auf eine bestimmte Gemeinde zu beschränken, daran festhalten müssen, dass unsere Rettungsarbeit eine ganz bestimmte Gruppe von Menschen umfasst. Das haben wir ja auch in dem Namen ausdrücken wollen, den wir gewählt haben: ‹Verein für gefallene Frauen› – also nur für die Unglücklichen, die wir als gefallene Frauen bezeichnen –, und zwar der Gemeinde Sankt Petri.»

Diese Rede wurde mit gedämpftem, aber eifrigem Beifall aller um den Tisch versammelten Damen aufgenommen, und mehrfach konnte man Äußerungen hören wie: «Natürlich», «Das ist doch klar» oder «Selbstverständlich muss es so sein».

Einen Augenblick lang sah es aus, als wollte Fräulein Falbe mit einer heftigen Entgegnung parieren – sie war oftmals so unberechenbar. Doch sie hielt inne und ließ es bei einer kargen Entschuldigung bewenden, weil sie sich «geirrt» habe, wie sie sich ausdrückte. Darauf verließ sie die Versammlung.

«So ist es mit Fräulein Falbe immer!», rief Frau With aus, als die Tür ins Schloss gefallen war. «Stets und ständig folgt ihr etwas Unerfreuliches nach!»

«Sie ist so eigenartig hart», sagte Frau Bentzen.

«Ich fürchte, ihr fehlt der rechte Geist», sagte der Kaplan mit mildem Ernst.

«Soviel ich weiß», warf die Polizeimeistersgattin

mit ihrer unschuldigen Stimme ein, «ist Fräulein Falbe doch Mitglied irgendeiner wohltätigen Stiftung der Stadt?»

«Nein! Wir hatten sie zuerst im Pflegestift für Kleinkinder mitarbeiten lassen», erwiderte Frau Bentzen, «aber sie war ganz unleidlich und herrschsüchtig, und schließlich passierte die Geschichte mit der Quacksalberin.»

Diese Geschichte wurde nun erzählt. Sie passte umso besser zur Situation, als es sich um eben dieselbe Else handelte, die Fräulein Falbe empfohlen hatte. Die Polizeimeistersgattin erkundigte sich sehr angelegentlich nach dem Altersunterschied zwischen Fräulein Falbe und dem jungen Mädchen – ein Scharfsinn, den der Kaplan im Stillen nicht umhin konnte anzuerkennen.

Doch erst als Doktor Bentzen – als der Arzt des Hauses – dazukam, wurde man richtig über den ganzen Skandal aufgeklärt. Als er hörte, wovon die Rede war, steckte er seine rote Nase in die Luft und begann mit einem Wortschwall die Arche in Grund und Boden zu verdammen. Die sei eine Schande für die ganze Stadt, und die Puppen-Lene sei eine Hehlerin, die sich mit einem Taugenichts von Musikanten zusammengetan habe, um die Polizei an der Nase herumzuführen. Fräulein Falbe und ihr Bruder seien ungefähr von der gleichen Sorte. Doch als er auf Madam Späckbom und Floh zu sprechen kam, redete er sich in eine solche Wut, dass seine Frau – wie sie zu tun pflegte – zu ihm gehen, ihn tätscheln und behutsam zur Tür hinausschieben musste.

Nach diesen Unterbrechungen ließen sich die Verhandlungen nicht wieder in Gang bringen. Frau Fanny Garman hatte ihre Handschuhe zugeknöpft, und die Pferde vom Sandsgaard waren schon seit Langem vor dem Fenster zu sehen. Frau Fanny hatte die ganze Zeit über ihren Mund nicht geöffnet, ausgenommen zum Gähnen. Hin und wieder schnitt sie, zu Konsul With gerichtet, eine gelangweilte Grimasse, die er, sofern er sich getraute, erwiderte.

Der Kaplan hatte eigentlich mit einem kleinen Gebet schließen wollen. Doch es fügte sich anders. Die Seidenkleider der Damen raschelten und knisterten so sonderbar, als sich ihre Trägerinnen nun nach und nach erhoben, dass er keine Gelegenheit mehr fand, sein Vorhaben zu verwirklichen.

Im Übrigen unterschied sich dieser Verein etwas von den zahlreichen Missions- und Wohltätigkeitsgesellschaften, bei denen das Religiöse üblicherweise stark im Vordergrund stand. Die meisten der hier anwesenden Damen nahmen im Allgemeinen nicht an Derartigem teil. Und es war deshalb gerade das Bestreben des Kaplans gewesen, in seinem Verein die allervornehmsten Damen um sich zu sammeln, die sich sonst lediglich darauf beschränkten, Geldbeiträge zu leisten.

Dabei hatte er jedoch keineswegs die Absicht, seinen Verein aristokratischer und exklusiver auszurichten, als es die anderen Vereinigungen der Stadt waren. Gleichwohl vertrat er die Auffassung, dass sich die Pastoren unserer Tage allzu sehr der Mittelklasse zuwandten und es unterließen, auf diejenigen einzuwirken, die in der Gesellschaft ganz oben standen und sich im Besitz der höchsten Bildung glaubten. Dieser Auffassung wollte er Geltung verschaffen.

Doch die Stadt verstand ihn leider nicht. Und obgleich zwischen den zahllosen, vielfältigen Missionsvereinen – nebst dem unübersehbaren Gewirr von Basarkomitees mit allen erdenklichen Zielen – immer schon starke Konkurrenz und hitzige Rivalität herrschten, waren sie sich sämtlich darin einig, diesen neuen Konkurrenten mit scheelen Augen zu betrachten – diesen feinen, hochvornehmen «Verein für gefallene Frauen der Gemeinde Sankt Petri», mit dem Konsul With als Vorsitzendem!

III

Madam Späckbom hatte auch Patienten aus der Umgebung der Stadt, und sie war sehr stolz, wenn eine Karriole oder gar ein elegantes Gig vor ihrer Tür hielt.

Else durfte die Madam hin und wieder, wenn Platz war, nach außerhalb begleiten, und diese Touren waren im Grunde das Einzige, was Floh vom Landleben zu Gesicht bekam. Ansonsten gelangte sie niemals weiter als in die engen, winkligen Straßen der Stadt, es sei denn, dass sie sich – als besonderes Ereignis – ein Boot stahl und ein Stück auf Vågen, die Hafenbucht, hinausruderte.

An einem heiteren Tag Ende August sollte sie zusammen mit der Madam aufs Land hinausfahren dürfen. Es war eine Nachricht aus Konsul Withs Ziegelei gekommen: Die Frau des Werkleiters, eine alte Patientin von Madam, verlangte nach ihr.

Die ganze Arche war wegen dieses Ereignisses in Bewegung, und alle Kinder aus der Nachbarschaft umringten andächtig den Einspänner, um Mam Späckbom einsteigen zu sehen. Kristian Falbe stand oben und nickte. Die Mitglieder der Bande hatten sich am Giebelfenster des Bodens versammelt, von wo aus sie die Kutsche abfahren sehen konnten, und sie riefen und winkten Floh zu. Das Mädchen drehte sich zu ihnen hin und lachte glückstrahlend, sodass es in der engen Straße schallte.

Die Sonne schien noch nicht ganz klar. Sie leuchtete grauviolett durch den stillen, schweren Frühherbstnebel, der von den Gewässern und den feuchten Mooren emporstieg und sich mit dem dunkelbraunen Morgenrauch aus all den Schornsteinen der Stadt vermischte.

Doch als die Reisenden höher hinaufkamen, hatte sich der Nebel verflüchtigt; nur ganz weit unten in den Gärten der Stadt und unter den großen Bäumen an der Kirche hing noch der eine oder andere Schwaden. Es wurde allmählich licht und völlig klar, sodass man im Westen einen Streifen des offenen Meeres wahrnehmen konnte. Über dem Fjord mit den Inseln und den hohen, blauen Bergen, über den Feldern und gelben Äckern, über den Hügeln und Heideflächen, die in kräftigem Violett blühten, lag still der junge Herbstmorgen – still und schön.

Floh lachte und schwatzte anfangs so viel, dass Mam Späckbom sie aufforderte, den Mund zu halten. Die Madam wollte sich lieber mit dem Kutscherjungen, der hinter ihnen stand, unterhalten, über den gesundheitlichen Zustand der Landbewohner und die Lage außerhalb der Stadt im Allgemeinen.

Else hielt nun ihren Mund – nicht gerade weil sie sich so sehr um das geschert hätte, was die Madam sagte, sondern weil ihr die Lust zum Reden allmählich vergangen war. Sie begann all das, was sie um sich her sah, mehr für sich selbst zu genießen. Nicht jedes Mal mehr, wenn sie eine Kuh entdeckte, ließ sie einen Ausruf hören; doch sie freute sich über den hübschen Anblick des in dem frischen, kühlen Grün grasenden Tieres.

Es war völlig windstill, und die Gewässer, die zwischen den Hügeln auftauchten und wieder verschwanden, waren spiegelblank. Der Roggen leuchtete hellgelb, während der Hafer in den Talsohlen noch grüne Flecken hatte. Die kurzen, schweren Ähren duckten sich vor dem Wind, der am Vortag geweht hatte, tief zur Erde nieder, und überall duftete es nach Wärme und Reife.

Als sich die Kutsche so weit von der Stadt entfernt hatte, dass die Äcker aufhörten und zu beiden Seiten des Weges das Heidekraut sich in großen violetten Büscheln ausbreitete, da drängte die Luft so überwältigend heran, dass Else mehrmals tief durchatmen und sich an die Brust fassen musste; sie hatte das Gefühl, als wäre ihr Schnürmieder allzu eng geworden.

Diese ganze Schönheit der Natur, von der sie so wenig kannte, erfüllte sie mit einer Art Schmerz, sodass ihr die Tränen in die Augen traten. Vor ihren Gedanken ließ sie alle ihre kleinen Sünden vorüberziehen und fand, dass sie nicht gut genug sei, von dieser gesegneten Sonne beschienen zu werden.

Gleich darauf aber verspürte sie ein unendlich warmes Wohlbefinden, das sie vom Kopf bis zu den Füßen durchströmte. Sie fühlte sich mit einem Mal so froh, so geborgen, so dankbar für alles – und gegenüber allen Leuten –, dass sie am liebsten aus der Kutsche gesprungen wäre und jemanden, wer immer es auch sein mochte, umarmt hätte, nur um ihren Dank abzustatten, weil sie so froh, so überschäumend glücklich war. Es ergriff sie das Gefühl, der ganzen Welt so viel schuldig zu sein.

Die Ahnung von einem großen, großen Glück bemächtigte sich ihrer. Sie lehnte sich zurück – so gut sich das in dem holpernden Einspänner machen ließ – und gab sich dem Träumen hin.

Doch es waren nicht die alten Träume, die ihr da erschienen – die Träume von der Braut und den festlichen Kutschen. Es war ein neuer Traum – groß, wundersam, gestaltlos. Er flößte ihr beinahe Angst ein.

Else öffnete unauffällig ein paar Knöpfe ihres Kleides, um an das Schnürmieder heranzukommen; es war wirklich zu eng.

Als die Kutsche anlangte, war es Floh, die Madam Späckbom gern gebeten hätte, den Mund zu halten – so tief war sie in ihre Träume versunken, und so sehr schmerzte es, aus ihnen herausgerissen zu werden.

Das Haus des Werkleiters lag etwas abseits von den übrigen Gebäuden der Ziegelei, und während die Madam zu der Patientin hineinging, wollte sich Else in den merkwürdig langen Häusern umsehen, in denen sich anstelle von Wänden Regale erhoben.

Noch halb in ihrem Traum befangen, ging sie umher und betrachtete all das Neue und Seltsame, und alles machte an diesem Tag einen eigentümlich unwirklichen Eindruck auf sie.

Die Arbeiter, die verschwitzt und lehmbeschmiert um sie herumwirbelten, beachtete sie nicht. Sie blieb jedoch lange stehen und verfolgte das große Wasserrad, das die Lehmmühlen antrieb. An der Rückseite des Rades, wo sich die Schaufeln aufwärts bewegten, tanzten Hunderte und Tausende kleiner Wassertropfen; sie hüpften, Bogen beschreibend, in die Höhe und fielen als kristallene Sternchen wieder herab, wobei sie sich von dem riesigen, unaufhörlich kreisenden Rad glitzernd abhoben.

Unter dem Wasserrad war es frisch und kühl. Das eintönige Geräusch der Schaufeln, die plätschernd herumfuhren, und die klaren Wasserperlen, die vor ihren Augen tanzten, lockten Else in neuerliche Träume – bis man ihr etwas zurief. Sie stand einem Riesen, der stöhnend mit einer schweren Last von der Lehmbahn kam und zur Ziegelmühle wollte, mitten im Weg.

Else wanderte die langen Gänge entlang, wo die Backsteine wie Gesangbücher in den Regalen aufgestapelt standen, hoch über ihrem Kopf und noch weit, weit nach vorn, bis ganz an das Ende des Gangs, der ins Freie führte und wo sie einige winzig klein wirkende Menschen sich im Sonnenschein bewegen sah.

Durch das Ziegeldach, das Bruchstellen aufwies, drang hier und da ein Sonnenstrahl, der jeweils einen langen, leuchtenden Streifen schräg durch die Luft nach unten zog und einen runden Sonnenfleck auf den Fußboden malte.

Die Spatzen, die dort oben ihre Nester hatten, trieben mit Balgerei und Gezeter ein höllisches Unwesen. Von dem Gang gleich nebenan tönten die festen Schläge der Klopfer herüber, die den Backstein glatt schlugen, bevor er zum Trocknen kam. Ein ganzes Stück entfernt sang ein lustiger junger Bursche, während er arbeitete, ein wehmütiges Liebeslied. Und inmitten von alledem drehte sich das große Wasserrad und bewegte, geduldig und eintönig plätschernd, das Mahlwerk, sodass es knirschte.

Else vernahm Stimmen und bog neugierig in einen Seitengang ab. Hier standen drei junge Burschen und formten Backsteine.

Die Augen des Mädchens blieben sofort an dem Jüngling haften, der am Formtisch stand und den Lehm in die Form klatschen ließ. Er mochte etwa neunzehn oder zwanzig Jahre alt sein und hatte kohlrabenschwarzes Haar, das sich an den Ohren leicht kräuselte. Seine Augenlider waren groß und wirkten ein wenig schwer. Doch als er jetzt von der

Arbeit aufblickte, heftete sich ein dunkles, nahezu schwarzes Augenpaar auf Else.

Sie schaute weg und errötete. Noch niemals in ihrem Leben glaubte sie etwas so Schönes gesehen zu haben. Unter der Nase des jungen Mannes zeichnete sich die Andeutung eines dunklen Flaums ab; im Übrigen hätte der Mund durchaus ein Mädchenmund sein können, so rot und weich war er. Else dünkte es mit einem Mal, dass es dieser Mund sei, von dem sie den ganzen Tag über geträumt hatte.

Sie ging ein Stück den Gang entlang, kehrte jedoch um und schlich sich auf Zehenspitzen zurück. Da hörte sie jemanden vom Seitengang her sagen: «Aber freilich musst du sie kennen, Svend! Sie ist ja ganz rot geworden, als sie dich gesehen hat!»

Svend lächelte. Sie konnte zwischen den gestapelten Backsteinen hindurch gerade seinen Mund sehen. Dann strich er sich mit den nackten Armen über die Stirn, sodass er noch schlimmer mit Lehm beschmiert wurde, und sagte: «Das war ein verdammt hübsches Weibsbild!»

Floh fand das unerhört keck gesagt, und sie fühlte sich stolz und geschmeichelt. Lautlos schlich sie sich davon, um ihren Triumph in aller Stille zu genießen.

Dennoch zog es sie bald wieder zurück. Aber dann ertönte die Mittagsglocke. Die Arbeiter strömten aus den Gängen hinunter zum See, um sich vor der Mahlzeit ein wenig zu waschen. Ein kleiner Junge kam, um Else zu holen. Sie sollte mit der Madam im Hause des Werkleiters essen.

Am Nachmittag musste die Madam einige Krankenbesuche auf den benachbarten Gehöften machen, und Else sollte sie begleiten. Doch die zeigte sich so gedankenverloren und linkisch, dass Madam Späckbom zornig wurde und sagte, es sei besser, wenn sie ihres Weges gehe.

Floh lachte und lief sogleich wieder zur Ziegelei hinunter. Es war gegen vier Uhr. Als Svend sie erblickte, erklärte er sogleich, er werde für heute Schluss machen. Die anderen wollten, dass er weiterarbeite, bis die übliche Zahl von Ziegelsteinen geschafft sei. Er aber schleuderte die Form beiseite und ging, um sich fein zu machen.

Die Arbeitskameraden murrten, ließen ihn jedoch gewähren; sie wussten, dass er ab und zu ebenso eigensinnig sein konnte, wie er für gewöhnlich gutmütig war. Und außerdem hatte Svend Landstreicherblut in sich, genauer gesagt, er stammte von Zigeunern ab, und die zu reizen war gefährlich.

Als er sich Else nach einer Weile mit sauberem Kragen und in blauem Anzug, dazu einen runden Hut auf dem Kopf, vorstellte, hätte sie ihn kaum wiedererkannt. Sie war von seinem schicken Aussehen ganz entzückt. Gleichwohl merkte sie bald, dass er bäurischer und tapsiger war, als sie geglaubt hatte; und es dauerte nur wenige Minuten, bis sie sich völlig überlegen fühlte.

Nachdem sie ihn nach verschiedenen Dingen gefragt hatte, erbot er sich, sie im Ziegelwerk herumzuführen. Und da erwies er sich schon als redefreudiger, ja er lachte sogar einige Male über sie, wenn sie sich allzu dumm anstellte.

Dann gingen sie gemeinsam durch die langen Gänge, wobei er ihr alles, was es zu sehen gab, erklärte. Bis ganz auf den Brennofen hinauf führte er sie, von wo aus sie auf die glühenden Backsteine blicken konnte, die gerade gebrannt wurden.

All das bereitete Floh Vergnügen, so wie ihr an diesem Tag alles Spaß machte. Allein schon an seiner Seite zu gehen und ihn reden zu hören war ein Vergnügen. Und dass sie nicht die Hälfte von dem verstand, was er ihr erklärte, das passte gerade zu diesem ungewöhnlichen Tag mit all den neuen Eindrücken und den neuen Träumen.

Doch dann wurde wieder nach Else geschickt. Mam Späckbom war fertig und wollte in die Stadt zurück. Da blieb nichts anderes übrig, als zu gehorchen. Floh machte sich auf den Weg zum Haus des Werkleiters, vor dem die Madam schon in der Kutsche saß und wartete.

«Komm nun, Else!», rief sie ungeduldig. «Es geht auf sieben zu, wir müssen bei Tageslicht zu Hause sein.»

Floh fasste sich ein Herz und fragte: «Darf ich zu Fuß zur Stadt zurückgehen? Es ist so schönes Wetter.»

Mam Späckbom blickte Svend an und schmunzelte. «Aha – du hast wohl nette Begleitung, vermute ich. Nun ja, Else, jetzt musst du selbst auf dich achtgeben. Komm aber nicht zu spät nach Hause!»

Damit fuhr die Madam davon.

Sie war eine sehr liberale Frau, die Mam Späckbom, und sie fand nichts Unrechtes dabei, dass die jungen Leute an diesem herrlichen Abend ein Wegstück miteinander gehen wollten; außerdem gefiel ihr Svends Gesicht recht gut.

So wanderten die beiden jungen Leute am Wasser entlang, während die Madam den direkten Weg zur Stadt einschlug. Floh war voller Freude über ihr Glück. Doch als sie dann – ein wenig kokett – Svend fragte, ob er sie bis in die Stadt begleiten würde, antwortete der Tölpel: «Das muss ich wohl.»

Darüber fühlte sich Floh etwas gekränkt; sie war galantere Kavaliere gewohnt. Er gewann jedoch ihre volle Gunst zurück, als er über den Zaun des Küstergartens kletterte und ihr von einem Strauch, den man vom Haus aus nicht sehen konnte, eine Rose stahl.

Es war eine ganz schlichte hellrote Gartenrose,

die nach der eigentlichen Blütezeit noch an ihrem Stängel hing. Sie hatte gleichwohl ihren Duft bewahrt – den Rosenduft, der mit in Elses Träume gehörte.

Und während sie, umgeben von diesem Duft, an Svends Seite ging, verspürte sie wieder ein überwältigendes Verlangen, ihrem Dank Ausdruck zu geben, jemandem ihr Glück mitzuteilen. Sie wäre ihrem Begleiter gern um den Hals gefallen, hätte ihn geküsst und die unglaublichsten Verrücktheiten angestellt, er aber ging nun einen Schritt von ihr entfernt und blickte so kühl und ernst drein, dass sie sich ihrer Anwandlung schämte.

Doch auch er quälte sich, während er dahinschritt, mit ähnlichen Gefühlen herum. Er hätte sich so schrecklich gern mit ihr ins Heidekraut gesetzt und geplaudert, aber er wagte nicht, es ihr vorzuschlagen.

Um die Mittagszeit hatte ein leichter, umlaufender Wind geweht, gegen Abend jedoch herrschte wieder völlige Flaute. Der Fjord lag mit spiegelglatter Fläche da, auf der sich, wenn gerade ein Vogel eingetaucht war, blanke Ringe bildeten oder, wenn ein Fischerboot zum Dorschfang in den Sund hinausglitt, lange, wellige Streifen hinzogen.

Von den Vögeln war kein Laut zu vernehmen; niemand und nichts gab auch nur den geringsten Laut von sich. Es herrschte eine wohltuende, lockende Stille, in der man sich verstecken konnte, um jemandem etwas zuzuflüstern, das niemand hören sollte.

Wieder überkam Else das Gefühl, als ob ihre Brust sich weiten wollte. Im Gehen beugte sie sich über ihre Rose.

Und während die beiden so dahinwanderten, kamen sie einander allmählich näher. Schließlich gingen sie so dicht aneinandergeschmiegt, wie es überhaupt möglich war; sie redeten nicht mehr, sondern atmeten nur in kurzen Zügen. Else stolperte und griff nach Svends Arm. Er drückte ihre Hand fest an sich, und so gingen sie einige Schritte, ohne sich ihrer selbst bewusst zu sein.

Doch da kam hinter ihnen ein Wagen in schneller Fahrt den Hügel herab. Der Kutscher rief sie an, und sie sprangen beide zur Seite, der eine nach links, der andere nach rechts.

Es war Konsul With, der von seiner Ziegelei in die Stadt zurückkehrte. Als er Else erblickte, ließ er den Wagen halten, sprang heraus und ergriff ihre Hand: «Sieh da! Guten Abend, kleine Jungfer! Sie wollen gewiss in die Stadt, kommen Sie und fahren Sie mit mir!»

Else wollte Einwände machen, doch er hob sie geradezu in den Wagen. Sie hatte den reichen und vornehmen Konsul With sofort erkannt. Teils genierte sie sich nun, Widerstand zu leisten, teils vergegenwärtigte sie sich vielleicht, welche große Ehre es sei, in seinem Wagen mitzufahren.

Aber als sie davonrollten, war sie ganz erschrocken. Sie konnte nur noch einen Schimmer von Svend wahrnehmen, der verloren am Wegrand stand. Dann fuhr der Wagen einen weiteren Hang hinunter, und Svend war den Blicken entschwunden.

Im Übrigen nahm der Konsul, der ihr den Arm um die Taille legen und sie auf den Hals küssen wollte, ihre ganze Aufmerksamkeit in Anspruch.

Floh war derlei gewohnt und wusste die Kerle auf Abstand zu halten. Doch dies war eine völlig andere Sache. Sie konnte doch Konsul With, den die ganze Stadt grüßte und der so vornehm war, nicht einfach von sich stoßen.

Außerdem war er schon so alt – fand sie. Und schließlich war sie so abgespannt und seltsam aufgelöst von diesem langen Tag mit den vielen neuen Dingen. In ihrem Kopf vermischte sich alles miteinander, sie erfasste auch nicht klar, mit wem sie in dem dunklen Wagen saß. Die ganze Zeit über dachte sie an Svend und geriet in solche Verwirrung, dass sie sich zugleich ängstlich, glücklich und müde fühlte.

Konsul With bewohnte im Sommer eine Villa unten am Fjord. Er ließ den Kutscher in den Hof fahren, stieg aber mit Else an der Gartenpforte aus.

Sie wollte ihm nicht ins Haus folgen, doch er ergriff sie bei der Hand.

«Oh, meine Rose!», rief Else. Der Konsul hatte alle Blätter abgerissen.

«Komm nur, du sollst so viele Rosen haben, wie du möchtest», flüsterte er und zog sie mit sich.

In dem schmalen Gang zwischen den Büschen, wo es ganz dunkel war, ließ er sie vorangehen.

Sie bat – noch halb ehrerbietig –, er möge sie doch nach Hause lassen, er aber antwortete nur scherzend.

Ganz oben am Haus standen einige seltene gelbe Rosen. Der Konsul warf einen Blick zu den Fenstern hinauf, schlich sich dann heran und schnitt die Rosen alle mit seinem Federmesser ab. Else musste beide Hände nehmen, um den Strauß fassen zu können. Sie hatte ja allen Grund, dankbar zu sein. Die Rosen waren selbst im Halbdunkel so herrlich, und sie hatten einen ganz eigentümlichen lieblichen Duft, wie sie ihn zuvor nicht gekannt hatte... Es waren Rosen, und doch waren es nicht ihre Rosen.

Als der Konsul eine kleine Tür an der Hinterseite des Hauses öffnete, durchfuhr es sie, dass dies wohl übel ausgehen werde. Sie wollte davonlaufen, doch er griff ihr rasch um die Taille, zog sie hinein und verschloss die Tür.

IV

Der «Verein für gefallene Frauen der Gemeinde Sankt Petri» hatte seine Tätigkeit aufgenommen, und die Polizeimeistersgattin war nicht wenig stolz auf ihren Protokollfolianten. Es war ein dickleibiges, feierlich wirkendes Buch in gelbweißem Pergament, mit rotem Rücken und dem Namen des Vereins in Goldbuchstaben darauf.

Im Übrigen war die Arbeit des Vereins noch vorbereitender Art, da die Mittel einstweilen nicht ausreichten, um eine eigene Stiftung mit Gebäude und Administration zu errichten. Außerdem ging das Eintreiben der Beiträge etwas schleppend vonstatten; die Stimmung war nicht eben günstig. Auch schien es nicht so leicht zu sein, die gefallenen Frauen der Gemeinde Sankt Petri ausfindig zu machen.

Das aber war nun nicht Sache des Sekretärs. Die Polizeimeistersgattin hielt jeden Vormittag zwischen zehn und elf Uhr in ihrem Wohnzimmer Bürostunden ab. Die erste Seite des Protokollbuches lag aufgeschlagen, doch war bislang nichts weiter eingetragen als die Überschriften zu den einzelnen Rubriken: Name, Alter, von wem empfohlen und so weiter. Daneben stand das Schreibnecessaire mit einer bemalten Gänsefeder zur Dekoration und einer neuen Stahlfeder zum Schreiben.

Aber es kam niemand, und die junge Frau wurde zuweilen etwas ungeduldig. Hin und wieder fanden Sitzungen statt, oder der Kaplan kam zu ihr, um Angelegenheiten des Vereins zu besprechen. Es war für sie schon eine eigenartige Sache, mit einer jungen Mannsperson über solche Dinge zu reden, und die Polizeimeistersgattin musste oftmals ihre hübschen Augen verschämt über dem Protokollbuch niederschlagen. Dann aber war es auch wieder ein erhebendes Gefühl, dass man – wie der Kaplan sagte – inmitten seiner eigenen Reinheit gleichwohl einen Blick für die Sünde um sich herum hatte und dass man tat, was in menschlicher Macht stand, um die Gefallenen zu retten...

Zu Hause in der Arche lebte man, wie man konnte, doch nicht immer, wie man eigentlich sollte. Der Mann mit den vielen Gesichtern hatte sich mehrmals sehen lassen, und diesen Besuchen folgte immer ein allgemeiner Wohlstand und im Zusammenhang damit ein wohlwollender Frohsinn bei der ansonsten mürrischen Wirtin.

Deshalb florierten die Trio-Konzerte, und dabei ging es nicht nur über den seligen Fürstenau her, sondern auch über Onslow und Kalliwoda – ja selbst Vater Haydn musste sich dareinfinden, vom Bier-Ökonomen getrillert, von Jørgen Tambour getrommelt und von dem alten Schirrmeister, der wie ein Rasender spielte und wie ein deutscher Musikant trank, auf dem Klavier gehämmert zu werden.

Kristian Falbe erlebte über den Herbst hin eine seiner allerschlimmsten Phasen, und das nahm die Schwester so sehr in Anspruch, dass sie gar nicht bemerkte, wie blass Else geworden war und wie sie sich verändert hatte.

Mam Späckbom dagegen nahm es sehr wohl zur Kenntnis; doch sie setzte ihr wissenschaftliches Lächeln auf: Wenn sich die jungen Leute verlieben, sehen sie eben eine Zeit lang so aus.

Als sie Svend und Else das erste Mal zusammen gesehen hatte, war ihr gleich klar gewesen, wie es zwischen ihnen stand, und sie hatte zu sich selbst gesagt: Die werden ein Paar! Sie passten ganz vortrefflich zueinander, das hatte die Madam sofort erkannt; für solche Dinge hatte sie einen sicheren Blick.

Als Svend eines Samstagnachmittags kam und sich etwas linkisch und verlegen vorstellte, empfing ihn Mam Späckbom äußerst freundlich und nötigte ihn, auf dem Sofa Platz zu nehmen, während sie hinausging, um Else aus der Küche zu holen.

Else aber war nicht dort, sie war nirgends zu finden. Sie kam erst zum Vorschein, nachdem Svend schon eine ganze Weile wieder fortgegangen war. Die Madam schalt sie aus, lächelte jedoch pfiffig, denn auch dieses Symptom war ihr bekannt: Genau so verhielten sich die Mädchen, wenn es sie am allerärgsten erwischt hatte.

In den ersten Tagen hatte Floh nicht die Augen aufgeschlagen. Sie widmete sich sehr eifrig dem Haushalt und ging niemals aus. Nachts jedoch weinte sie vor Scham und Angst; jeden Morgen war sie darauf gefasst, dass die ganze Welt es wissen würde.

Doch als ein Tag nach dem anderen verging, ohne dass etwas eintraf, und alles so weiterlief wie vordem, ohne dass jemand ihr gegenüber auch nur die geringste Anzüglichkeit gemacht hätte – da begann sie zu glauben, dass das Ganze vielleicht gar nicht so gefährlich sei.

Allerdings hatte sie eine Ängstlichkeit befallen, die neu war; auch konnte sie nicht mehr so lachen wie zuvor. Doch ihr leichter Sinn half ihr bald über das Schlimmste hinweg. Allmählich fand sie ihren guten Nachtschlaf wieder, und die Klarheit ihrer Augen kehrte in ihr Gesicht zurück.

Svend aber wollte sie nicht sehen. Sooft sie an ihn dachte, wurde sie flammend rot. Es war viel schwerer, an ihn zu denken als an den anderen.

Sie hatte den Konsul mehrere Male in der Abenddämmerung am Haus vorbeigehen sehen; doch zu ihrer Freude wurde sie sich bewusst, dass er es nicht wagte, hereinzukommen. Dagegen erschien beinahe jeden Abend, wenn Mam Späckbom unterwegs war, eine ältere Frau, die ihr freundlich zulächelte. Sie lud Else beflissen ein, sie zu besuchen – sie wohne ganz in der Nähe, unten in der Strandgade. Zugleich aber bat sie das Mädchen ausdrücklich, Mam Späckbom gegenüber kein Wort von ihrem Besuch zu erwähnen…

Eines Abends kam es zu einer fürchterlichen Szene. Mam Späckbom hatte im Dunkel des Flurs eine fremde Mannsperson angetroffen, und da sich der Unbekannte nicht zu erkennen geben wollte, öffnete die Madam resolut die Tür zum Wohnzimmer, wo Else im Schein der Lampe saß.

Der Madam genügte ein einziger Blick auf das verstörte Gesicht des jungen Mädchens, um ihr zu verraten, dass es Konsul With war, den sie im Flur ertappt hatte. Sie kannte den Konsul so gründlich, dass ihr der Zusammenhang sofort klar wurde. Und Mam Späckbom hegte ihm gegenüber jedenfalls keinerlei Achtung und erwies ihm alles andere als Ehrerbietung. Mit einem derben Knuff, begleitet von einer Flut von Schimpfwörtern und Flüchen, die der feine Mann – froh darüber, entwischen zu können – mit ausgesuchtem Anstand einsteckte, wurde er zur Tür hinausbefördert.

Danach aber hielt die Madam Abrechnung mit Else, was damit endete, dass sie dem Mädchen noch am selben Abend die Tür wies. Denn, so sagte sie, wenn es ein anderer gewesen wäre, zum Beispiel der Junge von der Ziegelei, dann hätte sie nicht ein

Wort gesagt, sondern ihnen beiden vielmehr geholfen, zusammenzukommen und eine Wohnung zu finden. Niemand solle Mam Späckbom nachsagen, sie sei der Jugend gegenüber zu streng. Sich aber an ein so altes Schwein wie Konsul With wegzuwerfen – nein, nein, nein! Wenn sich Else für so etwas nicht zu schade sei, dann könne sie nicht länger unter Mam Späckboms Dach bleiben!

Die sonst recht gutmütige Madam war außer sich, steigerte sich in Wut. Diese Sache hatte sie zutiefst aufgewühlt und gekränkt. Welche bodenlose Falschheit von Floh, sie mit dem Jungen von der Ziegelei zum Narren zu halten – sie, Mam Späckbom, die einen so sicheren Blick für derartige Dinge hatte! – Und dann dieser Konsul With! Nein…! Hier konnte auf Elses Seite von nichts anderem als der schwärzesten Undankbarkeit die Rede sein. Sie war ein abgefeimtes, falsches und leichtsinniges Ding!

Bevor sie sich recht besinnen konnte, fand sich Floh auf der dunklen Straße wieder. Anfangs hatte sie geweint, doch nun blieb sie stehen, um über ihre Lage nachzudenken. Ihre größte Sorge war, ob die Madam jetzt schweigen würde oder ob alle es zu wissen bekämen.

Es war kalt, und wo sie stand, blies der Wind. Sie hatte keine warme Kleidung an, und so entschloss sie sich, zu einer Freundin zu gehen, die in der Nähe als Dienstmädchen in Stellung war, und erst einmal abzuwarten; vielleicht würde sich die Madam bedenken.

Floh schlief in dieser Nacht bei der Freundin, und am nächsten Morgen ging sie zu Mam Späckboms Haus hinunter; doch die Madam entdeckte sie bereits auf der Anhöhe und warf ihr die Tür vor der Nase zu.

Da erst wurde es Else richtig bewusst, dass sie in allem Ernst davongejagt worden war, und ihr Unglück überrumpelte sie mit einer Wucht, die sie zu zerschmettern drohte. Sie drückte sich in den engsten Gassen längs des «Strandes» herum, schlich schluchzend und mit gesenktem Kopf einher, ohne zu sehen, wo sie ging.

Da begegnete ihr die freundliche Frau, die sie mehrmals besucht hatte.

«Armes kleines Else-Kind», sagte die wohlwollende Frau, «was haben sie dir angetan? Komm mit zu mir, ich wohne hier ganz nahebei. Da sollst du es gut haben, und niemand soll dir etwas tun. Komm nun, mein Kind!»

Es tat Else unsagbar gut, diese freundlichen Worte zu hören, und gern ging sie mit.

Das Haus war ganz klein und stand eingeklemmt zwischen zwei großen Speichern, die Konsul With gehörten. Die Frau führte Else nach oben, in ein niedliches Stübchen, das zum Hafen hin lag. Dahinter fand sich eine noch kleinere, noch niedlichere Schlafkammer.

«Sieh, hier kannst du bleiben, solange du willst», sagte die Frau und tatschelte sie, «ich habe schon so lange darauf gewartet, dass du kommst.»

Else war gar nicht sonderlich erstaunt. In den Träumen, denen sie bei der Musik des alten Schirrmeister nachzuhängen pflegte, ging es derartig, ja noch seltsamer zu. Und die letzte Zeit mit all den starken Erschütterungen und Gemütsbewegungen hatte selbst die Wirklichkeit so bunt für sie gemacht, dass sie weder Zweifel hegte noch Fragen stellte, sondern sich einfach mit dem Strom treiben ließ – froh und beruhigt, von diesem grauenvollen Gefühl der Verlassenheit, das sich eine Zeit lang ihrer bemächtigt hatte, befreit zu sein.

Erst als die freundliche Frau so ganz beiläufig den Konsul With erwähnte, derweil sie ihre Strümpfe wechselte – es lag alles, bis hin zu den Strümpfen, in der Kommode bereit –, da verspürte Else einen Stich. Sie stand vom Sofa auf und wollte davonlaufen.

Die Frau aber hielt sie zurück und redete dann ganz gerührt von dem guten Konsul, erzählte so viel Nettes und Herziges von ihm. Und außerdem, wo wollte sie denn hinlaufen?

Floh legte sich aufs Sofa, und als die gute Frau kurz danach auf einem Tablett mit weißem Tuch

Kaffee, Eier und Weizenbrot brachte, setzte sie sich hin und begann zu essen. Währenddessen vergnügte sie sich damit, den Booten zuzusehen, die draußen auf dem Vågen vorbeifuhren.

Den Herbst und den Winter über wohnte Else nun hier und hatte es gut. Nach und nach gewöhnte sie sich an den Konsul, der sich nett und gutmütig zeigte. Allerdings ging sie sehr selten aus dem Haus, weil sie sich schrecklich schämte, einigen ihrer Bekannten zu begegnen. Andere freilich blieben auf der Straße stehen und sprachen mit ihr, beguckten und befühlten alles, was sie anhatte. Und deren Neid war für Else gewissermaßen eine Genugtuung. Vor Fräulein Falbe war ihr jedoch so bange, dass sie davonrannte, wenn sie sie von Weitem auf der Straße erblickte.

Und dennoch hatte sie weit mehr Angst vor Svend. Sie wusste, dass er in die Stadt gekommen war, nachdem man die Arbeit in der Ziegelei zum Herbst eingestellt hatte.

Eines Abends bemerkte sie, dass er ihr auf der Strandgade folgte. Sie beeilte sich, ins Haus zu kommen, und schloss die Tür hinter sich ab. Kurz darauf hörte sie, wie er sich an dem Schloss zu schaffen machte und halblaut nach ihr rief. Sie aber verhielt sich ganz still, und da ging er wieder fort.

Einige Tage später stand er jedoch, ehe sie es sich versah, mitten in ihrer Stube. Else lief zur Kammertür, um sich einzuschließen. Svend blieb indessen ganz still stehen und blickte sich um. Er wirkte verändert. Sein Gesicht war nicht mehr so hübsch und braun gebrannt wie im Sommer, und Floh konnte ihm leicht ansehen, dass er in der letzten Zeit gezecht und gebummelt hatte.

«Ich weiß alles, Else», begann er, «aber das soll mir egal sein. Ich habe noch hundert Kronen von der Arbeit im Sommer übrig. Wenn du jetzt auf der Stelle mit mir kommst, dann können wir heiraten und zu meinem Onkel nach Arendal fahren, wo man mir Arbeit versprochen hat.»

Else ließ das Türschloss los. Nun hatte sie keine Angst mehr; sie senkte jedoch beschämt den Kopf und sagte: «Nein, Svend...! Darum darfst du mich nicht bitten, denn das kann ich nicht. Aber hab Dank dafür, dass du das tun wolltest!»

Svend setzte sich auf den Stuhl, der an der Tür stand, und als er sah, dass Else weinte, weinte er auch. So weinten sie beide gemeinsam eine Zeit lang, ein jeder in seiner Ecke.

Doch plötzlich musste Floh daran denken, dass jemand kommen könnte. Im Nu wischte sie sich die Tränen aus den Augen und flehte ihn an, zu gehen – so schnell er könne.

Niedergeschlagen und demütig ließ sich Svend davonjagen. Aber er sagte, er wolle wiederkommen.

Und er kam häufig wieder, zu Zeiten, in denen sie ungestört blieben. Jedes Mal, wenn sie ihn sah, loderte die Scham wieder in ihr auf, jedoch von Mal zu Mal etwas schwächer, bis sie schließlich doch stundenlang mit ihm dasitzen und plaudern konnte. Mit einem sonderbaren, nervösen Interesse hörte sie ihn erzählen, wie sein Geld abnahm. Sie fragte ihn eifrig nach seinen Kameraden aus, und als sie erfuhr, dass er an einige Mitglieder der Bande geraten war, wurde ihr klar, dass es mit ihm kein gutes Ende nehmen würde.

Doch sie warnte ihn nicht, fand es auch nicht so schlimm. Es wäre viel, viel schlimmer gewesen, wenn er so hübsch und unschuldig geblieben wäre wie damals, als sie ihn das erste Mal gesehen hatte – jetzt, nachdem sie selbst so tief gesunken war.

An dem Tag, als er von seinem Geld noch zwanzig Kronen übrig hatte, bot er ihr diese – halb dreist, halb demütig – für einen einzigen Kuss an. Else aber schreckte zurück, ängstlich und zugleich zornig; um nichts in der Welt wollte sie ihn oder sein Geld anrühren. Svend nahm es hin – ergeben und zerknirscht wie ein geprügelter Hund. Als er dann aber zur Tür schlich, tat er ihr doch leid, und da küsste sie ihn – unentgeltlich.

So ging der Winter dahin …

Als im Laufe des Februar und März die Tage wieder länger und heller wurden, begannen allerlei

Gerüchte, die während der Ruhe und Dunkelheit des Winters ausgebrütet worden waren, ihre Flügel zu regen, und so schwirrte bald eine neue Geschichte über Konsul With von Haus zu Haus.

Der Konsul griff zu dem gewöhnlichsten Mittel: Er reiste in Geschäften nach London. Und eines Tages erschien die freundliche Frau mit einem ganz anderen Gesicht in Elses Stübchen, einem Gesicht, in dem auch nicht mehr der geringste Rest eines Lächelns zu erkennen war, und verkündete kurz und bündig: Der Konsul sei nun – mindestens für ein Jahr – verreist, und so habe Else nichts mehr hier im Hause zu suchen. Sie solle sich unverzüglich davonscheren und ja nichts mitnehmen.

Else war nicht mehr dieselbe wie damals, als sie von Mam Späckbom davongejagt worden war. Sie fuhr auf und beschimpfte die freundliche Frau heftig, und es kam zu einem Zank, der damit endete, dass die Wirtin wilde Flüche ausstieß und drohte, Floh noch vor Sonnenuntergang aus dem Haus zu werfen.

«Gern verlasse ich dies Haus», schrie ihr Else entgegen. «Nichts lieber als das!» Sie habe seit Langem selbst vorgehabt wegzugehen. Ihr sei das Ganze sowieso über. Und als Svend im selben Augenblick die Treppe heraufkam, rief sie mit funkelnden Augen: «Jetzt geh ich mit dir, Svend!»

Doch der sah eher betreten als glücklich aus,

und er flüsterte ihr verzagt zu: «Ich habe keinen Schilling mehr!»

Da lachte Floh – sie lachte, dass es durch das Haus schallte, treppauf und treppab, und Svend beinahe von Angst ergriffen wurde.

Strahlend, so als wäre es der heiterste Triumph der Welt, nahm sie seinen Arm und zog an der Frau vorbei, die dastand und höhnisch über die beiden lachte.

Sie gingen zur Bande hinauf. An Fräulein Falbes Tür blieb Else stehen und wurde ernst, doch nur für einen Augenblick.

V

Die hübsche Polizeimeistersgattin hielt nun zwischen zehn und elf Uhr keine Bürostunden mehr ab. Sie hatte es satt.

Die vorbereitenden Arbeiten zogen sich unendlich in die Länge. Mit der vollzogenen Gründung des Vereins schien der Kaplan sein Ziel erreicht zu haben, und es sah so aus, als lägen ihm das weitere Gedeihen und die künftige Fortentwicklung des Vereins nicht mehr so sehr am Herzen.

Bei der letzten Zusammenkunft hatte er – unter allgemeiner Zustimmung – sogar vorgeschlagen, die Sache vorläufig auf sich beruhen zu lassen, bis zum Herbst, denn nun komme ja der Sommer. Alle Förderer der Stiftung reisten sicherlich in die Bäder oder aufs Land, und deshalb solle man sich darauf beschränken, im Stillen zu arbeiten – wie der Kaplan sich ausdrückte –, und sich, so Gott es wolle, im Herbst mit frischen Kräften wieder zusammenfinden.

Die Arbeit im Stillen war nichts für die Polizeimeistersgattin. Im Gegenteil, sie hegte den Wunsch, sich auf diese oder jene Weise auszuzeichnen. Doch dazu ergab sich keine Gelegenheit. Schließlich ließ sie das Protokollbuch geschlossen auf dem Schreibtisch liegen. Sie ließ es für alle Fälle dort liegen – immerhin war es ein hübscher Gegenstand, und alle Besucher fragten, was das sei.

An einem schönen Maimorgen zwischen zehn und elf Uhr kam das Dienstmädchen in ihr Schlafzimmer und meldete, dass Fräulein Falbe in der Stube sitze, um mit der Polizeimeistersfrau zu sprechen.

Die Dame des Hauses wollte sich zunächst entschuldigen lassen, doch als sie hörte, dass es sich um den «Verein für gefallene Frauen der Gemeinde Sankt Petri» handle, machte sie in aller Eile Toilette und ging in die Stube. Gleichwohl war sie ein wenig verärgert – es sah Fräulein Falbe ähnlich, zu unpassender Zeit zu kommen.

Ähnlich sah ihr auch, dass sie sich für die Geschichte der fürchterlichen Kopfschmerzen, von denen die Dame des Hauses erzählte, überhaupt nicht zu interessieren schien, sondern ohne Umschweife zur Sache kam.

«Sie erinnern sich, gnädige Frau», so begann sie, «dass ich vor einiger Zeit Ihrem Verein ein junges Mädchen empfohlen habe? Und Sie erinnern sich vielleicht auch, welches der Hinderungsgrund war, sich ihrer anzunehmen?»

Die Polizeimeistersgattin nickte steif.

«Dieses Hindernis ist jetzt leider weggefallen.» Fräulein Falbes Stimme klang, als sie dies sagte, etwas scharf. «Das Mädchen ist auf Abwege geraten – und zwar in einem besorgniserregenden Grad.»

Die Polizeimeistersgattin wusste nicht recht, was sie darauf erwidern sollte. Sie setzte eine geschäftsmäßige Miene auf und suchte nach Einwänden; sie verspürte einen instinktiven Drang, Fräulein Falbe zu widersprechen.

Doch mit einem Mal schoss ihr ein Gedanke in den Kopf: Hier bot sich ja die vortrefflichste Gelegenheit, sich auszuzeichnen! Sie war schließlich die Sekretärin des Vereins, und wenn auch die Stiftung noch nicht vollständig durchorganisiert war, so konnte sie doch dank ihres Amtes sowohl über Geld als auch über Kleidungsstücke verfügen. Ihr Blick blieb an dem Protokollbuch haften. Darin sollten die Frauen, die eine feste Unterstützung vom Verein empfingen, eingetragen werden.

Die Polizeimeistersgattin fasste einen kühnen Entschluss und öffnete feierlich das Protokollbuch. Mit zierlicher, aber fester Handschrift füllte sie – nun endlich – die leeren Rubriken in der ersten Zeile aus: Name, Alter, von wem empfohlen und so weiter, das Ganze mit einer Geschäftsmiene, als täte sie das zum zwanzigsten Mal.

Nachdem alles ausgefüllt war, sagte Fräulein Falbe: «Was nun das Kind angeht...»

«Das Kind!», schrie die Polizeimeistersgattin. «Ist da ein Kind?»

«Es kommt eins», antwortete das durch nichts zu erschütternde Fräulein Falbe.

Die arme Polizeimeistersgattin glaubte für einen Augenblick, sie müsse in Ohnmacht fallen; doch ihr Zorn gewann die Oberhand. Flammend rot und mit Augen, die alles andere als Frömmigkeit ausdrückten, erhob sie sich: «Das ist schändlich von Ihnen, Fräulein Falbe! Aber so sind Sie immer. Nun muss ich im Protokoll herumradieren – es ist verdorben, völlig verdorben!» Und die Dame des Hauses brach vor Kummer und Ärger in Tränen aus.

«Wie soll ich denn das, bitte sehr, verstehen?», fragte Fräulein Falbe.

«Oh – das wissen Sie ganz genau!», schluchzte die Dame des Hauses. «Wenn ein Kind da ist, hätten

Sie sich an den ‹Verein für hilfsbedürftige Wöchnerinnen› wenden müssen und nicht an uns! Das wussten Sie doch genau – ja, Sie wussten es! Davon bin ich überzeugt!»

Fräulein Falbe lächelte, Fräulein Falbe lächelte wirklich ein wenig boshaft, als sie die Treppe hinunterging. Ob sie es gewusst hatte, ist nicht leicht zu sagen. Jedenfalls ging sie nicht zum «Verein für hilfsbedürftige Wöchnerinnen».

Stattdessen ging sie wieder heim zur Arche und suchte Mam Späckbom auf. Die beiden Damen kannten sich gut und hegten großen Respekt voreinander. Wenn Fräulein Falbe für irgendein armes Geschöpf, das sie ausfindig gemacht hatte, dringender Hilfe bedurfte, wusste sie stets, dass Mam Späckbom notfalls ein wenig übrig hatte.

Und die Madam ihrerseits schätzte das Fräulein ungemein hoch – am meisten vielleicht deshalb, weil Fräulein Falbe der einzige gebildete Mensch war, der jemals ihrer Heilkunst wirkliche Achtung entgegengebracht hatte. Außerdem pflegte sie kundzutun, dass das Fräulein, obwohl es wenig zu verschenken habe, mehr Nutzen stifte und weitaus beliebter sei als die wohltätigen Damen der Stadt.

Doch als die Madam nun hörte, dass es Floh sei, der geholfen werden sollte, schüttelte sie missbilligend ihre Hängelocken: «Es hat keinen Zweck mit ihr, Fräulein! – Ich kenne das Blut – ich kenne es!»

Mam Späckbom hatte Floh so sehr vermisst, dass sie im Laufe eines halben Jahres beinahe alt geworden war. Bereut hatte sie ihr Verhalten gewiss auch, doch sie war von einem viel zu harten und streitbaren Wesen, als dass sie das jemals eingestanden hätte.

Unterdessen erzählte Fräulein Falbe, ohne sich von den Hängelocken abschrecken zu lassen, wie es Else in der letzten Zeit ergangen war: Sie habe das Mädchen im Auge behalten, soweit es ihr möglich gewesen sei…

Floh hatte seit dem zeitigen Frühjahr mit dem jungen Burschen aus der Ziegelei zusammengelebt, teils dort draußen, teils in einer berüchtigten Herberge unten in der Stadt.

Doch Svend war faul, und außerdem trank er, wenn er sich in der Stadt aufhielt, unablässig. Darunter hatte Else sehr gelitten. Was aber noch schlimmer war: Sie hatte sich in der kurzen Zeit merklich verändert. Wenn Fräulein Falbe sie besuchte, um ihr zu helfen und mit gutem Rat beizustehen, dann lachte Floh trotzig und sagte, sie solle sich um ihren eigenen Kram scheren.

«Jaja – da sehen Sie! So ist sie», murmelte die Madam…

Jetzt aber war Else krank, und am Abend zuvor, als Fräulein Falbe sie allein angetroffen hatte – Svend hatte sich schon mehrere Tage nicht sehen lassen –, da war es mit ihrem Trotz vorbei gewesen, sie hatte geweint und war ganz gefügig und voller Reue gewesen.

Fräulein Falbe erzählte so lange von Else, bis die Madam auftaute. Und am Abend wurde Floh geholt und bekam ihr altes Bett in der kleinen Kammer zurück, wo die Morgensonne hereinschien.

Anfangs wagte Else nicht, der Madam in die Augen zu blicken. Doch als sie sich wieder an die alte Umgebung gewöhnt hatte, und besonders nachdem es überstanden war und sie ein erbärmliches kleines Mädchen tot zur Welt gebracht hatte, kehrte die alte Vertrautheit zwischen ihnen allmählich zurück.

«Aber», sagte Mam Späckbom zum Schluss, nachdem sie eine lange Aussprache über die Vergangenheit geführt hatten, «wenn du in Zukunft wieder Dummheiten machst oder wegläufst oder wenn du auch nur ein einziges Mal zu Puppen-Lene hinaufgehst, dann ist es aus zwischen uns beiden – aus für immer und ewig!»

Else fühlte sich von Neuem geborgen und war überzeugt, dass so etwas niemals wieder geschehen könnte; dazu war es ihr allzu übel ergangen.

Jetzt ging es ihr so wunderbar.

Was Svend betraf, so hatte die Madam selbst versprochen, ihnen schon den Weg zur Heirat zu ebnen, wenn er sich nur ordentlich verhalten und arbeiten würde.

Und dies war es, woran Else unablässig dachte. Als ihre Kräfte dank dem nahrhaften Essen und der guten Pflege langsam wiederkehrten, begann sie in ihrer alten Weise zu träumen.

Doch jetzt waren ihre Träume ganz anders als damals, als sie hier in ihrem Jungmädchenbett gelegen und nicht recht gewusst hatte, wovon sie eigentlich träumte.

Jetzt schlug sie sich Pferde und Schwanendaunen aus dem Kopf und wünschte sich stattdessen ein Häuschen ganz in der Nähe der Ziegelei, für Svend und sich selbst – und davor einen großen Rosenstrauch mit ebensolchen Rosen wie denen im Garten des Küsters... Oh, wenn sie an die Rosen des Küsters dachte! Der Duft war ihr so gegenwärtig, dass sie ihn geradezu verspürte.

Sie war zu jung und unbekümmert, als dass sie lange über das tot geborene Kind getrauert hätte, und als sie erst wieder auf den Beinen war und umherzulaufen anfing, fühlte sie sich so glücklich, wie sie sich seit Langem nicht gefühlt hatte. Auch ihre Schönheit kehrte zurück; ihre Augen bekamen wieder Glanz, und ihre Figur wurde ein wenig runder.

Eines Abends, als die Madam gerade zu Patienten gegangen war, kam Svend.

Else erschrak sehr, denn die Madam hatte ihr ausdrücklich verboten, ihn zu empfangen; sie wollte zunächst selbst mit ihm sprechen.

Else konnte ihn freilich nicht einfach wegjagen, und er ließ sich auch keineswegs vertreiben. Es war so lange her, seit sie einander zuletzt gesehen hatten. Floh beruhigte sich damit, dass sie es der Madam erzählen würde, sobald sie nach Hause käme; dann fände sich schon alles, wie es sollte.

Sie tat es jedoch nicht. Als sich die Gelegenheit ergab, hatte sie nicht den Mut dazu.

Und Svend setzte seine Besuche bei ihr fort; er erschien ein paar Mal in der Woche, am liebsten samstags abends.

Ob Mam Späckbom etwas ahnte, konnte Else nicht herausfinden; doch obgleich es sie quälte, brachte sie es nicht über sich, es zu gestehen. Und je länger sie es hinauszögerte, umso schwieriger wurde es. Schließlich hatte sie nicht mehr die geringste Lust, mit der Madam ein vertrauliches Gespräch darüber zu führen.

Der Juli und der August brachten reichlich Sonnenschein, doch es drang so wenig davon in Mam Späckboms enge Straße. Floh saß am Fenster und blickte zum Himmel hinauf. Sie musste lange an Svend denken, an die Ziegelei und an all die glitzernden Perlen, die von dem Wasserrad hüpften – auch an die Rosen des Küsters, und sie atmete schwer. Was würde sie nicht für eine solche Rose geben!

Am nächsten Samstag kam Svend und brachte ihr

eine Rose mit. Davon, sagte er, gebe es Dutzende. Ihr Duft steige einem den ganzen Weg entlang in die Nase, und die Rosen hingen in diesem Jahr über den Gartenzaun, sodass man gar nicht erst hinüberzuklettern brauche.

Als er wieder gehen musste – um halb neun, damit die Madam sie nicht überraschte –, wollte Else ihn bis an die Ecke begleiten. Die Rose hielt sie in der Hand, doch die Blüte war fast zerdrückt, und Svend tat alles, das Mädchen zu verlocken, mit ihm hinauszuziehen und ganz viele Rosen zu pflücken.

Sie aber wollte nicht, sondern erklärte ihm zum zwanzigsten Mal, um wie viel klüger es wäre, wenn sie, solange es irgend ginge, bei der Madam bliebe; dann würde es ihnen viel leichter möglich sein, zum Herbst zu heiraten.

Svend hörte ihr geduldig zu, und so gelangten sie von einer Ecke zur anderen, kamen über die Hügel bis hinter die Stadt. Als er Else aber so weit mitgelockt hatte, umfasste er sie und sagte: «Nun sei nicht dumm, Else! Was willst du da unten in dem schwarzen Kasten von Krankenhaus? – Fühl doch, wie erfrischend und schön es hier ist!»

Er war von der Sonne wieder gebräunt, das heiße Zigeunerblut stieg ihm in die Wangen, und seine Zähne leuchteten im Halbdunkel. Else konnte ihm einfach nicht widerstehen – so keck und unternehmungslustig, wie er da stand –, und glücklich und gedankenlos lief sie mit ihm in der herrlichen, stillen Sommernacht davon …

«Ich habe es Ihnen von vornherein gesagt, Fräulein Falbe!», rief Mam Späckbom – halb verbittert, halb triumphierend. «‹Sie wird hierbleiben›, hab ich gesagt, ‹genau so lange, bis sie wieder bei Kräften ist, und dann läuft sie davon!› Denn ich kenne das Blut, jawohl! Und außerdem hörte ich jetzt, dass der Bengel – ihr Gefährte – vom Zigeunergeschlecht abstammen soll. Hätte ich das nur gewusst, würde ich ihm niemals erlaubt haben, sie an jenem unseligen Abend zu begleiten!»

«Es könnte doch aber sein, dass sie zurückkommt», wandte Fräulein Falbe ein.

«Ja, das soll sie nur versuchen!», rief die Madam drohend.

«Aber, Madam Späckbom! Sie wollen sie doch wohl nicht ganz und gar fallen lassen?»

«Und ob ich das will, Fräulein Falbe! So wahr ich Caroline Späckbom heiße! Es wäre Sünde und Schande, jemandem zu helfen, der sich nicht helfen lassen will. Es gibt wahrlich genügend Hilfsbedürftige.»

«Ja, aber gerade diejenigen, die sich nicht helfen lassen wollen, brauchen doch die Hilfe am nötigsten.»

«Entschuldigen Sie, Fräulein Falbe, das hat doch

aber keinen Sinn! Manchmal sind Sie allzu klug und gelehrt – ganz so wie Doktor Bentzen... Ja, das heißt, Sie sind freilich zehntausendmal besser, in jeder Hinsicht... Nein, das kann man nicht vergleichen», fügte die Madam hinzu, ganz erschrocken darüber, dass sie sich hatte hinreißen lassen, das vortreffliche Fräulein Falbe mit einer solchen Abscheulichkeit wie Doktor Bentzen zu vergleichen...

Es wurde ein harter Winter für die armen Leute. Für sie galt es, an eine der wohltätigen Damen heranzukommen, die von den verschiedenen Vereinen Hilfe gewährten. Und vielen wurde auch Hilfe zuteil. Sie bewirkte Gutes – dort, wo sie die Bedürftigen erreichte.

Aber es gab auch solche, denen es nicht glückte, Hilfe zu erlangen, und viele, zu denen die Helfer nicht hinabsteigen wollten. Denn dort, wo sich das Laster mit dem Elend vereinigt hatte, konnte Hilfe eher zum Fluch werden, und es wäre jammerschade gewesen, den würdigen Notleidenden – denen, die unter Tränen und mit Segenswünschen dankten – das Brot zu nehmen...

Floh bekam keine Hilfe mehr; alle wurden ihrer allmählich überdrüssig. Als sie und Svend im Spätherbst von der Ziegelei wieder in die Stadt gezogen waren, lebten sie etwa eine Woche lang vom Rest seines Sommerverdienstes auf großem Fuß; doch als dieses Geld aufgebraucht war, besaßen sie überhaupt nichts mehr.

Denn was Mam Späckbom einmal gesagt hatte – nämlich dass Else und Svend gut zueinanderpassten –, erwies sich als nur allzu wahr. Sie waren beide gleichermaßen leichtsinnig, gleich versessen darauf, flott zu leben, und gleich untauglich, ihren Lebensunterhalt zu verdienen.

Svend war in dieser Hinsicht noch der Bessere; doch er vertrank das Geld sofort.

Floh hingegen schlug sich eine Zeit lang damit durch, sämtliche wohltätigen Damen, eine nach der anderen, hinters Licht zu führen. Als das dann ein Ende nahm, war sie überall in der Stadt so verrufen, dass sie nicht mehr wusste, wohin sie sich wenden sollte.

Da verließ sie Svend und tat sich mit einem anderen zusammen, der gerade einige Schillinge übrig hatte. Dann kehrte sie zu Svend zurück und verschwand wieder, sodass niemand richtig wusste, wo sie sich aufhielt.

Selbst Fräulein Falbe verlor sie aus den Augen. Bei den Herrendiners indes pflegte der Polizeimeister das Mädchen namens Floh als ein Beispiel dafür anzuführen, wie ungeheuer schnell Frauenspersonen aus dem einfachen Volk unter die Räder kämen, wenn sie erst einmal auf Abwege geraten seien. Und die Herren stierten melancholisch in ihre

Champagnergläser, voller Verwunderung darüber, wie gering doch die moralische Kraft bei den unteren Klassen sei.

Else selbst hatte es aufgegeben, nachzudenken, und sie hegte auch keine Träume mehr; weder schämte sie sich, noch bereute sie etwas. Sie hatte sich darauf verlegt, sich von einem Tag zum anderen durch das Elend durchzufechten. Sie lachte, wenn es bei aller Art Zerstreuungen und bei Zechereien hoch herging, und trieb sich in der Stadt herum, wenn sie in Not war.

Schließlich sank sie zu einer Art Bedienerin in einer Hafenkneipe herab, wo sie mit fremden Matrosen Bier trank.

VI

Am Vormittag des Heiligen Abends herrschte in der ganzen Stadt geschäftiges Treiben, und nicht zuletzt die guten Damen, die an die Armen Geschenke verteilten, hatten alle Hände voll zu tun.

Fräulein Falbe war für gewöhnlich zu Weihnachten nicht so stark in Anspruch genommen, denn eigensinnig und sonderbar, wie sie in allem war, pflegte sie das wenige, das sie besaß, bis nach dem Fest aufzusparen. Doch heute war sie gleichwohl seit dem frühen Morgen in Bewegung.

Sie durchsuchte die Stadt kreuz und quer, denn sie hatte es sich in den Kopf gesetzt, Else ausfindig zu machen. Seit über einem Monat hatte das Fräulein sie nicht mehr gesehen, doch an diesem Tag, da alle frohgestimmt waren und sich etwas Gutes gönnten, konnten ihre Gedanken nicht von der armen Else loskommen, und so suchte sie an allen Ecken und Enden, in sämtlichen Winkeln und Schlupflöchern der Armen nach ihr.

Erst am späten Nachmittag, als sie es beinahe aufgegeben hätte, stieß sie plötzlich an einer Straßenecke auf die Gesuchte.

Fräulein Falbe hatte oftmals gesehen, wie schnell Schönheit, Anmut und Jugend bei jenen, die Elses Weg einschlugen, vergingen, noch niemals zuvor aber hatte sie es so augenfällig wahrgenommen.

Sie gehörte jedoch nicht zu denen, die sich abschrecken ließen. Mit festem Griff packte sie das Mädchen am Arm, als es davonlaufen wollte, und sagte ganz ruhig, so als ob nichts vorgefallen wäre: «Guten Abend, Else! Wie nett, dass ich dich hier treffe. Willst du nicht mitkommen und heute Abend die Weihnachtsgrütze bei uns essen?»

Floh blickte auf. Einen Augenblick lang flammten Dreistigkeit und Aufsässigkeit in den großen, blanken Augen auf, doch mit einem Mal brach ihr Trotz zusammen. Schluchzend tat sie ein paar Schritte und stürzte auf Fräulein Falbe zu.

Else hatte ein braun kariertes Schultertuch um und trug nichts auf dem Kopf. Mager und grau war sie im Gesicht geworden, und während sie so gebeugt dahinging und weinte, wirkte ihr Nacken derart welk und eingeschrumpft, dass niemand ihr blutjunges Alter geahnt hätte: noch nicht einmal vollendete zwanzig Lebensjahre. Es war nichts von ihr übrig geblieben als ihre Augen – die großen, blanken Augen, die sich umso größer ausnahmen, je mehr das Gesicht an Rundung verloren hatte.

Sie vermochte nicht zu antworten, versuchte es nicht einmal; und Fräulein Falbe sprach weiter zu ihr, ohne auf eine Antwort zu warten: «Als ich wegging, habe ich zu Kristian gesagt, dass ich dich mit nach Hause brächte, wenn ich dich treffen würde. Um sechs Uhr komme ich heim; ich will nur noch zur Mühle und eine kranke Frau besuchen. Dann werden wir zusammen Tee trinken und die Weihnachtsgrütze essen. Du kannst gern bei uns übernachten; ich werde dir auf dem Sofa im Wohnzimmer ein Bett richten.»

Else drückte ihrer Gönnerin die Hand. Sie standen hinter einer hohen Steintreppe, wo es ganz dunkel war, und Fräulein Falbe fasste das Mädchen um. «Du musst mir versprechen, dass du wirklich kommen wirst, Else!»

«Ja, Fräulein, ich werde kommen!», erwiderte Else mit Bestimmtheit und blickte auf.

«Danke – jetzt bist du wieder ein gutes Mädchen!», rief Fräulein Falbe froh. «Und nun solltest du dich allmählich auf den Weg zu uns machen. Es ist schon nach fünf Uhr; ich höre die Kirchenglocken läuten. Gleich komme ich nach. Kristian ist zu Hause, dort ist es warm und gemütlich. Sag ihm, dass ich alsbald komme!»

Damit eilte sie davon; sie war so glücklich, dass sie die Straße fast entlangrannte.

Floh aber ging langsam weiter zur Innenstadt hin, wobei sie sich möglichst im Häuserschatten hielt. Um zur Arche zu gelangen, musste sie jedoch den feineren Teil der Stadt passieren, wo die Gaslaternen dichter standen und außerdem die Schaufenster der Geschäfte an diesem Abend strahlten, so hell sie nur konnten. Deshalb machte Else einen Umweg durch den Park und kam unmittelbar an der Kirche vorbei. Eine der Seitentüren stand offen, und es überkam sie eine sonderbare Lust, dort hineinzuschlüpfen. Sie setzte sich auf eine Bank an einem der schweren Pfeiler.

Anfangs war sie von dem gewaltigen Klang der Glocken, die im Turm läuteten, halb betäubt. Als sie sich nach und nach an den Schall gewöhnt hatte, war ihr, als ob sie in ihm ruhte und in dem mächtigen Klang, der unter den hohen Gewölben hin und her wogte, mitschwänge.

Vorn an der Kanzel scheuerten ein paar Frauen

den Fußboden; sie hatten Kerzen bei sich, die sie Meter für Meter weiterschoben. Oben im Chor stand eine Laterne, die einige Männer, die an der Heizungsanlage hantierten, abgestellt hatten.

Floh war seit langer Zeit nicht in der Kirche gewesen, und es bemächtigte sich ihrer eine seltsame Ergriffenheit, während sie nun die heilige Stätte in diesem unsteten Dämmerlicht und unter dem festlichen Klang der immerfort läutenden Glocken wiedersah.

Noch eine Stunde zuvor hatte sie keinen anderen Gedanken gehabt, als sich etwas zu essen zu verschaffen – oder noch besser: etwas zu trinken. Sie hatte mehrere Wochen lang gehungert – in der Art, wie diejenigen hungern, die, wenn es sich so fügt, ein wenig Brot oder gesalzenen Fisch essen und sich im Übrigen mit Bier und Branntwein am Leben erhalten.

An diesem Tag hatte sie weder etwas Festes noch etwas Flüssiges in den Magen bekommen. Doch das war jetzt vergessen; es war eigentlich bei dem ersten Wort von Fräulein Falbe vergessen gewesen.

Dass es noch einen Menschen gab, der in dieser Weise zu ihr sprach!

Es hatte gleichsam ein Lichtstreif die Nacht der Erniedrigung erhellt, in der sie so lange umhergeirrt war. Die Gedanken aus ihren guten Tagen, die sie sonst fürchtete und mit Alkohol verscheuchte, kamen wieder, ohne dass sie ihr wehtaten. Sie konnte wahrhaftig dort in der halbdunklen Kirche sitzen und an ihre kleine Kammer bei Madam Späckbom denken. Denn Fräulein Falbe hatte das Schlimmste von ihrer Schande ausgetilgt. Else fühlte sich, als sei sie von Kopf bis Fuß reingewaschen worden – und zu alledem freute sie sich auf die Grütze.

Dann aber setzten die Glocken, die eine Weile gedämpft und wie aus der Ferne hoch oben geläutet hatten, mit gewaltigen, schweren Schlägen ein, die die ganze Kirche erfüllten, sodass es nur so in den Ohren dröhnte. Eine der Scheuerfrauen schob im selben Augenblick ihre Kerze weiter, wodurch all die geschnitzten Köpfe an der Kanzel hervortraten.

Else starrte sie an, und ihre Blicke folgten dem spärlichen Licht in alle Ecken und Winkel der Kirche; sie schaute an den hohen Bögen hinauf, wo zwischen herausgemeißelten Steinblumen und ziseliertem Laubwerk neuerlich Köpfe hervorschimmerten.

Und schließlich schien es ihr, als strömten die mächtigen Glockentöne aus der beleuchteten Kanzel – ganz so, als säße sie zitternd neben Mam Späckbom, während der Pfarrer donnernd seine Stimme gegen die Sünder erhob und harte Worte von Hölle und Jüngstem Gericht über ihrem Kopf ausschüttete. Und nun hatten sich all diese harten Worte hier und dort zwischen die Steinblumen verkrochen und streckten ihre Köpfe hervor, um zu sehen, ob sie da sei.

Aus einer Luke im Chorboden stieg ein Mann heraus, ergriff die Laterne und näherte sich. Sein Schatten fuhr die weiße Wand entlang wie ein langer schwarzer Teufel, der kam, um sie zu holen. Sie sah, wie er auf sie zurückte. Die Angst lähmte ihre Beine; sie vermochte sich nicht von der Bank zu erheben. Sie war festgebunden – sie war eingesperrt – sie war in der Kirche eingeschlossen, ganz allein... Und da kam er, die Laterne schwankte, die Glocken dröhnten ihr direkt in die Ohren...

Halb von Sinnen fuhr sie mit einem Schrei auf und lief davon. Der Mann war ihr dicht auf den Fersen. Tausende Köpfe und spitze Finger wiesen auf sie: Dort ist sie, dort – dort... Sie warf sich gegen die Tür, die war offen. Else war draußen, sie war gerettet – so erschien es ihr, unmittelbar aus den Klauen des Bösen gerettet.

Es herrschte, wie alle Leute fanden, echtes Weihnachtswetter. Neuschnee war gefallen, es war sternenklar und gerade so kalt, dass man sich im Pelz wohlfühlte.

Else beeilte sich, zur Arche zu kommen. Oben bei Falbes brannte Licht. Doch den Schrecken aus der Kirche hatte sie noch nicht überwunden; sie wagte nicht, sofort hinaufzugehen.

Vielmehr schlich sie sich in Mam Späckboms

Hof, in dem sie sich so gut auskannte. Auf der Küchenbank stand ein brennendes Talglicht. Floh guckte zum Fenster hinein; dort war niemand. Es überkam sie eine unwiderstehliche Lust, hineinzugehen. Wie es schien, war weder die Madam noch das Dienstmädchen zu Hause. Floh wusste noch aus früherer Zeit, wie man die Klinke anheben konnte, ohne dass ein Geräusch entstand.

Alles war wie vordem; sie kannte den Geruch und jeden Gegenstand in der Küche. Auf der Bank stand ein Teller mit Butterbroten. Floh verspürte ungeheuren Hunger, aber sie rührte nichts an. Nun würde sie ja gleich auf ehrliche Weise etwas zu essen bekommen. Um jedoch nicht in Versuchung zu geraten, öffnete sie vorsichtig die Tür zum Wohnzimmer; auch dort war niemand.

Die Gaslaterne draußen an der Ecke stand direkt vor einem der Fenster, sodass es im Winter in der Stube immer ein wenig hell war. Und so konnte Else auf dem Tisch drei, vier große Pakete liegen sehen. Sie war mit den Gepflogenheiten des Hauses genügend vertraut, um zu wissen, dass es sich um Kleidung und Lebensmittel handelte, die Mam Späckbom am Heiligen Abend an ihre Armen verteilte.

Während sie halb neugierig, halb gedankenlos jedes der Pakete befühlte, riss sie versehentlich irgendetwas vom Tisch.

Sie hob es vom Fußboden auf und besah es im Licht der Gaslaterne. Else erkannte das kleine, weiche Ding: Es war ihre eigene Kindermütze, jenes braune, mit rosenroten Kinnbändern versehene Mützchen, das aus dem unverwüstlichen Floh-Mantel zusammengenäht worden war.

Sie konnte sich nicht an die Zeit erinnern, als sie selbst das Mützchen getragen hatte, doch sie hatte es oft in Mam Späckboms Schublade gesehen, und jedes Mal hatte dann die Madam gesagt, sie solle es einmal für ihr erstes Kind bekommen.

Jetzt musste sie Floh also völlig aufgegeben haben. Ihre Kindermütze – das Einzige, was sie auf der Welt besaß – sollte an andere weggegeben werden. Sie drückte das Mützchen an ihr Gesicht. Und als sie nun Madam Späckboms alten Schubladengeruch verspürte, brach sie in Tränen aus.

So blieb sie eine Weile stehen und weinte über ihre Kindermütze, während ihr Mut immer mehr sank. Dann hörte sie jemanden im Flur. Sie steckte das Mützchen in die Tasche und schlich sich auf demselben Weg, den sie gekommen war, wieder hinaus.

Es musste nach sechs Uhr sein. Fräulein Falbe wartete sicherlich schon. Floh überwand sich, ging durch die Haustür hinein und stieg die Treppe hinauf. An Falbes Wohnungstür blieb sie stehen und horchte. Kristian ging auf und ab, wie es seine Gewohnheit war. Durch das Schlüsselloch konnte sie nur seinen Schatten sehen, der an der Wand erschien und wieder verschwand. Augenscheinlich war das Fräulein noch nicht nach Hause gekommen.

Floh spürte, dass es ihr unmöglich war, allein zu ihm hineinzugehen; sie wollte lieber draußen warten, bis das Fräulein käme.

Doch auf einmal hatte sie das Gefühl, dass sich Kristian der Tür nähere. Aufgescheucht, flüchtete sie einige Stufen die Bodentreppe hinauf. Und während sie dastand und horchte, ob er herauskommen würde, vernahm sie von oben Töne, wie sie sie niemals zuvor gehört hatte.

Sie stammten weder von der Trommel noch von der Flöte, auch nicht vom Klavier, sondern es waren lange, klagende Töne, sanft und geheimnisvoll, so als wüssten sie um all ihr Elend und wären gekommen, um sie zu trösten…

Als sie vorsichtig die Tür zu Schirrmeisters Kammer öffnete, sah sie den alten Musikanten aufgerichtet vor der Lampe stehen. Er spielte Geige. Das Licht fiel direkt in sein kleines, runzliges Gesicht, doch die feuchten, geschwollenen Augen hatten einen eigenen Glanz. Mit einer würdevollen Verbeugung begrüßte er Else.

Er hatte seinen betagten Rücken gestreckt, und während seine Hand mit altmodischer, steifer Eleganz den Bogen führte, hielt er den kleinen Kopf, der kahl war wie ein Rettich, lauschend über die Geige geneigt.

Seit Jahr und Tag hatte er wohl auf seinem Lieblingsinstrument nicht mehr gespielt. An diesem Abend aber war es so seltsam über ihn gekommen; er hatte die Geige hervorgeholt und die Saiten einigermaßen zusammengeflickt. Und nun spielte er seine Jugend, seine Träume, seine kleinen Triumphe und seine große Niederlage. Er spielte Prume und Rode und schließlich das Adagio von Spohr, das ihm den Beifall des Meisters eingetragen hatte, und er spielte ohne einen einzigen Fehlgriff – sauber und korrekt, so wie es der Meister gewollt hatte.

Den hungernden Notenschreiber und den versoffenen Musikanten gab es nicht mehr. Mit zurückgeworfenem Kopf, die Augen weit geöffnet, stand er im Licht der verrußten Paraffinlampe und verwandelte die Dachkammer durch sein Spiel in ein Gewölbe mit Hunderten von Lichtern und Reihen von atemlos lauschenden Damen und Herren. Alles Elend fiel von ihm ab, und der Künstler erstand von Neuem. Aus dem halb erloschenen Funken in seiner Seele schlug eine herrliche Flamme, so als habe ihm die Musik vergeben – die Musik, die er geliebt und verraten hatte. Und am Ende würde der große Meister kommen, ihm die Hand auf den Kopf legen und sagen: «Er wird es weit bringen.»

Mit dem Instrument unter dem Arm und gesenktem Bogen verbeugte sich Anton Schirrmeister rundum in der Kammer. Daraufhin legte er eilig die Geige in den Kasten, schlug den Deckel zu und warf sich, die Hände vor den Augen, auf einen Stuhl. Als er jedoch kurz danach aufblickte, saß Floh unmittelbar vor ihm auf der Kiste, die an der Tür stand. Auch sie hielt die Hände vor den Augen.

Und das alte Wrack betrachtete kopfschüttelnd das junge Wrack.

Dann war draußen von der Treppe und vom Boden her gedämpftes Rumoren zu vernehmen, so als bemühte sich eine Vielzahl von Leuten, möglichst leise zu gehen. Puppen-Lene guckte herein und trat zur Seite, um den anderen Platz zu machen.

Es war die ganze Bande. Puppen-Lene hatte sie alle hier oder dort aufgelesen. Sie waren ihr gefolgt in der Hoffnung, dass sie irgendetwas für sie bereit habe, und deshalb herrschte unter ihnen eine fröhliche Stimmung.

Floh wollte sich hinausschleichen, doch jemand hielt sie fest. Es war Svend.

Die beiden hatten einander mehrere Wochen lang nicht gesehen und sich zuvor in Unfrieden getrennt. Aber in der Stimmung, in der Else sich befand, wurde ihr, als sie ihn erblickte, warm ums Herz – so hässlich und heruntergekommen er mittlerweile auch war.

Svend merkte das, setzte sich zu ihr auf die Kiste

und fing an, zu jammern und zu klagen; er gelobte Besserung und versprach alles Mögliche, wenn sie nur zu ihm zurückkommen würde.

Else blieb sitzen und lauschte halb in Gedanken der vertrauten Stimme und den wohlbekannten Versprechungen. Doch auf einmal erhob sich am Tisch Getöse. Der Klempner sprang auf und fluchte, und alle warfen mehr oder weniger zornige Blicke auf Puppen-Lene – je nachdem, wie sehr sie sich trauten.

Es war nämlich so, dass sie auch nicht über das Geringste verfügte, mit dem sie ihre Gäste hätte bewirten können. Im Gegenteil: Sie war zu ihnen gegangen, um von ihnen etwas zum Weihnachtenfeiern zu ergattern. Schließlich habe sie oft genug mit ihnen geteilt!

Sie wandte ihr großes, grobes Gesicht in die Runde und rief den Männern höhnisch zu: «Ihr seid mir tüchtige Kerle! Nicht mal eine Flasche Bier am heiligen Weihnachtsabend! Pfui, was für eine Schande!»

Die Männer wurden verlegen. Der Klempner murmelte etwas von schlechten Zeiten, Jørgen Tambour blickte zur Decke hinauf, und selbst der Bier-Ökonom ließ seine Unterlippe hängen; in einer so ernsten Lage wagte er nicht wie sonst zu sagen, dass er «gerade einen Boten geschickt» habe.

Allein der Mann mit den vielen Gesichtern behielt sein Lächeln auf den Lippen. Er saß dicht bei Puppen-Lene, kaute Rosinen, knabberte Mandeln und warf die Schalen über den Tisch.

Jetzt kannte Floh ihn besser als damals, als er sie mit seinen Grimassen erschreckt hatte. An den verschiedensten Orten hatte sie ihn seither gesehen; er kam und verschwand, und niemand schien ihn zu bemerken. Sie wusste jedoch, dass er aus dem Gewahrsam der Festung Akershus ausgebrochen war und sich nun seit über zwei Jahren draußen auf freiem Fuß befand, ohne dass die Polizei seiner habhaft werden konnte. Alle nannten ihn «Mechaniker», weil er sich so gut auf Schlösser verstand.

Mit einem vertraulichen Kopfnicken sagte er nun zu Puppen-Lene: «Ja, du hast recht. Leute, die zwei gesunde Arme zum Zupacken und Augen zum Hinsehen haben, sich aber trotzdem nicht beschaffen können, was sie für so einen Tag brauchen – von solchen Leuten halt ich nicht viel.»

«Was hast du da?», fragte der Klempner.

«Ach – es ist nicht meine Art, viel mit mir rumzuschleppen», antwortete der Mechaniker gleichgültig, «aber ich bin jedenfalls satt, und jetzt mach ich's wie die feinen Leute – ich leiste mir Näschereien nach dem Essen.»

Damit warf er großspurig eine Handvoll Rosinen und Mandeln auf den Tisch. Ein junger Mann, der erst vor Kurzem zu der Bande gestoßen war, gab sich galant und reichte Floh, die immer noch auf der Kiste an der Tür saß, etwas von dem Naschwerk.

Der süße Geschmack weckte in ihr – hungrig, wie sie war – unbezähmbaren Appetit. Sie streckte sich nach vorn, um zu sehen, ob nicht noch mehr Rosinen und Mandeln da seien. Die anderen aber hatten sie sich genommen; es waren im Übrigen nur einige wenige für jeden gewesen, gerade so viel, dass die Gefährten auf den Geschmack kamen und ihnen das Wasser im Munde zusammenlief.

Der Klempner murmelte etwas davon, dass sich nicht jeder auf «Mechanik» verstehe.

«Das ist auch nicht nötig», erwiderte der andere, während er geschickt eine Anzahl Rosinen in Elses Schoß warf. «Da, wo ich herkomme, kannst du mit einem Kaffeesack auf dem Rücken rein und raus gehen.»

Aller Augen wandten sich jetzt dem Mechaniker zu, und alle brannten darauf, mehr über den Ort zu erfahren. Doch sie wussten auch, dass dieser Mann unheilvolle Wege ging und dass es gefährlich war, ihm zu folgen. Deshalb brachte niemand den Mut auf, sich ihm als Erster zuzugesellen.

«Wo ist das?», wurde plötzlich gefragt. Es war Floh. Sie hatte damit eigentlich nichts Bestimmtes im Sinn; ihre Frage entsprang bloßer Neugier. Die Rosinen waren so süß, und es war so lange her, dass man ihr so etwas angeboten hatte.

Der Mann mit den vielen Gesichtern, der bisher seine Augen von einem zum anderen hatte wandern lassen, wandte sich jetzt vornehmlich Else zu, indem er hin und wieder ein paar Rosinen oder Mandeln in ihren Schoß warf, aber auch welche auf den Tisch regnen ließ. Hier wurden sie sofort von eifrigen Händen ergriffen; in allen war ein Verlangen erwacht, mehr von diesen Süßigkeiten zu bekommen, die nur den Gaumen reizten, ohne den Magen zufriedenzustellen.

«Willst du wissen, wo das ist?», fragte der Mechaniker aufgeräumt. «Ja, das kostet nichts, mein Kind! Es ist vorn an der Ecke, direkt vor Konsul Withs Haus, bei Ellingsen & Larsen. Der ganze Kramladen ist mit Leuten vollgestopft, die wie die Verrückten einkaufen. Dass diese reichen Herrschaften sich an so einem Abend nicht totfressen, versteh ich nicht. Da gibt's Zucker und Sirup und Butter und Reis – o du meine Güte, was für ein Reis! Und feine dänische Butter – und Käse, gelben, fetten Käse, der glänzt, wenn man ihn anschneidet.»

Alle reckten sich zu ihm hin und starrten ihn an, als wollten sie seine Worte verschlingen. Floh rückte ganz dicht heran. Ihr lief das Wasser im Munde zusammen, und sie bildete sich ein, den fetten gelben Käse riechen zu können, der so glänzte, wenn man ihn anschnitt.

«Und da gibt es Dauerwurst und Schinken und

Bier und Wein – Hunderte von Flaschen mit süßem, starkem Wein. Du kannst dort von allem x-beliebigen so viel haben, wie du willst, wenn du – ja, wenn du nur Geld hast.»

«Ach – zum Teufel!», rief der Klempner bei den letzten Worten, und es erhob sich ein allgemeines Murren der Enttäuschung und des Missvergnügens.

Doch der Mechaniker tat so, als habe er nichts bemerkt, und redete lächelnd und mit einer Miene der Überlegenheit weiter, während seine flinken Augen wieder von einem zum andern wanderten und gleichsam hier dem einen, dort dem anderen Wort Eindringlichkeit verliehen. «Wenn du aber kein Geld hast, dann gehst du eben nicht in den Kramladen. Was solltest du da auch? – Es gibt aber einen andern Weg, der viel einfacher ist. Da hat man keine Schwierigkeit, sich vorzudrängen, denn da ist kein Mensch. Die Krämersleute sind immerhin so nett gewesen, da unten eine Laterne aufzustellen, damit du sehen kannst, was du so alles brauchst.»

«Wo? – Wo?», wurde jetzt ungeduldig gerufen. Diesmal war es Svend, dessen schwarze Zigeuneraugen vor Eifer leuchteten.

«Du kennst doch den ‹Schlupf› hinter Madam Ellingsens Haus; ganz vorne an der Ecke bei der Bank, da ist keine Gaslaterne. Und in der ‹Hucke›, da, wo man so gut wie nichts sehen kann, ist die Tür zum Keller unter dem Kramladen.»

«Ist die offen?», fragte der Klempner.

«Das muss sie wohl sein. Denn ich hab bloß ein bisschen in dem Schloss rumgestochert, da ist die Tür schon von alleine aufgesprungen», antwortete der Mechaniker scherzend und machte mit den Händen ein paar rasche Drehbewegungen.

Alle blickten ihn voller Bewunderung an, und der Bier-Ökonom flüsterte Jørgen Tambour beruhigend zu: «Also kann von Einbruch nicht die Rede sein.»

«Und da unten im Keller – das könnt ihr mir glauben –, da herrscht der reinste Überfluss. Da stehen ganze Reihen von Zuckerhüten, da hängen dutzendweise Schinken und Würste, und da stehen Kaffeesäcke, die man kaum heben kann. Aber wenn du ein Loch in den Sack schneidest und was rauslaufen lässt, dann kannst du einen ordentlichen Ramsch machen. Und oben im Kramladen ist so ein Lärm, dass sie nicht hören würden, wenn wir da unten Hurra schrien. Und auf der obersten Stufe der Kellertreppe steht die Laterne, weil der Ladenbursche ab und zu runterkommt, um irgendwas zu holen. Da gibt's auch massenhaft Wein. Ich hab mir ein paar Pullen mitgenommen, obwohl ich das Zeug eigentlich nicht mag. Es ist mir zu süß... Koste mal!» Er hielt Else eine Flasche hin.

Sie nahm einen Schluck, dann aber hielt der Mechaniker sie zurück; jeder von ihnen sollte etwas davon haben. Und alle bekamen eine kleine Kostprobe von dem süßen, starken Likör. Doch nachdem die Flasche die Runde gemacht hatte, leerte Floh sie bis auf den letzten Tropfen.

Es fuhr wie Feuer durch ihren Körper; der kräftige Geschmack entfachte ihre Begierde. Sie leckte sich die Lippen und blickte die anderen an, und ihr unbändiger Appetit schien anzustecken. Alle überkam eine fieberhafte Unruhe. Der junge Bursche setzte sich den Hut auf, um kundzutun, dass er bereit sei, und zum Schluss sprach Svend gleichsam in die Luft: «Wenn uns jemand, der sich gut auskennt, den Weg zeigen würde, dann ...»

Der Mechaniker wechselte einen raschen Blick mit Puppen-Lene. «Wenn was Ordentliches dabei rauskommen soll, müssen wir viele sein, die mitmachen», sagte er halblaut und sah im selben Augenblick zu Else hin.

«Wir sind dabei!», rief sie eifrig und zog Svend nach vorn.

«Ja – was andres kommt überhaupt nicht in Frage! Wir machen alle mit, wenn der Mechaniker die Sache in die Hand nimmt und uns führt», sagte schließlich der Klempner mit Entschiedenheit und erhob sich.

Der Mann mit den vielen Gesichtern war nun wieder ein ganz anderer. Mit wenigen kurzen und bündigen Worten gab er einem jeden seine Anweisung: Der Bier-Ökonom, Jørgen Tambour und der junge Mann sollten in den Straßen lediglich Wache halten; das Gleiche sollte nach seinem Willen Floh tun. Puppen-Lene meinte jedoch, Elses Umschlagtuch eigne sich gut dazu, etwas darunter zu verstecken.

Deshalb wurde beschlossen, dass sie sich mit den anderen so schnell wie möglich im «Schlupf», an der dunklen «Hucke», treffen solle, während oben im Laden der Geschäftsbetrieb noch lebhaft im Gange sei.

Dann schlichen sie sich, einer nach dem anderen, auf verschiedenen Wegen davon. Svend und Else gingen zusammen.

Als sie an Fräulein Falbes Tür vorbeikamen, drückte Else sich zwischen Svend und die Wand. Sie hatte keine Gewissensbisse, nur eine schreckliche Angst, dass sie aufgehalten werden könnte. Durch die Luft, die sie zwischen diesen Menschen eingeatmet, und das starke Getränk, an dem sie solchen Geschmack gefunden hatte, war mit einem Schlage ihr wilder Trotz geweckt, war sie in ein gefräßiges und gieriges Tier verwandelt worden, das ungeachtet der Feinde und Gefahren auf Raub ausziehen musste. Lautlos und geschmeidig wie eine Katze zog sie Svend durch die dunkelsten Winkel und längs der tiefsten Schatten hinter sich her.

Der alte Schirrmeister saß wieder allein in seiner Untauglichkeit da und kaute auf einer Mandelschale.

VII

«Frohe Weihnachten!»

«Danke, gleichfalls!»

Alle Menschen riefen einander zu, lächelten und grüßten. Den Hut ziehen konnte freilich keiner, so sehr war man mit Paketen beladen.

In den Läden der Delikatesshändler und in den Spielwarengeschäften standen zwei, ja drei Reihen von Menschen, die sich aneinander vorbei nach vorn reckten, während sich die Verkäufer hinter dem Ladentisch fast die Füße wund liefen.

Draußen auf der Straße standen indes ebenso dicht gedrängt die Kinder und guckten in die Schaufenster, obgleich gerade die Scheiben der feinsten Geschäfte, wo es am meisten zu sehen gab, durch die Wärme drinnen so angelaufen waren, dass man, wenn man einen Blick auf die Auslagen werfen wollte, durch die Streifen spähen musste, die die herabrinnenden Tropfen hinterlassen hatten.

Da stand ein Weihnachtsmann mit schneeweißem Bart und hielt einen kleinen Christbaum, an dem winzig kleine, richtige Kerzen brannten. Er war das Allerschönste, was es zu sehen gab. Dann aber erschien ein ganz niederträchtiges halbwüchsiges Mädchen, das selbst im Laden gewesen war, und behauptete, dass das, was über den Alten gestreut war und so hübsch im Baum glitzerte, kein richtiger Schnee, sondern weißer Zucker sei – sie habe nämlich davon gekostet.

Das zerstörte für die meisten den Zauber des Weihnachtsmannes, und es setzte ein unnatürlicher Zulauf zu dem nächsten seltsamen Schaustück ein: einem Karussell, das sich unaufhörlich drehte. Hier kam es zu einer derart kompakten Ansammlung von kleinen Kindern, dass die Erwachsenen ihre Sprösslinge aus dem Gewühl kaum wieder herausziehen konnten. Aber sie mussten sich doch beeilen, nach Hause zu kommen.

Die Kirchenglocken hatten aufgehört zu läuten; es war schon nach sechs Uhr – die Väter und Mütter mussten nach Hause und den Baum schmücken, und danach erst würde das Schönste und Vergnüglichste von allem kommen!

Aber konnte es etwas Schöneres und Vergnüglicheres auf der Welt geben, als in den hellen Straßen umherzugehen, zwischen all den freundlichen Menschen, die sich «Frohe Weihnachten!» zuriefen? Doch nicht nur in den Schaufenstern gab es etwas zu sehen. Während die Leute so ihres Weges schlenderten, entstand plötzlich ein Auflauf: Da war ein dicker Mann hingefallen, weil es so schrecklich glatt war.

Und all die Päckchen, die nun um ihn herum verstreut lagen! Ja, fast hätte man meinen können, es handle sich um einen großen, mit Päckchen gefüllten, aufsperrbaren Spielzeugmann, der sich beim Hinstürzen geöffnet habe, sodass alle Päckchen herauspurzelten und sich über den Gehsteig verteilten.

«Herrgott! – Sie Ärmster! Darf ich Sie abklopfen?»

«Haben Sie sich wehgetan?»

«Oh, ein bisschen ...», antwortete der Dicke und rieb sich die Lende.

«Es ist gefährlich, auf den Rücken zu fallen», sagte jemand.

«Besonders für beleibte Leute», meinte ein anderer.

«Sie können froh sein, dass Sie so glimpflich davongekommen sind», bemerkte ein dritter.

«Ende gut, alles gut», sagte ein vierter, der sich als der Witzigste erwies.

«Frohe Weihnachten!», wünschten sie alle.

«Danke, gleichfalls!», antwortete der Dicke.

Jeder der Umstehenden half ihm beim Aufsammeln der Päckchen. Es war wie beim Einliefern am Postschalter. Alle Päckchen waren unversehrt, mit Ausnahme derer, die er in der hinteren Rocktasche gehabt hatte. Da konnte freilich niemand behilflich sein.

«Nun wollen wir nach Hause gehen!», sagten die großen Kinder und nahmen die kleinen an die Hand.

Selbstverständlich wollten sie nach Hause gehen. Dort erwartete sie ja das Allerschönste und Vergnüglichste: der Weihnachtsbaum, die Geschenke, die Überraschungen. Dennoch: Diese Seligkeit sollte noch lange, lange währen. Es war einfach unvergleichlich, sich so unbändig, so über alle Maßen glücklich zu fühlen und gleichwohl das Allerschönste noch vor sich zu haben. Da konnte einem fast bange davor werden, sich dem Allerschönsten zu nähern, es zu erreichen – denn dann war es ja so bald schon vorüber.

Als sie aber schließlich zu Hause angelangt waren, hübsch angezogen und – zur Feier des Tages mit ein paar Tropfen Wasser – gekämmt wurden, da überkam sie die wahre Feststimmung. Die ungeheure Spannung, die in aufregenden Träumen von Wochen, ja Monaten zum Bersten angewachsen war, hatte nun den Gipfel erreicht und richtete sich geradewegs auf das Schlüsselloch, das von all den Kerzen, die dort drinnen am Weihnachtsbaum soeben angezündet wurden, wie ein kleiner Stern funkelte. Nun musste nur noch die Tür geöffnet werden – ja, die Tür musste geöffnet werden ... Jetzt gab es nichts weiter als diese Tür, die sie von dem Großartigen, dem Wunderbaren trennte – diese Tür, die sich öffnen musste! Irgendjemand näherte sich von dort drinnen, es knarrte ein wenig im Schloss… Sie bewegte sich – die Tür! Die Tür bewegte sich – sie ging auf, öffnete sich ganz weit, sodass sie gegen die Wand schlug… Aah!

In der Gemischtwarenhandlung von Ellingsen & Larsen herrschte immer noch geschäftiges Treiben. Diejenigen, die jetzt kamen, gehörten überwiegend zu den einfachen Leuten, die nötige und unnötige Einkäufe zum Weihnachtsfest machten. Ab und zu wurde hinten im Laden die schwere Luke im Fußboden geöffnet, und der jüngste der Krämerburschen stieg hinunter, um frischen Vorrat von diesen oder jenen Waren zu holen.

Floh und ihre Kumpane waren gerade zur Kellertür hereingekommen, als die Luke geöffnet wurde. Während sich die anderen hastig zurückzogen, blieb sie, starr vor Schreck, stehen.

Als sie jedoch die Beine des Burschen sah, der da heruntergestiegen kam, war sie trotz allem geistesgegenwärtig genug, sich zwischen ein paar Mehlsäcke zu werfen.

Während sie dort lag – still und beinahe ohne zu atmen –, fühlte sie sich völlig vernichtet.

Durch ihren Kopf rasten in schneidender Klarheit die Bilder ihres ganzen Lebens – von dem einen Absturz zum anderen – bis zu diesem Augenblick, da sie hier unten lag, aufs Äußerste erniedrigt, in der Komplizenschaft von Dieben und Gaunern. Jetzt musste sie sterben, das spürte sie deutlich. Ausgehöhlt und entkräftet, wie sie nach dem langen Hungern und den schlimmen Tagen war, hatte der Schreck sie gelähmt. Sie verlor das Bewusstsein.

Der Ladenbursche musste wohl in der Nähe der Tür irgendetwas gesehen oder gehört haben, denn er spähte unablässig dorthin. Da er jedoch nicht sonderlich mutig war, stieg er wieder nach oben und schloss die Luke.

Der Mechaniker rüttelte Else; sie aber blieb liegen.

«Das hab ich mir gedacht», murmelte er unter Beifügung eines bösartigen Fluches, «was sollten wir auch mit der!»

Einen Augenblick lang blieb er unschlüssig stehen. Svend und der Klempner kamen ebenfalls zu ihr heran. Plötzlich griff sich der Mechaniker eine Flasche aus dem Regal, wo, wie er wusste, der Likörvorrat lag, zerbrach mit einem geschickten Schlag den Hals und flößte Else einige Tropfen in den Mund.

Sie kam zu sich – überrascht und verstört. Darauf griff sie nach der Flasche und trank von Neuem.

«Na sieh doch! Nun genehmige dir mal eine

Herzstärkung. Du sollst für Puppen-Lene zwei Schinken unter deinem Umhängetuch mitnehmen.» Mit diesen Worten machte sich der Mechaniker daran, Svend und den Klempner zu beladen.

Was war das, das sie hier trank? Niemals zuvor hatte sie so etwas gekostet. Es war süß und stark wie der andere Likör, aber dies waren Rosen... Rosen waren es, was sie hier trank – die Rosen, die ihr durch ihre Jugend gefolgt waren, die sie dann aber so lange hatte entbehren müssen. Jetzt waren sie zu ihr zurückgekehrt, und sie trank sie in langen, duftigen Zügen.

Wie warme Kleider legte es sich um ihre verfrorenen Glieder. Mit einem Mal war sie gesättigt und fühlte sich gekräftigt; sie richtete sich ganz auf, während sie von einem behaglichen, angenehm warmen Strom durchrieselt wurde. Eine Freude ohnegleichen wallte in ihr auf. Sie nahm nicht wahr, wo sie sich befand, sie wusste von nichts. Nicht der fernste Schatten lag über dieser Freude, die sie empfand.

Jedes Mal, wenn sie trank, war es ihr, als versinke sie tiefer und tiefer in die warmen, duftenden Rosenblätter, bis diese über ihrem Kopf zusammenschlugen und sie von ihnen gewiegt wurde, unter hohen Gewölben, wo Rosen läuteten und die Musik in langen, rosenroten Tönen duftete – in Tönen, die ihr Elend kannten und nun gekommen waren, um sie zu trösten...

Da aber wurde die Kellertür von außen aufgestoßen, und blass und außer Atem erschien der Bier-Ökonom. Der Ladenbursche musste etwas bemerkt haben, denn die Polizei war benachrichtigt worden, und an Madam Ellingsens Haus standen schon zwei Beamte.

Der Mechaniker war im Nu verschwunden, so als wäre er vom Erdboden verschluckt worden. Auch der Klempner lief mit dem, was er an sich gerafft hatte, davon. Der Bier-Ökonom folgte ihm, und vorn an der Ecke bei der Bank waren unter der Gaslaterne undeutlich die langen Beine von Jørgen Tambour zu erkennen, der sich gleichfalls aus dem Staube machte.

Svend wollte jedoch Else nicht im Stich lassen; sie stand mit der geleerten Flasche in der Hand da. Er zog sie mit sich zum Ausgang des «Schlupfes», wo der Weg noch frei war.

Plötzlich blieb sie stehen und drückte heftig die Hände gegen die Brust. Svend warf einen Blick auf sie: Ihre Augen waren blanker denn je, die Lippen rot von Blut – sie hatte sich an dem Flaschenhals geschnitten. Und die ganze Schönheit ihrer Jugend schien für einen Augenblick in das kleine, zarte Gesicht zurückgekehrt zu sein. Svend stand völlig verblüfft da – so schön hatte er sie noch nie gesehen.

Doch dann fing sie an zu lachen, zuerst verhalten und vergnügt – so wie zu jener Zeit, als sie Freunde waren und sich glücklich fühlten –, dann immer stärker, bis Flohs altes Lachen wiederkehrte, jenes Lachen, das treppauf und treppab laufen konnte und den Leuten direkt ins Herz drang. Immer wilder und wilder lachte sie, sodass es Svend durch Mark und Bein ging.

Svend packte sie, um sie zum Schweigen zu bringen, doch dann presste sie wiederum die Hände gegen die Brust, ihr Gesicht wurde grau, und mit einem langen, bebenden Seufzer glitt sie ihm aus den Armen und stürzte mit dem Gesicht in den Schnee.

Da kam auch schon ein Polizist angelaufen, und Svend rannte, so schnell er konnte, in die entgegengesetzte Richtung.

«Frohe Weihnachten!», sagte die Polizeimeistersgattin.

«Danke, gleichfalls», erwiderte Frau Bentzen.

Die beiden Damen blieben unter den großen Gaslaternen vor Konsul Withs Einfahrt stehen. Die Straße verbreiterte sich hier zwischen dem Haus des Konsuls auf der einen und dem Anwesen von Ellingsen & Larsen auf der anderen Seite gleichsam zu einem kleinen Marktplatz. Und da dieser Platz einen Knotenpunkt des städtischen Verkehrs bildete, versammelten sich hier nach und nach mehrere Damen, die ihre Einkäufe und ihre weihnachtlichen Armenbesuche beendet hatten. Selbst Frau With, die gerade von Stadtbesorgungen nach Hause kam, stieg aus ihrem Wagen und schloss sich der Gruppe an, um mit den einzelnen Damen Weihnachtswünsche auszutauschen und über den Tag zu reden.

Es waren hier nicht nur Damen aus dem «Verein für gefallene Frauen der Gemeinde Sankt Petri» zugegen, sondern auch Mitglieder verschiedener anderer Vereine der Stadt. Die Gespräche verliefen äußerst lebhaft – teilweise ein wenig prahlerisch, bisweilen sogar etwas boshaft, wenn es darum ging, den eigenen Verein zu verteidigen oder herauszustreichen, wie viele Liebesgaben er verteilt habe. Die Grundstimmung war dennoch von Wohlwollen gekennzeichnet; man hatte seine mildtätige Arbeit getan und durfte sich eines guten Gewissens erfreuen.

«Ja, Sie haben recht; es ist ein herrliches Gefühl, alles erledigt zu haben», sagte eine der Damen.

«Es ist wahrhaftig ein arbeitsreicher Tag gewesen. Ich hätte nie geglaubt, dass ich auch noch mein letztes Leibchen loswürde; alle haben Leibchen bekommen. In diesem Jahr gab es zu viele Leibchen.»

«Aber nun wissen wir jedenfalls, dass wir etwas ausgerichtet haben», erklärte Frau With aus ihrer Ecke.

«Sehen Sie doch Fräulein Falbe dort drüben… Wie sie läuft!», sagte die Polizeimeistersgattin.

«So ist es immer mit ihr.»

«Dass sie niemals fertig werden kann – das verstehe ich nicht. Sie besitzt wenig, und das, was sie hat, wirft sie an den Erstbesten weg...!»

Frau With unterbrach sie mit ihrer gebieterischen Stimme: «Ich glaube, sie läuft bei den Armen herum und macht uns schlecht.»

Davon waren viele schon längst überzeugt. Die Armen wollten nie so recht mit der Antwort heraus, wenn man sie nach Fräulein Falbe fragte.

Mittlerweile hatte sich auch der Kaplan zu der Gruppe gesellt. Er lächelte mehr als sonst und war aus Anlass des Tages in frömmig-heiterer Stimmung. Die Damen drängten sich um ihn, um ihm ein gesegnetes Weihnachtsfest zu wünschen.

«Eben ist Fräulein Falbe vorbeigegangen...»

«Nein, nein – nehmen Sie es mir nicht übel», berichtigte die Polizeimeistersgattin, «sie rannte geradezu vorbei. Es hat mir förmlich wehgetan, sie zu sehen; es lag sozusagen kein richtiger Weihnachtsfriede über ihr.»

«Ach ja – liebe gnädige Frau», erwiderte der Kaplan leise, «das will ich gern glauben. Es kommt alles in allem darauf an, in wessen Geist man tätig ist. Wenn unsere Arbeit nicht vom rechten Geist getragen wird, dann fehlt der Segen.»

«Ja, da hat der Herr Pastor recht», rief Frau Bentzen aus, «das Gesegnete am Weihnachtsfest ist ja gerade, dass man seine Pflicht erfüllt, dass man mit den Armen geteilt hat. Heute kann sich niemand beklagen, und es ist so schön, daran zu denken, wenn es einem selbst gut geht.»

«Und es ist nicht weniger schön, den Dank und den Segen der Armen mit in sein Haus zu nehmen», fügte die Polizeimeistersgattin mit milder Stimme hinzu.

Der Kaplan blickte mit Bewunderung auf die hübsche Frau, und in der gehobenen Weihnachtsstimmung, in der er sich befand, wollte er zum Schluss noch einige erbauliche Worte an den lauschenden Kreis der Damen richten, als gerade Doktor Bentzen über die Straße kam.

Der alte Herr zeigte sein boshaftes Grinsen, als er sagte: «Frohe Weihnachten, meine Damen! Großer Einbruchsdiebstahl drüben bei Ellingsen & Larsen. Die Polizei hat schon ein Pärchen erwischt.»

«Einbruch! – Diebstahl! O mein Gott! Stehlen, und das am Heiligen Abend! Unglaublich, so etwas! – Wer? Wer? – Kennt sie jemand?»

«Das können keine Leute aus der Stadt sein», erklärte das Bügelbrett majestätisch.

«Es ist die Bande aus Mam Späckboms Arche», antwortete der Doktor hämisch.

Die Bande – ja, an die Bande hatte niemand gedacht. Diese abscheulichen Menschen waren ja eine Schande für die ganze Stadt.

Die Neuigkeit hinterließ einen sehr unbehaglichen Eindruck. Der Kaplan verzichtete auf seine kleine Rede und seufzte nur kurz über die «Verstockten», woraufhin man sich trennte, um nach Hause zu eilen und zu versuchen, diese Scharte in der Weihnachtsfreude auszuwetzen.

Die Polizeimeistersgattin sagte zu Frau Bentzen, als sie gemeinsam heimwärts gingen: «Können Sie sich vorstellen, liebe Frau Bentzen, wie zerstreut ich bin: Als Ihr Mann von Mam Späckboms Bande sprach, da hätte ich um ein Haar gesagt: ‹Sie meinen Fräulein Falbes Bande!›»

«Da ist, weiß Gott, etwas Wahres dran», erwiderte Frau Bentzen und blickte die junge Frau hochachtungsvoll an…

Indessen lief Fräulein Falbe wirklich in der Stadt umher und suchte nach Floh. Als sie um halb sieben nach Hause kam, war Kristian weggegangen. Das ganze Haus lag dunkel und leer, und Else war nirgends zu finden.

Das war eine bittere Enttäuschung für das Fräulein; sie hatte sich so sehr auf diesen Abend gefreut, und es war ihr ganz und gar nicht in den Sinn gekommen, an Elses Besuch zu zweifeln, zumal das Mädchen es so ernsthaft versprochen hatte.

Dann aber kam ihr der Gedanke, dass Else möglicherweise um sechs in der Arche gewesen, doch wieder gegangen sei, weil kein Licht gebrannt hatte. Und nun machte sie sich schwere Vorwürfe, weil sie sich bei der Frau in der Mühle hatte aufhalten lassen und weil sie Floh, nachdem sie sie gerade erst aufgespürt, überhaupt wieder fortgelassen hatte.

Die Straßen leerten sich. Vor den Schaufenstern standen nur noch zwei, drei Arme-Leute-Kinder und froren. Die Geschäfte wurden geschlossen, mit Ausnahme der Kleinkramläden, die noch immer voll von Menschen waren.

Konsul With hatte wie gewöhnlich die kostbarsten Geschenke für seine Frau besorgt. Als er gegen sieben Uhr, mit Paketen beladen, heimwärts ging, traf er auf drei Polizisten, die etwas Langes, Schwarzes zwischen sich trugen.

«Was ist das, Hansen?», fragte der Konsul.

«Ach, das ist Floh, Herr Konsul.»

«Hm – ist – ist sie tot?»

«Bloß sturzbetrunken, nehme ich an. – Frohe Weihnachten, Herr Konsul!»

«Danke, gleichfalls», erwiderte Konsul With und setzte seinen Weg fort.

Je stiller es in den Straßen wurde, umso fröhlicher ging es in den Häusern zu, und das Lachen und Kreischen der Kinder drang in die kalte Winternacht hinaus, in der Fräulein Falbe noch immer auf der Suche nach dem Mädchen umherlief. Jeden Augenblick bildete sie sich ein, Flohs Schultertuch um irgendeine Ecke schwenken zu sehen.

Schließlich begegnete sie einem Polizisten, der ebenfalls jemanden zu suchen schien. Er erzählte ihr, dass die Bande einen Einbruch verübt habe und dass auch Floh dabei gewesen sei.

Müde und niedergeschlagen machte sich Fräulein Falbe auf den Heimweg. Eigentlich kam es nicht selten vor, dass sie Enttäuschungen dieser Art erlebte, doch diese war die schmerzlichste von allen; sie hielt so viel von Else, hatte sie wirklich gern.

Kristian hatte, da die Schwester nicht, wie verabredet, um sechs Uhr gekommen war, die Wohnung verlassen. An diesem Abend hatte er jedoch keinen Zechkumpan gefunden. In den Kneipen war es überall kalt und leer, und so war er, übellaunig und zanksüchtig, wieder nach Hause gegangen.

Die Schwester sagte nichts, setzte nur die Grütze auf, die schon fertig auf dem Herd stand und nur aufgewärmt zu werden brauchte. Während sie den Tisch deckte, peinigte er sie mit Vorwürfen und niederträchtigen Witzen. Als sie dann mit der Grütze kam, war diese angebrannt – Fräulein Falbe hatte vergessen, sie umzurühren.

Alles war so ungemütlich, wie es überhaupt nur sein konnte. Und sie hatte sich so sehr auf diesen Abend gefreut! Eine Zeit lang kämpfte sie tapfer gegen das Weinen an, doch dann siegten die Tränen. Fräulein Falbe legte den Kopf auf die Arme und schluchzte laut.

Der Bruder saß dabei und betrachtete sie eine Weile. So gebrochen hatte er die starke Schwester noch niemals gesehen. Allmählich stieg Reue in ihm auf, und er suchte nach besänftigenden Worten. «Ja, siehst du, Augusta, du erntest immer nur Enttäuschungen und Kummer – so wie du es anstellst. Wenn du dich unbedingt mit den Armen abgeben musst, dann mach es so wie die anderen Damen in der Stadt! Die haben ihre ganz bestimmten Armen, denen sie helfen, und da brauchen sie sich um die andern nicht zu kümmern. Du aber wirfst das wenige, das du hast, an alles mögliche Gesindel weg, dem sowieso nicht zu helfen ist... Ja, du richtest vielleicht mehr Schaden an, als du Nutzen stiftest!»

«Nein, Kristian, das tue ich nicht!», rief Fräulein Falbe energisch und hob den Kopf. «Und ich will nicht meine bestimmten Armen haben, denen ich helfe. Lass die anderen sich mit den Krumen, die sie wegwerfen, ein gutes Gewissen erkaufen; lass sie, wenn sie ihr Herz für einige wenige würdige Notleidende entdeckt haben, bei denen sie – wie es heißt – das Segensreiche ihres Tuns schauen können, in dem festen Glauben nach Hause gehen, dass sie ihre Pflicht erfüllt hätten. Ich sehe, dass der große Rachen niemals voll wird, so viel man auch in ihn hineinsteckt. Und diese Gewissheit ist der einzige Lohn, den man für sein Mitleid erwarten darf. Diese

Gewissheit treibt einen von einem Abgrund zum anderen, bis hin zu den Elendsten, den Lasterhaftesten, von denen man weiß, dass sie neue Enttäuschungen und neue Schmerzen für einen bereithalten werden. Jetzt aber ist mir der Sinn bewusst: Das Geld, die Gaben, die Almosen – all das zusammen bewirkt Gutes, und ich freue mich, wenn es das tut. Den tiefen Graben zwischen denjenigen, denen es gut geht, und denen, die Not leiden, füllt ein klein wenig warme Menschlichkeit besser als alles Gold der Welt. Und wenn man auch nicht einen Kleiderfetzen zum Weggeben hat, ihnen stattdessen aber verständlich machen kann, dass man jene Wärme und ein mildes Herz besitzt, dann braucht man die Enttäuschungen nicht zu fürchten, sondern kann von einem Abgrund zum anderen gehen, ohne sich nach dem Lohn umsehen zu müssen. – Deshalb will ich morgen zeitig aufstehen und wieder dort anpacken, wo ich losgelassen habe.»

Als sie das gesagt hatte, trat der Bruder zu ihr heran.

Liebkosungen kamen zwischen diesen Geschwistern wahrhaftig nicht häufig vor, doch jetzt nahm der Bruder die Schwester in die Arme und gab ihr einen Kuss. Und er flüsterte ihr etwas ins Ohr. Sie hatte es unzählige Male gehört – dieses Versprechen, von dem sie wusste, dass er nicht die Kraft haben würde, es zu halten. Dieses Mal aber vertraute sie ihm. Mit jenem wunderbaren Lächeln, das sie so hübsch machte, blickte sie zu ihm auf und dankte ihm.

Dann setzten sie sich wieder, lachten und weinten und plauderten miteinander, wie sie es seit vielen Jahren nicht getan hatten.

Die Grütze war angebrannt – das ließ sich nicht leugnen. Doch wie köstlich sie trotzdem schmeckte!

VIII

Es war eine Heilige Nacht, wie sie sein sollte – still und rein. Weiße Wölkchen strichen wie Engelsflügel an den blinkenden Sternen vorbei, und der Mond, der spät aufgegangen war, ließ den frischen Schnee glitzern und warf seinen Schein über den dunkelblauen Fjord bis hin zum Meer.

Über der ganzen Stadt schwebte ein leichter Duft von Gänsebraten und Punsch. Und wie ferner Kirchengesang ertönte aus so manchem Fenster ein sanftes Schnarchen – von denen, die ringsum mit überladenem Magen schliefen.

Die Kleinen schlummerten tief, von Glück ermattet, und träumten von Zinnsoldaten und Süßigkeiten.

Die Großen schliefen unruhig, warfen sich von

einer Seite auf die andere und hatten das Gefühl, dass ihnen eine fette Gans auf der Brust säße und sie unter der Nase mit Schmalz einriebe.

Doch am tiefsten von allen schlief Floh...

«Ich hatte weiß Gott gedacht, dass ich in der Weihnachtsnacht mal etwas Ruhe finden würde», sagte Doktor Bentzen zornig, als er aus dem Gefängnisgebäude kam. «Dass sie sich zu Tode saufen würde, hätte ich wahrlich im Voraus sagen können. Und jedes Kind hätte doch jetzt sehen können, dass sie tot war. Ein andermal warten Sie gefälligst bis zum Morgen, Hansen!»

«Verzeihen Sie, Herr Doktor, aber ich habe Anweisung, unverzüglich den Tod feststellen zu lassen», entgegnete der Gefängniswärter demütig. Er blieb an der Tür stehen: «Frohe Weihnachten, Herr Doktor!»

Der Doktor brummelte etwas und eilte durch die leeren Straßen, um schnell in sein warmes Bett zu kommen. Es herrschte beißende Kälte, und ein steifer Nordwind wehte vom Hafen her.

Indessen nahm der Mond Stück für Stück Stadt und Land in Besitz, betrachtete alles mit seinen kalten, gleichgültigen Augen – erst von der einen, dann von der anderen Seite. Und wenn er mit einem Stück fertig war, schob er einen großen, schwarzen Schatten darüber und nahm sich das nächste vor.

So kam er auch an das Gefängnis, lugte schräg durch ein vergittertes Fenster in eine Zelle und fand auf einer Bank an der Wand das Mädchen, das man Floh nannte.

Ihr Kleid war bis an die Brust hochgezogen, weil der Doktor das Herz abgehorcht hatte, und der eine Arm hing zum Fußboden hinab. Flohs Mund war halb geöffnet, und das Blut auf ihren Lippen ließ ihn groß und schwarz erscheinen. Sie war hässlich – erschreckend hässlich, wie sie dort welk und elendig in dem kalten Licht des Mondes lag.

Sie hatte ihre Schönheit eingebüßt und anderes mit ihr. Ansonsten hatte sie im Leben nicht viel zu verlieren gehabt; und jetzt, da sie dahingeschieden war, bedeutete das auch keinen Verlust fürs Leben. Zwar stand irgendwo ein Teller mit angebranntem Reisbrei für sie, doch sonst gab es nichts, was ihr gehörte, auch keinen Platz, wo sie ihr Leben hätte fristen können. So konnte sie sich davonmachen, ohne zu stören oder auch nur bemerkt zu werden.

In dem großen, kalten Steingebäude war es ganz still. Nur wenn im Laufe der Nacht hin und wieder einer von der Bande gefasst und eingeliefert wurde, knallten Türen, rasselten Schlüssel, waren Schritte und Stimmen zu hören, die sich in den langen Gängen verloren – hatte doch der Polizeimeister in einem Anfall von Tatkraft beschlossen, die ganze

Rotte dingfest zu machen, die schon seit Langem eine Schande für die ehrbare Stadt war.

Dennoch ließen sich gerade diejenigen nicht fassen, deren man am ehesten habhaft werden wollte. Der Mechaniker, zu dem die Polizei bereits eine Spur aufgenommen hatte, war und blieb wie vom Erdboden verschluckt. Und zur Festnahme der Puppen-Lene konnte man keinen Anlass finden, denn sie war schon um sieben Uhr unschuldig schlafend in ihrem Bett angetroffen worden.

Als Svend eingeliefert wurde, fragte er nach Else, und als man ihm erzählte, dass sie tot sei, da geriet sein Zigeunerblut in Wallung. Er schlug wie wild auf den Gefangenenwärter und den Polizisten ein, sodass man ihn in Eisen legte.

Danach wurde es in dem großen, kalten Steingebäude wieder ganz still, und der Mond setzte seine Runde fort. Er hatte lange bei Else verweilt, denn da gab es viel zu sehen. Es bot sich ihm hier gleichsam ein Abriss über ein ganzes Menschenleben, eine ganze Geschichte – im Übrigen eine alte Geschichte.

Es fehlte nichts, alles war da. Else trug ihr Schultertuch, ihr Kleid, ihre alten Stiefel und die Lumpen, die sie als Unterkleider benutzte. Ja, und in der Tasche hatte sie sogar ihre braune Kindermütze mit den rosenroten Kinnbändern. Anderes besaß sie nicht. Von der Kindermütze bis zu ihren letzten

Lumpen war ihr alles treulich gefolgt. Was ihr das Leben von Fall zu Fall eingetragen hatte, war jetzt wie von einem Strom in einem Winkel des Gefängnisses zusammengespült worden. Ja – alles war da, bis hin zu den Rosen! Der Frost malte sie an die Fensterscheibe hinter dem Gitter, und ihm zitterte dabei die Hand, als fröstelte ihn aus sich selbst heraus. Oder mochte es aus Mitleid sein?

Unter der Bank bissen sich ein paar Mäuse und piepsten dabei; eine lief über den Fußboden und verschwand. Die Uhr vom Kirchturm schlug fünf; ihre Töne bebten lange in der flirrenden, kalten Morgenluft. Der Mond zog sein Licht langsam die Wand empor und zum Fenster heraus. Und indem er sich entfernte, breitete er einen dicken, weichen Teppich von Dunkelheit und Vergessen über Else, die da schlief.

Der Mond ließ indes weiterhin seinen kalten, unbarmherzigen Blick über die Erde gleiten, und die Nacht verkroch sich in den Schatten – aus Furcht vor ihren eigenen bösen Geheimnissen.

Doch schließlich wandte sich die schwere, steif gefrorene Erde wie im Schmerz vom Mond ab, und die Sonne begann mit ihrem Glitzern an den Kirchturmspitzen zu spielen, die zu Gottes Ehren vergoldet waren.

Und alle Kirchenglocken der Stadt läuteten und ließen den festlichen Jubel des Weihnachtsmorgens über die ganze Christengemeinde erschallen. Die Kinder sprangen im bloßen Hemdchen umher, spielten mit den neuen Spielsachen oder naschten von den Süßigkeiten, für die sich am Vorabend in ihrem Magen kein Platz mehr gefunden hatte.

Alle Erwachsenen aber machten sich fein und gingen in die Kirche. Eine wie die andere war deshalb auch voll besetzt.

Pastor Martens etwa musste sich förmlich zur Kanzel durchdrängen. Die Wintersonne trieb ihr munteres Spiel mit den bunten Farben, die sie sich von den Glasmalereien in dem großen Chorfenster auswählte. Sie schoss schräge Strahlen an dem Altargemälde vorbei und sandte farbige Lichter in Rot, Grün und flammendem Gelb über den Chor. Wie ein festliches Lächeln lag über der ganzen Kirche eine strahlende, gesegnete Weihnachtsstimmung.

Davon sprach Pastor Martens auch in seiner Predigt. Weihnachten sei nicht nur ein weltliches Freudenfest, ein Fest der Herzen und der Kinder, sondern es sei darüber hinaus – ja in allererster Linie – ein religiöses Fest, bei dem jede Freude, jeder Genuss tiefere Gründe und Wurzeln habe. Und als er zum Text des Tages überging, verweilte er besonders bei den frommen Eindrücken der Weihnachtsfeste aus den Kinderjahren. Und vor den Augen der Gemeinde beschwor er die lieblichen Bilder von dem Kind in der Krippe, von den Hirten, den Engeln und den opfernden Königen. Sanft und innig, wie in kindlicher Verzückung, ließ er dabei die Worte von der Kanzel niedergleiten.

Wenn es wirklich so war, dass sich das eine oder andere harte Wort aus den donnernden Reden über Hölle und Jüngstes Gericht hier oder dort hinter den Steinblumen versteckt hielt, so wurde es an diesem Tage gründlich hinausgefegt… Alle Bilder von der Religion des Schmerzes und der Entsagung wurden behutsam beiseitegeschoben, und er, der da hing, dem man Nägel durch Hände und Füße geschlagen und den man zu Tode geschunden hatte – er wurde zu dem lieblichsten kleinen Kind, zu jenem Kind, das man in eine Krippe gelegt hatte…

Dem guten Pastor Martens traten Tränen in die Augen, und sie drohten seine Stimme zu ersticken… In diesem Bild liege etwas so unsagbar Rührendes. Und dann die Tatsache, dass das, was in der Welt gering angesehen und gar verachtet werde – dass gerade dieses die wahre Hoheit, die wahre Majestät ausmache – auch darin liege etwas so unendlich Wohltuendes und Beruhigendes. Daher habe keiner das Recht, über seinen Platz im Leben zu klagen. Ja, wer wolle das schon tun, da doch das Niedrigste das Höchste sei – da doch die Geringen und Verachteten die Auserwählten seien! Wie wunderbar – o wie wunderbar, dies zu wissen …! Möchten wir uns nur alle mit kindlichem Gemüt dem Kind in der Krippe in der fernen Stadt Bethlehem zuwenden!

Pastor Martens sprach mit wahrer Hingabe und Begeisterung. In seiner wohlklingenden Stimme bebte die ganze gespannte Erwartung eines Opfertages, und als er zum Schlussgebet und zum Glaubensbekenntnis kam, das er auswendig konnte, betrachtete er die einzelnen zu seinen Füßen sitzenden Gemeindemitglieder genauer.

Er entdeckte sofort den reichen alten Skipper Randulf, Konsul Withs Schwiegervater, der in der Reihe der Opfernden ganz an der Spitze nach vorn zu gehen pflegte. Denn hier herrschte noch die, wie Martens es ausdrückte, «fromme und christlich-schöne Sitte», dass die Gemeinde persönlich ihr Opfer für den Seelenhirten darbrachte.

Und Pastor Martens dachte an die großen flachen Kuverts, in denen nichts anderes als Banknoten stecken konnten, doch auch an die bescheidenen kleinen Papiertütchen mit Silbergeld – denn er verachtete keineswegs das Scherflein der Witwe –, und selbst das armselige Kupfer bekommt einen gesegneten Klang, wenn es in Demut auf den Tisch des Herrn gelegt wird.

Es war eine der besten Predigten, die man von ihm gehört hatte; und Pastor Martens nahm eine anerkannte Stellung unter den hervorragendsten geistlichen Rednern des Landes ein.

Die Gemeinde fühlte sich so unsagbar wohl, so kindlich-froh, so weihnachtsfreudig. Die Polizeimeistersgattin beugte sich nach vorn und sagte zu Frau Bentzen, sie könne weit hinten in der Kirche einen Hut mit schottischem Besatz sehen, den sie selbst genäht und zu Weihnachten verschenkt habe – und es tue ihr so wohl, ihn zu sehen.

Frau Bentzen nickte lächelnd zurück: «Mir kommt es so vor, als ob wir alle eine große Familie wären.»

Unterdessen setzte die goldgelbe Wintersonne ihr Spiel mit den farbigen Strahlen fort. Von Sankt Lukas' Stier nahm sie einen braunen Fleck und klebte ihn dem Küster ins Gesicht, der in feierlicher Andacht hinter dem bescheidenen kleinen Tisch saß, auf dem das Opfer für ihn niedergelegt werden sollte.

Und die schräg einfallenden Strahlen wanderten in der Kirche weiter abwärts und umgaben den einen oder anderen Kopf dort unten mit einem Heiligenschein. Doch es gab ja keine Heiligen unter ihnen, und das war ganz gut so. Alle hatten ihre Schwächen, und alle kannten sie. Weit wahrscheinlicher war es wohl, dass dieser oder jener unter ihnen eine ganze Reihe von Schwächen aufzuweisen hatte. Aber – Herrgott, wer wollte an einem solchen Tag schon mit seinem Nächsten ins Gericht gehen! Ein jeder war sich seiner selbst so sicher, war so zufrieden mit sich, fühlte sich so überaus liebevoll und gut und kindlich-fromm. Man lächelte einander zu und rückte auch auf den Bänken zusammen, sodass alle Platz fanden. Es war rührend mit anzusehen, wie sich der elegante, vornehme Konsul With erhob, um seinen Platz der alten Madam Späckbom zu überlassen. Es war wirklich ein herrlicher Weihnachtstag. Und die Kirche war geheizt, sodass man gar keine Fußsäcke brauchte.

Und die Gedanken richteten sich auf die lange Reihe von Festtagen und fröhlichen Gesellschaften, die nun vor der Tür standen. Es überkam einen die Anwandlung, in der belebenden Wintersonne einen ausgedehnten Spaziergang zu unternehmen und danach mit gutem Appetit nach Hause zurückzukehren, um schon im Flur vom Duft der gebratenen Schneehühner empfangen zu werden.

Und von den hohen, sonnendurchfluteten Gewölben senkte sich eine heilige Weihnachtsstimmung beruhigend wie ein gutes Gewissen über die ganze Gemeinde.

Doch die Kirche wurde von brausenden Tönen erfüllt. Der Organist spielte ein festliches Präludium mit wuchtigen, triumphierenden Harmonien. Und als der Choral begann, fielen die anwesenden Gemeindemitglieder ohne Ausnahme frohgemut und jubelnd ein. Die meisten brauchten nicht einmal ins Gesangbuch zu sehen, denn es war das herrliche alte Weihnachtslied:

«In dieser holden Weihnachtszeit
darf man sich herzlich freun…»

RUDOLF G. BINDING

Das Peitschchen

Eine Weihnachtsgeschichte, drei Kindern erzählt

Als das Jesuskind durch Flandern zog – und es kannte wohl die ganze Welt –, kam es mitsamt seiner Mutter in der großen Stadt Gent am Morgen eines Weihnachtstages an. Die ganze Stadt war für das Fest gerüstet. Auf den Straßen drängten sich die Menschen, um auf den Märkten und in den Läden die neuesten und letzten Herrlichkeiten zu erwischen, mit denen sie ihren Angehörigen und ihrem Gesinde am Abend eine Freude machen könnten. Vor der großen Kirche St. Baafs, die wie ein gewaltiger grauer Magnetberg über die Stadt und die Menschen emporragte, die Häuser um sich versammelt hielt und die Menschenströme in sich hineinzog, war ein Weihnachtsmarkt errichtet, und die Pfefferkuchenstände, die Buden mit bunten Likören, mit Christbaumschmuck und Kerzen, mit Zinnsoldaten und Zinnlöffeln, mit Pfeifen, Trompeten und allerhand Kinderspielzeug standen hübsch in Reihen geordnet und einträchtig nebeneinander. Da es noch früh am dämmrigen Morgen war, die Leute vom Lande jedoch, um nichts zu versäumen und einen möglichst langen Tag des Betrachtens und Auswählens vor sich zu haben, schon in die Stadt hereinwogten, brannten in allen Ständen über den Auslagen die Lampen, und die Verkäufer brachten die erste Ordnung in ihre Sachen, die der vorangegangene Tag etwas in Unordnung gebracht hatte. Gerade am Zugang zum Hauptportal der Kirche behauptete ein großer Spielwarenstand seinen Platz. Da waren Trommeln und Trompeten, Reifen und Kreisel, bunte Glasklicker, Puppen und Kegel, kleine Männchen, die in Glasröhren in einer rosa Flüssigkeit auf- und niederstiegen, wenn man die Röhre in die Hand nahm, Mundharmonikas und winzige Drehorgeln, die das «Ehre sei Gott in der Höh'» in kleinen Tönen von sich gaben, wenn man leise die Kurbel drehte. Und gerade hängte eine Magd ein buntes Gedränge von blauen, roten und grünen Luftballons, alle eben neu mit Gas gefüllt und prall, dass sie knirschten, wenn sie aneinanderstießen, an der Ecke der Bude auf, und darunter hängte sie ein ganzes Bündel kleiner Peitschen mit geflochtenen Schnüren aus weißem zartem Leder, gelben Schmitzchen und bunten Stielen. Jeder Stiel endete in einem roten Pfeifchen aus Kirschenholz. Im Hintergrund der Bude aber hinter den langen Brettern und Tischen, auf denen alle die schönen Sachen ausgelegt waren, standen drei Kinder, so blond und auch wohl so alt wie ihr, denen diese

Geschichte erzählt wird. Ihre Mutter war die Eigentümerin des Spielwarenstandes. Da sie zu so früher Stunde nicht auf Käufer hoffen konnte, war sie noch nicht zur Stelle, sondern hatte es der Magd überlassen, die Auslage zu besorgen; und diese hatte die Kinder mitgenommen. Da standen sie nun, und während sie teilnahmsvoll und neugierig guckten, wie die Magd immer neue Reichtümer und Herrlichkeiten auspackte und zum Verkauf ordnete, begannen in ihren Herzen Wünsche hin und her zu jagen, begehrliche und vergleichende Gedanken hin und her zu wogen und süße Qualen auf und ab zu ziehen, welcher Gegenstand von allen ihnen wohl am besten gefiele, damit sie ihn sich von ihrer Mutter selbst als Weihnachtsgabe ausbitten könnten. Denn das wussten sie vom letzten Jahr und gedachten es auch diesmal dahin zu bringen, dass ihre Mutter jedem von ihnen erlaubte, sich aus der Fülle der Dinge etwas herauszuwünschen. «Wenn es am Abend nicht verkauft ist», pflegte dann die Mutter zu sagen; denn der geringe Erlös aus dem Spielzeug ließ es nicht zu, dass sie die Dinge von vornherein für sie beiseitestellte. Und dann zitterten die Kinder den ganzen Tag um den gewünschten Gegenstand, und jedes Mal, wenn ein Käufer herantrat, stieg ihnen das Blut zu Kopf und sie fühlten ihr Herz schlagen. Ging er dann weg, ohne, wie sie meinten, ihren Gegenstand entdeckt zu haben, waren sie glücklich. Aber beim nächsten wiederholte sich die Pein.

«Das vorige Jahr hatte ich mir eine Puppe gewünscht», sagte das eine Mädchen, «aber nach wenigen Tagen zerbrach sie. Ich wünsche mir etwas anderes diesmal.» Dann trat wieder Schweigen und Überlegen ein. Keines wollte sich verraten. «Eigentlich wäre ein Kreisel sehr schön», sagte das ältere Mädchen, «er zerbricht nicht. Ich sehe Dinge gern, die tanzen und sich drehen.» Alle drei guckten nach einem großen Haufen bunt bemalter harter Kreisel, die eben aus einem Sack hüpften, den die Magd auf den Tisch stülpte. – «Ich wünsche mir einen Kreisel und ein Peitschchen dazu», sagte die Älteste, die mit sich im Reinen war.

Die andern fanden die Idee auf einmal herrlich. «Ich wünsche mir auch einen Kreisel und ein Peitschchen», sagte das zweite Mädchen, als ob sie nicht gesonnen wäre, zurückzustehen.

«Ich auch», sagte der Junge, dem es genug war, dass die älteren Schwestern entschieden hatten. Und alle drei guckten eifrig und prüfend nach dem Haufen Kreisel auf dem Tisch und nach dem Bündel Peitschchen, das von der Ecke der Bude herabhing.

«Während der Kreisel Schwung hat und sich dreht, kann man pfeifen», bemerkte der Junge und fand dies sehr beachtlich. Das Pfeifchen am Peitschenstiel musste doch seinen Sinn haben. «Und dann versetzt man dem Kreisel wieder einen. Und dann pfeift man wieder.»

«Wer am besten kreiseln kann, kann am besten pfeifen», sagte die Älteste.

«Wenn wir alle drei zugleich pfeifen –!» Dies sagte die Jüngere, sah mit großen Augen in die Ferne und hatte offenbar eine wundervolle Erscheinung.

Während sie so schwatzten, kam inmitten der Menge des Volkes, das der Kirche zuströmte, das Jesuskind daher. Es war damals schon größer und saß rittlings auf dem treuen Esel, der von den vielen Fahrten – nach Ägypten und in aller Welt umher – nicht mehr ganz frisch war und mit kleinen andächtigen Schritten in der Menge trippelte. Dem Jesusknaben ging das zu langsam. Vergebens zauste er das Eseltier mit seinen kleinen Händen im zottigen Fell, stieß es mit den Beinchen in die Seiten oder suchte es durch kleine Zurufe zu ermuntern. Der Esel blieb in seinem Gang, und die Jungfrau Maria, die lächelnd hinter ihrem Kinde schritt, trieb ihn nicht an.

Wie sie nun in diesem Aufzuge, oftmals gehemmt durch ein sanftes Stehenbleiben des Tieres, vor dem Spielwarenstande anlangten, gewahrte Jesus an der Ecke das Bündel Peitschchen, ergriff, indem er seinen Esel darunter hinwegtrieb, als rechter Herr der Welt eines am Stiel und zog es, ohne viel zu fragen, aus der Schlinge, in der es mit seinen Kameraden aufgehängt war. Dann schwang er es lustig über seinem Reittier.

«Halt! Nicht!», rief die Magd, und auch die Kinder wollten Halt! Nicht! rufen und krausten die Gesichter. Aber sie brachten keinen Ton aus den Kehlen. Das Jesuskind blickte sie nur aus seinen unergründlichen Augen einmal freundlich und sieghaft an. Da war es, als ob es um sie geschehen wäre. Der Atem stockte ihnen, alle drei griffen nacheinander, als müssten sie sich an etwas festhalten, und in einer süßen Bangigkeit der Herzen folgten sie mit den Augen dem wundersamen Knaben, der sie mit einem einzigen Blick in seinen Bann getan hatte, wie sie wohl selbst ein paar Wasserkäfer in ein Glas steckten.

«Wer ist denn das?», fragten sie einander leise, ohne sich anzusehen. Und als nun gar noch eine überirdische hohe Frau an ihnen vorüberzog und sie mit einem seltsam fremden Gruß zu streifen schien und es ihnen so ganz weihnachtlich zumute wurde, da sagte die Älteste vorsichtig: «Es könnte beinahe das Christkind gewesen sein.» – «Was du nur immer hast!», sagte die Jüngere und war dabei froh, dass ihr die Schwester eine plausible Erklärung für den Zustand ihrer Sinne unter den Fuß gegeben hatte. «Natürlich war es das Christkind! Einem andern Kind hätten wir das Peitschchen doch gar nicht gelassen.»

«Welches war das Christkind?», fragte der Junge, der sich selbst noch nicht begriff. «Wenn ihr es gesehen habt, will ich es auch gesehen haben.»

«Das auf dem Esel», sagten die beiden andern nun sehr bestimmt, da sie ihren Vorsprung fühlten.

«Das auf dem Esel? Ja!», sagte der Knabe. «Wenn es nicht das Christkind gewesen wäre, hätte es ja auch das Peitschchen gar nicht nehmen dürfen.»

«Besonders hätten wir aber doch einem andern Kind das Peitschchen gar nicht gelassen», sagte das zweite Mädchen wieder. «Und wir mussten es ihm doch lassen.» In diesen Worten fanden die Kinder eine vollkommene Sicherheit, und alle drei waren so gewiss, das Christkind von Angesicht zu Angesicht gesehen zu haben, wie es gewiss war, dass sie die Kinder ihrer Mutter waren. Und dann kam ihnen immer wieder der wundersame Blick des schönen Knaben, der Gruß der hochgewachsenen Frau wie in einem verklärten Schein zurück und erfüllten sie mit einer geheimnisvollen Erregung. Die Morgenglocken von St. Baafs erklangen feierlich über ihnen und der Weihnachtstag mit seinen Wundern zog herauf. Die Kinder hatten den Christusknaben gesehen, und wer es ihnen bestritten hätte, den hätten sie mitleidig ausgelacht.

Da kam die Mutter. «Mutter, wir haben das Christkind gesehen», riefen sie alle drei. Aber es war ihnen gar nicht lieb, als ihre Mitteilung nicht recht verfing, die Mutter vielmehr nur belustigt schien und sagte: «So? Da habt ihr was Rechtes gesehn! Und was wünscht sich nun jedes zu Weihnachten?»

Dass das Christkind das Peitschchen genommen hat, sagen wir jetzt besser nicht, dachten die drei und antworteten lieber auf die Frage ihrer Mutter. «Ich wünsche mir einen Kreisel und ein Peitschchen», sagte die Älteste. «Und ich auch», sagte die Jüngere. «Und ich auch», der Junge.

«Wenn es am Abend nicht verkauft ist», erwiderte die Mutter und betrat den Stand. Die Käufer drängten sich, der kurze Tag brach an, die Lampen wurden gelöscht, und auch für die Kinder verschwanden die Ereignisse des Morgens im Grau des Tageslichts und im Gesumme des geschäftigen Treibens auf dem großen Markt. Zudem begann die Qual der Erwartung sie zu bewegen und zu erfüllen, ob denn für jedes am Abend ein Kreisel und ein Peitschchen übrig sein werde. Und dies alles beschäftigte sie zu sehr, als dass sie an anderes hätten denken mögen. Jedes Mal, wenn ein Käufer herantrat und einen Kreisel oder ein Peitschchen verlangte, gab es in drei kleinen Herzen drei kleine Stiche, und wenn einer einen Kreisel mitsamt einem Peitschchen kaufte, waren die drei Stiche in den Herzen noch deutlicher fühlbar.

Aber ihre Qualen wurden immer größer und ihre Gesichter immer länger. Der hoch getürmte Haufen von Kreiseln nahm reißend ab und das dicke Bündel Peitschen wurde schmächtig und schmächtiger. Noch einmal schüttete die Magd einen Sack Kreisel auf den Tisch, und noch ein Bündel Peitschen wurde an der Ecke der Bude aufgehängt. Dann war der Vorrat erschöpft. Die Kinder merkten gar nicht, dass auch die Puppen weniger wurden und die Trommeln und die Glasröhren mit den steigenden Männchen und die Spieldosen und die Bälle. Als der Tag vorüber war und die Stände überall geschlossen wurden, war in dem ihren alles ausverkauft. Nur drei Kreisel, die ganz allein aus der Fülle der Dinge übrig geblieben waren, lagen verlassen an der Stelle, wo der Haufen gewesen war. Aber kein Peitschchen mehr war da, sie anzutreiben, und so schienen sie völlig nutzlos und überflüssig.

Die Mutter überblickte ihren Stand, freute sich des flotten Geschäfts und guten Erlöses, den ihr der Tag gebracht, und hatte die Kinder ganz vergessen. Jetzt bemerkte sie sie wieder, wie sie traurig dasaßen und ihnen das Weinen nahe war.

«Nun? – Was ist?», fragte sie. Aber das war schon wie ein Stoß. Die Kinder brachen in helle Tränen aus und schnelle Perlchen rollten unaufhaltsam über ihre Kittel. «Nun haben wir kein einziges Peitschchen», jammerten sie durcheinander; «was sollen uns jetzt die Kreisel!» Die Mutter rückte zwischen sie, wusste aber noch keinen Trost.

«Und das letzte Peitschchen hat uns das Christkind auch noch weggenommen», klagte der Junge.

«Das Christkind – –?», fragte die Mutter.

In diesem Augenblick öffneten sich, langsam und weit, die Flügeltüren am Hauptportal von St. Baafs, was sonst nur bei den feierlichsten Gelegenheiten geschah; denn die Menschen gingen seitlich durch zwei kleine Pforten ein und aus. Die Flügeltüren öffneten sich, und heraus trat die überirdische Frau, die in der Frühe die Kinder so seltsam gegrüßt hatte.

«Das ist sie, die mit dem Christkind war!», flüsterten die Kinder und krochen eng an ihre Mutter heran. Und während alle vier kein Auge von der Gestalt wenden konnten, schritt diese ruhig auf den leeren Verkaufsstand zu, und der Weihnachtsschauer ging vor ihr her. Wieder wie am Morgen stockte den Kindern der Atem, wieder griffen sie nacheinander, als müssten sie sich an etwas festhalten, und in einer süßen Bedrängnis der Herzen ergaben sie sich, dass ihnen etwas widerführe, was ihnen nie wieder in ihrem Leben widerfahren würde. Die Frau aber trug das Peitschchen in der Hand, das Jesus in der Frühe aus dem Bündel an der Ecke der Bude herausgezogen hatte, reichte es mit einer unnachahmlichen Bewegung der Mutter hin und sprach: «Dies Peitschchen gehört wohl in diesen Stand.» Darauf streifte sie Mutter und Kinder mit ihrem Gruß, wendete sich und trat, wie sie gekommen, in die große Kirchentür zurück, deren Flügel sich hinter ihr schlossen.

Den Kindern war es eng und heiß und doch auch wieder weit und frei, und obzwar sie anfänglich etwas enttäuscht schienen wie über ein halbes Glück, ging ihnen doch bald der Sinn auf: dass sie nämlich nun gar kein Peitschchen hätten, weil es längst mit den andern verkauft worden wäre, wenn das Christkind ihnen nicht am Morgen dieses Tages eines weggenommen hätte. Da wurden ihre Augen hell und sie sahen einander an.

Die Mutter küsste ihre Kinder. Wie auf Verabredung ergriff jedes einen der drei Kreisel, alle drei fassten das Peitschchen an, als ob es ein langer Spieß gewesen wäre, und so trugen sie ihre Geschenke in einem glücklichen kleinen Triumphzug nach Hause.

Mit dem Peitschchen hatte es aber eine besondere Bewandtnis. Denn obgleich ein Peitschchen für drei Kreisel und drei Kinder reichlich wenig schien, so entstand doch nie ein Streit darum. Es wurde den Kindern wie zu einem Wahrzeichen, dass alle Menschen alles miteinander teilen können.

Seit jener Zeit geht in Flandern eine Redeweise. Wenn mehrere so recht miteinander einig sind, sagt man wohl von ihnen: «Ach, die!, die haben ein Peitschchen miteinander.»

FJODOR M. DOSTOJEWSKIJ

Der Knabe am Weihnachtsabend beim Herrn Jesu

Ich bin Romanschriftsteller und habe, wir mir scheint, diese «Geschichte» selber erfunden. Warum schreibe ich: «wie mir scheint», wo ich doch mit Bestimmtheit weiß, dass ich sie erfunden habe? Es kommt mir eben vor, sie habe sich irgendwo und irgendwann einmal zugetragen, und zwar am Vorabend des Weihnachtstags, in einer riesigen Stadt, bei grausamem Frost.

Vor mir sehe ich einen Knaben, einen kleinen Knaben von höchstens sechs Jahren. Dieser Knabe erwachte eines Morgens in einem feuchten, kalten Keller. Er trug nur ein dünnes Hemdchen und zitterte. Der Atem flog wie weißer Dampf aus seinem Mund, und da er sich, auf einer Kiste hingekauert, in seinem Winkel langweilte, ließ er den Dampf absichtlich fahren und fand seinen Spaß daran, wie dieser aus seinem Munde flog. Er hatte großen Hunger. Schon mehrmals an diesem Morgen war er zu der Pritsche gegangen, wo seine kranke Mutter auf einer hauchdünnen Schicht Streu lag, den Kopf auf ein Bündel gebettet. Wie war sie nur hierhergeraten? Sie musste wohl mit ihrem Jungen aus einer fremden Stadt gekommen und plötzlich erkrankt sein. Die Vermieterin der Behausung war vor zwei Tagen von der Polizei festgenommen worden. Die Bewohner aber hatten sich, wie vor den Festtagen üblich, zerstreut, und nur ein tatarischer Händler lag seit vierundzwanzig Stunden sinnlos betrunken da – er hatte die Festtage gar nicht erst abgewartet. In einem andern Winkel stöhnte eine rheumakranke achtzigjährige Greisin. Sie war einst Kinderfrau gewesen und starb nun einsam und verlassen. Dabei stöhnte, knurrte und brummte sie den Knaben so an, dass dieser es nicht wagte, auch nur in ihre Nähe zu kommen. Der Knabe hatte sich im Flur etwas zu trinken geholt, doch Brotrinden konnte er keine finden, und so ging er jetzt schon zum zehnten Mal zu seiner Mutter, um sie zu wecken. Auch war ihm unheimlich zumut in der Dunkelheit: Obwohl der Abend schon lange hereingebrochen war, hatte niemand ein Licht angemacht. Er berührte das Gesicht seiner Mutter und war erstaunt, wie unbeweglich sie dalag und kalt wie die Wand. «Gar kalt ist es hier», dachte er, während er seine Hand selbstvergessen auf der Schulter der Toten ruhen ließ. Dann behauchte er seine Fingerchen, um sie zu wärmen, ertastete sich auf der Pritsche sein Mützchen und schlich leise und behutsam aus dem Keller. Er wäre schon früher weggegangen, doch hatte er den großen Hund gefürchtet, der oben auf der Treppe vor der Nachbarstür den ganzen Tag geheult hatte. Aber der Hund war verschwunden, und so fand er sich plötzlich auf der Straße.

O Gott, was für eine Stadt! Noch nie hatte er dergleichen gesehen. Da, wo er hergekommen war, herrschte nachts tiefe Finsternis, und nur eine einzige Laterne erhellte die Straße. Die niedrigen Holzhäuser waren mit Fensterläden verrammelt. Kaum brach die Dämmerung herein, war kein Mensch mehr zu sehen, jedermann schloss sich in sein Haus ein, und nur die Hunde trieben sich rudelweise herum, heulten und kläfften zu Hunderten, zu Tausenden die ganze Nacht. Doch war es dort warm gewesen, und man hatte ihm zu essen gegeben – o Gott, wenn er nur etwas zu essen bekäme! Welch ein Geratter war hier, welch ein Lärm, wie viel Licht und Menschen, Pferde und Wagen und was für eine Kälte! Kalter Dampf stieg von den Leibern der abgehetzten Gäule auf, aus ihren heißen Nüstern; die Hufeisen klirrten durch den schütteren Schnee auf dem Pflaster, man stieß und drängte sich; o Gott, wenn er nur zu essen bekäme, ein Krümchen zumindest, und auch die Fingerchen taten plötzlich so weh. Ein Ordnungshüter ging vorbei und wandte sich ab, um den Knaben nicht sehen zu müssen.

Schon wieder eine Straße – wie breit sie ist! Hier werden sie ihn gewiss erdrücken. Und wie sie alle schreien, laufen, fahren, und diese Helligkeit, diese Helligkeit! Was ist denn das? Ach, welch eine große Glasscheibe, und hinter der Scheibe ein Zimmer, und im Zimmer ein Baum, der bis zur Decke reicht. Es ist ein Christbaum, und der Christbaum ist voller Lichter, goldener Papierchen und Äpfel, und ringsherum liegen Püppchen und Pferdchen. Geputzte saubere Kinder laufen im Zimmer herum, lachen und spielen, essen und trinken. Da tanzt eben ein Mädchen mit einem Jungen, welch ein hübsches Mädchen! Auch die Musik dringt durch die Scheibe. Der Knabe schaut verwundert zu, und schon lacht er, obwohl ihm die Zehen wehtun und die Fingerchen schon so rot und steif sind, dass es schmerzt, wenn er sie bewegt. Doch plötzlich erinnert sich der Knabe an die schmerzenden Fingerchen, fängt zu weinen an und läuft weiter.

Und wieder sieht er durch eine Scheibe in ein Zimmer, wo ein Baum steht. Auf den Tischen liegen viele süße Backwaren – braune, gelbe und solche mit Mandeln, und vier vornehme Damen reichen jedem, der eintritt, von dem Gebäck. Die Tür geht alle Augenblicke auf, und viele Herrschaften gehen hinein.

Der Knabe stahl sich zur Tür, öffnete sie rasch und trat ein. Mein Gott, wie sie ihn da anschrien und abwehrten! Eine Dame eilte auf ihn zu, drückte ihm eine Kopeke in die Hand und schob ihn zur

Tür hinaus. Wie sehr er erschrak! Die Kopeke fiel klirrend zu Boden und rollte über die Stufen; er aber konnte seine Fingerchen nicht biegen, um sie festzuhalten. Der Knabe rannte davon, schneller und immer schneller, wusste selber nicht wohin. Er hätte gerne geweint, doch aus Furcht rannte er immer weiter und hauchte sich auf die Händchen. Eine große Trauer befiel ihn, es war ihm plötzlich so einsam und schrecklich zumut.

Mein Gott, was ist das schon wieder? Eine Menschenmenge, die staunt: Hinter einer Fensterscheibe sieht man drei kleine Puppen, in roten und grünen Gewändern, als wären sie lebendig! Ein alter Mann sitzt da und scheint auf einer großen Geige zu spielen, während zwei andere, die neben ihm stehen, auf einer kleinen Geige spielen. Sie bewegen die Köpfchen im Takt, schauen einander an, bewegen die Lippen und sprechen, ja, sie sprechen, nur kann man es durch die Scheibe nicht hören. Zuerst dachte der Knabe, sie seien lebendig, doch als er erkannte, dass es Puppen waren, fing er plötzlich zu lachen an. Noch nie hatte er solche Puppen gesehen, er hatte gar nicht gewusst, dass es sie gab! Und so sehr es ihm ums Weinen war – über die Puppen musste er lachen. Da schien ihm plötzlich, jemand habe ihn hinten am Hemdchen gepackt: Neben ihm stand ein großer böser Junge. Er riss ihm mit einem Schlag die Mütze vom Kopf und versetzte ihm hinterher einen Fußtritt. Der Knabe fiel hin, sodass die Leute kreischten. Zuerst lag er da wie erstarrt, dann sprang er auf und lief davon, wusste selber nicht wohin, lief schließlich durch eine Toreinfahrt in einen fremden Hof und setzte sich hinter einen Holzstoß. «Hier findet mich keiner», dachte er, «hier ist es dunkel.»

Er krümmte sich und wagte vor Angst kaum zu atmen. Doch plötzlich, ganz unvermittelt, war ihm so wohl: Die Händchen und Füßchen hörten auf zu schmerzen, und eine Wärme überkam ihn, als säße er auf dem Ofen. Der Knabe fuhr zusammen: Ach, er war eingeschlafen! Wie angenehm war es zu schlafen. «Ich bleib hier ein wenig sitzen und geh mir dann nochmals die Puppen anschauen», dachte der Knabe und lächelte bei der Vorstellung, wie lebendig sie waren ... Dann schien ihm, er höre die Stimme der Mutter, die ihm ein Lied singt. «Mama, ich schlafe, ach wie gut es sich hier schlafen lässt!»

«Komm mit mir zum Christbaum, mein Junge», flüsterte plötzlich eine leise Stimme über ihm.

Er glaubte, es sei seine Mutter, doch sie war es nicht. Er konnte nicht sehen, wer ihn rief, er fühlte nur, wie sich jemand über ihn beugte und ihn umarmte in der Dunkelheit. Er streckte ihm seine Hand entgegen und plötzlich – welche Helligkeit! Was für ein herrlicher Christbaum! Kein gewöhnlicher Tannenbaum war's – er hatte einen solchen Baum noch nie gesehen! Wo war er nur: Alles glänzt, alles leuchtet, und ringsum lauter Puppen – doch nein, das sind ja Jungen und Mädchen, in lichten Kleidern. Sie kreisen und fliegen um ihn herum, küssen ihn, heben ihn auf und tragen ihn mit sich fort. Und schon fliegt er und sieht, wie ihn Mama lächelnd und voll Freude anschaut.

«Mama, Mama! Ach wie schön es hier ist!», ruft der Knabe ihr zu, und er küsst die Kinder und will ihnen so schnell wie möglich von den Puppen hinter dem Fenster erzählen. «Was seid ihr denn für Jungen, was seid ihr für Mädchen?», fragt er lachend und liebevoll.

«Wir sind zum Weihnachtsfest gekommen», antworten ihm die Kinder. «An diesem Tag stellt Christus immer einen Weihnachtsbaum für die kleinen Kinder auf, die zu Hause keinen Christbaum haben...» Und der Knabe erfuhr, dass diese Jungen und Mädchen solche Kinder gewesen waren wie er. Die einen waren schon in dem Körbchen erfroren, in welchem man sie vor den Türen der Petersburger Beamten ausgesetzt hatte, die andern waren bei den finnischen Ammen verhungert, denen sie im Findelhaus zur Pflege übergeben worden waren, die dritten waren zur Zeit der Hungersnot von Samara, als die Milch in den Brüsten ihrer Mütter versiegte, gestorben, die vierten in der dicken Luft von Drittklasswaggons erstickt. Und nun sind sie alle da, wie die Engel um Christus geschart, und Er selbst ist in ihrer Mitte und streckt ihnen die Hände entgegen und segnet sie und ihre sündigen Mütter … Und die Mütter dieser Kinder stehen abseits und weinen. Jede Mutter erkennt ihren Jungen oder ihr Mädchen, und die Kinder fliegen zu ihnen, küssen sie und wischen ihnen mit ihren Händchen die Tränen ab und bitten sie, nicht mehr zu weinen, es gehe ihnen hier ja so gut …

Am nächsten Morgen fanden die Hausknechte den kleinen Leichnam des Knaben, der sich hinter den Holzstoß geflüchtet hatte und dort erfroren war. Dann suchten sie seine Mutter … Sie war schon vor ihm gestorben. Sie werden sich beide im Himmel wiedersehen.

GUY DE MAUPASSANT

Ein Weihnachtsabend

Das Jahr weiß ich nicht mehr genau. Seit einem ganzen Monat jagte ich mit wahrer Lust, mit einer wilden Freude, mit jener Glut, die sich an neuen Leidenschaften entzündet.

Ich war in der Normandie, bei einem unverheirateten Verwandten, Jules de Banneville, allein mit ihm, seiner Magd, einem Diener und einem Waldhüter in seinem herrschaftlichen Besitz. Das Schloss, ein alter grauer Bau, von ächzenden Tannen umsäumt, in dem Mittelpunkt langer Eichenalleen, durch die der Wind galoppierte, schien seit Jahrhunderten verlassen dazuliegen. Nur alte Möbel bewohnten die stets verschlossenen Räume, darin die Menschen, deren Bilder man in einem Gang hängen sah, der nicht weniger stürmisch war als die Alleen, einst die benachbarten Adligen zeremoniell empfangen hätten.

Wir, nun, wir hatten in der Küche Zuflucht gesucht, dem einzigen bewohnbaren Raum des Herrenhauses, einer über alle Maßen großen Küche, deren dunkle Winkel sich nur erhellten, wenn man frisches Reisig in den mächtigen Kamin warf. Und dann, jeden Abend, wenn unsere nassen Stiefel lange gedampft hatten, wenn unsere Vorstehhunde, zwischen unsern Beinen gelagert, von der Jagd geträumt und im Schlaf gebellt hatten, stiegen wir in unser Zimmer hinauf.

Nur dieses Zimmer war, der Mäuse wegen, verschalt und vergipst worden. Doch es blieb kahl, war geweißt, und an den Wänden hingen Flinten, Hundspeitschen und Jagdhörner; und wir schlüpften schlotternd in unsere Betten, die in zwei Ecken dieser sibirischen Behausung standen.

Eine Meile vom Schloss entfernt fiel die Klippenwand senkrecht ins Meer hinab; und der mächtige Atem des Ozeans ließ Tag und Nacht die großen, gebeugten Bäume seufzen, Dach und Windfahnen stöhnen und das ganze ehrwürdige Bauwerk jammern, das sich durch die gelockerten Schindeln, die abgrundbreiten Kamine, die nicht mehr schließenden Fenster mit Wind füllte.

An jenem Tage hatte es furchtbar gefroren. Der Abend war gekommen. Wir setzten uns zu Tisch vor dem lodernden Feuer des hohen Kamins, darin zwischen zwei wohlriechenden Rebhühnern der Hasenpfeffer schmorte.

Mein Cousin hob den Kopf. «Heute, wenn man sich schlafen legt, wird's nicht warm sein», sagte er.

Gleichgültig erwiderte ich: «Nein, aber morgen früh wird's bei den Teichen Enten geben.»

Die Magd, die für uns an dem einen Ende des Tisches deckte und für die Dienstleute am andern Ende, fragte: «Wissen die Herren, dass heute Weihnachtsabend ist?»

Nein, das wussten wir nicht, denn wir schauten kaum auf den Kalender. Mein Tischgenosse meinte: «Dann wird ja heute die Mitternachtsmesse gelesen. Darum hat man also den ganzen Tag geläutet!»

Die Magd erwiderte: «Ja und nein, Monsieur; man hat auch geläutet, weil der Vater Fournel gestorben ist.»

Vater Fournel, ein alter Hirt, war eine Berühmtheit der Gegend. Mit sechsundneunzig Jahren war er nie krank gewesen, bis er sich vor einem Monat erkältet hatte, weil er in einer dunklen Nacht in einen Sumpf gefallen war. Am nächsten Tag hatte er sich ins Bett gelegt. Und seither war er auf den Tod krank gewesen.

Mein Cousin wandte sich zu mir. «Wenn du Lust hast, können wir nachher zu den armen Leuten gehn.» Er meinte damit die Familie des Alten, den achtundfünfzigjährigen Enkel und dessen um ein Jahr jüngere Frau. Die Generation dazwischen war seit Langem nicht mehr vorhanden. Die Familie bewohnte eine klägliche Hütte am Rande des Weilers, gleich rechts.

Doch ich weiß nicht, warum der Gedanke an Weihnachten in der Tiefe dieser Einsamkeit uns gesprächig machte. Wir beide erzählten einander Geschichten von früheren Weihnachten, von Abenteuern dieser tollen Nacht, von galanten Erlebnissen und von dem Erwachen am nächsten Morgen, diesem Erwachen zu zweit mit all seinen Zufällen, seinen erstaunlichen Entdeckungen.

Auf solche Art dauerte unser Abendessen lang. Zahlreiche Pfeifen folgten, und von jener Mitteilsamkeit Einsamer gepackt, jener heiteren Mitteilsamkeit, die plötzlich zwischen vertrauten Freunden erwacht, sprachen wir ohne Unterlass, stöberten in uns, um einander jene vertraulichen Erinnerungen des Herzens zu erzählen, die sich in solchen aufgeschlossenen Stunden auf die Lippen drängen.

Die Magd, die sich seit Langem zurückgezogen hatte, erschien wieder. «Ich gehe zur Messe, Monsieur.»

«Schön!»

«Es fehlen nur noch drei Viertelstunden zur Mitternacht.»

«Und wenn wir auch bis zur Kirche gingen?», meinte Jules. «Hier draußen ist diese Mitternachtsmesse recht merkwürdig.»

Ich war einverstanden, und, in unsere Jagdpelze gehüllt, brachen wir auf.

Ein stechender Frost traf das Gesicht, ließ die Augen tränen. Die raue Luft bemächtigte sich der Lungen, dörrte die Kehle aus. Ein tiefer, klarer, harter Himmel war mit Sternen besät, die in der Kälte gleichsam erblasst wirkten; sie glitzerten nicht wie Feuer, sondern wie Gestirne aus Eis, wie funkelnde Kristalle; in der Ferne, auf fühllosem, trockenem, hallendem Boden, klapperten die Holzschuhe der Bauern; und am ganzen Horizont tönten die kleinen Glocken der Dörfer, warfen ihre dünnen, fröstelnden Töne in die weite, eisige Nacht.

Das Land aber schlummerte nicht. Hähne, von diesen Geräuschen betrogen, krähten; und wenn man an Ställen vorüberging, hörte man darin die Tiere, von diesen Zeichen des Lebens aufgestört, sich regen.

Als wir uns dem Weiler näherten, erinnerte sich Jules an die Familie Fournel. «Das ist ihre Baracke», sagte er. «Gehen wir hinein!»

Lange klopfte er vergebens. Und dann erklärte eine Nachbarin, die eben aus ihrem Haus kam, um zur Messe zu gehn, und uns bemerkt hatte: «Sie sind bei der Messe; sie wollen für den Alten beten.»

«Wir werden sie auf dem Rückweg aufsuchen», sagte mein Cousin.

Der Mond zeichnete im Abstieg am Rande des Horizonts seine Sichel inmitten dieser unendlichen Saat von leuchtenden Körnern, die in den Raum geschleudert worden waren. Und über das schwarze Land kamen zitternde kleine Flammen von überall her auf den spitzen Kirchturm zu, der unaufhörlich läutete.

Zwischen den baumbestandenen Höfen der Bauerngüter, inmitten der dunklen Ebenen, hüpften diese Flammen, dem Erdboden nahe. Das waren Laternen aus Horn, getragen von den Bauern, von ihren Frauen in weißen Hauben, in lange, schwarze Umhänge gehüllt, und ihnen wiederum folgten verschlafene Kinder, die sich in der Nacht bei den Händen hielten.

Durch die offene Kirchentüre erblickte man den erhellten Chor. Ein Gewinde von Kerzen zu einem Sou umkreiste das Schiff, und auf dem Boden in einer Kapelle zur Linken stellte, auf echtem Stroh, inmitten von Tannenzweigen, ein dickes Jesuskind seine rosige, gekünstelte Nacktheit zur Schau.

Die Messe begann. Gebeugt beteten die Bauern, kniend die Frauen. Diese einfachen Menschen betrachteten, von der kalten Nacht aufgerüttelt, tief ergriffen das kunstlos gemalte Bild, und sie falteten die Hände, von dem bescheidenen Glanz dieser kindlichen Schaustellung naiv überzeugt und gleichzeitig eingeschüchtert.

Die eisige Luft ließ die Flammen zittern. Jules flüsterte mir zu: «Gehen wir! Man fühlt sich draußen immer noch wohler!»

Und auf der öden Straße, während die demütigen Landleute fromm schlotterten, begannen wir abermals, von unseren Erinnerungen zu reden, und das dauerte so lang, dass die Messe zu Ende war, als wir zum Weiler zurückkehrten.

Ein Lichtstreifen drang unter der Türe der Fournels hervor. «Sie halten ihre Totenwache», sagte mein Cousin. «Gehen wir endlich zu den armen Leuten; das wird ihnen Freude machen.»

Im Kamin schwelte das Holz. Der schwarze, von Schmutz spiegelnde Raum mit seinen wurmstichigen, von der Zeit gebräunten Dachbalken war von dem erstickenden Geruch gebratener Blutwürste erfüllt. Inmitten des großen Tischs, unter dem der Backtrog sich in seiner ganzen Länge wie ein Bauch rundete, entsandte eine Kerze in einem Kerzenhalter aus gewundenem Eisen den beizenden Rauch ihres pilzförmigen Dochtes bis zur Decke. Und die beiden Fournel, der Mann und die Frau, feierten zu zweit den Weihnachtsabend.

Trübsinnig, mit dem verdrossenen Wesen und dem stumpfen Gesicht des Bauern, aßen sie bedächtig, ohne ein Wort zu sagen. Auf einem einzigen Teller, der zwischen ihnen stand, ließ ein großes Stück Blutwurst seinen stinkenden Dampf aufsteigen. Von Zeit zu Zeit rissen sie mit der Spitze ihrer Messer ein Stück davon ab, zerquetschten es auf ihrem Brot, das sie in Bissen zerschnitten, und dann kauten sie langsam daran.

Wenn das Glas des Mannes leer war, griff die Frau nach dem Mostkrug und füllte es wieder.

Als wir eintraten, erhoben sie sich, boten uns Stühle an, forderten uns auf, «zu tun wie sie», und als wir das ablehnten, machten sie sich wieder an ihre Mahlzeit.

Nach einigen stummen Minuten fragte mein Cousin: «Nun, Anthime, Euer Großvater ist gestorben?»

«Ja, mein armer Herr, er ist grad jetzt hinübergegangen.»

Wieder wurde es still. Aus Höflichkeit putzte die Frau die Kerze. Um irgendetwas zu sagen, setzte ich hinzu: «Er war wohl sehr alt.»

Die Frau seines Enkels mit ihren siebenundfünfzig Jahren meinte: «Ach, seine Zeit war um; er hatte hier nichts mehr zu suchen.»

Plötzlich wandelte mich das Verlangen an, die Leiche des Hundertjährigen zu sehen, und ich bat, man möge mich doch zu ihr führen.

Die beiden Bauersleute, die bisher so friedlich gewesen waren, wurden mit einem Mal aufgeregt. Ihre Augen befragten einander unruhig, und sie antworteten nicht.

Mein Cousin bemerkte ihre Verstörtheit und schloss sich meinem Wunsch an.

Da fragte der Mann argwöhnisch und misstrauisch: «Wozu soll das für Sie gut sein?»

«Zu nichts», sagte Jules, «aber das macht man doch stets; warum wollt ihr ihn denn nicht zeigen?»

Der Bauer zuckte die Achseln. «Ach, ich, meinetwegen! Nur um diese Zeit ist's unbequem.»

Tausend Vermutungen durchkreuzten unsern Geist. Da die Enkelkinder des Toten sich noch immer nicht rührten und einander gegenüber sitzen blieben, die Augen gesenkt, mit jenem Starrsinn unzufriedener Leute, der zu sagen scheint: Macht, dass ihr weiterkommt!, sagte mein Cousin energisch: «Los, Anthime, steht auf und führt uns in sein Zimmer.» Aber der Mann hatte seinen Entschluss gefasst und erklärte mit gerunzelter Stirne: «Lohnt sich nicht! Er ist nicht mehr dort.»

«Ja, wo ist er also?»

Die Frau fiel ihrem Mann ins Wort. «Das will ich Ihnen sagen. Ich hab ihn bis morgen in den Trog gelegt, weil wir keinen Platz gehabt haben.»

Sie zog den Teller mit der Wurst fort, sie hob die Tischplatte, beugte sich mit der Kerze vor, um das Innere der großen, klaffenden Truhe zu beleuchten, auf deren Grund wir etwas Graues gewahrten, eine Art langes Paket, daraus am einen Ende ein magerer Kopf mit weißen, zerzausten Haaren herausschaute, am anderen Ende zwei nackte Füße.

Es war der Alte, ganz ausgedörrt, die Augen geschlossen, in seinen Schäfermantel gewickelt, und hier schlief er inmitten schwarzer Brotkrusten, die ebenso alt waren wie er, seinen letzten Schlummer.

Und seine Enkelkinder hatten über ihm den Weihnachtsabend gefeiert!

Jules schrie empört, vor Wut zitternd: «Warum habt ihr ihn nicht in seinem Bett gelassen, ihr Lumpen, die ihr seid!»

Da begann die Frau zu plärren und schnurrte sehr rasch herunter: «Das will ich Ihnen sagen, mein guter Herr. Wir haben im ganzen Haus nur ein einziges Bett. Und früher hab ich mit ihm drin geschlafen, weil wir doch drei waren. Und seit er krank war, hab ich auf dem Boden geschlafen; das ist hart, mein guter Herr, in diesen Zeiten. Na, und als er hinübergegangen war, da haben wir uns gesagt: Er hat ja ohnehin nicht mehr zu leiden, was hat's für einen Zweck, ihn im Bett zu lassen? Da könnt ich ihn doch ganz gut bis morgen in den Trog legen und mich diese Nacht ins Bett, wenn's so kalt sein wird. Ich kann doch nicht mit dem Toten schlafen, meine guten Herren!»

Erbittert verließ mein Cousin das Haus und schlug die Türe krachend zu; ich aber folgte ihm und lachte Tränen.

FRIGYES KARINTHY
Weihnachtsnummer

Um vier Uhr morgens hörte ich mit der Lektüre doch auf: Die Weihnachtsnummer entglitt meiner Hand, und meine Augen fielen zu. Ich fand jedoch keine Ruhe: Buchstaben liefen auf meiner Steppdecke herum, sie fassten sich unter, liefen wieder auseinander, um sich dann erneut zu einer Reihe zu formen; ein langer Novellentitel wickelte sich mir um den Hals und begann, mich zu würgen. Ein Gedankenstrich sprang mir zum Glück bei, er durchschnitt den Novellentitel. Der Gedankenstrich verbeugte sich und sagte, er sei aus einer Novelle von Renée Erdös* gekommen, und er müsse, so fuhr er fort, sich nun zurückbegeben. Die aus der Weihnachtsnummer stammenden Buchstaben drängten und forderten, während sie alle herumliefen, und die Artikel unterhielten sich.

Eine Novelle (jammernd): Unerhört, diese Indolenz! Er fängt an, mich zu lesen, und dann bricht er ab! In meiner Mitte hat er aufgehört! Bin ich ihm etwa nicht interessant genug?

* Ungar. Erzählerin (1879–1956).

Eine andere Novelle (taktvoll und ein wenig spöttisch): Seien Sie nicht traurig, Fräulein. Dergleichen ist vornehmeren Novellen auch schon widerfahren, mir zum Beispiel. Aber an mir ändert das nichts. Ich, sehen Sie, bin so geschrieben, dass man meine Lektüre an jeder Stelle abbrechen kann, und die Stimmung ist dennoch vollkommen. Ich bin eine sogenannte Stimmungsnovelle, so eine feine, moderne Gattung. Ich habe weder einen Anfang noch einen Schluss.

Eine Novelle von Zsigmond Móricz*: No, no, so zum Teifel auch, werns mir auch noch kleener beigeben, Fräulein, denn ich wer' Ihn' amal sagen, mir wirds im Magen iebel von all dem Maulwerk dahier, wie Sie m'r aso fein da einherquasseln. Nee, dass der Blitz in den Metteur** war gfahren, mich all da neben der parfümiert' Weibsperson umzubrechen, ich wees schon nimehr, wie ich die soll riechen.

Eine Buchbesprechung (besonnen): Ich halte diesen Streit nicht für angebracht; Sie beide, obwohl Sie verschiedenartige Richtungen repräsentieren, sind von höherer ästhetischer Warte doch mit gleichem Maß messbar.

Die andere Novelle (erbost): So reden Sie mir

* Ungar. Schriftsteller (1879–1942); bevorzugte in seinen naturalistischen Romanen Themen aus der Welt der Bauern.

** Altertümlich für Schriftsetzer.

doch nicht in alles hinein! Diese Besprechungen sind alle so wichtigtuerisch.

Eine satirische Skizze (frech zur Buchbesprechung): Wie viel hat man für Sie bekommen?

Die Buchbesprechung (beleidigt): Sie sollten überhaupt das Maul halten! Sie haben es wahrhaftig leicht: machen über alles nur Witze, und dann kommen Sie sich überlegen vor. Und Sie erst recht: Ich hatte schon das Vergnügen mit besser gelungenen Kindern Ihres Herrn Papa!

Die satirische Skizze (errötend): Das verbitte ich mir! Haben Sie mich gelesen? Haben Sie gegen die Mitte in meiner vierten Zeile den Witz gelesen?

Ein Aphorismus (spöttisch): In Sachen Humor kenne ich keinen Spaß!

Dritte Novelle (flüsternd zur vierten Novelle): Schauen Sie, dort, auf Seite zweihundert, welch eine hübsche blonde Elegie.

Die vierte: Ich weiß. Eine schöne Elegie, aber sie brüstet sich gar zu sehr, da sie allen gefällt. Sie redet mit niemandem. Ich habe gehört, man werde sie auch in Buchform herausgeben.

Die dritte (flüsternd): Ja, wissen Sie denn, wer das ist? Ein uneheliches Kind. Ihr Vater hat sie als ein Original vorgestellt, dabei ist sie gar nicht von ihm. Sie ist eine ordinäre Übersetzung.

Die vierte (aufgeregt): Was Sie nicht sagen!

Die dritte: Ich weiß das aus sicherer Quelle. Der

Leitartikel kennt sie. Aber sagen Sie es niemandem weiter.

Eine Studie: Kinder, lasst den Klatsch!

Ein Gedicht (unter den Reklamen): Hilfe! Hilfe! Ich halte es nicht mehr aus!

Eine Reportage (wichtigtuerisch und keuchend): Was ist los? Was ist geschehen? Wer ist dort? Wer schreit?

Das Gedicht (ächzend): Ich halte es hier nicht mehr aus. Diese Reklamen brüllen und bedrängen mich so furchtbar: Kein Mensch vernimmt meine Stimme.

Ein anderes Gedicht (resigniert): Ja, glauben Sie denn, man würde Sie lesen, wenn Sie hier bei uns wären? Schauen Sie mich an: Ich bin in hundertvierzigtausend Exemplaren erschienen, und bisher hat mich nur ein altes Fräulein, eine Näherin, gelesen, und die hat mich auch nicht verstanden. (Schmerzlich:) Niemand versteht mich. (Dumpf:) Meine eigene Mutter, die mich auf die Welt gebracht hat, selbst die versteht mich nicht.

Ein humoristischer Beitrag (erwacht und blickt verwundert um sich): Na so etwas! Ich bin doch in diesem Blatt schon früher einmal erschienen!

Eine Novelle: Aber damals hatten Sie einen anderen Titel.

Der humoristische Beitrag (wendet sich ihr zu): Woher wissen Sie das?

Die Novelle (flüsternd): Sagen Sie es niemandem, ich bin früher auch schon erschienen.

Der humoristische Beitrag (legt keck sein Monokel an das Auge, er fixiert die Novelle): Sie sind mir ein recht hübscher Backfisch. Schön, da vorne, ihr Kopf, mit dem Liebespaar geschmückt. (Die Novelle grinst.) Warum lachen Sie, warum grinsen Sie, Sie schöne ungarische Novelle?

Die Novelle (sich krümmend vor Lachen): Wie sollte ich denn nicht, wo ich ja gar keine Novelle bin. Ich bin eine ordinäre Reklame. Vorne bin ich wie eine interessante Novelle, darauf lesen mich die Leute, und hinten steht bei mir dann, das Beste sei ja doch der Magenbitter.

Der humoristische Beitrag: Unerhört!

(Auf der Straße läutet man heftig an der Hausglocke.)

Alle: Wer ist das?

Die satirische Skizze: Der Mann von der Müllabfuhr.

ARTHUR CONAN DOYLE

Der blaue Karfunkel

Ich hatte meinen Freund Sherlock Holmes am Morgen des zweiten Weihnachtstags besucht, um ihm ein frohes Fest zu wünschen. Ich fand ihn in einem purpurroten Schlafrock auf dem Sofa, den Pfeifenständer zur Rechten und einen Stoß zerknüllter, offenbar soeben durchgelesener Zeitungen in bequemer Reichweite. Neben dem Sofa stand ein hölzerner Stuhl, und an seiner Rückenlehne hing ein äußerst schäbiger, steifer schwarzer Filzhut, so alt und abgetragen, dass er an einigen Stellen gebrochen war und jedenfalls seinem Besitzer keine Ehre machte. Ein Vergrößerungsglas und eine Pinzette, die auf dem Stuhlsitz lagen, ließen darauf schließen, dass der Hut zu Untersuchungszwecken hier hing.

«Du bist beschäftigt», sagte ich. «Störe ich etwa?»

«Im Gegenteil. Ich freue mich über eine Freundesseele, mit der ich meine Resultate besprechen kann. Es handelt sich um eine ganz alltägliche Geschichte.» Er wies mit dem Daumen in die Richtung des alten Huts. «Aber im Zusammenhang damit gibt es ein paar Punkte, die nicht uninteressant und sogar lehrreich sind.»

Ich setzte mich in seinen Lehnstuhl und wärmte mir die Hände an dem prasselnden Feuer, denn draußen herrschte klirrender Frost, und an den Fenstern wucherten die Eisblumen.

«Ich nehme an», bemerkte ich, «dass dieser Hut, so hausbacken er auch ausschaut, mit einer mörderischen Geschichte zusammenhängt – dass er sozusagen den roten Faden darstellt, der dich zur Lösung des Rätsels und zur Sühne des Verbrechens führen wird.»

«Nein, nein, nichts von Verbrechen», sagte Holmes lachend. «Nur einer der wunderlichen kleinen Zusammenstöße, die sich ereignen, wenn vier Millionen Menschenwesen auf einem Fleck von einigen wenigen Quadratmeilen durcheinanderwimmeln. Bei den Aktionen und Reaktionen eines so dichten Menschenschwarms muss man auf jede nur mögliche Kombination von Ereignissen gefasst sein, und es wird zu manchem kleinen Problem kommen, das höchst bizarr und absonderlich erscheint, ohne doch kriminell zu sein. Das haben wir schon öfter erlebt.»

«So oft», bemerkte ich, «dass von den letzten sechs Fällen, die ich meinen Aufzeichnungen hinzufügen konnte, drei absolut nichts mit dem Strafgesetz zu tun haben.»

«Eben. Du meinst meinen Versuch, die Fotografie von Irene Adler herauszubekommen, den eigentümlichen Fall von Miss Mary Sutherland und das Erlebnis mit dem Mann mit den verzerrten Lippen. Nun, ich bezweifle nicht, dass auch diese kleine Affäre in die gleiche harmlose Kategorie fallen wird. Du kennst doch den Dienstmann Peterson?»

«Gewiss.»

«Ihm verdanke ich diese Trophäe.»

«Das sollte sein Hut sein?»

«Nein, nein, er hat ihn bloß gefunden. Der Besitzer ist unbekannt. Ich bitte dich, den Hut nicht als übel mitgenommene Kopfbedeckung, sondern als Denkaufgabe zu betrachten. Aber zunächst, wie komme ich dazu? Nun, er traf am Weihnachtsmorgen in Begleitung einer prächtigen, fetten Weihnachtsgans hier ein, die augenblicklich zweifellos auf Petersons häuslichem Herd brutzelt. Die näheren Umstände sind die folgenden: In der Weihnachtsnacht kehrte Peterson, der bekanntlich ein sehr braver, redlicher Mann ist, gegen vier Uhr morgens von einer bescheidenen Festlichkeit in seine Wohnung in der Tottenham Court Road zurück. Im Schein der Gaslaternen sah er vor sich einen anderen nächtlichen Spaziergänger: einen langen, mageren Mann mit leicht schwankendem Gang, über dessen Schulter eine weiße Gans herabbaumelte. An der Ecke der Goodge Street kam es zwischen diesem Mann und einem Grüpplein Rowdys zu einem Zusammenstoß: einer von den Kerlen hatte dem Mann den Hut vom Kopf genommen, worauf der seinen Stock erhob, um sich zu verteidigen, und beim Ausholen unglücklicherweise ein Schaufenster hinter sich einschlug. Peterson eilte hinzu, um dem Mann gegen seine Angreifer beizustehen; doch als nun dieser merkte, was er angestellt hatte, und noch dazu eine offiziell aussehende Gestalt in einer Art Uniform auf sich zulaufen sah, erschrak er dermaßen, dass er seine Gans fallen ließ und Fersengeld gab. Er verschwand in dem Labyrinth von winzigen Gässchen jenseits der Tottenham Court Road. Die Rohlinge verdrückten sich bei Petersons Auftreten ebenfalls, sodass er als uneingeschränkter Sieger im Besitz des Schlachtfelds und der Siegesbeute in Form dieses verbeulten Huts und der untadeligsten Weihnachtsgans zurückblieb.»

«Die er doch sicher ihrem rechtmäßigen Eigentümer zurückerstattete?»

«Das, mein lieber Watson, ist der springende Punkt. Es stimmt, dass der Vogel am linken Bein ein Zettelchen mit der Inschrift ‹Mrs Henry Baker› trug, und es stimmt auch, dass hier im Hutfutter die Initialen ‹H.B.› zu lesen sind. Doch da es in unserer guten Stadt viele Tausend Baker und viele Hundert Henry Baker gibt, dürfte es nicht leicht sein, unter ihnen den richtigen ausfindig zu machen.»

«Was hat Peterson also getan?»

«Da er weiß, dass mich auch das kleinste Problem interessiert, hat er mir noch am gleichen Morgen Hut und Gans herübergebracht. Die Gans konnten wir nur bis heute früh behalten, denn trotz der kalten Witterung war deutlich zu merken, dass man sie ohne weiteren Verzug verspeisen sollte. Der Finder trug sie also zu sich nach Hause, auf dass sie die irdische Bestimmung aller Gänse erfülle, während ich weiterhin den Hut des Unbekannten aufbewahre, der um sein Weihnachtsmahl gekommen ist.»

«Hat er keine Verlustanzeige gemacht?»

«Nein.»

«Du hast also gar keine Anhaltspunkte bezüglich seiner Person?»

«Nur soweit wir sie logisch folgern können.»

«Aus seinem Hut?»

«Genau.»

«Du scherzest. Was für Schlüsse kannst du aus einem alten verbeulten Filzhut ziehen?»

«Hier ist meine Lupe. Du kennst meine Arbeitsmethoden. Was würdest du selbst für Schlüsse auf seine Persönlichkeit ziehen?»

Ich nahm das schäbige Ding in die Hand und drehte es ziemlich hilflos zwischen den Fingern. Es war ein ganz gewöhnlicher, schwarzer, runder, steifer Hut, eine sogenannte Melone, die bessere Zeiten gesehen hat. Das ursprünglich rote Seidenfutter war stark verfärbt und verblasst. Es gab keine Fabriketikette, doch wie Holmes schon bemerkt hatte, waren die Initialen «H.B.» innen auf das Band gekritzelt. Man sah auch noch, dass am inneren Rand ein Gummiband zur Sicherung des Huts angebracht gewesen war, doch es war nicht mehr vorhanden. Sonst sah ich nur, dass die Melone sehr staubig war und an vielen Stellen Sprünge und Flecken aufwies; anscheinend hatte man sogar versucht, die schlimmsten Stellen zu verbergen, indem man sie mit Tinte überschmierte.

«Ich kann beim besten Willen nichts sehen», sagte ich, während ich den Hut kopfschüttelnd zurückgab.

«Im Gegenteil, Watson, du kannst alles sehen. Du wertest das Gesehene nur nicht aus. Du traust dich nicht, logische Schlüsse daraus zu ziehen.»

«Dann erklär mir bitte, was aus diesem Hut zu schließen ist.»

Holmes nahm den Hut in die Hand und betrachtete ihn mit dem eigentümlichen, nach innen gerichteten Blick, der für ihn charakteristisch war. «Er ist vielleicht weniger aufschlussreich, als er sein könnte», meinte er, «aber trotzdem liefert er einige eindeutige Hinweise sowie ein paar andere, die zumindest sehr wahrscheinliche Schlussfolgerungen gestatten. Dass der Träger des Huts ein intellektueller Mensch ist, fällt natürlich sofort ins Auge. Ebenso deutlich ist zu sehen, dass es ihm in den letzten drei Jahren finanziell recht gut ging, dass er aber seit Kurzem eine schwere Zeit durchmacht. Früher besaß er eine gewisse Sorgfalt, doch die kommt ihm allmählich abhanden. Das weist auf einen moralischen Rückschritt hin und lässt, zusammen mit dem finanziellen Abstieg, auf irgendeinen ungünstigen Einfluss schließen: Sehr wahrscheinlich trinkt er. Das mag auch der Grund dafür sein, dass seine Frau ihn offenbar nicht mehr liebt.»

«Ach, Holmes!»

«Immerhin hat er sich bis jetzt ein gewisses Maß an Selbstachtung bewahrt», fuhr mein Freund fort, ohne meinen Einspruch zu beachten. «Er führt eine sitzende Lebensweise, verlässt nur selten das Haus und ist ganz aus dem Training. Dazu passt, dass er ein Mann in mittleren Jahren ist und grau meliertes Haar hat, das er mit Zitronenbrillantine pflegt. Übrigens hat er es vor ein paar Tagen beim Friseur stutzen lassen. Auch können wir annehmen, dass er in seiner Wohnung kein Gas hat.»

«Jetzt machst du aber Witze, mein Lieber!»

«Nicht im Geringsten. Ist es möglich, dass du nicht einmal jetzt, wenn ich dir die fertigen Schlüsse liefere, erkennen kannst, wie ich zu ihnen gelangt bin?»

«Sicher bin ich besonders dumm, aber ich muss gestehen, dass ich dir nicht folgen kann. Woraus schließt du zum Beispiel, dass der Mann ein Intellektueller ist?»

Statt aller Antwort stülpte sich Holmes den Hut auf den Kopf. Er rutschte ihm glatt über die Stirn, bis auf den Nasenrücken hinunter. «Eine Frage des Rauminhalts», bemerkte er. «Ein Mann mit einem großen Gehirn muss auch etwas darin haben.»

«Und der finanzielle Niedergang?»

«Der Hut ist drei Jahre alt. Damals kamen die flachen, am Rand leicht aufgebogenen Krempen in Mode. Dabei ist es ein Hut von erstklassiger Qualität. Sieh dir das seidene Ripsband und das solide Futter an. Wenn der Mann sich vor drei Jahren einen so teuren Hut leisten konnte und seither keinen anderen gekauft hat, muss er finanziell heruntergekommen sein.»

«Ja, das leuchtet mir ein. Aber wie steht es mit dem moralischen Rückschritt und der mangelnden Vorsorglichkeit?»

Holmes lachte. «Hier ist die Vorsorglichkeit», sagte er und legte den Finger auf das Plättchen und die Öse der Sicherungsvorrichtung. «Normalerweise ist ein Hut nicht damit ausgestattet. Wenn der Mann eigens eine solche Sicherung bestellte, zeigt das ein ziemlich hohes Maß an Vorsorge; er ergriff besondere Maßnahmen, um sich gegen den Wind zu schützen. Da er sich aber nicht einmal die Mühe genommen hat, das Gummiband zu ersetzen, als es im Lauf der Zeit riss, dürfen wir wohl annehmen, dass er jetzt weniger vorsorglich ist als früher – was wiederum ein sicheres Symptom für das Nachlassen von Charakterstärke ist. Andererseits hat er Versuche gemacht, die Flecken auf dem Hut zu verbergen; das deutet darauf hin, dass er seine Selbstachtung doch nicht gänzlich verloren hat.»

«Das klingt jedenfalls plausibel.»

«Meine weiteren Feststellungen: dass sein Haar angegraut ist und kürzlich gestutzt wurde und dass er Zitronenbrillantine benutzt, ergeben sich aus der näheren Prüfung des Hutfutters. Das Vergrößerungsglas zeigt eine große Zahl von glatt abgeschnittenen Haarstoppeln. Sie kleben am Stoff und riechen deutlich nach Zitronencreme. Wie du siehst, ist der Hut staubig, aber es ist nicht der sandige, graue Straßenstaub, sondern der flaumige, bräunliche häusliche Staub, was beweist, dass er meist zu Hause hängt. Die dunklen Feuchtigkeitsflecken innen zeigen eindeutig, dass der Träger zum Schwitzen neigt, also körperlich nicht sehr fit sein dürfte.»

«Aber seine Frau – du sagst, sie liebt ihn nicht mehr.»

«Der Hut ist seit Wochen nicht gebürstet worden. Wenn ich dich, mein lieber Watson, mit wochenaltem Staub auf dem Hut daherkommen sehe und deine Frau dich so herumgehen lässt, werde ich gleichfalls fürchten, dass du die Liebe deiner besseren Hälfte eingebüßt hast.»

«Er könnte doch Junggeselle sein?»

«Nein, die Gans war als Friedensgabe für seine Frau bestimmt. Denk an den Zettel an ihrem Bein.»

«Du hast wahrhaftig auf alles eine Antwort. Aber wie in aller Welt kommst du darauf, dass er in seinem Haus noch keine Gasleitung hat?»

«Ein Talgfleck auf dem Hut oder sogar zwei – das kann Zufall sein. Wenn ich aber nicht weniger als fünf Talgflecken zähle, muss ich annehmen, dass sein Träger häufig mit heißem Talg in Berührung kommt – zum Beispiel abends mit dem Hut in der einen und einer tropfenden Kerze in der anderen Hand die Treppe hinaufsteigt. Jedenfalls stammen die Flecken nicht von einer Gasleitung. Bist du jetzt zufrieden?»

«Es ist zweifellos sehr scharfsinnig», meinte ich lachend. «Da aber, wie du eben sagtest, gerade jetzt kein Verbrechen verübt wurde und außer dem Verlust eines Weihnachtsbratens kein Schaden entstanden ist, dürfte doch alles mehr oder weniger auf eine Verschwendung deiner Geisteskraft hinauslaufen.»

Sherlock Holmes wollte mir antworten, als die Tür aufgerissen wurde, und der Dienstmann Peterson stürzte mit erhitztem Gesicht und der Miene eines gänzlich verblüfften Mannes ins Zimmer.

«Die Gans, Mr Holmes! Die Gans, Sir!», rief er atemlos.

«Ja, was ist mit ihr passiert? Ist sie aus der Bratpfanne auferstanden und durchs Küchenfenster entflogen?» Und Holmes drehte sich auf seinem Sofa um, um den aufgeregten Mann genauer zu betrachten.

«Schauen Sie, Sir! Sehen Sie nur! Das hat meine Frau in ihrem Kropf gefunden!» Und er hielt uns auf der flachen Hand einen blitzenden blauen Edelstein hin, kaum so groß wie eine Bohne, aber von einer solchen Reinheit und Leuchtkraft, dass er in der dunklen Höhlung der Hand wie ein elektrischer Funken gleißte.

Sherlock Holmes setzte sich kerzengerade auf und stieß einen leisen Pfiff aus. «Herrgott, Peterson!», rief er. «Das ist wahrhaftig ein Fund! Wissen Sie auch, was für ein Schatz das ist?»

«Ein Diamant, Sir! Ein kostbarer Edelstein! Er schneidet Glas entzwei, wie wenn's Kitt wäre!»

«Das ist mehr als ein kostbarer Stein, Peterson. Das ist der kostbare Stein.»

«Doch nicht der blaue Karfunkel der Comtesse de Morcar!», entfuhr es mir.

«Doch, eben der. Ich sollte seine Größe und seine Form kennen, ich habe die Anzeige in den letzten Tagen in jeder Nummer der ‹Times› gelesen. Es ist ein absolutes Einzelstück, über dessen Wert man nur Vermutungen anstellen kann, aber der ausgesetzte Finderlohn von tausend Pfund entspricht sicher kaum dem zwanzigsten Teil des Marktpreises.»

«Tausend Pfund! Großer Gott im Himmel!» Der wackere Dienstmann sank mit einem Plumps auf den nächsten Stuhl und sah uns einen um den anderen entgeistert an.

«Das ist der offizielle Finderlohn. Ich weiß, dass sentimentale Erwägungen im Hintergrund stehen, die die Gräfin bewegen würden, ihr halbes Vermögen zu opfern, um den Stein wiederzufinden.»

«Wenn ich nicht irre, ist er im ‹Cosmopolitan Hotel› verschwunden», bemerkte ich.

«Sehr richtig, und zwar am 22. Dezember, also vor fünf Tagen. Ein gewisser John Horner, seines Zeichens Installateur, wurde beschuldigt, den Stein aus der Schmuckkassette der Dame entwendet zu haben. Die Beweise sprechen so nachdrücklich gegen ihn, dass der Fall vors Schwurgericht kommen wird. Ich glaube, hier habe ich einen Bericht über die Sache.» Er wühlte unter seinen Zeitungen und prüfte das Datum, bis er die gewünschte Ausgabe fand. Er glättete sie und las die folgende Notiz vor:

«Juwelenraub im ‹Cosmopolitan Hotel›. Gegen den Installateur John Horner, 26 Jahre alt, wurde Anklage erhoben, am 22. d.M. den unter dem Namen ‹Blauer Karfunkel› bekannten kostbaren

Edelstein aus der Schmuckkassette der Comtesse de Morcar entwendet zu haben. Mr James Ryder, ein Angestellter des Hotels, gab als Zeuge zu, er selbst habe am Tag des Diebstahls Horner in das Ankleidezimmer der Comtesse de Morcar geführt, wo eine locker gewordene Stange am Kamingitter festzulöten war. Er blieb eine Weile bei Horner, wurde dann aber weggerufen. Als er nach kurzer Zeit ins Ankleidezimmer zurückkehrte, war Horner verschwunden, die Kommodenschublade aufgebrochen, und das kleine Lederetui, in dem, wie es sich später herausstellte, die Gräfin das Schmuckstück zu verwahren pflegte, lag leer auf dem Toilettentisch. Ryder alarmierte augenblicklich die Polizei, und Horner wurde noch am gleichen Tag verhaftet, doch konnte der Stein weder auf ihm noch in seiner Wohnung gefunden werden. Die Zofe der Gräfin, Catherine Cusack, gab an, sie habe Ryders erschrockenen Ausruf gehört, als er den Raub entdeckte, und sei eiligst in das Ankleidezimmer gelaufen, wo sie alles so vorfand, wie der erste Zeuge es schilderte. Laut Bericht von Polizeiinspektor Bradstreet, B-Division, wehrte sich Horner verzweifelt gegen seine Verhaftung und beteuerte aufs Inbrünstigste seine Unschuld. Da der Angeklagte bereits einmal in einen Diebstahl verwickelt war, überwies der Polizeirichter den Fall an das Schwurgericht. Horner, der während der ganzen Einvernahme die höchste

Erregung zeigte, fiel bei Verkündung des Urteils in Ohnmacht und musste weggetragen werden.»

«Hm! So weit die polizeiliche Untersuchung», bemerkte Holmes gedankenvoll, während er die Zeitung wegwarf. «Für uns ergibt sich jetzt das Problem, die Kette der Ereignisse zu verfolgen, die von einer geplünderten Schmuckkassette an einem Ende zu einem Gänsekropf in der Tottenham Court Road am anderen Ende führt. Wie du siehst, Watson, haben unsere kleinen Schlussfolgerungen mit einem Mal einen viel bedeutsameren und weniger harmlosen Aspekt angenommen. Hier ist der Stein. Der Stein war in der Gans, und die Gans stammt von Mr Baker, dem Herrn mit dem alten Hut und all den anderen Kennzeichen, mit denen ich dich soeben gelangweilt habe. Wir müssen uns jetzt also ernsthaft ins Zeug legen, um diesen Herrn ausfindig zu machen und festzustellen, welche Rolle er in unserem kleinen Rätselspiel innehat. Wir wollen es zuerst auf die einfachste Weise versuchen, und die besteht fraglos aus einem Inserat in den Abendblättern. Wenn das nichts ergibt, werden wir andere Mittel anwenden.»

«Wie soll das Inserat lauten?»

«Bitte gib mir den Bleistift und das Papier dort. Also los! ‹Gefunden Ecke Goodge Street eine Gans und ein steifer schwarzer Hut. Die Sachen werden an Mr Henry Baker ausgefolgt, wenn er sich heute Abend um halb sieben Uhr Baker Street, Nr. 221B, einstellt.› Das ist kurz und klar.»

«Absolut. Aber wenn er es nicht liest?»

«Ich denke, er wird die Zeitungen im Auge behalten, denn der Verlust ist für einen armen Mann nicht gering. Offenbar war er über sein Missgeschick mit der eingeschlagenen Schaufensterscheibe und über den Anblick von Peterson so erschrocken, dass er bloß an Flucht dachte; aber inzwischen hat er es sicher bereut, seinen Vogel einfach weggeworfen zu haben. Die Nennung seines Namens vergrößert die Chance, dass er das Inserat vor Augen bekommt; denn jeder, der ihn kennt, wird ihn darauf aufmerksam machen. Peterson, da Sie gerade da sind, laufen Sie doch rasch zur Inseratenagentur, und lassen Sie dies hier in die Abendblätter setzen.»

«In welche, Sir?»

«Ach, sagen wir ‹Globe›, ‹Star›, ‹Pall Mall›, ‹St. James's›, ‹Evening News›, ‹Standard Echo› und alle, die Ihnen sonst noch einfallen.»

«Sehr wohl, Sir. Und was tu ich mit dem Stein?»

«Ach ja, den Stein nehme ich wohl am besten in Verwahrung. Danke. Und hören Sie, Peterson, kaufen Sie auf dem Rückweg gleich eine Gans, und bringen Sie sie zu mir. Wir müssen dem Herrn doch einen Ersatz für den Vogel liefern, den Ihre Familie sich gerade zu Gemüte führt.»

Als der Dienstmann verschwunden war, nahm Holmes den Stein und hielt ihn gegen das Licht. «Was für ein hübsches kleines Dingelchen», sagte er. «Sieh nur, wie er blitzt und funkelt. Aber natürlich ist er Inbegriff des Verbrechens wie jeder gute Edelstein. Der Teufel besitzt keinen wirksameren Köder. Bei den altberühmten großen Juwelen kann man ruhig sagen, dass auf jede Facette eine Bluttat kommt. Dieser Stein ist noch keine zwanzig Jahre lang bekannt. Er wurde am Sandufer des Amoy-Flusses in Südchina gefunden und ist dadurch bemerkenswert, dass er alle Kennzeichen eines Granats aufweist, bis darauf, dass er leuchtend blau statt rubinrot ist. Ungeachtet seiner Jugend hat er schon eine unheilvolle Geschichte hinter sich; um diese zwei, drei Gramm kristallisierten Kohlenstoff wurden zwei Morde, ein Selbstmord, eine Vitriolverätzung und verschiedene Raubüberfälle begangen. Wer sollte meinen, dass so ein niedliches Spielzeug die Menschen an den Galgen und in den Kerker bringt? Jetzt schließe ich ihn hier in meinen Kassenschrank ein, und dann schreibe ich der Comtesse, dass ihr Schatz gefunden ist.»

«Hältst du diesen Horner für unschuldig?»

«Das weiß ich nicht.»

«Oder glaubst du eher, dass der andere, dieser Henry Baker, etwas mit der Sache zu tun hat?»

«Auch das kann ich nicht sagen. Im Grunde halte

ich es aber für wahrscheinlicher, dass Henry Baker ein völlig harmloser Mensch ist, der keine Ahnung hatte, dass seine Weihnachtsgans beträchtlich mehr wert war als ihr Gewicht in purem Gold. Falls wir eine Antwort auf unser Inserat bekommen, werde ich das mit Hilfe eines sehr einfachen Tests feststellen.»

«Und bis dahin kannst du nichts tun?»

«Gar nichts.»

«In dem Fall werde ich mich um meine Patienten kümmern, aber abends werde ich zur angegebenen Zeit wieder hier sein. Ich möchte doch wissen, wie sich diese verzwickte Angelegenheit lösen wird.»

«Ich bin sehr froh, wenn du kommst. Ich esse um sieben, und wenn ich nicht irre, gibt es eine Waldschnepfe. Im Licht der jüngsten Vorfälle sollte ich Mrs. Hudson vielleicht bitten, ihren Kropf gründlich zu untersuchen!»

Ich wurde bei einem Patienten aufgehalten, und es war einige Minuten nach halb sieben, als ich mich wieder in der Baker Street einfand. Beim Näherkommen sah ich in dem hellen Halbkreis, den das fächerförmige Oberlicht der Haustür auf den Gehsteig warf, einen hochgewachsenen Mann in einer Schottenmütze und einem bis zum Kinn zugeknöpften Mantel vor dem Haus warten. Gerade als ich hinkam, wurde die Tür geöffnet, und wir wurden zusammen in Holmes' Zimmer hinaufgeführt.

«Mr Henry Baker, wenn ich nicht irre…?» Holmes erhob sich aus seinem Armstuhl und begrüßte den Besucher mit der herzlichen Art, die er so natürlich an den Tag zu legen wusste. «Bitte hier ans Feuer, Mr Baker. Nehmen Sie Platz. Es ist ein kalter Abend, und ich sehe, dass Ihre Blutzirkulation mehr auf sommerliche Wärme eingestellt ist. – Du kommst gerade rechtzeitig, Watson! Mr. Baker, ist das Ihr Hut?»

«Ja, Sir, das ist er zweifellos.»

Mr Baker war ein großer Mann mit runden Schultern, einem mächtigen Schädel und einem breiten, intelligenten Gesicht, das in einen angegrauten Spitzbart überging. Die rötliche Verfärbung von Nase und Wangen und das leichte Zittern seiner Hände erinnerten mich an Holmes' Mutmaßungen. Sein verschossener schwarzer Rock war bis zum Hals zugeknöpft, und die Handgelenke reckten sich, ohne dass man Hemdsärmel oder Manschetten sah, lang aus den Ärmeln hervor. Er sprach bedächtig und deutlich, wählte seine Worte mit Sorgfalt und machte ganz allgemein den Eindruck eines gebildeten und belesenen Mannes, dem das Leben übel mitgespielt hat.

«Wir haben Ihr Eigentum einige Tage hier behalten, weil wir dachten, Sie würden eine Verlustanzeige machen», begann Holmes. «Eigentlich kann ich nicht verstehen, warum Sie nicht inseriert haben.»

Unser Besucher lachte etwas verlegen. «Das Geld klimpert mir nicht mehr so lustig in den Taschen wie einst», erklärte er. «Ich dachte, die Kerle, die mich überfallen haben, hätten sich mit Gans und Hut davongemacht. Ich wollte ihnen nicht noch gutes Geld nachwerfen.»

«Sehr begreiflich. Übrigens, was den Vogel betrifft: Ihre Gans mussten wir essen.»

«Was! Sie haben sie gegessen!» Unser Gast sprang vor Schreck halb von seinem Stuhl auf.

«Ja, es war höchste Zeit. Aber ich darf wohl hoffen, dass die Gans dort auf dem Fenstertisch, die ungefähr gleich schwer und tadellos frisch ist, Ihnen ebenso gut dienen wird.»

«O natürlich, natürlich!», rief Mr Baker sichtlich erleichtert.

«Wir haben aber noch die Federn, die Beine, die Gurgel von Ihrem Vogel, und wenn Sie wünschen...»

Mr Baker lachte herzlich. «Sie wären allenfalls als Reliquien meines Abenteuers interessant», sagte er, «doch abgesehen davon wüsste ich nicht, wozu mir die *disiecta membra** der Frühverschiedenen dienen sollten. Nein, Sir, mit Ihrer Erlaubnis werde ich mich an den stattlichen Vogel halten, den ich dort auf dem Tisch sehe.»

* Lat. «versprengte Glieder».

Sherlock Holmes warf mir einen bedeutsamen Blick zu und zuckte die Schultern.

«Hier ist also Ihr Hut und hier Ihr Federvieh», sagte er. «Könnten Sie mir übrigens verraten, wo Sie die andere Gans gekauft haben? Ich interessiere mich sehr für Geflügelzucht, und ich glaube, selten ein prächtigeres Exemplar gesehen zu haben.»

«Aber gern, Sir.» Baker war aufgestanden und nahm dabei sein wiedererlangtes Eigentum unter den Arm. «Einige von uns verkehren im ‹Alpha Inn› neben dem Museum – tagsüber sind wir selbstverständlich im British Museum zu finden. Dieses Jahr hat unser braver Wirt, Windigate ist sein Name, einen Gänseverein gegründet. Durch Einzahlung von einigen Pence pro Woche sollte jeder von uns zu einem Weihnachtsbraten kommen. Nun, meine Pence wurden pünktlich bezahlt, und den Rest wissen Sie. Ich bin Ihnen sehr dankbar, Sir, denn diese Schottenmütze hier ist weder meinen Jahren noch meiner ernsten Lebensauffassung angemessen.» Er verbeugte sich mit komisch wirkender Würde und ging seines Weges.

«Damit wäre also Mr Henry Baker aus dem Spiel», sagte Holmes, nachdem er die Tür hinter ihm geschlossen hatte. «Er weiß ganz sicher nichts von der Geschichte. Bist du hungrig, Watson?»

«Nicht besonders.»

«Dann würde ich vorschlagen, dass wir das Dinner auf später verschieben und unserer Fährte folgen, solange sie heiß ist.»

«Unbedingt.»

Wir zogen unsere schweren Ulstermäntel an und wickelten uns Wollschals um den Hals, denn es war eine bitterkalte Nacht. Die Sterne funkelten hell am wolkenlosen Himmel, und der Atem der Fußgänger stieg wie Pulverrauch von Pistolenschüssen in die Luft. Unsere Schritte klangen hart und laut auf dem Straßenpflaster, als wir nun durch das Ärzteviertel, Wimpole Street, Harley Street und weiter durch die Wigmore Street in die Oxford Street eilten. Nach einer Viertelstunde waren wir in Bloomsbury, im «Alpha», einer kleinen Gaststätte an der Ecke einer der Straßen, die nach Holborn hinunterführten. Sherlock Holmes stieß die Tür zur Bar auf und bestellte bei dem rotgesichtigen, weißbeschürzten Wirt zwei Glas Bier.

«Wenn Ihr Bier so gut ist wie Ihre Gänse, sollte es ausgezeichnet sein», sagte er.

«Meine Gänse?» Der Mann schien bass erstaunt.

«Ja. Ich habe mich gerade erst vor einer halben Stunde mit Mr Henry Baker unterhalten, der ein Mitglied Ihres Gänsevereins ist.»

«Aha, ich verstehe. Aber wissen Sie, Sir, das sind nicht unsere eigenen Gänse.»

«Nein? Woher stammen sie denn?»

«Diese zwei Dutzend hatte ich bei einem Geflügelhändler auf dem Markt von Covent Garden gekauft.»

«Welcher war es? Ich habe ein paar Bekannte darunter.»

«Breckinridge heißt er.»

«Nein, den kenne ich nicht. Na, auf Ihre Gesundheit, Herr Wirt, und viel Glück für Ihr Geschäft! Guten Abend.»

«Jetzt auf zu Mr Breckinridge!», fuhr Holmes fort, indem er den Mantel zuknöpfte und wir wieder in die eisige Kälte hinaustraten. «Vergiss nicht, Watson: Obwohl an einem Ende unserer Kette ein so schlichtes, harmloses Wesen wie eine Gans baumelt, hängt am anderen Ende ein Mensch, dem unfehlbar sieben Jahre Zuchthaus drohen, wenn es uns nicht gelingt, seine Unschuld zu beweisen. Allerdings könnten unsere Nachforschungen seine Schuld auch erhärten. Jedenfalls befinden wir uns dank einem einzigartigen Glücksfall auf einer Fährte, die von der Polizei übersehen wurde. Folgen wir ihr bis zum bitteren Ende. Also los, Front nach Süden und marsch!»

Wir durchquerten Holborn die Endell Street hinunter und gelangten durch ein Labyrinth von verwahrlosten Gassen und Gässchen schließlich zum Markt von Covent Garden. Einer der größten Stände trug den Namen Breckinridge. Der Inhaber, ein Mann mit einem Jockey-Gesicht, scharfen Augen und sauber gestutzten Koteletten, war gerade dabei, mit einem Burschen zusammen die Läden vorzulegen.

«Guten Abend. Kalt ist's heute», begann Sherlock Holmes.

Der Händler nickte und warf meinem Freund einen fragenden Blick zu.

«Wie ich sehe, haben Sie alle Gänse verkauft», fuhr Holmes fort und zeigte auf die leere Marmorplatte.

«Morgen früh um fünf können Sie fünfhundert Stück haben.»

«Das nützt mir heut Abend nichts.»

«Nein, leider – aber dort drüben, an dem Stand mit der Gasbeleuchtung, gibt es noch welche.»

«Ihre sind mir aber ganz besonders empfohlen worden.»

«So? Von wem denn?»

«Vom Wirt des ‹Alpha Inn›.»

«Richtig, dem habe ich kürzlich zwei Dutzend geliefert.»

«Und es waren prächtige Vögel. Woher beziehen Sie die?»

Zu meinem Erstaunen erregte die Frage den Zorn des Händlers. Er warf bedrohlich den Kopf zurück und stemmte die Arme in die Seiten.

«Was soll das jetzt wieder heißen, Mister? Sagen Sie mir lieber geradeheraus, wo Sie hinauswollen!»

«Ich sage es ja geradeheraus: Ich wüsste gern, woher die Gänse stammen, die Sie dem ‹Alpha› geliefert haben.»

«Aha. Und ich werde es Ihnen nicht sagen. Ist das klar?»

«Es ist mir wahrhaftig nicht klar, und ich verstehe nicht, warum Sie sich über eine so harmlose Frage aufregen.»

«Sie würden sich auch aufregen, wenn man Sie unaufhörlich mit Fragen belästigte! Wenn ich gute Ware für gutes Geld liefere, sollte die Sache doch wohl erledigt sein. Aber nein, dann geht's die ganze Zeit: ‹Wo sind die Gänse? Wem haben Sie die Gänse verkauft?› Oder gar: ‹Wie viel Geld wollen Sie für die Gänse?› Wahrhaftig, als ob's keine anderen Gänse auf der Welt gäbe!»

«Ich jedenfalls habe nichts mit irgendwelchen anderen Leuten zu tun, die nach den Gänsen fragen», erwiderte Holmes gleichgültig. «Wenn Sie's uns nicht sagen wollen, gilt die Wette eben nicht, das ist alles. Aber ich verstehe was von Geflügel und bin jederzeit bereit, für meine Meinung einzutreten. Ich habe einen Fünfer darauf gewettet, dass diese Gänse auf dem Land gemästet wurden.»

«Dann haben Sie Ihren Fünfer verloren, Mister, denn sie stammen aus einer Londoner Zucht!», rief der Händler.

«Das kann nicht sein!»

«Ist aber so!»

«Ich glaube es nicht!»

«Meinen Sie vielleicht, Sie verstehen mehr von Geflügel als ich, der ich von Kindesbeinen an damit umgehe? Und ich erkläre Ihnen, die Gänse, die ich dem ‹Alpha› verkauft habe, sind hier in London aufgezogen worden.»

«Das werden Sie mir nie einreden!»

«Wollen Sie wetten?»

«Damit würde ich Ihnen bloß Ihr Geld aus der Tasche ziehen, weil ich mir sicher bin, dass ich recht habe. Aber gut, ich setze einen Sovereign – bloß um Sie zu lehren, dass man nicht eigensinnig sein soll.»

Der Händler lachte grimmig auf. «Bring mir die Bücher, Bill!», rief er.

Der Junge brachte ein Heft und ein großes, dickes, von Fettflecken strotzendes Kassenbuch und legte nun beide unter die Hängelampe, die über der Marmorplatte des Verkaufstischs baumelte.

«Na also, Mister Todsicher», sagte der Händler. «Ich dachte, ich hätte meine Gänse ausverkauft, aber es scheint noch eine hier zu sein... Sehen Sie dieses Heft?»

«Ja – und?»

«Das ist mein Lieferantenverzeichnis. So schauen Sie her: Hier auf dieser Seite stehen die Namen meiner Lieferanten vom Land, und die Nummer dahinter gibt an, auf welcher Seite des großen Kassenbuchs jeweils ihr Konto zu finden ist. Und auf dieser nächsten Seite stehen die Namen der Londoner Geflügelzüchter... jetzt lesen Sie mir einmal den dritten Namen von oben vor.»

«Mrs Oakshott, 117 Brixton Road, Nr. 249», las Holmes.

«Richtig. Und jetzt schlagen Sie das mal im Hauptbuch auf.»

Holmes tat es und las: «Mrs Oakshott, 117 Brixton Road, Eier und Geflügel.»

«Aha. Und wie lautet die letzte Eintragung auf dem Konto?»

«22. Dezember. 24 Gänse à 7 Shilling, 6 Pence.»

«Genau. Und was steht darunter?»

«Verkauft an Mr Windigate, ‹Alpha›, zu 12 Shilling.»

«Stimmt ebenfalls. Und was sagen Sie jetzt dazu?»

Sherlock Holmes machte ein äußerst missmutiges Gesicht. Er zog einen Sovereign aus der Tasche und warf ihn auf den Tisch. Dann drehte er sich auf dem Absatz um und entfernte sich mit der Miene eines Mannes, den die ganze Welt anwidert. Ein paar Meter weiter blieb er unter einer Gaslaterne stehen und brach in das lautlose herzliche Lachen aus, das für ihn so typisch war.

«Wenn du einem Mann mit so getrimmten Koteletten begegnest, aus dessen Tasche ein Eckchen des offiziellen Rennprogramms hervorguckt, kannst du ihn immer bei seiner Wettlust packen», belehrte mich Holmes. «Wahrhaftig, wenn ich hundert Pfund auf den Tisch gelegt hätte, hätte er mir nicht so umfassend Auskunft gegeben wie auf die bloße Idee hin, dass er mich mit einer Wette übers Ohr hauen kann! Nun, Watson, ich glaube, wir nähern uns dem Ende unserer Suche. Jetzt müssen wir uns bloß entscheiden, ob wir noch heute zu Mrs Oakshott gehen oder ob wir sie uns für morgen aufheben. Nach allem, was dieser säuerliche Kerl gesagt hat, scheint es klar, dass sich außer uns noch andere für die Sache interessieren, und ich würde ...»

Seine Worte wurden durch Lärm unterbrochen, der sich hinter uns erhob. Als wir uns umdrehten, sahen wir vor dem Stand, den wir soeben verlassen hatten, einen kleinen rattenähnlichen Mann im gelben Lichtkreis der Hängelampe stehen, während der Händler Breckinridge wütend die Fäuste gegen ihn schüttelte.

«Jetzt hab ich aber genug von euch und euren Gänsen!», brüllte er. «Zum Teufel mit euch allen! Ich hetze den Hund auf jeden, der mich noch weiter mit diesem blöden Geschwätz belästigt! Wenn Sie Lust haben, bringen Sie Mrs Oakshott her, und sie kann mich selber um Auskunft fragen. Was haben Sie damit zu tun? Habe ich die Gänse von Ihnen gekauft?»

«Nein, aber eine davon hat mir trotzdem gehört!», jammerte der kleine Mann.

«Dann fragen Sie Mrs Oakshott, wo sie geblieben ist.»

«Sie sagt, ich sollte mich an Sie wenden ...»

«Von mir aus wenden Sie sich an den Teufel! Ich hab genug davon. Fort!» Er ging mit grimmiger Gebärde auf das Männchen los, das sich erschrocken davonmachte und in der Dunkelheit verschwand.

«Ha – das könnte uns den Besuch in der Brixton Road ersparen!», flüsterte Holmes. «Komm, wir wollen sehen, was mit dem Kerl zu machen ist.» Er durchquerte mit langen Schritten die Gruppen, die sich noch hie und da um die beleuchteten Stände drängten, holte den kleinen Mann rasch ein und tippte ihm auf die Schulter.

Der fuhr erschrocken zusammen. Im Schein der Gaslampen war zu sehen, dass sein Gesicht aschfahl geworden war.

«Wer sind Sie? Was wollen Sie?», stammelte er mit zitternder Stimme.

«Entschuldigen Sie bitte», erwiderte Holmes in höflichem Ton, «aber ich habe unwillentlich Ihr Gespräch mit dem Geflügelhändler mitgehört, und ich glaube, ich könnte Ihnen behilflich sein.»

«Sie? Wer sind Sie überhaupt? Was können Sie von der Sache wissen?»

«Mein Name ist Sherlock Holmes. Es ist mein Beruf, zu wissen, was sonst niemand weiß.»

«Aber eben davon können Sie doch gar nichts wissen?»

«Gestatten Sie, ich weiß im Gegenteil alles. Ihre Nachforschungen gelten zwei Dutzend Gänsen, die von Mrs Oakshott in der Brixton Road dem Geflügelhändler Breckinridge und von diesem dem Wirt Windigate vom ‹Alpha Inn› verkauft wurden, der sie seinerseits seinem Verein zur Verfügung stellte, dessen Mitglied Mr Baker ist.»

«O Sir, Sie sind genau der Mann, den ich brauche!», rief der kleine Kerl mit ausgestreckten Armen und bebenden Fingern. «Ich kann Ihnen gar nicht sagen, wie nahe mir diese Sache geht!»

Sherlock Holmes winkte einen vorüberfahrenden Zweispänner herbei. «In dem Fall werden wir in einem geheizten Zimmer gemütlicher darüber reden als hier in Wind und Kälte», sagte er. «Doch bevor wir weitergehen, sagen Sie mir bitte, wem ich zu meiner Freude behilflich sein kann.»

Der Mann zögerte kaum merklich. «Mein Name ist John Robinson», antwortete er mit einem scheuen Blick zur Seite.

«Nein, nein, ich meine jetzt Ihren wirklichen Namen», versetzte Holmes liebenswürdig. «Mit Decknamen gebe ich mich nicht gern ab.»

Eine leise Röte huschte über die bleichen Wangen des Fremden. «Also gut», sagte er. «Mein wirklicher Name ist James Ryder.»

«Eben. Personalaufseher im ‹Cosmopolitan Hotel›. Bitte steigen Sie ein, Mr Ryder, und ich werde bald das Vergnügen haben, Ihnen alles, was Sie interessiert, mitzuteilen.»

Das Männchen ließ seinen Blick halb ängstlich, halb hoffnungsvoll zwischen uns hin und her schweifen wie jemand, der nicht sicher weiß, ob ihm ein Glücksfall oder eine Katastrophe zustößt. Dann stieg er ein, und eine halbe Stunde später waren wir wieder in der Baker Street. Während der Fahrt herrschte Schweigen, doch die hastigen, pfeifenden Atemzüge und nervösen Handbewegungen unseres Fahrgasts zeigten, in welch innerer Spannung er sich befand.

«So, da wären wir!», rief Holmes munter, als wir das behaglich durchwärmte Zimmer betraten. «Bei diesem Wetter ist so ein Feuer genau das Richtige. Sie sehen ganz erfroren aus, Mr Ryder. Bitte nehmen Sie hier im Korbstuhl Platz. Ich will nur noch rasch meine Hausschuhe anziehen, dann werden wir Ihre kleine Angelegenheit sofort erledigt haben. So, das hätten wir. Sie möchten also gern wissen, was aus den zwei Dutzend Gänsen geworden ist?»

«Ja, Sir.»

«Oder vielmehr aus der einen Gans. Ich nehme an, dass Sie an einem bestimmten Vogel interessiert sind – weiß, mit einem schwarzen Streifen quer über dem Schwanz?»

Ryder bebte vor Aufregung. «O Sir!», rief er. «Sie können mir sagen, wo die Gans hingekommen ist!»

«Kann ich. Sie ist hierhergekommen.»

«Was? Hierher?»

«Jawohl; und hat sich als ein höchst bemerkenswerter Vogel entpuppt. Ihr Interesse überrascht mich gar nicht. Diese merkwürdige Gans hat nach ihrem Tod noch ein Ei gelegt – das niedlichste, glänzendste blaue Eilein, das man sich vorstellen kann. Ich habe es meiner Sammlung hier einverleibt.»

Unser Besucher richtete sich mühsam auf, und er musste sich an das Kaminsims klammern. Holmes aber sperrte seinen Kassenschrank auf und hielt den blauen Stein in die Höhe, der in seinem kalten, gleißenden Licht wie ein Stern funkelte. Ryder starrte ihn mit verzerrten Zügen an. Er wusste nicht, ob er sein Recht darauf geltend machen oder jede Mitwisserschaft leugnen sollte.

«Das Spiel ist aus, Ryder», sagte Holmes ruhig. «Hoppla, Mensch, aufgepasst! Jetzt hätten Sie um ein Haar im Feuer gelegen! Hilf ihm in seinen Stuhl zurück, Watson, er steht nicht fest auf den Füßen. Hat offenbar nicht genug Blut in sich, um ungestraft ein Verbrechen zu begehen. Gib ihm einen tüchtigen Schluck Brandy. So! Jetzt sieht er schon ein bisschen menschlicher aus. Herrje, was für eine Qualle der Mensch ist!»

Ryder war tatsächlich am Umsinken gewesen, doch der Brandy brachte einen Hauch Farbe in sein bleiches Gesicht zurück. Nun saß er da und starrte angstvoll zu seinem Ankläger empor.

«Ich habe fast alle Glieder der Kette in der Hand und sämtliche Beweise, die ich brauche. Sie werden mir nicht mehr viel zu erzählen haben, aber ich pflege gern vollständige Klarheit zu schaffen. Sie hatten also von dem blauen Stein der Comtesse de Morcar gehört, Ryder?»

«Catherine Cusack hatte mir davon erzählt», erwiderte Ryder mit krächzender Stimme.

«Aha, die Zofe der gnädigen Frau. Freilich, die Versuchung, auf einen Schlag zu solchem Reichtum zu kommen, war für Sie zu groß. Es ist schon besseren Männern als Ihnen so ergangen, Ryder, aber Sie waren in Ihren Mitteln nicht sehr wählerisch. Mir scheint, Sie geben einen ganz erbärmlichen Bösewicht ab. Sie wussten, dass der junge Horner, der Installateur, schon einmal in eine ähnliche Sache verwickelt war und dass der Verdacht umso eher an ihm haften würde. Wie haben Sie es also angefangen? Sie verursachten – mit Hilfe Ihrer Spießgesellin Cusack – einen kleinen Schaden im Ankleidezimmer der Dame und ließen den Mann kommen, um ihn zu reparieren. Sobald er fort war, plünderten Sie die

Schmuckschatulle, schlugen Alarm und ließen den unglückseligen Menschen verhaften. Und dann…»

Ryder warf sich auf die Knie und umklammerte die Beine meines Freundes. «Um Gottes willen, seien Sie barmherzig!», stöhnte er. «Denken Sie an meinen alten Vater! Meine alte Mutter! Es würde ihnen das Herz brechen. Ich habe bisher noch nie etwas Unrechtes getan. Ich werde es nie wieder tun! Das schwöre ich! Ich will es auf die Bibel beschwören! Bringen Sie mich nicht vor Gericht! Um Gottes willen, bringen Sie mich nicht vor Gericht!»

«Setzen Sie sich wieder auf Ihren Stuhl!», befahl Holmes streng. «Jetzt können Sie wohl kriechen und flehen. Aber der Gedanke, dass der arme Junge für ein Verbrechen büßen müsste, mit dem er nichts zu tun hat, hat Sie recht wenig gestört.»

«Ich werde verschwinden, Mr Holmes. Ich werde England verlassen, Sir. Dann wird die Anklage gegen ihn von selbst zusammenbrechen.»

«Hm – darüber werden wir noch reden. Jetzt berichten Sie einmal wahrheitsgemäß, was weiter passiert ist. Wie kam der Stein in die Gans und die Gans auf den Markt? Aber sagen Sie die Wahrheit. Darin liegt Ihre einzige Chance.»

Ryder fuhr sich mit der Zunge über die trockenen Lippen. «Ich werde alles sagen, genau wie es sich abgespielt hat, Sir. Nachdem Horner verhaftet war, dachte ich, ich sollte den Stein möglichst bald fortschaffen. Es konnte der Polizei ja jederzeit einfallen, mich und mein Zimmer zu durchsuchen. Kein Platz im Hotel schien mir sicher genug. Ich ging weg, als hätte ich etwas zu besorgen, und geradewegs zu meiner Schwester. Sie ist mit einem gewissen Oakshott verheiratet und wohnt in der Brixton Road, wo sie Gänse mästet. Unterwegs sah ich in jedem Menschen, der mich zufällig anblickte, einen Polizisten oder Detektiv, und wie kalt es auch war, ich kam schweißgebadet bei meiner Schwester an. Sie fragte ganz besorgt, warum ich so blass sei, und ich sagte ihr, ich hätte mich über den Juwelenraub im Hotel aufgeregt. Dann ging ich auf den Hof hinaus, um meine Pfeife zu rauchen, und überlegte, was ich tun sollte.

Ein ehemaliger Freund von mir, ein gewisser Maudsley, der auf die schiefe Bahn geraten war, hat vor Kurzem seine Zuchthausstrafe abgebüßt. Nachher hatten wir uns einmal zufällig auf der Straße getroffen und kamen irgendwie auf Diebe und Hehler und die Verwertung von Diebesbeute zu reden.

Ihm konnte ich mich anvertrauen, denn ich wusste einiges über ihn. So beschloss ich, geradewegs zu ihm nach Kilburn zu fahren und ihn ins Vertrauen zu ziehen. Ich dachte, er könnte mir bei der Verwertung des Steins behilflich sein. Die Frage war nur, wie ich mitsamt dem Stein sicher zu ihm gelangen sollte. Ich dachte an die Folterqualen, die ich auf dem Weg vom Hotel ausgestanden hatte. Jeden Moment konnte ich angehalten und durchsucht werden, mit dem Stein in der Westentasche … Wie ich so an der Hofmauer lehnte und auf die Gänse starrte, die um meine Füße herumwatschelten, kam mir plötzlich die Idee, wie ich den besten Detektiv der Welt an der Nase herumführen könnte.

Meine Schwester hatte mir ein paar Wochen vorher gesagt, ich könne mir eine ihrer Gänse als Weihnachtsgeschenk aussuchen, und ich wusste, dass ich sie jederzeit beim Wort nehmen durfte. Ich beschloss also, mir meine Gans gleich jetzt zu nehmen, damit sie mir meinen Stein sicher nach Kilburn brächte.

Im Hof stand ein kleiner Bretterschuppen. Hinter den trieb ich eine der Gänse, ein großes, schönes Tier, schneeweiß, mit einem schwarzen Querstreifen über dem Schwanz. Ich packte sie, zwängte ihr den Schnabel auf und stopfte ihr den Stein in den Schlund, so tief ich mit dem Finger hineinkam. Die Gans schluckte, und ich spürte den Stein durch die Gurgel gleiten und in ihrem Kropf landen. Aber das Vieh sträubte sich und schlug mit den Flügeln, und schon war meine Schwester da, um zu sehen, was es gäbe. Als sie mich anrief, ließ ich die Gans unwillkürlich los, und sie flatterte zwischen die anderen zurück.

‹Du lieber Gott, was treibst du denn da, Jem?›, sagt meine Schwester.

‹Du hast mir doch eine Weihnachtsgans versprochen›, sage ich. ‹Ich wollte bloß sehen, wie fett sie sind.›

‹Für dich haben wir eine besonders schöne ausgesucht›, sagt sie. ‹Wir nennen sie Jems Gans. Siehst du, die große weiße dort drüben. Wir haben im ganzen sechsundzwanzig Stück, eine für dich, eine für uns und zwei Dutzend zum Verkauf.›

‹Danke, Maggie›, sage ich, ‹aber wenn es dir nichts ausmacht, möchte ich lieber die, die ich vorhin in der Hand hatte.›

‹Die andere wiegt gut drei Pfund mehr›, sagt sie. ‹Wir haben sie eigens für dich gemästet.›

‹Nimm's nicht übel, Maggie, aber ich möchte doch lieber die andere›, sage ich. ‹Ich würde sie gern jetzt gleich mitnehmen.›

‹Na, wie du willst›, sagt sie ein bisschen pikiert. ‹Also, welche soll es sein?›

‹Die weiße dort, mit dem schwarzen Streifen, mitten in der Schar.›

‹Mir ist es egal›, sagt sie. ‹Du kannst sie schlachten und mitnehmen.›

Nun, ich tat es, Mr Holmes, und schleppte das Vieh den ganzen Weg nach Kilburn. Ich erzählte meinem Kumpel, was ich getan hatte, denn mit ihm musste man sich nicht genieren, und er wollte sich schieflachen. Dann holte er ein Messer, und wir schlitzten die Gans auf. Da wurde mir, ich weiß nicht wie, denn von dem Stein war keine Spur zu sehen, und ich wusste sofort, dass ein grasslicher Irrtum passiert war.

Ich ließ die Gans liegen und fuhr, so schnell ich nur konnte, zu meiner Schwester zurück. Aber wie ich in den Hof komme, ist weit und breit keine Gans zu sehen.

‹Wo ist dein Federvieh, Maggie?›, rufe ich.

‹Der Händler hat alle abgeholt.›

‹Welcher Händler?›

‹Breckinridge heißt er, in Covent Garden.›

‹Hattest du noch eine andere mit einem schwarzen Streifen auf dem Schwanz, so wie die, die ich gewählt habe?›

‹Ja›, sagt sie. ‹Es waren zwei ganz gleiche Vögel. Ich konnte sie nie auseinanderhalten.›

Da war mir natürlich alles furchtbar klar, und ich lief, so schnell mich meine Füße trugen, zu diesem Breckinridge – aber er hatte die ganzen zwei Dutzend auf einmal verkauft und wollte mir partout nicht sagen, an wen. Sie haben ihn vorhin selbst gehört, und so hat er mir jedes Mal geantwortet. Meine Schwester glaubt, dass ich im Begriff bin, den Verstand zu verlieren, und manchmal glaube ich es selber. Und jetzt – da stehe ich, ein überführter Dieb, und habe den Schatz, für den ich meinen ehrlichen Namen verkauft habe, noch nicht einmal gesehen! Gott helfe mir! Gott erbarme sich meiner!» Und er schlug die Hände vors Gesicht und brach in krampfhaftes Schluchzen aus.

Eine tiefe Stille entstand, die nur durch die keuchenden Atemzüge des Mannes und das leise Trommeln von Holmes' Fingerspitzen auf die Tischplatte unterbrochen wurde. Dann stand mein Freund auf und öffnete die Tür.

«Gehen Sie!», sagte er.

«Wie ...? Sir! Gott segne Sie, Sir!»

«Kein Wort mehr! Hinaus!»

Es war auch kein Wort mehr nötig. Er stürzte an uns vorbei. Dann hörte man nur noch Schritte die Treppe hinunterklappern und die Haustür zuschlagen.

Holmes griff nach seiner Tonpfeife. «Schließlich und endlich, Watson», sagte er, «bin ich nicht dazu da, die Fehler der Polizei wiedergutzumachen. Wenn Horner dadurch gefährdet wäre, so wäre das etwas anderes, aber da der Kerl nicht gegen ihn aussagen wird, muss die Anklage dahinfallen. Vermutlich begehe ich ein Verbrechen, doch es ist auch möglich, dass ich eine Seele rette. Der Mensch wird nie wieder unrecht tun, er hat zu viel Angst ausgestanden. Wenn man ihn hingegen jetzt ins Zuchthaus steckt, bleibt er sein Leben lang ein Galgenvogel. Außerdem feiern wir ja Weihnachten, das

Fest der Vergebung. Wir sind zufällig über ein ganz absonderliches, schrulliges Problem gestolpert, und dass wir es lösen konnten, ist unser schönster Lohn. Wenn du so gut sein willst, an der Klingel zu ziehen, Watson, wollen wir uns jetzt einer neuen Forschungsaufgabe widmen, bei der ebenfalls ein Vogel die Hauptrolle spielen wird.»

NIKOLAJ GOGOL
Die Nacht vor Weihnachten

I

Der letzte Tag vor Weihnachten war zu Ende gegangen. Eine klare Winternacht brach an. Die Sterne blinkten. Der Mond stieg feierlich am Himmel empor, um den guten Menschen auf der ganzen Welt zu leuchten, auf dass sie frohen Mutes nach altem Brauch ihre Weihnachtslieder* unter den Fens-

* Diese Lieder, unter den Fenstern am Weihnachtsabend gesungen, heißen Koljadki. Dem Sänger wirft der Hausherr oder die Hausfrau oder wer sonst zu Hause bleibt, immer eine Wurst oder ein Brot oder einen Kupfergroschen in den Sack, was er eben hat. Man sagt, es habe einmal einen Götzen namens Koljada gegeben, den man für einen Gott gehalten habe, und dass angeblich von dem die Koljadki herrühren. Wer weiß es? Nicht uns, den einfachen Leuten, kommt es zu, sich darüber den Kopf zu zerbrechen. Voriges Jahr wollte Vater Osip die Koljadki in den Weilern verbieten, da, wie er sich ausdrückte, das Volk damit dem Satan gefällig sei. Allein um die Wahrheit zu sagen, in den Koljadki kommt kein einziges Wort über

tern sängen. Der Frost hatte seit dem Morgen stark zugenommen. Dafür war es aber so windstill, dass man das Knirschen des Schnees unter den Stiefelsohlen eine halbe Werst weit hören konnte.

Noch hatte sich keine Singschar auf der Straße gezeigt. Nur der Mond schien verstohlen in die Hüttenfenster, wie um die sich putzenden Mädchen daran zu erinnern, dass es an der Zeit sei, in den knisternden Schnee hinauszulaufen.

Da qualmten dicke Rauchschwaden aus einem der Schornsteine und stiegen als schwarze Wolke empor. Mit ihnen fuhr aber, auf einem Besenstiel reitend, die Hexe zum Himmel auf.

Wäre in diesem Augenblick der Assessor von Sorotschinzy in einer mit Bürgerpferden bespannten Troika vorbeigefahren, die nach Ulanenart pelzverbrämte Mütze auf dem Kopf, in seinem blauen, mit schwarzem Lammfell gefütterten Mantel und mit seiner teuflisch geflochtenen Peitsche, mit der er den Kutscher anzutreiben liebte – so hätte er die Hexe sicherlich bemerkt, denn es gibt keine Hexe auf der ganzen Welt, die dem scharfen Blick des Assessors von Sorotschinzy zu entgehen vermag. Er weiß haargenau, wie viel Ferkel die Sau einer

den Koljada vor. Sie singen oft von der Geburt Christi und wünschen zum Schluss dem Hausherrn, der Hausfrau, den Kindern und dem ganzen Haus eine gute Gesundheit. (Anmerkung des Autors) jeden Einwohnerin wirft, wie viel Leinwand sie in ihrer Truhe aufbewahrt und welche Kleidungsstücke oder Wirtschaftsgegenstände jeder ordentliche Mann an den Feiertagen in der Schenke zu versetzen pflegt. Doch der Assessor fuhr nicht vorbei und hätte sich um das fremde Dorf auch gar nicht bekümmert – er hatte seinen eigenen Bezirk.

Die Hexe hatte sich inzwischen so hoch erhoben, dass sie nur noch wie ein kleiner schwarzer Fleck am Himmel zu sehen war. Doch überall, wo sich dieser schwarze Fleck zeigte, verschwanden die Sterne am Firmament. Schon hatte die Hexe einen ganzen Armvoll von ihnen eingesammelt, nur noch drei oder vier funkelten durch die Nacht. Da zeigte sich an der entgegengesetzten Seite des Himmels ein anderer schwarzer Fleck, dehnte sich rasch aus und war bald mehr als bloß ein Fleck.

Ein kurzsichtiger Mensch, selbst wenn er sich Brillengläser, so groß wie die Wagenräder der Kommissarskutsche, auf die Nase gesetzt hätte, wäre nicht imstande gewesen, festzustellen, was es mit diesem Fleck für eine Bewandtnis hatte. Von vorn sah er ganz wie ein Deutscher* aus: Ein schmales, sich hin und her wendendes und alles, was ihm

* Einen Deutschen heißt man bei uns jeden, der aus einem fremden Land stammt, ob es nun ein Franzose, ein Römer oder ein Schwede ist, alle sind Deutsche. (Anmerkung des Autors)

nur in die Quere kam, beschnüffelndes Schnäuzchen lief, wie bei unseren Schweinen, in ein rundes Fünfkopekenstück aus. Die Beinchen waren so dünn, dass sie der Dorfschulze von Jareskowo, wenn sie sein Eigen gewesen wären, schon beim ersten Hopak-Sprung* gebrochen hätte. Von hinten dagegen glich er zum Verwechseln dem Gouvernementsanwalt in Galatracht; denn er hatte einen so langen und spitzen Schwanz, dass man an die Frackschöße der heutigen Beamtenuniformen erinnert wurde. Nur aus dem Ziegenbärtchen unter seiner Schnauze, aus den Hörnchen auf seinem Kopf und daraus, dass er im Ganzen genommen nicht heller als ein Schornsteinfeger war, hätte man schließen können, dass es sich weder um einen Ausländer noch um einen Gouvernementsanwalt handelte, sondern schlicht und einfach um den Teufel in höchsteigener Person, dem es nur noch in dieser Nacht vergönnt war, durch die weite Welt zu schweifen und die Leute zu verführen; denn schon morgen musste er bei den ersten Glockenschlägen, die zur Frühmesse riefen, sich eingeklemmten Schwanzes Hals über Kopf in den Höllenschlund stürzen.

Mittlerweile hatte er sich behutsam dem Mond genähert und streckte schon die Hand aus, um ihn

* Hopak: ein ukrain. Kosakentanz.

zu stehlen, zog sie jedoch im gleichen Augenblick hastig zurück, als wenn er sich verbrannt hätte, lutschte an seinen Fingern und schlenkerte mit einem Bein. Jetzt rückte er von einer anderen Seite an, prallte von Neuem zurück und zog wieder die Hand weg. Trotz dieser Misserfolge aber konnte der listige Teufel nicht von seinen Schelmenstreichen lassen. In einem plötzlichen Anlauf packte er den Mond mit beiden Händen zugleich, warf ihn, sich krümmend und ihn in einem fort anblasend, aus einer Hand in die andere wie ein Bauer, der sich mit bloßen Fingern Feuer für seine Pfeife holt, und steckte ihn zu guter Letzt in seine Tasche. Dann eilte er, als wenn nichts geschehen wäre, weiter.

In Dikanka hatte niemand bemerkt, wie der Teufel das fertiggebracht hatte. Der Gemeindeschreiber freilich, der auf allen vieren aus der Schenke kroch, glaubte gesehen zu haben, wie der Mond auf einmal mir nichts, dir nichts am Himmel hin- und hertanzte, und versuchte, unter Anrufung Gottes und aller Heiligen, das ganze Dorf von diesem Wunder zu überzeugen. Doch die Einwohner schüttelten nur ihre Köpfe und lachten ihn aus.

Was hatte den Teufel eigentlich zu einem so gesetzwidrigen Unternehmen bewogen? Der Grund war folgender: Er wusste, dass der reiche Kosak Tschub vom Küster zu dem allweihnachtlichen Honigreisschmaus eingeladen war, an welchem nicht nur der Dorfschulze und ein mit dem Küster verwandter blau berockter Vorsänger des bischöflichen Kirchenchors mit einem unwahrscheinlich tiefen Bass, sondern auch der Kosak Swerbygus und einige andere Gäste teilnehmen würden; während dieses Festmahles nun würde Tschubs Tochter, das schönste Mädchen des Dorfes, allein zu Hause sitzen und sicherlich vom jungen Schmied besucht werden, einem stämmigen Riesen und Kindskopf, der dem Teufel noch widerwärtiger war als die Predigten des Vaters Kondrat. In seinen Mußestunden huldigte der Schmied nämlich der edlen Malkunst und galt als der geschickteste Maler der ganzen Gegend, sodass ihn sogar der Kosakenhauptmann L...ko, der damals noch lebte, eigens nach Poltawa hatte kommen lassen, um den Bretterzaun um sein Besitztum anzustreichen. Alle Schüsseln, aus denen die Kosaken in Dikanka ihren Borschtsch löffelten, waren von ihm bemalt worden. Der Schmied war ein gottesfürchtiger Mann und malte zuweilen auch Heiligenbilder: Heute noch kann man seinen Evangelisten Lukas in der Kirche zu T. bewundern. Der Triumph seiner Kunst aber war ein Bild, das er auf die rechte Seitenwand der Kirchenvorhalle gemalt hatte und das Petrus darstellte, wie er, die Schlüssel in der Hand, am Jüngsten Tag den Bösen aus der Hölle vertreibt: Der aufgescheuchte Teufel rennt, seinen Untergang ahnend, nach allen Seiten hin und her und wird von den Sündern, die einst von ihm in die Hölle gesperrt worden waren, mit Peitschen, Holzscheiten und allem, was ihnen in die Hände geraten ist, verprügelt. Als der Schmied dieses Bild schuf und es auf eine große hölzerne Tafel malte, hatte der Teufel ihn auf jede Weise zu stören versucht; er hatte ihn unsichtbar am Arm gestoßen und das Gemälde mehrfach mit Asche aus der Schmiedeesse bestreut. Trotzdem wurde das Werk vollendet. Die Tafel wurde in die Kirche getragen und in die Wand der Vorhalle eingelassen. Damals nun hatte der Teufel sich vorgenommen, am Schmied Rache zu nehmen.

Eine Nacht nur noch war ihm im alten Jahr übrig geblieben, durch die weite Welt zu schweifen. In dieser Nacht musste er etwas finden, um seine Wut am Schmied auslassen zu können, und war darauf verfallen, den Mond zu stehlen; denn er verließ sich darauf, dass der alte Tschub faul und nur schwer auf die Beine zu bringen war. Der Weg zum Küster aber war ziemlich weit, er führte hinter dem Dorf an den Mühlen, am Friedhof und einem steilen Abhang vorbei; bei Mondschein würde die Aussicht auf den Honigreis, den Weihnachtskuchen und den Safranschnaps den Alten freilich verlockt haben, in einer lichtlosen Nacht dagegen hätte das kaum jemand über ihn vermocht, dass er sich von seiner Ofenecke getrennt und ins Freie hinausgetraut hätte; der Schmied wiederum, der schon seit Langem nicht mehr in gutem Einvernehmen mit Tschub lebte, würde es, trotz seiner Bärenkräfte, nicht wagen, die Tochter zu besuchen, solange ihr Vater zu Hause war.

Und so geschah es denn, dass es auf der ganzen Welt, kaum hatte der Teufel den Mond in die Tasche gesteckt, so finster wurde, dass man nicht einmal den Weg in die Schenke, geschweige denn zum Küsterhaus gefunden hätte.

Die Hexe stieß, als das Dunkel sie so plötzlich umringte, einen schrillen Schrei aus. Doch der Teufel hatte sich dicht an sie herangemacht, fasste sie am Arm und flüsterte ihr dasselbe ins Ohr, was man überall dem weiblichen Geschlecht ins Ohr zu flüstern pflegt.

Wunderlich ist's eingerichtet auf unserer Welt: Alles, was lebt, beschäftigt sich zumeist damit, andern etwas abzugucken und es nachzuäffen. Es gab zum Beispiel einmal eine Zeit, da gingen in Mirgorod zur Winterszeit nur der Richter und allenfalls noch das Stadtoberhaupt in mit Tuch überzogenen Pelzen einher, die niedere Beamtenschaft trug das Fell nach außen. Heute dagegen hat sich nicht nur der Assessor, sondern auch der Unterrentmeister seinen Lammfellpelz mit Tuch überziehen lassen. Vor zwei Jahren kauften sich der Kanzlist und der Gemeindeschreiber bestes blaues Tuch zu sechs

Kopeken die Elle. Und der Kirchendiener ließ sich zum Sommer Pluderhosen aus Nanking und eine Weste aus gestreiftem Kammgarn machen. Mit einem Wort: Alles will hoch hinaus. Wann werden die Menschen endlich einmal nicht mehr ihrer Eitelkeit nachlaufen? Wetten wir: Vielen dürfte es sonderbar vorkommen, dass der Teufel in die gleiche Kerbe schlägt und dass er, was am ärgerlichsten ist, sich für eine Schönheit hält, während man ihn doch in Wirklichkeit kaum anzuschauen vermag; solch eine Fresse hat er, würde Foma Grigorjewitsch sagen, dass er sich schämen sollte. Trotzdem geht auch er auf Liebesabenteuer aus.

Doch am Himmel und unter dem Himmel war es inzwischen so dunkel geworden, dass man nichts mehr davon sehen konnte, was er und die Hexe miteinander trieben.

II

«Du bist also noch nicht im neuen Küsterhaus gewesen, Gevatter?», fragte der Kosak Tschub einen hochgewachsenen mageren Bauern in kurzem Pelzrock, dessen Bartstoppeln davon zeugten, dass das abgebrochene Sensenstück, mit dem unsere Bauern sich, in Ermangelung eines Rasiermessers, ihren Bart zu schaben pflegen, sein Gesicht schon fast zwei Wochen lang nicht mehr berührt hatte. «Es wird dort ein beträchtliches Gelage geben», fuhr Tschub, über das ganze Gesicht schmunzelnd, fort, «dass wir nur nicht zu spät kommen!»

Mit diesen Worten rückte er den Gürtel zurecht, der seinen Pelz umspannte, drückte seine Mütze tiefer ins Gesicht und nahm seine Peitsche – den Schrecken aller zudringlichen Hunde – fester in die Hand. «Teufel auch!», stieß er plötzlich hervor. «Schau, Panas, schau nur!»

«Was?», fragte der Gevatter und blickte ebenfalls nach oben.

«Wieso, was? Der Mond ist fort!»

«Verflucht noch einmal, er ist wirklich fort.»

«Das ist es ja eben, dass er fort ist!», rief Tschub, ein wenig ärgerlich über den unveränderlichen Gleichmut des Gevatters. «Dir scheint es einerlei zu sein.»

«Ja, was soll ich denn machen?»

«Hat es da so ein Teufel nötig gehabt», nahm Tschub wieder das Wort, «hat er es wirklich nötig gehabt – möge der Hundsfott die ganze Nacht hindurch keinen Schnaps mehr bekommen! –, sich einzumischen?... Als ob er uns verhöhnen wollte! Eben noch schaute ich in der Stube vorsorglich zum Fenster hinaus: ein Wunder von einer Nacht! Klar! Der Schnee glitzerte im Mondlicht! Alles ist wie am helllichten Tag zu erkennen. Und nun – kaum trete ich aus der Tür – ist nichts mehr zu sehen, als wären mir die Augen ausgestochen worden. Dass er sich alle Zähne an einem vertrockneten Buchweizenbrot ausbeißen möge!»

Tschub murrte und schimpfte noch lange vor sich hin, fragte sich aber währenddessen im Stillen, wozu er sich entschließen sollte. Gar zu gern hätte er beim Küster über alles nur Mögliche geklönt. Sicher saßen dort schon der Dorfschulze und der zugereiste Basssänger zusammen, vor allem aber der Teersieder Mikita, der alle zwei Wochen nach Poltawa fuhr und solche Späße zu treiben liebte, dass sich alle den Bauch vor Lachen halten mussten. In Gedanken sog Tschub schon den Geruch des würzigen Weihnachtspunsches ein. All das war gewiss verführerisch. Doch die Dunkelheit weckte in ihm auch den allen Kosaken angeborenen Hang zur Faulheit. Wie schön wär es jetzt, mit untergeschlagenen Beinen auf der Ofenbank zu hocken, ruhig seine Pfeife zu rauchen und angenehm dösend den Weihnachtsliedern der lustigen Burschen und Mädchen zu lauschen, die sich bald in Scharen unter den Fenstern tummeln würden! Wäre er allein gewesen, wäre er ohne Zweifel wieder umgekehrt; doch zu zweit war es nicht mehr so langweilig und gruselig, durch die finstere Nacht zu wandern; auch wollte er vor den anderen nicht faul und furchtsam scheinen. Er hörte daher zu schimpfen auf und wandte sich von Neuem an den Gevatter. «Es gibt also kein Mondlicht, Gevatter?»

«Nein.»

«Wirklich merkwürdig! Gib mir mal eine Prise. Dein Tabak ist ausgezeichnet. Wo hast du ihn her?»

«Den Teufel ist er ausgezeichnet!», antwortete der Gevatter und klappte seine birkenrindene, mit Stichmustern verzierte Dose wieder zu. «Nicht einmal ein altes Huhn kann mit ihm zum Niesen gebracht werden.»

«Ich erinnere mich», fuhr Tschub im gleichen Ton fort, «dass der verstorbene Schankwirt Susulja einmal einen ähnlichen Tabak aus Neshin mitgebracht hat. Ach, war das ein Tabak! Ein guter Tabak war das…! Nun, Gevatter, was machen wir? Hier draußen ist's dunkel.»

«Wir können ja auch zu Hause bleiben», meinte der Gevatter und griff schon nach der Türklinke.

Hätte er das nicht gesagt, so würde Tschub sich gewiss entschlossen haben, zu seiner Ofenbank zurückzukehren. Jetzt aber reizte es ihn, das Entgegengesetzte zu tun. «Nein, Gevatter», erwiderte er, «das ist ausgeschlossen, wir müssen gehn.»

Er hatte diese Worte kaum ausgesprochen, als sie ihm schon leidtaten. Es war ihm äußerst unangenehm, durch solch eine Nacht zu stapfen. Doch ihn tröstete, dass er selbst es so gewollt und dass er immerhin nicht das tat, was man ihm geraten hatte.

Auf dem Gesicht des Gevatters war nicht die leiseste Regung von Ärger zu erkennen. Er war ein Mann, dem es vollkommen einerlei war, ob er zu Hause saß oder sich draußen herumtrieb. Er sah sich um, kratzte sich mit dem Peitschenstiel die Achseln – und machte sich mit Tschub auf den Weg.

III

Nun wollen wir zusehen, was die zurückgebliebene schöne Tochter treibt.

Oxana war kaum siebzehn Jahre alt, als man schon beinahe überall auf der Welt, diesseits und jenseits von Dikanka, von nichts anderem als von ihr sprach. Die Burschen versicherten alle einstimmig, dass es ein schöneres Mädchen im Dorf weder gegeben habe noch jemals geben werde.

Oxana wusste und hörte alles, was über sie gesprochen wurde, und war so launenhaft, wie es sich für eine anerkannte Schönheit gehört. Hätte sie nicht ein Kopftuch und eine Bauernjacke, sondern ein vornehmes Kleid getragen, so würde sie alle ihre Dienstmädchen immer wieder entlassen und immer wieder neue angestellt haben. Die Burschen waren scharenweise hinter ihr her, verloren aber schließlich die Geduld, ließen einer nach dem andern von der eigensinnigen Schönen ab und wandten sich anderen, weniger verwöhnten Mädchen zu. Einzig der Schmied Wakula war hartnäckig und hörte nicht auf, um sie zu buhlen, obgleich sie ihn durchaus nicht besser behandelte als die anderen.

Als ihr Vater das Haus verlassen hatte, putzte und schmückte Oxana sich noch lange vor dem kleinen Spiegel im Zinnrahmen und konnte es nicht satt bekommen, sich selber zu bewundern. «Was fällt den Leuten eigentlich ein, meine Schönheit auszuschreien?», rief sie mit gespielter Nachlässigkeit, nur um über irgendetwas mit sich selber zu schwätzen; «sie lügen, die Leute. Ich bin gar nicht schön.»

«Sind meine schwarzen Augen und Brauen», fuhr sie fort, ohne den Spiegel aus der Hand zu legen, «denn wirklich so schön, dass es ihresgleichen auf der ganzen Welt nicht gibt? Was ist denn Schönes an dieser Stupsnase, an diesen Wangen und Lippen? Als ob meine schwarzen Locken schön wären! Hu! Abends kann man vor ihnen erschrecken. Sie sind lange Schlangen, die sich rings um meinen Kopf geschlungen haben. Jetzt sehe ich, dass ich gar nicht schön bin.»

Sie hielt den Spiegel weiter von sich weg und rief aus: «Nein, ich bin doch schön! Ach, wie bin ich schön! Ein wahres Wunder! Welche Freude werde ich dem machen, dessen Frau ich einmal sein werde! Wie wird mein Mann von mir entzückt sein!

Ganz außer sich vor Freude wird er sein! Er wird mich totküssen!»

«Ein wunderbares Mädchen!», sagte sich der unbemerkt eingetretene Schmied. «Aber eitel bis dahinaus. Eine ganze Stunde lang steht sie vor dem Spiegel, kann gar nicht genug bekommen von ihrem Anblick und rühmt sich dessen noch laut.»

«Ja, ihr Burschen», fuhr die anmutige Kokette fort, «bin ich denn euresgleichen? Seht mich doch an! Seht, wie schwebend ich schreite. Mein Hemd ist mit roter Seide bestickt. Und was für Bänder trag ich im Haar! Zeitlebens werdet ihr keine so reichen Goldborten sehen. Die hat mein Vater mir alle gekauft, damit mich der schönste Bursche der Welt einmal zur Frau nähme.»

Auflachend wandte sie sich um und erblickte den Schmied. Sie stieß einen Schrei aus und blieb mit abweisender Miene vor ihm stehen.

Der Schmied ließ die Hände sinken.

Schwer zu sagen, was das bräunliche Gesicht des wundersamen Mädchens ausdrückte. Strenge war in ihm und durch die Strenge hindurch so etwas wie Spott über diesen verlegen gewordenen Schmied; auch eine kaum merkliche Röte von Verdruss färbte ihre Wangen. Alles das vermengte sich miteinander und war so unsagbar reizend, dass man nichts Besseres hätte tun können, als sie millionenmal abzuküssen.

«Warum bist du gekommen?», fuhr Oxana ihn an. «Juckt's dich etwa danach, dass ich dich mit der Ofenschaufel hinausjage? Ihr versteht es alle meisterhaft, im Nu zu erwittern, wenn die Väter aus dem Haus sind. Oh, ich kenne euch! Nun? Wie steht's? Ist meine Truhe fertig geworden?»

«Sie ist bald fertig, mein Herzchen. Gleich nach den Feiertagen wird sie fertig. Wenn du wüsstest, wie ich mich mit ihr abgeplagt habe! Zwei Nächte lang habe ich die Schmiede nicht verlassen. Dafür wird aber auch keine Popenfrau solch eine Truhe haben. Sie hat Eisenbeschläge, wie ich sie nicht einmal für den Wagen des Kosakenhauptmanns verwandt habe, als ich noch in Poltawa arbeitete. Und wie sie bemalt ist! Und wenn du die ganze Gegend mit deinen weißen Füßchen abläufst, du wirst keine schönere Truhe finden. Über den ganzen Grund werden rote und blaue Blumen verstreut sein, die wie Feuer leuchten... Zürne mir doch nicht! Gestatte mir, wenigstens mit dir zu sprechen und dich anzuschaun.»

«Wer verbietet dir das? Sprich und schaue!»

Damit setzte sie sich auf die Bank, blickte wieder in den Spiegel und ordnete ihre Zöpfe. Sie betrachtete ihren Hals, ihr neues seidengesticktes Hemd, und auf ihre Lippen und Wangen trat ein Ausdruck von Selbstverliebtheit und spiegelte sich in ihren Augen.

«Erlaube, dass ich mich neben dich setze», sagte der Schmied.

«Setz dich nur», sagte Oxana, ohne den selbstverliebten Ausdruck auf den Lippen und in den Augen zu verlieren.

«Wunderbare, allerschönste Oxana!», rief der Schmied ermutigt aus und drückte sie an sich, in der Hoffnung, einen Kuss erhaschen zu können. Doch Oxana wandte ihre Wange ab, die sich schon in nächster Nähe von den Lippen des Schmieds befunden hatte, und stieß ihn von sich. «Was nicht sonst noch alles?», sagte sie. «Wenn er Honig hat, will er auch noch einen Löffel dazu. Geh, deine Hände sind härter als Eisen, und du riechst nach Rauch. Ich glaube fast, du hast mich mit Ruß beschmutzt.»

Sie zog den Spiegel heran und begann sich von Neuem zu putzen.

«Sie liebt mich nicht», dachte der Schmied und ließ den Kopf hängen. «Für sie ist alles nur ein Spiel. Und ich stehe wie ein Narr vor ihr und kann meine Augen nicht von ihr wenden. Eine ganze Ewigkeit könnte ich dastehen und sie immer nur anschaun. Ein wunderbares Mädchen! Was gäb ich nicht drum zu wissen, was in ihrem Herzen vor sich geht und wen sie liebt. Doch nein. Ihr ist es um niemand zu tun. Sie ist nur von sich selbst entzückt. Sie quält mich Armen – und ich gräme mich so, dass die ganze Welt mir trübe vorkommt. Ich liebe sie so sehr, wie noch kein Mensch auf der Welt je geliebt hat oder lieben wird.»

«Ist es wahr, dass deine Mutter eine Hexe ist?», fragte Oxana plötzlich und lachte.

Da spürte der Schmied, wie auch in ihm alles zu lachen begann. Ihr Gelächter hallte in seinem Herzen und seinen leicht erschauernden Adern wider. Doch gleich darauf überfiel ihn wieder der Ärger, dass es nicht in seiner Macht stand, dieses so süß lachende Gesicht abzuküssen. «Was hab ich mit meiner Mutter zu schaffen? Du bist mir Mutter und Vater und alles, was es in dieser Welt an Teurem für mich gibt. Wenn der Zar mich riefe und mir sagte: ‹Schmied Wakula, du kannst mich um alles bitten, was mein Reich an Kostbarkeiten birgt. Alles soll dein sein. Ich befehle, dass man dir eine goldene Schmiede bauen soll, in der du mit silbernen Hämmern schmieden kannst› – so würde ich dem Zaren antworten: ‹Ich will weder Edelsteine noch eine goldene Schmiede noch dein ganzes Reich – gib mir lieber meine Oxana!›»

«Also so einer bist du! Doch mein Vater ist auch nicht von gestern. Pass auf – er wird deine Mutter noch heiraten!», sagte Oxana mit einem hinterhältigen Lächeln. «Aber warum kommen die Mädchen nicht? Was hat das zu bedeuten? Es ist höchste Zeit, zum Singen zu gehn. Ich fange mich schon zu langweilen an.»

«Der Kuckuck soll sie holen, meine Schönste!»

«Warum denn? Mit ihnen kommen die Burschen. Das wird einen Tanz geben. Ich stelle mir schon vor, was für tolle Dinge sie schwatzen werden.»

«Dir ist's also froh mit ihnen?»

«Froher jedenfalls als mit dir … Doch da hat's geklopft. Sicher sind's die Mädchen und Burschen.»

«Worauf wart ich noch länger?», sagte sich der Schmied. «Sie verhöhnt mich ja nur. Ich bin ihr ebenso wenig wert wie ein verrostetes Hufeisen. Wenn's aber so ist, so soll mich wenigstens kein anderer auslachen. Sobald ich merke, dass ihr ein anderer Bursche mehr gefällt als ich, soll er von mir eine Lehre erhalten, dass …»

Hier wurden seine Gedanken durch ein erneutes Klopfen an der Tür und den scharf durch die Frostluft hallenden Ruf: «Mach auf!» unterbrochen.

«Wart nur, ich öffne selbst!», rief er und begab sich in den Flur hinaus, in der Absicht, dem Ersten, der ihm in den Weg kam, vor Ärger alle Rippen zu brechen.

IV

Der Frost war noch stärker geworden, und oben am Himmel herrschte solch eine Kälte, dass der Teufel von einem Pferdehuf auf den andern hüpfte und sich in seine Fäuste blies, um die erstarrten Finger ein wenig zu wärmen. Kein Wunder, dass es ihn so fror, da er sich Tag für Tag in der Hölle aufzuhalten gewohnt war, wo es bekanntlich nicht so kalt ist wie bei uns im Winter und wo er, eine weiße Mütze auf dem Kopf gleich einem Küchenchef, die armen Sünder mit demselben Genuss brät wie ein altes Weib ihre Weihnachtswurst.

Selbst die Hexe fröstelte es, obwohl sie warm angezogen war. Mit hocherhobenen Armen und ein Bein vorstreckend, nahm sie daher die Haltung einer Schlittschuhläuferin an, sauste mit unbewegten Gliedern durch die Luft wie über einen steilen Eishang abwärts und fuhr in ihren Schornstein ein.

Der Teufel folgte ihr in der gleichen Weise unmittelbar nach. Und da dieses Vieh behänder ist als jeder seidenbestrumpfte Geck, so ist's nicht weiter erstaunlich, dass er seiner Liebsten schon beim Einflug in den Schornstein auf dem Nacken saß und sie beide zugleich im geräumigen Ofenloch zwischen allerhand Töpfen anlangten.

Die heimgekehrte Reiterin öffnete vorsichtig die Ofentür, um sich zu vergewissern, dass ihr Sohn Wakula keine Gäste eingeladen hatte. Als sie sah, dass niemand da war und dass nur einige Säcke in der Stube herumlagen, schlüpfte sie aus dem Ofen, warf ihren warmen Pelzmantel ab und ordnete ihre Kleider. Niemand hätte ihr ansehen können, dass sie noch einen Augenblick vorher auf dem Besen geritten war.

Die Mutter des Schmiedes Wakula zählte nicht mehr als vierzig Jahre. Weder schön noch hässlich (es ist schwer, in diesem Alter noch schön zu sein), hatte sie es indessen verstanden, einige der gesetzteren Kosaken, die im Übrigen der Schönheit ebenfalls nicht mehr allzu bedürftig waren, so zu bezaubern, dass, außer dem Dorfschulzen, auch der Küster Ossip Nikiforowitsch (natürlich nur, wenn die Küsterin nicht zu Hause war), der Kosak Korni Tschub und der Kosak Kasjan Swerbygus sie häufig zu besuchen pflegten.

Zu ihrer Ehre sei es gesagt, dass sie äußerst geschickt mit ihnen umzugehen verstand: Kein Einziger von ihnen kam auf den Gedanken, irgendwelche Nebenbuhler zu haben. Ging so ein frommer Bauer oder «Edelmann» (wie die Kosaken sich gerne selber nannten) in seinem Kapuzenmantel sonntags in die Kirche – oder, wenn das Wetter schlecht war, in die Schenke –, warum sollte er nicht bei der Solocha vorsprechen, um ein paar fette Quarkkuchen mit Schlagsahne zu verzehren und sich in der warmen Küche mit der gesprächigen und gefälligen Hausfrau zu unterhalten? Der betreffende Edelmann machte zu diesem Zwecke oft einen beträchtlichen Umweg, ehe er die Schenke erreichte, und nannte das «unterwegs ein wenig einkehren». Und wenn Solocha zuweilen an einem Feiertag in ihrem grellen Kopftuch, ihrer Nanking-Jacke und ihrem mit goldenen Bändern benähten Überrock in der Kirche erschien und sich dicht neben dem rechten Chor aufstellte, begann der Küster leise zu hüsteln und mit zwinkernden Augen nach jener Seite zu schauen; der Dorfschulze aber strich sich über den Schnurrbart, wickelte sich die Kosakenlocke ums Ohr und sagte zu seinem Nachbarn: «Ach, ist das ein Weib! Ein Teufelsweib ist das!» Solocha grüßte sie alle – und jeder glaubte, sie grüße ihn allein.

Wer es jedoch liebte, seine Nase in fremde Angelegenheiten zu stecken, hätte bald herausgefunden, dass Solocha zum Kosaken Tschub am liebenswürdigsten war. Tschub war Witwer. Vor seiner Hütte standen acht Getreideschober. Zwei kräftige Ochsen streckten immer ihre Köpfe aus dem Flechtwerk des Stalles auf die Straße hinaus und muhten laut, wenn sie eine Gevatterin Kuh oder einen Gevatter Stier vorbeitrotten sahen. Ein bärtiger Ziegenbock kletterte hin und wieder aufs Dach und meckerte von dort aus so schrill wie der Stadthauptmann, um die sich auf dem Hofe herumtrollenden Truthühner zu ärgern, oder drehte seinen Feinden, den Dorfbuben, die ihn wegen seines Bartes hänselten, den Hintern zu. In den Truhen Tschubs lagen viele Leinwandstücke, kostbare Pelze und altertümliche, mit Goldborten verzierte Röcke, denn seine verstorbene Frau hatte sich sehr zu putzen geliebt. In seinem Gemüsegarten wuchsen nicht nur Mohn, Kohl und Sonnenblumen, es wurden auch alljährlich zwei große Beete mit Tabakstauden bepflanzt. Solocha hielt es durchaus nicht für abwegig, dies alles mit ihrer eigenen Wirtschaft zu vereinigen, und stellte schon im Voraus Betrachtungen darüber an, welche Ordnung dort herrschen würde, wenn es in ihre Hände geriete. Sie verdoppelte daher ihr Wohlwollen für den alten Tschub. Damit aber ihr Sohn Wakula sich nicht auf irgendeine Weise an dessen Tochter heranmachte, alles für sich einheimste und sie, die Solocha, daran hinderte, sich in irgendetwas einzumischen, nahm sie ihre Zuflucht zum üblichen Mittel aller vierzigjährigen Frauenzimmer: Sie versuchte, den alten Tschub nach Möglichkeit mit dem Schmied zu entzweien.

Vielleicht trugen gerade diese Listen und Machenschaften dazu bei, dass die alten Dorfweiber bei fröhlichen Zusammenkünften, wenn man ein wenig über den Durst getrunken hatte, einander zutuschelten, Solocha sei in der Tat eine Hexe; der junge Kosak Kisjakolupenko habe bei ihr hinten einen Schwanz von der Größe einer Weiberspindel festgestellt; erst am vorigen Donnerstag sei sie als schwarze Katze über die Straße gelaufen; auch sei sie einmal als Sau bei der Popenfrau eingedrungen, habe dort wie ein Hahn gekräht, sich die Mütze

Vater Kondrats aufgesetzt und sich dann wieder auf und davon gemacht.

Es fügte sich so, dass, gerade als die alten Weiber wieder einmal von alledem schwatzten, der Kuhhirt Tymisch Korostjawy hinzukam und es nicht unterlassen konnte, zu erzählen, dass er einmal im Sommer, kurz vor Peter und Paul, sich mit einem Heubündel unter dem Kopf im Stall zum Schlafen niedergelegt und mit eigenen Augen gesehen habe, wie die Hexe mit aufgelösten Haaren und im bloßen Hemde die Kühe molk; er sei so gelähmt gewesen, dass er sich nicht habe rühren können. Überdies habe sie ihm die Lippen mit einer so widerwärtigen Flüssigkeit bestrichen, dass er den ganzen Tag fortwährend habe ausspucken müssen.

Das alles schien indessen nicht ganz glaubwürdig, da ja nur der Assessor von Sorotschinzy eine Hexe untrüglich zu erkennen vermochte. Die angeseheneren Kosaken machten daher, wenn ihnen diese Gerüchte zu Ohren kamen, nur eine wegwerfende Handbewegung. «Sie schwindeln, diese Hundeweiber!», hieß es bei ihnen.

Als sie aus dem Ofenloch gekrochen war und ihre Kleider in Ordnung gebracht hatte, machte sich Solocha als gute Hausfrau gleich daran, die Stube aufzuräumen. Nur die Säcke rührte sie nicht an: «Die hat Wakula gebracht, mag er sie selber fortschaffen!»

Der Teufel aber hatte beim Einflug in den Schornstein sich unwillkürlich ein wenig umgeblickt und wahrgenommen, wie Tschub, Arm in Arm mit seinem Gevatter, sich schon weit von seiner Hütte entfernt hatte. Augenblicklich flog er aus dem Ofenloch ins Freie hinaus, überholte das Paar und begann von allen Seiten den gefrorenen Schnee aufzuwühlen, sodass die Flocken in einem Wirbelsturm dahintrieben und die ganze Luft mit ihrem weißen Gestöber erfüllten. Wie ein Netz flatterten sie hin und her und drohten den Fußgängern Augen, Mund und Ohren zu verkleben.

Darauf fuhr der Teufel wieder in den Schornstein Solochas ein, fest davon überzeugt, Tschub werde jetzt mit seinem Gevatter umkehren, den Schmied in seinem Haus antreffen und ihn so traktieren, dass dieser lange nicht mehr imstande sein werde, einen Pinsel in die Hand zu nehmen und beleidigende Karikaturen zu malen.

V

Und in der Tat – kaum hatte das Schneegestöber sich erhoben und der Wind angefangen, ihm gerade ins Gesicht zu schlagen, da äußerte Tschub schon Reue. Er zog seine Kapuze tiefer über den Kopf und bedachte sich selber, den Gevatter und den Teufel mit argen Schimpfworten. Nichtsdestoweniger war dieser Ärger nur geheuchelt, denn eigentlich freute er sich über das Gestöber. Bis zum Küsterhaus war es noch achtmal so weit, wie sie schon gegangen waren. Die Wanderer machten also kehrt. Der Wind blies ihnen jetzt in den Nacken. Doch im Flockenwirbel war nichts mehr zu erkennen.

«Halt, Gevatter! Mir scheint's, wir sind vom Weg abgekommen», sagte Tschub nach einigen Schritten. «Keine einzige Hütte ist zu sehen. Ach, ist das ein Schneesturm! Such doch etwas seitwärts nach dem Weg. Ich will inzwischen hier suchen. Musste uns auch der Leibhaftige bei solchem Wetter aus dem Haus treiben! Vergiss nicht zu rufen, wenn du den Weg gefunden hast. Pfui Teufel, was für Schneemassen der Satan einem in die Augen geworfen hat!»

Doch von einem Wege war nichts zu sehen. Der Gevatter, der seitwärts gestampft war, irrte in seinen langen Stiefeln ratlos hin und her und stieß schließlich mit der Nase auf die Schenke. Diese Entdeckung versetzte ihn in solch ein Entzücken, dass er alles vergaß, den Schnee von sich abschüttelte und in der Schenke verschwand, ohne sich um den auf der Straße zurückgebliebenen Tschub zu kümmern.

Dieser wiederum glaubte den Weg gefunden

zu haben, machte halt und schrie aus voller Kehle. Doch da der Gevatter sich gar nicht zeigen wollte, beschloss er, allein weiterzugehen. Bald darauf erblickte er seine Hütte. Vor der Tür und auf dem Dach türmten sich ganze Berge von Schnee. Er klatschte in die verfrorenen Hände, pochte an die Tür und befahl der Tochter, dass sie ihm öffnen solle.

Da trat der Schmied aus der Tür und fuhr ihn rau an: «Was hast du hier zu suchen?»

Tschub erkannte die Stimme des Schmiedes und wich ein wenig zurück.

«Nein, das ist nicht meine Hütte», dachte er, «der Schmied würde es nicht gewagt haben, sie zu betreten. Doch wenn ich genauer hinschaue, so ist's auch nicht die seine. Wessen Hütte es nur sein mag? Halt, ich hab's! Dass ich sie auch nicht gleich erkannte! Sie gehört ja dem Kosaken Ljewtschenko, der sich kürzlich ein junges Weib zugelegt hat. Die einzige Hütte im Dorf, die meiner ungefähr ähnlich sieht. Mir kam's ja gleich ein wenig sonderbar vor, schon so rasch zu Hause angelangt zu sein... Aber Ljewtschenko hockt heute Abend beim Küster, das weiß ich ganz genau. Was hat der Schmied hier zu tun? Hehehe! Er hat die junge Frau besucht... Da haben wir's! Ausgezeichnet!... Jetzt verstehe ich alles...»

«Wer bist du? Und warum treibst du dich vor

fremden Türen herum?», fragte der Schmied noch rauer als vorher und trat ganz dicht an ihn heran.

«Nein», dachte Tschub, «ich sag's ihm nicht, wer ich bin. Sonst kriegt er es noch fertig und verprügelt mich, dieser Satanssprössling!»

Er antwortete also mit verstellter Stimme: «Ich bin's, guter Mann. Ich bin gekommen, Euch vor dem Fenster mit einigen Weihnachtsliedern zu erfreuen.»

«Scher dich zum Teufel mit deinen Weihnachtsliedern!», schrie Wakula voller Wut. «Was stehst du noch da? Kannst du nicht hören? Du sollst dich schleunigst davonmachen!»

Tschub hatte schon selber diese Absicht gehegt. Es ärgerte ihn aber, dass er den Befehlen des Schmiedes gehorchen sollte. Als wenn ihn ein böser Geist zum Widerspruch triebe, rief er immer noch mit verstellter Stimme: «Was schreist du so? Ich will nun aber einmal meine Weihnachtslieder singen. Und damit Schluss!»

«Aha! Man muss dir also anders als mit bloßen Worten kommen!»

Im selben Augenblick fühlte Tschub da einen schmerzhaften Schlag auf der Schulter. «So? Prügeln willst du also auch noch?», stieß er, einige Schritte zurückweichend, hervor.

«Mach dich fort! Pack dich!», schrie der Schmied und versetzte Tschub einen neuen Schlag.

«Was fällt dir ein?», rief Tschub mit einer Stimme, in der sich Schmerz, Ärger und Furcht mischten. «Du haust wirklich nicht nur zum Spaß. Es tut ja ordentlich weh.»

«Pack dich!», brüllte der Schmied, ging in die Hütte zurück und schlug die Tür hinter sich zu.

«Schau einer an, wie der sich aufspielt!», rief ihm der auf der Straße allein zurückgebliebene Tschub nach. «Versuch's nur und komm heran! Du bist mir einer! Blähst dich auf, wie ich weiß nicht was. Du glaubst wohl, es gibt keine Gerichte für dich? Nein, mein Täubchen. Augenblicklich gehe ich zum Kommissar. Du wirst mich schon kennenlernen! Was schert's mich, dass du Schmied und Maler bist? ... Ich sollte meinen Rücken und meine Schultern untersuchen, sicher werden blaue Flecke zu finden sein. Tüchtig hat er zugehauen, dieser Teufelssohn. Schade nur, dass es so kalt ist und ich meinen Pelz nicht ausziehen mag. Warte nur, Höllenschmied! Der Satan soll dich und deine Schmiede zusammenschlagen! Ich werde dir noch das Tanzen beibringen. So ein verfluchter Tausendsassa ...! Doch jetzt ist er ja nicht zu Hause ... Solocha wird allein sein ... Hm ... Es ist nicht mehr weit bis zu ihr ... Die Hiebe des verdammten Schmiedes tun wirklich weh ...»

Tschub kratzte sich am Rücken und schlug eine andere Richtung ein. Die Annehmlichkeiten, die ihn beim Wiedersehen mit Solocha erwarteten, dämpften ein wenig seine Schmerzen und machten ihn sogar gegen den Frost unempfindlich, der auf allen Straßen knirschte und nicht einmal vom Heulen des Windes übertönt werden konnte. Über sein Gesicht, dessen Wangen und Schnurrbart vom Schneesturm rascher eingeseift wurden als von irgendeinem Barbier, der sein Opfer tyrannisch an der Nase packt, glitt von Zeit zu Zeit ein sauersüßer Ausdruck. Wenn einem nicht der Schnee so wild vor den Augen getanzt hätte, dass man nichts unterscheiden konnte, so hätte man noch lange sehen können, wie Tschub hin und wieder stehenblieb, sich den Rücken rieb und dabei laut ächzte: «Der hat mich aber gehörig versohlt, dieser verdammte Schmied!» – und sich dann weitertrollte.

VI

Als der geschwänzte, bocksbärtige Galan wieder in den Schornstein Solochas einfuhr, verhakte sich seine an einem Riemen hängende Tasche, in die er den gestohlenen Mond gesteckt hatte, unversehens an einem Mauervorsprung und ging auf. Der Mond benutzte diese Gelegenheit, schlüpfte aus dem Schornstein ins Freie und schwebte leicht zum Himmel empor. Alles wurde auf einmal hell. Und der Schneesturm war wie nicht gewesen. Draußen funkelte alles wie ein weites, mit kristallenen Sternen besätes Feld. Auch der Frost schien nachgelassen zu haben.

Scharen jungen Volks zogen mit Säcken durch die Straßen. Lieder erschallten, und es gab kaum ein Fenster, unter dem sich nicht die Weihnachtssinger drängten.

Wundersam glänzt der Mond. Es ist schwer zu beschreiben, wie schön es ist, sich unter die lachenden und singenden Mädchen und Burschen zu mischen, die zu allen Späßen und Streichen bereit sind, wie die helle und heitere Nacht sie ihnen eingibt. Unter den dicken Pelzen ist es warm; die Wangen glühen noch lebhafter vom Frost – und der Gottseibeiuns selbst scheint die Übermütigen zu immer größeren Tollheiten anzutreiben.

Ein ganzer Schwarm von Mädchen mit ihren Säcken war in die Hütte Tschubs eingefallen und umringte Oxana. Ihr Geschrei, Gelächter und Geschwätz betäubten den Schmied.

Alle redeten ohne Unterlass auf die Schöne ein, erzählten Neuigkeiten, kramten ihre Säcke aus und rühmten sich all der Kuchen, Würste und Krapfen, die sie schon für ihre Lieder erhalten hatten. Oxana schien überaus vergnügt und froh zu sein, plauderte bald mit dieser, bald mit jener und lachte unaufhörlich.

Mit welchem Ärger, welchem Neid sah der Schmied diesem lustigen Treiben zu und verfluchte insgeheim alle diese Weihnachtslieder, von denen er doch selbst immer so entzückt gewesen war.

«Ach, Odarka», wandte sich Oxana an eins der Mädchen, «du hast ja neue Schuhe an. O wie sind die schön! Mit Gold bestickt. Wie gut bist du daran, dass du jemand hast, der dir so etwas kauft. Ich habe niemand, der mir so prächtige Schuhe schenken würde.»

«Gräm dich nicht, schönste Oxana», fiel da der Schmied ein, «du sollst von mir Schuhe bekommen, wie kein Fräulein sie trägt.»

«Du?!», erwiderte Oxana mit einem raschen hochmütigen Seitenblick. «Das wollen wir doch erst sehen, ob du mir Schuhe verschaffen kannst, die ich anziehen mag! Es sei denn, du brächtest mir Schuhe, wie die Zarin selber sie trägt.»

«Da hört ihr's, worauf sie hinauswill!», rief lachend der Mädchenschwarm.

«Jawohl», fuhr die Schöne stolz fort, «ihr alle sollt Zeugen sein! Wenn mir der Schmied Wakula die Schuhe der Zarin bringt, so verpfände ich mein Wort, dass ich ihn zur selben Stunde heiraten werde.»

Die Mädchen umringten die launische Gespielin und zogen sie mit sich fort.

«Lach nur! Lach nur!», sagte sich der Schmied,

der hinter ihnen die Hütte verließ. «Ich lache ja selbst über mich. Ich grüble und grüble, wo ich nur meinen Verstand gelassen habe. Sie liebt mich nicht. Nun gut – Gott mit ihr! Als ob es auf der ganzen Welt nur diese eine Oxana gäbe! Es gibt, Gott sei Dank!, auch ohne sie noch viele schöne Mädchen im Dorf. Was soll ich mit Oxana? Aus ihr wird nie eine gute Frau werden. Nur aufs Putzen versteht sie sich und auf nichts anderes. Nein – genug! Ich lasse mich nicht länger zum Narren halten!»

Doch gerade als der Schmied diesen Entschluss fassen wollte, zauberte ihm irgendein böser Geist ihr lächelndes Antlitz vor die Augen, und er hörte im Herzen ihre spöttische Stimme: «Schaffe mir die Schuhe der Zarin herbei, Schmied – und ich heirate dich.»

Alles wallte in ihm empor, und er dachte wieder an nichts als an Oxana.

Scharen von Weihnachtssingern, Burschen und Mädchen in getrennten Gruppen, eilten von einer Straße in die andere. Doch der Schmied stolperte vor sich hin, sah nichts und hörte nichts und nahm nicht teil am fröhlichen Treiben, das er früher über alles geliebt hatte.

VII

Der Teufel war unterdessen bei Solocha allen Ernstes zärtlich geworden. Er kusste ihr mit ebensolchen Grimassen die Hand wie der Assessor die der Popentochter, griff sich ans Herz, seufzte tief auf und erklärte ihr feurig, dass er, wenn sie seine Leidenschaft nicht stillen und ihn nicht, wie es sich gehöre, belohnen wolle, zu allem fähig wäre: Er würde sich ins Wasser stürzen und seine Seele gradenwegs in die Hölle schicken.

Solocha war durchaus nicht grausam. Sie steckte mit dem Teufel ja sowieso unter einer Decke, da sie es liebte, wenn ihr ein ganzer Schwarm von Verehrern nachlief, sodass sie selten ohne Gesellschaft war. Den heutigen Abend allerdings hätte sie allein verbringen müssen; denn sie wusste, dass alle angeseheneren Leute beim Küster zum Honigreisessen eingeladen waren.

Doch alles kam ganz anders. Eben erst hatte der Teufel seinen Antrag vorgebracht, als es plötzlich an der Haustür klopfte und man die Stimme des wohlbeleibten Dorfschulzen vernahm. Solocha beeilte sich, ihm aufzumachen; der flinke Teufel aber schlüpfte rasch in einen der Säcke.

Der Dorfschulze schüttelte sich den Schnee von der Kapuze, trank ein Gläschen Schnaps, das er aus Solochas Händen entgegengenommen hatte, aus und erzählte, dass er wegen des plötzlichen Schneesturms nicht zum Küster gegangen sei. Da habe er Licht in ihrem Fenster gesehen und sei bei ihr eingekehrt, in der Hoffnung, den Abend mit ihr verbringen zu dürfen.

Er hatte noch nicht zu Ende gesprochen, da pochte es von Neuem an die Haustür, und man hörte die Stimme des Küsters rufen.

«Versteck mich irgendwo», flüsterte der Dorfschulze ihr zu, «ich möchte hier nicht mit dem Küster zusammentreffen.»

Solocha dachte lange darüber nach, wo sie einen so umfangreichen Gast verbergen könne. Endlich verfiel sie auf den größten Sack, der mit Kohlen gefüllt war, schüttelte die Kohlen in eine Kiste und ließ den dicken Dorfschulzen mit Kopf, Kapuze und Schnurrbart in den Sack kriechen.

Der Küster kam ächzend herein, rieb sich die Hände und erzählte, dass niemand zu ihm gekommen sei. Er für seine Person scheue nicht das Unwetter wie die andern und danke dem Zufall für die Möglichkeit, sich bei Solocha ein wenig zu verlustieren. Damit trat er auf sie zu, betastete mit seinen langen Fingern ihren runden, entblößten Arm und fragte mit einem zugleich schlauen und selbstgefälligen Blick: «Ja, was habt Ihr denn da, meine prächtige Solocha?»

Dabei hüpfte er ein paar Schritte zurück.

«Was ich da habe?», antwortete Solocha. «Das ist mein Arm, Ossip Nikiforowitsch.»

«Hm… Euer Arm also…», meinte der Küster, herzlich zufrieden mit diesem Anfang, und ging einige Male im Zimmer auf und ab.

«Und das?», fragte er, mit dem gleichen Blick an sie herantretend und leicht ihren Nacken tätschelnd. «Was ist denn das da, meine teuerste Solocha?»

Wieder hüpfte er ein paar Schritte zurück.

«Als ob Ihr das nicht wüsstet, Ossip Nikiforowitsch!», antwortete Solocha. «Das ist mein Hals und um den Hals eine Halskette.»

«Hm… Ein Hals und eine Halskette… Hehehe», kicherte der Küster und nahm von Neuem seinen Rundgang durch die Stube auf. «Und das? Was ist das, meine unvergleichliche Solocha?»

Niemand weiß, wonach der lüsterne Küster jetzt mit seinen langen Fingern gegriffen hätte; denn es wurde plötzlich an die Haustür geklopft, und man vernahm die Stimme des Kosaken Tschub.

«O Gott! Ein Fremder!», rief der Küster erschrocken aus. «Was wird das geben, wenn man eine Person meines Standes hier entdeckt…? Es könnte Vater Kondrat zu Ohren kommen.»

Die wirklichen Befürchtungen des Küsters waren ganz andere: Er zitterte davor, dass seine Ehehälfte es erfahren könnte, deren schreckliche Hand auch ohnedies seinen einst stattlichen geistlichen Schopf gelichtet hatte. «Um Gottes willen, tugendsame Solocha», flehte er mit schlotternden Gliedern, «Eure Güte, so steht's schon im Lukasevangelium, Kapitel drei… dreizehn…* Es klopft wieder. Bei Gott, es klopft… O versteck mich, versteck mich, wo es auch sei!»

Solocha leerte einen anderen Sack in die Kohlenkiste, und der nicht sehr große Küster kroch hinein und kauerte sich ganz am Boden nieder, sodass man noch eine tüchtige Portion Kohlen über ihn hätte schütten können.

«Guten Abend, Solocha», sagte Tschub beim Eintreten, «du hast mich wohl nicht erwartet, wie? Störe ich vielleicht?», fuhr Tschub fort und setzte eine scherzhaft-bedeutsame Miene auf, die schon im Voraus erkennen ließ, dass sein nicht sehr erfinderischer Kopf sich abmühte, irgendeine scharfsinnige und treffende Bemerkung loszulassen. «Vielleicht hast du dich gerade mit irgendjemand vergnügt und ihn am Ende irgendwo versteckt, wie?»

Entzückt über diesen Witz, lachte Tschub laut auf und triumphierte innerlich, da er sich für den Einzigen hielt, der sich der Gunst Solochas erfreute. «Nun, Solocha, gib mir erst mal einen Schnaps. Meine Kehle ist wie zugefroren von dieser ver-

* Lk 3,13: «Fordert nicht mehr, denn gesetzt ist.»

fluchten Kälte draußen. Musste uns Gott auch gerade zu Weihnachten solch ein Unwetter schicken …! Als der Schneesturm losbrach … Hörst du, Solocha … als der Schneesturm losbrach … Ach, mir sind die Finger ganz steif geworden, ich kann mir nicht einmal mehr den Pelz aufknöpfen … Als der Schneesturm losbrach …»

«Mach auf!», ertönte draußen eine von einem Schlag gegen die Tür begleitete Stimme.

«Da klopft jemand», sagte Tschub und hielt inne.

«Mach auf!», rief es noch lauter.

«Der Schmied!», stieß Tschub hervor und griff nach seiner Pelzkappe. «Höre, Solocha, versteck mich, wo du nur willst! Für nichts auf der Welt möchte ich es haben, dass diese verfluchte Missgeburt mich hier sieht. Dass diesem Teufelssohn Blasen unter den Augen anlaufen mögen, groß wie Heuschober!»

Solocha war selber erschrocken, rannte wie gestochen hin und her und machte, fast von Sinnen, Tschub ein Zeichen, er möge in denselben Sack kriechen, in dem schon der Küster steckte. Der arme Küster wagte weder durch ein Hüsteln noch ein Ächzen seinen Schmerz kundzutun, als sich der schwere Kosak ihm beinah auf den Kopf setzte und ihm mit seinen hart gefrorenen Stiefeln die Schläfen zusammenpresste.

Der Schmied trat wortlos, ohne die Mütze abzunehmen, ein und ließ sich gleich auf eine Bank niederfallen. Er schien in schlechtester Laune zu sein.

Solocha hatte eben erst die Tür geschlossen, als schon wieder angeklopft wurde. Es war der Kosak Swerbygus. Doch den hätte man auf keine Weise mehr in einem Sack verstecken können, da es einen so großen Sack überhaupt nicht gab: Er war noch viel dicker als der Dorfschulze und hochwüchsiger als Tschubs Gevatter. Solocha führte ihn daher in den Gemüsegarten, um zu hören, was er ihr mitzuteilen hätte.

Der Schmied blickte zerstreut in alle Stubenwinkel und horchte hin und wieder auf die fern vom Dorf herüberhallenden Lieder der Weihnachtssinger. Schließlich blieben seine Augen auf den Säcken haften. «Warum stehn hier diese Säcke? Man hätte sie schon lange forträumen müssen. Diese blöde Liebe hat mich ganz dumm gemacht. Morgen ist Feiertag – und in der Stube liegt noch solch ein Plunder herum. Ich will sie in die Werkstatt tragen.»

Er bückte sich zu den Säcken nieder, band sie fest zu und wollte sie sich auf die Schultern laden. Doch seine Gedanken irrten ersichtlich Gott weiß wo herum, sonst hätte er hören müssen, wie Tschub aufstöhnte, als ihm die Haare in den Knoten des Strickes hineingerieten, mit dem der Sack zugebunden wurde, und wie der feiste Dorfschulze deutlich vernehmbar Schluckauf bekam.

«Kann ich denn diese nichtsnutzige Oxana wirklich nicht aus meinem Kopf bringen?», murmelte der Schmied vor sich hin. «Ich will nicht an sie denken – und denke trotzdem an sie und an nichts anderes als sie. Wie kommt es nur, dass solch ein Gedanke sich gegen meinen Willen in meinen Kopf einschleichen kann? … Teufel auch! Die Säcke scheinen schwerer als früher geworden zu sein. Da hat man sicher noch irgendetwas anderes zu den Kohlen hinzugetan … Tropf, der ich bin! Ich vergaß ganz, dass mir jetzt alles schwerer vorkommt. Früher konnte ich mit der Hand ein kupfernes Fünfkopekenstück oder ein Hufeisen zusammendrücken und wieder auseinanderbiegen. Und jetzt kann ich nicht einmal mehr einen Sack mit Kohlen aufheben … Nein!», schrie er nach einem kurzen Schweigen auf und fasste wieder Mut. «Bin ich denn ein altes Weib? Niemand soll über mich lachen dürfen! Und wenn es zehn solcher Säcke wären – ich hebe sie alle auf!»

Grimmig lud er sich die Säcke, die sonst kaum zwei starke Männer fortzutragen vermocht hätten, auf seine Schultern. «Auch den da nehm ich noch mit», knurrte er und ergriff den kleineren Sack, in dem der zusammengekrümmte Teufel steckte. So bepackt verließ er die Hütte und pfiff dazu das Lied: «Lass die Finger von den Weibern!»

VIII

Lauter und lauter schallten Gesang, Gelächter und Geschrei durch die Straßen. Das Gedränge vermehrte sich noch durch den Zuzug von Gästen aus den Nachbardörfern. Die Burschen tobten und tollten nach Herzenslust. In die Weihnachtshymnen mischten sich häufig ausgelassene Stegreiflieder, die dieser oder jener der jungen Kosaken im Augenblick erfunden hatte. Und auf einmal ließ jemand aus der Menge statt eines Weihnachtsliedes ein altes Silvesterlied ertönen und sang aus vollem Halse:

«Jahrende, Jahrwende!
Tut auf Eure Hände!
Schenkt Kuchen und Wurst
und Schnaps für den Durst!»

Dröhnendes Lachen belohnte den Spaßmacher. Kleine Fenster wurden hochgeschoben, und die mageren Hände von alten Weibern (die allein mit den würdigen Vätern zu Hause geblieben waren) warfen Würste und Kuchenstücke hinaus. Die Burschen und Mädchen hielten abwechselnd ihre Säcke unter und fingen die Beute auf.

An einer Straßenecke umringten von allen Seiten herbeieilende Burschen einen Schwarm Mädchen. Man schrie und lärmte. Einer warf einen Schneeball unter die Johlenden. Ein anderer riss einen mit Leckerbissen gefüllten Sack an sich. An einer anderen Straßenecke erging es einem Burschen schlecht: Die Mädchen hatten ihm ein Bein gestellt – und er flog mit seinem Sack kopfüber in den Schnee.

Es sah aus, als wenn die Jugend die ganze Nacht durchjubeln wollte. Und die Nacht war wie mit Absicht licht und warm geworden. Der Mondglanz leuchtete im Widerschein des Schneegeglitzers immer weißer. Der schwer mit seinen Säcken bepackte Schmied blieb plötzlich stehen. Ihm war, als habe er in einer Mädchenschar die Stimme und das helle Lachen Oxanas vernommen. Es zuckte in all seinen Adern. Er ließ die Säcke zu Boden fallen, dass der eingeschnürte Küster ächzte und der Dorfschulze aufheulte, und mischte sich, nur noch den kleineren Sack mit dem Teufel auf den Schultern, unter einige Burschen, die jener Mädchenschar nachliefen, in deren Mitte er die Stimme Oxanas erkannt zu haben glaubte. «Ja, sie ist es! Wie eine Zarin steht sie da und lässt ihre schwarzen Augen funkeln. Der lange Bursche dort scheint ihr etwas zu erzählen. Wahrscheinlich etwas Lustiges, denn sie lacht. Aber sie lacht ja immer.»

Wie gegen seinen Willen hatte der Schmied sich durch die Schar gedrängt und stand jetzt dicht vor ihr.

«Ah, Wakula! Bist du auch da? Willkommen!»,

rief ihm die Schöne mit demselben spöttischen Lächeln zu, mit dem sie ihn stets um seinen Verstand brachte. «Nun, hast du dir viel zusammengesungen? Ach, was für ein kleiner Sack! Wo sind die Schuhe der Zarin? Bring sie mir – und ich heirate dich.»

Sie lachte und lief mit den Mädchen davon.

Wie angewurzelt blieb der Schmied auf demselben Fleck stehen. «Nein, ich kann nicht mehr. Alle Kraft hat mich verlassen», grollte er in sich hinein. «O Gott, warum ist sie nur so teuflisch schön? Ihre Blicke und Worte und überhaupt alles an ihr macht mich brennen und flammen… Nein, ich kann's nicht länger ertragen. Es ist Zeit, mit allem Schluss zu machen. Mag meine Seele zugrunde gehen! Ich ertränk mich im Eisloch – und niemand soll mich mehr bei meinem Namen rufen können!»

Entschlossenen Schrittes lief er vorwärts, holte die Mädchen ein, fand Oxana und sagte ihr mit fester Stimme: «Leb wohl, Oxana! Fang dir einen anderen Mann und lass ihn am Narrenseil herunter. Mich wirst du auf dieser Welt nicht mehr wiedersehen!»

Die Schöne schien erstaunt und wollte ihm etwas antworten. Doch er winkte ihr mit der Hand ab und lief rasch davon.

«Wohin, Wakula?», schrien die Burschen, als sie ihn so dahinstürmen sahen.

«Lebt wohl, ihr Brüder!», rief er ihnen zu. «Vielleicht sehen wir uns in jener Welt wieder. In dieser werden wir nicht mehr miteinander tollen. Lebt wohl! Denkt nicht im Bösen an mich. Sagt dem Vater Kondrat, er soll eine Messe für meine sündige Seele lesen. Die Kerzen vor den Bildern des heiligen Wundertäters und der Mutter Gottes hab ich Sünder, in weltliche Dinge verstrickt, nicht mehr bemalen können. Das Hab und Gut in meiner Truhe soll der Kirche gehören. Lebt wohl!»

Mit diesen Worten lief der Schmied, den Sack auf dem Rücken, weiter.

«Er ist verrückt geworden», sagten jetzt die Burschen.

«Eine verlorene Seele», murmelte fromm ein altes Weibchen, das gerade vorüberging, «ich muss rasch allen erzählen, dass der Schmied sich erhängt hat.»

IX

Als Wakula einige Straßen durchlaufen hatte, hielt er inne und schöpfte Atem. «Wohin lauf ich denn?», dachte er. «Als wenn schon alles verloren wäre! Noch gibt's ein Mittel, das ich nicht versucht habe. Es gibt ja den Saporoger Schmerbauch Patzjuk. Man sagt, er kenne alle Teufel und vermöge alles zu erreichen, was er nur wolle. Ich will mich zu ihm begeben; meine Seele geht ja sowieso zugrunde!»

Der Teufel, der lange reglos im Sack gelegen hatte, hüpfte bei diesen Worten vor Freude. Doch der Schmied glaubte, dass er sich irgendwie verhakt und selber die Bewegung verursacht hätte. Er gab dem Sack, um ihn zurechtzurücken, mit seiner harten Faust einen Stoß, schüttelte ihn mit einer Schulterbewegung durch und machte sich auf den Weg zum Schmerbauch Patzjuk.

Patzjuk war einst ein wirklicher Saporoger gewesen. Ob seine Kameraden ihn aus der Saporoger Kosakenniederlassung vertrieben hatten oder ob er selber fortgelaufen war, das wusste niemand mehr. Er wohnte schon zehn oder fünfzehn Jahre lang in Dikanka. Anfangs hatte er sich wie ein echter Saporoger gegeben, das heißt, er hatte nichts gearbeitet, drei Viertel des Tages verschlafen, wie sechs Scheunendrescher gegessen und fast einen ganzen Eimer Schnaps auf einen Zug geleert. Er hatte genug Platz dazu in seinem Leibe; trotz seines niederen Wuchses war er stark in die Breite gegangen, und die Hosen, die er trug, waren so umfangreich, dass man seine Beine, wie weit er auch ausschreiten mochte, nie zu Gesicht bekam: Man hätte denken können, eine Branntweintonne wälze sich durch die Straßen. Das war wohl auch der Grund gewesen, dass man ihm den Spitznamen «Schmerbauch» verliehen hatte. Noch waren nur wenige Wochen seit seiner Niederlassung im Dorf vergangen gewesen, als ihn schon alle als Schwarzkünstler erkannt hatten. Erkrankte jemand, so wurde sofort nach ihm geschickt, denn er brauchte nur wenige Worte zu murmeln – und die Krankheit war wie mit der Hand weggewischt. Wenn einem allzu gefräßigen Edelmann eine Fischgräte im Halse stecken geblieben war, so verstand Patzjuk ihm so kunstvoll mit der Faust auf den Rücken zu klopfen, dass die Gräte den ihr vorbestimmten Weg nahm, ohne die adelige Gurgel im Geringsten zu schädigen. In der letzten Zeit war er nur selten zu sehen gewesen. Vielleicht lag das an seiner Trägheit, vielleicht aber auch daran, dass es ihm von Jahr zu Jahr schwererfiel, sich durch seine Haustür hindurchzuzwängen. Die Einwohner mussten sich schon selbst zu ihm bemühen, wenn sie in Nöten waren.

Nicht ohne Scheu öffnete der Schmied die Tür zu Patzjuks Hütte und sah ihn mit auf türkische Weise gekreuzten Beinen vor einem Branntweinfass am Boden hocken, auf dem eine Schüssel mit Klößen stand. Diese Schüssel war mit Absicht so aufgestellt, dass sie sich in ungefähr gleicher Höhe mit seinem Mund befand. Ohne einen Finger zu rühren, schlürfte er mit leicht geneigtem Kopf die Brühe ein und fasste von Zeit zu Zeit einen Kloß mit den Zähnen.

«Nein, dieser da», dachte Wakula, «ist noch fauler als Tschub: Der isst wenigstens mit dem Löffel, doch dieser mag nicht einmal die Hände heben.»

Patzjuk war so sehr mit seinen Klößen beschäftigt, dass er das Eintreten Wakulas, der sich gleich beim Überschreiten der Schwelle tief vor ihm verneigte, gar nicht bemerkt zu haben schien.

«Ich komme mit einem besonderen Anliegen zu Deiner Gnaden, Patzjuk», sagte Wakula und verneigte sich noch einmal.

Der feiste Patzjuk hob den Kopf, begann aber gleich wieder seine Klöße zu verschlingen.

«Die Leute erzählen sich untereinander... Du darfst es aber nicht krummnehmen», stotterte der Schmied und fasste all seinen Mut zusammen, «ich sage das nicht etwa, um dich irgendwie zu kränken... Die Leute erzählen sich also, du seist gewissermaßen so ein ganz klein wenig mit dem Teufel verwandt...»

Als er diese Worte hervorgebracht hatte, schrak Wakula zusammen, in der Befürchtung, allzu deutlich geworden zu sein und seine offenherzige Rede nicht genügend gemildert zu haben. Er erwartete schon, Patzjuk werde das Fass mitsamt der Schüssel ergreifen und ihm an den Kopf schleudern, wich daher etwas zur Seite und schützte sich mit seinem Ärmel, damit ihm die heiße Kloßbrühe nicht ins Gesicht spritze.

Doch Patzjuk schaute nur auf und fiel wieder über seine Klöße her.

So ermutigt, fuhr der Schmied entschlossen fort: «Ich bin also zu dir gekommen, Patzjuk. Gott schenke dir alles Gute im Überfluss und Brot in entsprechenden Proportionen!» (Der Schmied verstand es, hin und wieder ein neumodisches Wort einfließen zu lassen, das er seinerzeit in Poltawa aufgeschnappt hatte, als er den Zaun des Kosakenhauptmanns anpinselte.) «Ich armer Sünder muss vor die Hunde gehen. Niemand auf der ganzen Welt kann mir helfen. Komme, was kommen mag! Jetzt heißt es, den Teufel selbst um Beistand zu bitten… Was meinst du, Patzjuk», fügte der Schmied, da der andere beharrlich schwieg, zaghaft hinzu, «was ist da zu machen?»

«Brauchst du den Teufel, so scher dich zum Teufel!», antwortete Patzjuk, ohne die Augen zu heben, und schlang weiter.

«Deswegen bin ich ja zu dir gekommen», erwiderte der Schmied mit einer neuen Verbeugung, «denn ich glaube, dass mir außer dir niemand auf der Welt den Weg zu ihm zeigen kann.»

Patzjuk sprach kein Wort und vertilgte den letzten Rest seiner Klöße.

«Erbarme dich, guter Mann, und schlag es mir nicht ab», beharrte der Schmied. «Um Schweinefleisch, Wurst, Buchweizengrütze und Hirse soll es mir nicht leid sein. Auch nicht um Leinwand, wenn du welche brauchst… wie das unter guten Menschen Sitte ist… Alles sollst du von mir haben, wenn du mir nur verraten wolltest, wie ich sozusagen den Weg zum Teufel finde.»

«Der braucht nicht weit zu wandern, der den Teufel auf seinem eigenen Buckel trägt», gab Patzjuk gleichmütig Bescheid, ohne seine Stellung zu ändern.

Wakula starrte ihn an, als stünde die Erklärung für diese rätselhaften Worte auf Patzjuks Stirn geschrieben. «Was hat er da gesagt?», schien seine Miene stumm zu fragen, und sein halb geöffneter Mund war bereit, die geringste Andeutung wie einen Kloß zu verschlingen.

Doch Patzjuk schwieg.

Da bemerkte Wakula, dass weder das Fass noch die Schüssel mit den Klößen mehr zu sehen war. Anstatt ihrer standen zwei Holzschalen auf dem Fußboden, die eine mit Quarkkuchen, die andere mit Schlagsahne gefüllt. Seine Gedanken und seine Augen richteten sich unwillkürlich auf dieses Gericht. «Wir wollen doch sehen», sagte er zu sich selbst, «wie Patzjuk die Quarkkuchen verspeist. Sich bis zur Erde niederzubeugen und sie wie die Klöße aufzuschlürfen, wird er sicherlich keine Lust haben. Es geht ja auch gar nicht an, denn die Quarkkuchen müssen zuvor in den Rahm getunkt werden.»

Er hatte das noch kaum zu Ende gedacht, als Patzjuk seine Lippen öffnete, die Quarkkuchen anschaute und den Mund noch weiter aufriss. In diesem Augenblick erhob sich ein Quarkkuchen von selbst aus der Schüssel, tauchte in den Rahm ein, drehte sich in ihm herum, hüpfte wieder empor und flog geradenwegs in den aufgesperrten Mund. Patzjuk verschluckte ihn, öffnete wieder die Lippen – und ein neuer Kuchen fand den Weg in seinen Mund. Er selber hatte nur die Mühe des Kauens und Schluckens auf sich zu nehmen.

«Donnerwetter, ist das ein Wunder!», dachte der Schmied und riss erstaunt seinen Mund auf. Im selben Moment sah er, wie auch ihm ein Quarkkuchen in den Mund fliegen wollte und seine Lippen schon mit Rahm benetzt hatte. Den Kuchen von sich stoßend und die Lippen abwischend, versank der Schmied in Nachdenken darüber, welche Wunderdinge die unsaubere Kraft zu wirken und welche Kunststücke sie den Menschen beizubringen vermag. Das überzeugte ihn von Neuem, dass einzig Patzjuk ihm helfen könne. «Ich will mich noch einmal vor ihm verneigen, damit er mir alles richtig auseinandersetze», sagte er sich. «Doch pfui! Morgen ist Weihnachten – und er isst Quarkkuchen mit Schlagsahne. Das ist doch kein Fastenessen. Ich bin ja ein Tropf: Ich stehe da und nehme diese Sünde auf mich… Fort von hier!»

Und der fromme Schmied floh spornstreichs aus der Hütte.

Der Teufel indessen, der im Sack saß und sich schon im Voraus auf diese prächtige Beute gefreut hatte, mochte sie sich nicht entgehen lassen. Als der Schmied den Sack für einen Augenblick abwarf, sodass der Strick, mit dem dieser zugebunden war, sich lockerte, schlüpfte der Pferdefüßige hurtig ins Freie und schwang sich rittlings auf Wakulas Nacken.

Ein Frostschauer überlief die Haut des Schmiedes. Er wurde kreideweiß vor Schreck und wusste nicht, was er machen sollte. Schon wollte er sich bekreuzigen. Da beugte der Teufel seine Hundeschnauze zu ihm nieder und flüsterte ihm ins rechte Ohr: «Ich bin's, dein Freund! Ich tue alles für einen Freund und Kameraden.» Und ins linke Ohr flüsterte er ihm: «Geld sollst du haben, so viel du nur willst. Heute noch wird Oxana unser sein.»

Und er machte gerade eine Bewegung, um die Schnauze wieder dem rechten Ohr Wakulas zu nähern, als dieser, der grübelnd stehen geblieben war, ihm zurief: «Abgemacht. Um diesen Preis will ich dein sein!»

Der Teufel klatschte in die Hände und fing vor Freude auf dem Nacken Wakulas beinahe zu galoppieren an. «Jetzt bist du mir auf den Leim gegangen, Schmied!», dachte er. «Jetzt werde ich mich an dir wegen all deiner Malereien und Lügenmärchen, die du den Teufeln angehängt hast, rächen. Was werden meine Kameraden in der Hölle sagen, wenn sie erfahren, dass der frömmste Mann des Dorfes in meinen Händen ist!»

Er lachte vergnügt auf, als er sich vorstellte, wie er sich in der Hölle vor der ganzen Horde der Geschwänzten aufspielen und den hinkenden Oberteufel, der sich immer für den Allerschlausten hielt, ärgern würde. «Nun, Wakula», piepste er, immer noch auf dem Nacken des Schmiedes hockend, als befürchte er, dieser könne ihm vielleicht doch noch entwischen, «du weißt ja, dass ohne Vertrag nichts in der Welt ausgerichtet werden kann.»

«Ich bin bereit», erwiderte der Schmied. «Wie ich gehört habe, unterzeichnet man bei euch mit Blut. Warte, ich will einen Nagel aus meiner Tasche holen.»

Mit diesen Worten langte er mit der Hand nach hinten und packte den Teufel – schwuppdiwupp! – am Schwanze.

«Lass das, du Schäker!», schrie da der Teufel kichernd, «genug der Späße!»

«Halt, mein Täubchen!», rief der Schmied. «Wie gefällt dir das da?»

Und schon schlug er ein Kreuz. Da wurde der Teufel sanft wie ein Lämmchen.

«Warte nur!», fuhr Wakula fort und zog ihn am

Schwanz auf die Erde hinunter. «Ich werde dich lehren, anständige Menschen und ehrliche Christen zur Sünde zu verführen!»

Und in einem Hui sprang er selber auf den Rücken des Teufels und erhob wieder die Hand, um ein Kreuz zu schlagen.

«Erbarm dich, Wakula», stöhnte der Teufel kläglich, «ich werde alles tun, was du nur willst. Nur verschone mich und zeichne mich nicht mit diesem schrecklichen Kreuz!»

«Aha, du singst schon ganz anders, verfluchter Ausländer! Jetzt weiß ich, wie ich mit dir umzugehen habe. Augenblicklich trägst du mich auf deinem Rücken davon, hörst du? Rasch wie ein Vogel!»

«Wohin?», ächzte der betrübte Teufel.

«Nach Petersburg! Schnurstracks zur Zarin!»

Und der Schmied wurde fast ohnmächtig vor Angst, als er fühlte, wie sich der Teufel mit ihm flugs in die Lüfte erhob.

X

Lange stand Oxana da und dachte über die seltsamen Worte des Schmiedes nach. Schon regte sich etwas in ihrem Inneren und tuschelte ihr zu, dass sie mit ihm zu grausam verfahren sei. «Wie, wenn er sich nun wirklich zu etwas Schrecklichem entschlossen hätte? Das kann doch der Fall sein. Und wenn nicht, so könnte es doch geschehen, dass er sich am Ende vor Gram in eine andere verliebt und sie, um mich zu kränken, als die Schönste im ganzen Dorfe preist. Doch nein, er liebt mich ja. Ich bin doch so schön. Er wird nie um einer anderen willen von mir lassen. Er spaßt und tut nur so. Kaum zehn Minuten werden vergehn – und er ist wieder da, um nach mir zu sehen ... Wirklich, ich bin zu streng mit ihm. Ich muss ihm, scheinbar wider Willen, gestatten, dass er mir einen Kuss raubt. Wie er sich darüber freuen wird!»

Und schon scherzte die leichtfertige Schöne wieder mit ihren Freundinnen.

«Passt auf!», rief eine von ihnen. «Der Schmied hat hier seine Säcke liegen lassen. Schaut nur, wie seltsam die aussehen! Er hat sich etwas ganz anderes zusammengesungen als wir. Man hat ihm mindestens einen halben Hammel gespendet. Und die Würste und Brote sind wahrscheinlich gar nicht zu zählen. Prachtvoll! Da kann man sich während der ganzen Feiertage daran überessen!»

«Sind das die Säcke des Schmieds?», stimmte Oxana ein. «Dann wollen wir sie rasch zu mir in die Hütte tragen und nachschaun, was er sich alles erbeutet hat.»

Alle nahmen lachend den Vorschlag an.

«Wir können sie aber nicht aufheben!», riefen

einige von ihnen, die sich vergebens abgemüht hatten, die Säcke von der Stelle zu rücken.

«Wartet», rief Oxana, «wir wollen einen Schlitten holen und sie so heimschaffen!»

Und die Schar lief auf der Suche nach einem Schlitten auseinander.

Die Gefangenen waren es überdrüssig geworden, in den Säcken zu hocken, ungeachtet dessen, dass der Küster in dem seinen ein gehöriges Loch mit dem Finger ausgebohrt hatte. Wenn sich nicht so viel Volk auf der Straße herumgetrieben hätte, so würde er vielleicht doch noch ein Mittel gefunden haben, sich zu befreien und hinauszukriechen. Doch sein Erscheinen hätte ihn dem allgemeinen Gelächter ausgesetzt. Das hielt ihn zurück, und er beschloss, unter den unhöflichen Stiefeln Tschubs aufstöhnend, alles Weitere abzuwarten.

Tschub selbst trachtete nicht weniger nach seiner Freiheit. Er fühlte, dass sich unter ihm etwas befand, auf dem es äußerst unbequem zu sitzen war. Doch als er den Beschluss seiner Tochter vernommen hatte, beruhigte er sich und gab alle Befreiungsgedanken auf, denn er sagte sich, dass es bis zu seiner Hütte mindestens hundert, wenn nicht zweihundert Schritte sein mochten; wenn er jetzt schon hinauskröche, müsste er seine Kleider ordnen, den Pelz zuknöpfen und den Gürtel festschnallen. Wie viel Arbeit! Außerdem war seine Pelzkappe bei

Solocha geblieben. Mochten ihn doch die Mädchen auf dem Schlitten heimfahren!

Es kam jedoch ganz anders, als er erwartet hatte. Gerade als die Mädchen auseinandergelaufen waren, einen Schlitten zu holen, verließ der hagere Gevatter Tschubs verstimmt und missgelaunt die Schenke. Die Schankwirtin war durchaus nicht geneigt gewesen, ihm etwas auf Kredit zu geben. Anfangs hatte er abwarten wollen, ob sich nicht irgendein frommer Edelmann in die Schenke verirren und ihn freihalten würde. Doch alle Edelleute waren wie zum Trotz zu Hause geblieben und verspeisten als ehrsame Christen ihre Weihnachtskuchen im Kreise ihrer Familien.

Als nun der Gevatter so durch die Straßen stapfte und in seinem Herzen Betrachtungen über die Sittenverderbnis im Allgemeinen und über das steinerne Herz der den Schnaps verwaltenden Jüdin im Besonderen anstellte, stieß er auf die Säcke und blieb betroffen stehen. «Ei, ei, was für Säcke da jemand auf der Straße liegen lassen hat!», sagte er, sich nach allen Seiten umsehend. «Sicher ist auch Schweinefleisch dabei. Da hat aber einer einmal Glück gehabt, sich so viel zu ersingen. Was für gewaltige Säcke das sind! Nehmen wir einmal an, es seien nur Buchweizenkuchen und Brezeln darin – auch das ist nicht übel. Ja selbst gewöhnliche Brote wären mir willkommen. Denn die Jüdin würde mir für jedes Brot ein Achtelchen Schnaps geben. Ich will sie rasch fortschleppen, ehe jemand anders sie findet.»

Er versuchte, sich den Sack mit dem Küster und Tschub auf den Rücken zu laden, fühlte aber gleich, dass die Last zu schwer für ihn war. «Nein, ich allein schaff es nicht», sagte er sich. «Doch da kommt ja gerade, wie vom Himmel geschickt, der Weber Schupowalenko des Weges. Guten Abend, Ostap!»

«Guten Abend!», erwiderte der Weber und blieb stehn.

«Wohin des Wegs?»

«Ach, nur so. Wohin mich die Füße tragen.»

«Hilf mir, guter Mann, diese Säcke hier fortzuschleppen. Jemand hat sich da etwas zusammengesungen und dann alles auf der Straße liegen lassen. Teilen wir – halb und halb!»

«Diese Säcke da? Was ist drin? Kuchen oder nur Brot?»

«Mir scheint, von allem etwas.»

Sie brachen Latten aus einem fremden Bretterzaun, legten einen Sack darauf und trugen ihn auf den Schultern von dannen.

«Wohin mit ihm? In die Schenke?», fragte der Weber unterwegs.

«Daran hatte ich auch schon gedacht, ihn in die Schenke zu bringen. Doch das verfluchte Judenweib wird uns nicht glauben. Sie wird denken, dass wir ihn irgendwo gestohlen haben. Außerdem komme ich eben aus der Schenke. Nein, wir wollen ihn in meine Hütte tragen. Dort wird uns niemand stören. Meine Alte ist nicht zu Hause.»

«Ist sie auch wirklich nicht zu Hause?», fragte der vorsichtige Weber.

«Gott sei Dank! Ich bin ja nicht auf den Kopf gefallen», sagte der Gevatter; «kein Teufel brächte mich dorthin, wo sie jetzt ist. Sie treibt sich mit andern Weibern bis zum Morgengrauen herum.»

«Wer da?», schrie die Ehefrau des Gevatters, als sie den Lärm im Hausflur vernahm, den die Ankunft der beiden Freunde mit dem Sack verursachte, und riss die Tür auf.

Der Gevatter erstarrte zur Säule.

«Da haben wir's!», stieß der Weber hervor und ließ die Hände sinken.

Die Frau des Gevatters war ein Juwel, wie nicht wenige auf dieser Welt zu finden sind. Gleich ihrem Mann saß sie fast niemals zu Hause, kroch ganze Tage lang vor allerhand Basen und wohlhabenden alten Weibern auf dem Bauch, schmeichelte ihnen, speiste mit großem Appetit an ihrem Tisch und prügelte sich nur morgens mit ihrem Mann herum, da sie ihn einzig um diese Zeit zuweilen zu Gesicht bekam. Ihre Hütte war zweimal älter als die Pluderhosen des Gemeindeschreibers. Das Dach hatte an vielen Stellen kein Stroh mehr. Vom Zaun waren nur traurige Reste vorhanden, denn niemand nahm mehr einen Stock zur Abwehr der Dorfhunde mit, sondern rechnete damit, dass er im Vorübergehen eine Latte aus dem Zaun des Gevatters ausreißen könne. Der Ofen wurde oft zwei, drei Tage lang nicht geheizt. Alles, was sich die zärtliche Ehefrau des Gevatters bei ihren Gönnerinnen zusammenzubetteln verstand, versteckte sie möglichst entfernt von ihrem Gebieter und nahm ihm überdies häufig auch noch das wenige ab, das er für sich selbst ergattert hatte, sofern es ihm nicht gelungen war, es rechtzeitig in der Schenke in Schnaps umzusetzen. Der Gevatter liebte es, trotz seiner gleichmütigen Art, durchaus nicht, ihr nachzugeben, und verließ das Haus daher fast immer mit blauen Flecken unter den Augen, während seine bessere Hälfte sich ächzend zu ihren alten Weibern trollte, um über die Liederlichkeit ihres Gatten zu klatschen und sich wegen der Hiebe, die sie von ihm erhalten zu haben vorgab, auszujammern.

Man kann sich also vorstellen, wie sehr der Gevatter und der Weber von ihrer unerwarteten Anwesenheit betroffen waren. Sie ließen den Sack rasch zu Boden gleiten, stellten sich vor ihn hin und versuchten ihn mit ihren Mänteln zu verdecken. Doch es war zu spät.

Obwohl die Gevattersfrau mit ihren altersschwachen Augen nicht mehr gut sah – den Sack hatte sie bereits erblickt. «Das ist aber schön», sagte sie mit einem Blick, in dem die Beutegier eines Habichts aufglitzerte, «das ist schön, dass ihr euch so viel zusammengesungen habt, wie es alle anständigen Menschen tun. Ich fürchte nur, ihr habt den Sack da einfach mit euch gehen heißen. Zeigt mir sofort, was drin ist! Hört ihr? Sofort!»

«Der kahlköpfige Teufel wird's dir zeigen, aber nicht wir», widersprach der Gevatter und richtete sich wichtigtuerisch auf.

«Was schert das dich?», stand ihm der Weber bei. «Wir haben uns etwas zusammengesungen, und nicht du!»

«Nein! Du wirst es mir zeigen, nichtsnutziger Säufer!», keifte die Alte, versetzte dem langen Gevatter einen Schlag unter das Kinn und versuchte sich an den Sack heranzudrängen.

Doch der Weber und der Gevatter standen tapfer für ihre Beute ein und nötigten die Angreiferin zum Rückzug. Sie hatten indessen kaum ein wenig Atem geschöpft, als die Frau, einen Schürhaken in der Hand, wieder herbeistürzte. Sie schlug blitzschnell zu, bearbeitete die Hand ihres Mannes und den Rücken des Webers – und stand bereits neben dem Sack.

«Wie konnten wir sie nur heranlassen?», fragte, wie aus einem Traume erwachend, der Weber.

«Was heißt denn hier ‹wir›?», erwiderte darauf

kaltblütig der Gevatter. «Du bist's, der sie herangelassen hat!»

«Ihr habt da augenscheinlich einen eisernen Schürhaken», sagte der Weber nach einem kurzen Schweigen und rieb sich den Rücken. «Meine Frau hat sich auf dem vorjährigen Jahrmarkt für ein Geringes einen hölzernen Schürhaken gekauft. Der ist nicht so hart und tut nicht so weh...»

Unterdessen hatte die triumphierende Gattin den Schürhaken beiseitegetan, schnürte den Sack auf und schaute hinein.

Doch ihre alten Augen, die den Sack so rasch erspäht hatten, täuschten sie diesmal. «Aber da liegt ja ein ganzer Eber drin!», schrie sie auf und schlug die Hände vor Freude zusammen.

«Ein Eber! Hörst du's? Ein ganzer Eber!», rief der Weber und stieß den Gevatter in die Seite. «Du bist an allem schuld!»

«Was ist da zu machen?», antwortete achselzuckend der Gevatter.

«Wieso? Was stehn wir noch länger herum? Der Sack muss ihr wieder abgenommen werden. Los!», ereiferte sich der Weber und näherte sich streitbar der Alten. «Hände weg! Das ist unser Eber!»

«Fort mit dir, Satansweib! Das ist nicht dein Eigentum!», legte sich nun auch der Gevatter ins Zeug und rückte ihr ebenfalls auf den Leib.

Schon griff sie von Neuem nach dem Schürhaken.

Doch mittlerweile war Tschub aus dem Sack gekrochen: Er stand mitten im Flur und reckte sich, wie aus einem tiefen Schlaf erwacht.

Die Gevatterin schrie laut auf, schlug sich mit den Händen auf die Hüften, und allen blieben die Mäuler offen stehen.

«Was schwatzte die Närrin da von einem Eber?», sagte der Gevatter und machte Stielaugen. «Das ist ja gar kein Eber!»

«Da schau einer an, wen man in den Sack gesteckt hat!», rief der Weber aus und wich vor Schreck einige Schritte zurück. «Sagt, was ihr wollt, aber ich will auf der Stelle platzen, wenn hier nicht der Böse seine Hand im Spiel hat. Der dort kann ja nicht einmal durch ein Fenster kriechen – und nun gar in einen Sack!»

«Aber das ist ja Tschub!», schrie der Gevatter, als er genauer hinzuschauen wagte.

«Wer denn sonst, dachtet ihr?», sagte Tschub mit einem pfiffigen Lachen. «Hab ich euch nicht einen schönen Streich gespielt? Und ihr wolltet mich schon als Schweinebraten auffressen! Wartet aber! Im Sack befindet sich noch etwas: wenn nicht ein Eber, so doch ein Ferkel oder sonst etwas Lebendiges. Unter mir hat sich unausgesetzt etwas bewegt.»

Der Weber und der Gevatter stürzten sich auf den Sack, die Hausherrin zerrte an der anderen Seite, und die Prügelei hätte von Neuem angefangen, wenn nicht der Küster endlich eingesehen hätte, dass er sich nicht länger versteckt halten konnte, und hervorgekrochen wäre.

Die Gevattersfrau wurde zu Stein und gab das Bein, an dem sie das vermeintliche Ferkel aus dem Sack ziehen wollte, frei.

«Noch einer!», rief der Weber voller Entsetzen. «Der Teufel weiß, wie es heute auf der Welt zugeht!... Mir dreht sich alles im Kopf... Man stopft nicht mehr Würste und Kuchen, sondern Menschen in die Säcke.»

«Der Küster!», sagte der mehr als alle andern erstaunte Tschub und dachte bei sich selbst: «Da haben wir es. Ei, ei, Solocha. Versteckst deine Liebhaber in Säcken... Und da wunderte ich mich noch, dass die ganze Stube voller Säcke stand... Jetzt versteh ich alles: In jedem Sacke steckten zwei Menschen... Und ich dachte, der Einzige zu sein. Da haben wir sie, diese Solocha!»

XI

Als die Mädchen mit dem Schlitten, den sie sich geholt hatten, zu den beiden Säcken zurückkehrten, waren sie ein wenig verwundert, nur noch einen Sack vorzufinden.

«Nichts zu machen», sagte Oxana, «wir müssen uns mit dem einen begnügen.»

Alle griffen zu und wälzten den Sack auf den Schlitten.

Der Dorfschulze beschloss, den Mund zu halten; denn er hatte es sich gerade überlegt, dass die dummen Mädchen, wenn er ihnen jetzt zuschrie, dass sie den Sack öffnen und ihn freilassen sollten, alle auseinanderlaufen würden, da sie sicher angenommen hätten, der Teufel säße im Sack – sodass er, allein auf der Straße liegen geblieben, vielleicht noch bis zum Morgen auf seine Befreiung zu warten gehabt hätte.

Die Mädchen fassten sich unterdessen an den Händen und flogen, den Schlitten nach sich ziehend, rasch wie der Wind über den knirschenden Schnee. Manche von ihnen setzten sich zum Spaß abwechselnd auf den Schlitten. Einige nahmen sogar auf dem Sack selbst Platz. Der Dorfschulze musste alles ertragen.

Endlich waren sie am Hause Oxanas angelangt, rissen die Tür zum Flur und zum Wohnzimmer auf und schleiften den Sack mit hellem Gelächter in die Hütte. «Jetzt schaun wir aber nach, was drin ist!», riefen alle und machten sich ans Aufknoten.

Der Schluckauf, der den Dorfschulzen während der ganzen Zeit seiner Gefangenschaft geplagt hatte, war inzwischen so schlimm geworden, dass er laut schlucken und husten musste.

«Da sitzt ja jemand drin!», schrien die Mädchen auf und wollten vor Angst sogleich zur Tür hinausfliehen.

Doch in diesem Augenblick wurde die Tür von außen aufgetan – und Tschub trat ein. «Warum wollt ihr denn alle davonlaufen?», fragte er sie lachend.

«Ach, Vater, dort im Sack steckt jemand», sagte Oxana.

«In jenem Sack? Wo habt ihr ihn denn her?»

«Der Schmied hat ihn auf der Straße liegen lassen», riefen alle auf einmal.

«Aha», sagte sich Tschub, «hab ich's mir doch gedacht.»

Laut äußerte er: «Wovor habt ihr denn Angst? Wir wollen die Sache einmal untersuchen. – Nun, Menschenskind», wandte er sich an den im Sack Versteckten, «entschuldige, dass wir dich nicht bei deinem Vor- und Vatersnamen nennen können! Heraus mit dir aus dem Sack!»

Der Dorfschulze kroch heraus.

«Ah!», riefen die Mädchen.

«Auch der Schulze steckte also in solch einem Sack», dachte Tschub betroffen und maß ihn vom Kopf bis zum Fuß. «Ei, ei, schau mal einer an ... Hehehe ...» Mehr vermochte er nicht hervorzubringen.

Der Schulze war nicht weniger verlegen und

wusste nicht, was er beginnen sollte. Er trat an Tschub heran und fragte: «Draußen ist's wohl kalt? Oder nicht?»

«Ja, ein ganz tüchtiger Frost», erwiderte Tschub. «Doch gestatte, womit schmierst du dir eigentlich deine Stiefel ein? Mit Schmalz oder mit Teer?»

Er hatte ihn eigentlich fragen wollen: «Wie bist du denn in den Sack gekommen?» – und begriff selbst nicht, warum er etwas ganz anderes gefragt hatte.

«Teer ist besser», antwortete der Schulze. «Na, gute Nacht, Tschub!»

Damit drückte er sich seine Pelzmütze tiefer in die Stirn und entfernte sich.

«Warum hab ich ihn nur so dumm gefragt, womit er sich seine Stiefel einschmiert?», fragte sich Tschub und schaute auf die Tür, durch die der Schulze hinausgegangen war. «Ei, ei, Solocha... So einen Wanst in den Sack zu stopfen... Bei Gott, ein Teufelsweib! Ich aber bin ein Esel... Wo steckt er denn nur, dieser verfluchte Sack?»

«Ich habe ihn in die Ecke geworfen, es ist nichts mehr drin», sagte Oxana.

«Ich kenne diese Späße! Nichts mehr drin? Gebt ihn mir mal her. Sicher steckt noch einer drin. Schüttelt ihn richtig aus!... Was? Niemand mehr?... Das ist ein Frauenzimmer! Verflucht noch einmal! Sieht wie eine Heilige aus und spielt sich auf, als äße sie nur Fastenspeisen... Nein, so etwas!»

Doch lassen wir Tschub seinen Ärger in aller Ruhe auskosten und kehren wir zum Schmied zurück, denn draußen geht es sicher schon auf neun Uhr.

XII

Anfangs kam es Wakula recht unheimlich vor, so hoch durch die Luft davongetragen zu werden und unten auf der Erde nichts mehr unterscheiden zu können: Wie eine Fliege flog er so dicht unter dem Mond vorbei, dass seine Mütze ihn fast gestreift hätte; er konnte sich gerade noch rechtzeitig bücken. Doch nach einigen Augenblicken fasste er wieder Mut, ja er begann sogar mit dem Teufel Schindluder zu treiben. Es war äußerst belustigend, wie dieser jedes Mal niesen und husten musste, wenn Wakula sein Kreuz aus Zypressenholz vom Hals nahm und es ihm vor der Nase baumeln ließ. Absichtlich hob dieser zuweilen die Hand, sodass der böse Feind, in der Befürchtung, der Reiter, der ihm im Nacken saß, könne ihn am Ende bekreuzigen, noch rascher dahinstob.

In der Höhe war es hell. Die von einem leichten Silbernebel erfüllte Luft schien durchsichtig zu sein. Man konnte alles deutlich sehen und sogar erkennen, wie ein Hexenmeister, in einem Zaubertiegel hockend, einem Wirbelsturm gleich an ihnen vorbeibrauste; wie die Sterne im Reigentanz Blindekuh miteinander spielten; wie ein wenig abseits ganze Geisterhorden wolkenartig dahintrudelten; wie ein im Mondschein tanzendes Teufelchen beim Anblick des reitenden Schmiedes die Mütze vor ihm abnahm; und wie ein Besen, auf dem augenscheinlich eine Hexe zu einem Treffen mit ihren Genossen geritten war, allein heimsauste …

Noch manches andere Gesindel begegnete ihnen auf ihrer Fahrt. Und alle hielten sie, sobald sie des Schmiedes ansichtig wurden, für einen Augenblick inne und musterten ihn erstaunt, um sich dann wieder ihren eigenen Angelegenheiten zuzuwenden und weiterzutoben.

Der Schmied flog und flog nur so dahin. Und auf einmal blitzte Sankt Petersburg vor ihnen auf und schien ganz in Flammen zu stehen, da dort, des Festes wegen, gerade eine Illumination stattfand. Der Teufel überflog den Schlagbaum und verwandelte sich in ein Pferd, sodass sich der Schmied plötzlich auf einem feurigen Renner durch die Straßen jagen sah.

Mein Gott, war das ein Lärm, ein Gedröhn, ein Lichterglanz! Zu beiden Seiten türmten sich vierstöckige Mauern. Das Aufschlagen der Pferdehufe auf das Pflaster, das Rollen der Equipagen hallte donnernd von allen vier Himmelsrichtungen wider. Bei jedem Schritt schienen Häuser aus dem Boden zu sprießen und himmelwärts zu wachsen. Brücken zitterten, Wagen stoben, Fuhrleute und Vorreiter schrien und fluchten. Der Schnee knirschte unter Tausenden von Schlitten. Die Fußgänger drängten sich unter den mit zahllosen Öllämpchen illuminierten Häusern zusammen, und ihre gewaltigen Schatten glitten über die Mauern und erreichten mit den Köpfen die Dächer und Schornsteine.

Voller Verwunderung sah sich der Schmied nach allen Seiten um. Ihm war, als blickten alle diese Häuser ihn mit ihren Feueraugen an. Er begegnete so vielen vornehmen Herren mit tuchüberzogenen Pelzen, dass er gar nicht mehr wusste, vor wem alles er die Mütze abziehen sollte. «Mein Gott, wie viel Herrschaften!», dachte er. «Jeder in so einem Pelz sieht nach einem Assessor aus. Assessoren über Assessoren! Und jene dort, die in glänzenden Kutschen mit Glasscheiben vorübersausen, müssen, wo nicht Bürgermeister, so doch mindestens Kommissare sein, vielleicht sogar noch etwas Höheres ...»

Doch hier wurde sein Gedankengang unterbrochen, denn der Teufel fragte ihn: «Wohin jetzt? Gleich zur Zarin?»

«Nein, ich habe Angst», antwortete der Schmied nach einigem Besinnen; «hier müssen doch irgendwo jene Saporoger abgestiegen sein, die im vergangenen Herbst durch Dikanka reisten. Sie kamen aus ihrem Lager am Dnjepr, um der Zarin irgendwelche Papiere zu überbringen. Ich sollte sie immerhin um Rat fragen … He, Satan, kriech mir in die Tasche und führ mich sogleich zu den Saporogern!»

Und der Teufel war in einem Augenblick dünn wie ein Faden, sodass er ohne Schwierigkeit in Wakulas Tasche kriechen konnte. Der aber hatte sich kaum umgesehen, als er sich schon vor einem großen Haus befand. Ohne selbst zu wissen wie, stieg er die Treppe empor, öffnete eine Tür und prallte vor dem Glanz zurück, mit dem das Zimmer eingerichtet war. Doch als er dieselben Saporoger erblickte, die er auf ihrer Durchreise durch Dikanka kennengelernt hatte und die jetzt mit untergeschlagenen geteerten Stiefeln auf seidenen Diwanen saßen und den stärksten Tabak der Welt, das sogenannte «Wurzelkraut», rauchten, fasste er wieder Mut, trat näher, verbeugte sich vor ihnen bis zur Erde und sagte: «Guten Abend, meine Herrschaften! Gott hat es so gefügt, dass wir uns hier wiedersehen.»

«Was ist das für ein Mensch?», fragte einer, der dem Schmied zunächst saß, einen anderen, der sich etwas entfernter herumrekelte.

«Erkennt ihr mich denn nicht?», fragte der Schmied. «Ich bin der Schmied Wakula. Als ihr im Herbst durch Dikanka kamt, wart ihr – Gott schenke euch Gesundheit und ein langes Leben! – zwei Tage lang meine Gäste. Ich beschlug euch damals das Vorderrad eures Reisewagens mit einer Eisenschiene.»

«Ah», sagte derselbe Saporoger, «du bist jener Schmied, der so schöne Bilder malt? Guten Abend, Landsmann! Wie hat Gott dich hierhergebracht?»

«Nur so... Ich wollte mich hier ein wenig umschaun... Man sagt...»

«Nun, Landsmann», meinte der Saporoger gewichtig, wie um zu zeigen, dass er nicht nur Ukrainisch, sondern auch Russisch zu sprechen verstand, «eine mächtige Stadt, nicht wahr?»

Der Schmied wollte ihm nicht nachstehen und als Neuling erscheinen. Überdies war er sowieso der Schriftsprache kundig. Er antwortete also gleichmütig und in bestem Russisch: «Eine ansehnliche Residenzstadt. Da ist nichts dagegen zu sagen. Gewaltig große Häuser mit respektablen Gemälden an den Wänden. Viele Mauern sind bemerkenswert gut mit Lettern aus Blattgold ausgelegt. Die Proportionen sind durchaus anerkennenswert.»

Als die Saporoger hörten, wie gewandt und frei der Schmied sich ausdrückte, zogen sie für ihn sehr schmeichelhafte Schlussfolgerungen daraus.

«Darüber wollen wir uns später unterhalten, Landsmann. Denn jetzt müssen wir gleich zur Zarin fahren.»

«Zur Zarin? Ach, seid so lieb, ihr Herren, und nehmt mich mit!»

«Dich mitnehmen?», sagte der Saporoger im Ton eines Kinderwärters, den ein vierjähriger Zögling gebeten hat, ihn auf ein richtiges, ausgewachsenes Pferd zu setzen. «Was hast du dort zu suchen? Nein, das geht nicht.»

Sein Gesicht nahm eine bedeutsame, abweisende Miene an.

«Nehmt mich mit!», beharrte der Schmied.

«Flehe sie an!», flüsterte ihm der Teufel in der Tasche zu und versetzte ihm einen Stoß in die Seite.

Doch er hatte das kaum gesagt, als ein anderer Kosak dazwischenrief. «Warum denn nicht? Nehmen wir ihn doch einfach mit, Brüder!»

«Uns soll's recht sein, er kann meinetwegen mit uns kommen», meinten einige andere.

«Dann musst du dich aber so anziehen wie wir.»

Der Schmied beeilte sich, in einen ihm dargebotenen grünen Kosakenüberrock zu schlüpfen.

Da ging auch schon die Tür auf, und ein reich galonierter Diener mahnte, dass es an der Zeit sei, aufzubrechen.

Dem Schmied wurde wieder wunderlich zumute, als er in einer großen, auf Sprungfedern schaukelnden Kalesche durch die Straßen fuhr: Die vierstöckigen Häuser zu beiden Seiten schienen ihm nach rückwärts zu laufen und das Pflaster wie von selbst unter den Pferdehufen dahinzurollen. «Mein Gott, wie viel Licht!», dachte er. «Bei uns ist's nicht einmal am Tag so hell.»

Die Wagen hielten vor einem Palast. Die Kosaken sprangen ab, begaben sich in einen üppigen Hausflur und stiegen eine glänzend erleuchtete Treppe empor.

«Was für eine Treppe!», flüsterte der Schmied vor sich hin. «Es ist schade, sie mit Füßen zu betreten. Welche Verzierungen! Da hat man immer gesagt, das seien nur ausgedachte Lügenmärchen. Zum Teufel noch einmal, das sind gar keine Märchen. Herrgott, was für ein Geländer! Welch kunstvolle Arbeit! Das Gusseisen allein muss mehr als fünfhundert Rubel kosten.»

Oben angelangt, durchschritten die Saporoger den ersten Saal. Scheu folgte ihnen der Schmied, voller Furcht, bei jedem Schritt auf dem glatten Parkett auszugleiten. Sie gingen noch durch drei weitere Säle, und der Schmied kam aus dem Staunen nicht mehr heraus. Im vierten Saal trat er unwillkürlich auf ein an der Wand hängendes Bild zu, das die Allerheiligste Jungfrau mit dem göttlichen Kinde darstellte. «Was für ein Bild! Was für eine herrliche Malerei!», dachte er. «Sie scheint ja zu reden. Sie scheint lebendig zu sein. Und erst das Gotteskind! Wie es die Händchen faltet und lächelt, das Arme! Und die Farben! Herrgott, was für Farben! Nicht für eine Kopeke Ocker, sondern Karmin und Florentinerlack. Der Malgrund ist sicher mit teuerstem Bleiweiß angelegt... Wie wunderbar diese Malerei aber auch ist – dieser kupferne Türgriff hier» (er betastete ihn im Hindurchschreiten) «ist noch staunenswerter. Welch saubere Arbeit! Das ist gewiss alles von deutschen Schmieden für eine Unsumme von Geld hergestellt worden...!»

Der Schmied würde wahrscheinlich noch lange seine Betrachtungen fortgesetzt haben, wenn ihn nicht ein galonierter Lakai am Ärmel gezupft und daran gemahnt hätte, nicht hinter den anderen zurückzubleiben. Die Saporoger gingen noch durch zwei Säle und machten dann halt. Im Saale standen mehrere Generäle in goldbestickten Uniformen herum. Die Saporoger verneigten sich nach allen Seiten und stellten sich in einer Gruppe auf.

Eine Minute später betrat, von einer ganzen Suite begleitet, ein breitschultriger Mann von majestätischem Wuchs, in Hetmansuniform*, gelbe Stulpenstiefel an den Beinen, das Gemach. Seine Haare sahen etwas zerzaust aus. Eines seiner Augen schielte leicht. Auf seinem Gesicht spielte etwas wie hochmütige Überlegenheit. Alle seine Gebärden sprachen von der Gewohnheit zu befehlen. Die Generäle, die sich vorher in ihren goldbestickten

* Hetman: hoher militärischer Rang.

Uniformen so großartig getan hatten, gerieten in Unruhe und versuchten unter tiefen Verbeugungen jedes seiner Worte, jeden seiner Winke aufzufangen, um sofort loszustürzen und seinen Wünschen zuvorzukommen. Doch jener beachtete sie nicht einmal, gönnte ihnen kaum ein flüchtiges Nicken und schritt gleich auf die Saporoger zu, die sich alle bis zur Erde vor ihm verneigten.

«Nun, seid ihr alle da?», fragte er gedehnt und wie durch die Nase sprechend.

«Jawohl, alle, Väterchen», antworteten die Saporoger und verbeugten sich von Neuem.

«Vergesst nicht, so zu sprechen, wie ich es euch gesagt habe.»

«Wir werden daran denken.»

«Ist das der Zar?», fragte der Schmied leise einen Saporoger.

«Der Zar? Wo denkst du hin?», gab jener ebenso leise zurück. «Das ist Potjomkin* selbst.»

Im Nachbarraum wurden Stimmen laut; und der Schmied wusste nicht mehr, wo er seine Augen lassen sollte, eine solche Menge von Damen in Atlaskleidern rauschte herein, gefolgt von bezopften

* Grigorij Alexandrowitsch Potjomkin (1739–1791) wurde 1762 von Katharina II. zum Kammerjunker, später zum Minister und Befehlshaber der Armee ernannt. Er stürzte die Zarin in immer neue Kriege.

Höflingen in goldgewirkter Galatracht. Er sah nur noch Glitzern und Glanz – und nichts weiter.

Da fielen die Saporoger auf die Knie und riefen wie aus einem Munde: «Gnade, Mutter, Gnade!»

Der Schmied, dem sich alles im Kopf drehte, tat es ihnen eifrig nach.

«Steht auf!», ertönte eine befehlende und zugleich angenehme Stimme über ihren Köpfen. Einige Höflinge gerieten in Bewegung und stießen die Saporoger an.

«Nein, wir stehen nicht auf, Mutter», riefen diese, «wir sterben lieber, als aufzustehn!»

Potjomkin biss sich auf die Lippen; endlich näherte er sich ihnen selber, flüsterte einem von ihnen gebieterisch etwas zu – und die Saporoger erhoben sich. Jetzt wagte auch der Schmied seinen Kopf wieder zu heben und sah eine blauäugige, hochgewachsene, ein wenig beleibte Frau vor sich stehen. Ihr gepudertes Gesicht zeigte jene majestätisch lächelnde Miene, mit der sie sich alles zu unterwerfen verstand und die nur einer geborenen Herrscherin eigen ist.

«Seine Durchlaucht hat mir versprochen, mich mit einem meiner Völker bekannt zu machen, das ich bis jetzt noch nicht gesehen hatte», sagte die Dame mit den blauen Augen und musterte neugierig die Saporoger. «Seid ihr hier gut untergebracht?», fuhr sie fort und trat näher.

«Danke, Mutter. Die Verpflegung ist gut, obwohl die Hammel hier lange nicht das sind, was bei uns zu Hause ... Warum sollten wir nicht überall leben können?»

Potjomkin runzelte die Stirn, als er merkte, dass die Saporoger durchaus nicht so sprachen, wie er es ihnen einstudiert hatte.

Einer der Saporoger nahm Haltung an und trat vor. «Erbarmen, Mutter! Womit hat dich dein treues Volk erzürnt? Haben wir es denn mit den heidnischen Tataren gehalten? Haben wir uns auf irgendwelche Vereinbarung mit den Türken eingelassen? Haben wir dich mit irgendeinem Vorhaben, irgendeiner Tat verraten? Womit haben wir deine Ungnade verdient? Zuerst hörten wir, du ließest allenthalben Festungen gegen uns bauen. Dann hieß es, du wolltest uns in bloße Karabinerschützen verwandeln. Jetzt sagt man uns, dass uns neues Unheil droht. Welcher Schuld bezichtigt man denn das Saporoger Heer? Etwa der, dass wir deine Armee über den Perekop geführt und deinen Generälen bei der Unterwerfung der Krimtataren geholfen haben?»

Potjomkin schwieg und putzte mit einem kleinen Bürstchen die Brillanten, mit denen seine Hände übersät waren.

«Was wünscht ihr also?», fragte Katharina mit zuvorkommender Freundlichkeit.

Die Saporoger sahen einander vielsagend an.

«Jetzt ist's Zeit! Die Zarin fragte nach unseren Wünschen», dachte der Schmied und warf sich der Zarin zu Füßen. «Kaiserliche Majestät! Geruhe mich nicht zu strafen, gewähre mir deine Gnade! Zürne mir nicht, wenn ich dich frage: Woraus sind die Schuhe gemacht, in denen deine kaiserlichen Füßchen stecken? Mich dünkt, kein Schuster in keinem Reich der Welt vermag solche Schuhe zu nähen. Mein Gott, wenn ich meinem Weibchen solche Schuhe anziehen könnte!»

Die Zarin lachte hell auf. Selbst Potjomkin lächelte, trotz seiner gerunzelten Stirn. Die Saporoger stießen den Schmied in die Seite, denn sie dachten, er sei verrückt geworden.

«Steh auf!», sagte die Zarin sehr gnädig. «Wenn es dich so sehr nach solchen Schuhen verlangt, so ist diese Bitte leicht zu erfüllen. Man bringe ihm auf der Stelle meine kostbarsten goldbestickten Schuhe. Mir gefällt diese Einfalt. – Da habt Ihr», fuhr sie fort, indem sie ihre Augen auf einen etwas abseits stehenden Herrn mit einem vollen, doch ein wenig bleichen Gesicht richtete, dessen schlichter Rock mit den großen Perlmutterknöpfen verriet, dass er nicht zu den Höflingen gehörte, «da habt Ihr einen würdigen Vorwurf für Eure geistreiche Feder!»

«Eure Kaiserliche Majestät sind zu gnädig, dazu

bedarf es eines La Fontaine*», erwiderte der Mann mit den Perlmutterknöpfen und verneigte sich.

«Auf Ehre, ich muss Euch sagen, dass ich von Eurem Lustspiel ‹Der Brigadier›** noch immer ganz entzückt bin. Und wie schön Ihr vorzulesen versteht!... Doch ich habe gehört», wandte die Zarin sich wieder den Saporogern zu, «dass ihr euch in eurem Kosakenlager am Dnjepr niemals verheiratet.»

«Wie kannst du so etwas sagen, Mutter? Du weißt doch selbst, dass kein Mann es ohne Weibchen aushält», antwortete derselbe Saporoger, der sich vorhin mit dem Schmied unterhalten hatte. Und der Schmied wunderte sich darüber, dass derselbe Mann, der die Schriftsprache so gut beherrschte, jetzt mit der Zarin in der gröbsten bäuerlichen Mundart sprach. «Ein Schlaufuchs», dachte er, «das tut er sicher nicht ohne Absicht.»

«Wir sind keine Kuttenträger», fuhr der Saporoger fort, «sondern sündiges Mannsvolk. Wie alle Männer in der Christenheit haben wir unsere Lust am Fleisch. Die meisten von uns haben Weiber. Doch im Lager leben wir nicht mit ihnen zusam-

* Jean de La Fontaine (1621–1695), frz. Dichter.

** Satirische Gesellschaftskomödie von Denis Iwanowitsch Fonwisin (1745–1792), die 1768 in St. Petersburg aufgeführt wurde.

men. Einige haben ihre Frauen in Polen sitzen, andere in der Ukraine und wieder andere sogar in der Türkei.»

In diesem Augenblick überreichte man dem Schmied die Schuhe der Zarin.

«Herrgott, welch ein Juwel!», schrie er freudig auf. «Eure Kaiserliche Majestät, wenn Ihr in solchen Schuhen einhergeht und am Ende gar mit ihnen auf dem Eise Schlittschuh lauft – wie müssen dann erst die Füßchen selbst beschaffen sein, die in diesen Schuhen stecken? Die müssen zum Mindesten aus lauter Zucker sein!»

Die Zarin, die in der Tat die wohlgebildetsten und reizvollsten kleinen Füße hatte, musste unwillkürlich lächeln, als sie dieses Kompliment aus dem Munde des einfachen Schmiedes vernahm, der in seiner Saporoger Gewandung, trotz seines sonnenverbrannten Gesichtes, für einen schönen Mann gelten konnte.

Beglückt von der gnädigen Aufmerksamkeit der Zarin, wollte der Schmied sie noch über alles Mögliche ausfragen, ob es, zum Beispiel, wahr wäre, dass die Zaren nichts als Honig und Schinkenspeck äßen, und viele ähnliche Dinge. Doch da er fühlte, wie die Saporoger ihn anstießen, beschloss er, lieber den Mund zu halten. Und als die Zarin sich gleich darauf den älteren Saporogern zuwandte und sich nach ihrem Lagerleben, ihren Sitten und Gepflogenheiten erkundigte, zog er sich zurück, beugte sich über seine Tasche, flüsterte leise: «Bring mich rasch von hier fort!» – und befand sich im nächsten Augenblick jenseits des Petersburger Schlagbaums auf der freien Landstraße.

XIII

«Ertränkt hat er sich, ertränkt! Ich will hier auf dem Fleck anwachsen, wenn er sich nicht ertränkt hat!», ereiferte sich die dicke Webersfrau mitten in einem Haufen von Weibern, die auf der Dorfstraße von Dikanka miteinander tuschelten.

«Wieso ertränkt? Bin ich etwa eine Schwindlerin? Habe ich je eine Kuh gestohlen? Habe ich jemand mit einem bösen Blick behext, dass man mir keinen Glauben schenken will?», keifte ein anderes Weib in einem Kosakenkittel mit violett angelaufener Nase und fuchtelte mit den Armen in der Luft herum. «Ich will nie wieder Wasser trinken, wenn die alte Perepetschicha nicht mit eigenen Augen gesehen hat, wie der Schmied sich erhängte!»

«Der Schmied hat sich erhängt! Jetzt haben wir den Salat!», dachte der Dorfschulze, der eben Tschubs Haus verlassen und sich dem aufgeregten Weiberhaufen zugesellt hatte.

«Sag lieber, dass du nie wieder Schnaps trinken willst!», schrie die Weberin die andere an. «Da muss man schon seinen letzten Verstand versoffen haben wie du, um zu behaupten, dass er sich erhängt hat. Ertränkt hat er sich, im Eisloch ertränkt. Das weiß ich so gewiss, wie dass du gerade aus der Schenke kommst!»

«Schamlose Dreckschleuder! Mir willst du etwas vorwerfen?», erboste sich die Violettnasige. «Hättest du nur geschwiegen, du Nichtsnutz! Ich weiß doch, dass der Küster jeden Abend zu dir schleicht.»

Die Webersfrau fuhr auf. «Was ist mit dem Küster? Zu wem geht der Küster? Was lügst du da?»

«Der Küster?», krähte die Küsterin, die sich in ihrem mit blauem Nanking überzogenen Hasenpelz an die Streitenden herandrängte. «Ich will dich lehren, so vom Küster zu reden! Wer hat da etwas über den Küster gesagt?»

«Diese da ist es, die der Küster besucht!», rief die Violettnasige und wies mit dem Finger auf die Webersfrau.

«Du bist es also, du Hündin!», winselte die Küsterin und fiel über die Webersfrau her. «Du bist's also, du Hexe, die ihn mit Teufelskraut so benebelt hat, dass er zu dir kommt?»

«Lass mich los, Satan!», kreischte die Webersfrau und wich zurück.

«Was, du verfluchte Teufelsköchin? – Dass du

deine Kinder niemals wiedersehen mögest! Du Schlange! Pfui!» Und die Küsterin spuckte der Webersfrau in die Augen.

Die Webersfrau wollte ihr mit der gleichen Ladung erwidern, traf jedoch den unrasierten Schädel des Dorfschulzen, der sich, um besser hören zu können, dicht an die Streitenden herangemacht hatte.

«Ah, du schmutziges Weibermaul!», brüllte der Dorfschulze sie an, rieb sich den Speichel mit dem linken Ärmel ab und griff zu seiner Peitsche.

Diese Bewegung veranlasste die Weiber, nach allen Seiten schimpfend auseinanderzulaufen.

«Schweinerei!», knurrte der Dorfschulze und hörte nicht auf, sich abzuwischen. – «Der Schmied hat sich also ertränkt. O du meine Güte! Und was für ein kunstreicher Maler er war! Was für prächtige Messer, Sensen und Pflüge er zu schmieden verstand! Und wie kräftig er war! Ja», fuhr er nachdenklich fort, «solche Leute wie ihn gibt's wenig in unserem Dorf. Ich hab's ja schon, als ich in dem verfluchten Sack saß, gespürt, dass es dem Ärmsten übel zumute war. Ja, ja, so ist es nun mit dem Schmied. Er ist gewesen – und ist nun nicht mehr. Dabei wollte ich gerade meine scheckige Stute zum Beschlagen zu ihm bringen ...»

Ganz angefüllt von solchen christlichen Gedanken, trottete er langsam heim.

Oxana war tief bestürzt, als alle diese Gerüchte sie erreichten. Den Augen der Perepetschicha und dem Geschwätz der anderen Weiber traute sie zwar nicht allzu sehr; sie wusste, dass der Schmied zu fromm war, um sein Seelenheil aufs Spiel zu setzen. Wie aber, wenn er in der Tat das Dorf verlassen hatte und fortgewandert war? Einen so tüchtigen Schmied konnte man überall brauchen. Und er hatte sie so sehr geliebt. Länger als alle andern hatte er ihre Launen ertragen... Die Schöne drehte sich die ganze Nacht hindurch von einer Seite auf die andere und konnte nicht einschlafen. Bald warf sie alle Decken ab, lag in bezaubernder Nacktheit da, die sie im Dunkel nicht einmal selbst wahrnehmen konnte; bald versuchte sie sich zu beruhigen und an gar nichts mehr zu denken, dachte aber in Wirklichkeit unausgesetzt nur an ihn, brannte wie Feuer – und war gegen Morgen bis über die Ohren in ihn verliebt.

Tschub äußerte weder Trauer noch Freude über das Schicksal Wakulas. Seine Gedanken kreisten immer wieder nur um das Gleiche: Er vermochte nicht über den Treubruch Solochas hinwegzukommen und bedachte sie bis in den Schlaf hinein mit Schimpfworten.

Endlich wurde es Morgen. Schon vor der ersten Dämmerung drängte sich das Volk in der Kirche. Die älteren Frauen in weißen Kopftüchern und weißen Tuchkitteln bekreuzigten sich fromm an den Kirchentüren. Vor ihnen standen die «Edelfrauen» in gelben und grünen Jacken, einige sogar in blauen, hinten mit goldenen Troddeln verzierten Überröcken. Die Mädchen, deren Haare mit ganzen Kaufläden von Bändern durchflochten waren und an deren Hälsen lange Schnüre mit Perlen, Kreuzen und Schaudukaten hingen, versuchten, so nahe wie möglich bis zur Heiligenbilderwand vorzudringen. Ganz vorn aber standen die Edelleute und die einfachen Bauern mit ihren Schnurrbärten, Kosakenschöpfen, dicken Hälsen und sauber rasierten Kinnen, fast alle in Pelzen, unter denen weiße oder auch blaue Tuchkittel hervorlugten.

Alle Gesichter, wohin man auch blicken mochte, zeigten einen feiertäglichen Ausdruck. Der Dorfschulze leckte sich beim Gedanken an die Weihnachtswurst schon jetzt die Lippen. Die Mädchen träumten davon, wie sie mit den Burschen Schlittschuh laufen würden. Die alten Weiber murmelten dafür umso eifriger ihre Gebete. Durch die ganze Kirche war zu hören, wie Kosak Swerbygus immer wieder von Neuem auf die Knie sank.

Nur Oxana stand geistesabwesend da. Sie betete – und betete doch nicht. In ihrem Herzen kreuzten sich so verschiedenartige Gefühle, eines immer ärgerlicher und trauriger als das andere, dass ihr die Tränen in die Augen traten und auf ihrem Gesicht nichts als eine starke Verwirrung zu erkennen war. Die andern Mädchen wussten sich ihr Aussehen nicht zu erklären und ahnten nicht, dass der Schmied daran schuld war. Indessen dachte nicht nur Oxana an den Schmied. Alle Einwohner fühlten, dass der Feiertag kein richtiger Feiertag war, dass ihm irgendetwas fehlte.

Unglücklicherweise war auch noch der Küster, infolge seiner nächtlichen Reise im Sack, vollkommen heiser geworden, sodass seine zitternde Stimme kaum zu hören war. Der zugereiste Sänger ließ zwar seinen wunderbaren Bass erdröhnen; es wäre aber noch viel schöner gewesen, wenn der Schmied mitgemacht hätte, der sonst, sooft man das «Vater unser» oder «Und die Cherubime» sang, die Empore betreten und die Melodie so angestimmt hatte, wie man es nur noch in Poltawa zu hören bekam. Auch war er der Einzige, der das Amt des Kirchenvorstehers versah. Schon war die Frühmesse zu Ende und bald darauf auch das Hochamt... Wo mochte nur der Schmied verloren gegangen sein?

XIV

Den Schmied im Nacken, legte der Teufel die Rückreise während des Restes der Nacht noch schneller zurück als die Hinreise. In einem Hui befand sich der Schmied in der Nähe seiner Hütte. In diesem Augenblick krähte ein Hahn.

«Wohin?», schrie der Schmied und hielt den Teufel, der sich schon aus dem Staube machen wollte, am Schwanze fest. «Warte, Freundchen, das ist noch nicht alles! Du musst erst deinen Lohn von mir erhalten.»

Mit diesen Worten ergriff er einen knorrigen Stecken und versetzte ihm drei Hiebe. Der arme Teufel raste nur so davon wie ein eben erst vom Assessor verprügelter Bauer. So kam es, dass der Feind des Menschengeschlechts, anstatt andere zu betrügen, zu verführen und zu foppen, einmal selber gefoppt worden war.

Wakula aber begab sich in die Scheune seines Hauses, wühlte sich ins Heu und schlief bis zum helllichten Mittag. Als er erwachte, erschrak er darüber, dass die Sonne schon so hoch am Himmel stand. «O weh! Ich habe Frühmesse und Hochamt verschlafen!»

Der fromme Schmied versank in zerknirschte Grübeleien und kam zu dem Schluss, Gott habe ihm den schweren Schlaf, der ihn der Freude beraubt hatte, am Weihnachtsmorgen in der Kirche zu singen, als Strafe dafür geschickt, dass er die sündige Absicht gehegt hatte, seinem Leben ein Ende zu machen. Doch dann beruhigte er sich damit, dass er in der nächsten Woche gar alles dem Popen beichten werde und dass er, vom heutigen Tage an, ein ganzes Jahr lang täglich fünfzig Kniefälle zu machen gelobte.

Er schaute in die Stube hinein. Doch niemand war da. Solocha war wohl noch nicht heimgekehrt.

Behutsam holte er die Schuhe aus seinem Brustlatz hervor, staunte von Neuem über die köstliche Arbeit und gedachte der wundersamen Begebenheiten der verflossnen Nacht. Dann wusch er sich, kleidete sich so sorgfältig wie nur möglich an, warf sich in den schönen grünen Rock, den er von den Saporogern erhalten hatte, nahm aus der Truhe eine neue Lammfellmütze aus blauem Tuch, die er, seit er sie in Poltawa gekauft, noch nie getragen hatte, kramte einen neuen, vielfarbigen Gürtel hervor, tat noch eine Kosakenpeitsche hinzu, band das alles zu einem Bündel zusammen und begab sich zu Tschub.

Tschub machte Stielaugen, als der Schmied bei ihm eintrat, und wusste nicht, worüber er sich mehr wundern sollte – darüber, dass Wakula von den Toten auferstanden war, oder darüber, dass er ihm einen Besuch zu machen wagte, oder darüber, dass er wie ein schmucker Saporoger gekleidet war. Am erstauntesten aber war er, als Wakula sein Bündel aufknöpfte, die neue Pelzmütze und den Gürtel, die so schön waren, wie man sie hier im Dorf noch nie gesehen hatte, vor ihn auf den Tisch legte, sich ihm zu Füßen warf und mit flehender Stimme ausrief: «Erbarme dich, Väterchen, und zürne mir nicht. Da hast du die Peitsche. Schlag mich, so viel du Lust hast. Ich gebe mich ganz in deine Hände und bereue alles. Schlag zu, aber zürne mir nicht länger! Du hast doch einst mit meinem seligen Vater Blutsbrüderschaft geschlossen, Salz und Brot mit ihm gegessen und Ungarwein mit ihm getrunken.»

Tschub sah nicht ohne ein geheimes Vergnügen den Schmied, dem niemand im Dorfe an den Wagen zu fahren wagte und der Fünfkopekenstücke und Hufeisen auseinanderbrach, als wären es Buchweizenkuchen, auf den Knien vor sich liegen. Um sich nichts zu vergeben, ergriff er die Peitsche und schlug ihn damit dreimal leicht auf den Rücken. «Nun, genug damit!», rief er. «Höre in Zukunft auf alte Leute. Vergessen wir, was zwischen uns vorgefallen ist. Und sage mir, was du von mir willst.»

«Gib mir Oxana, Vater!»

Tschub dachte ein wenig nach und sah sich die Mütze und den Gürtel an. Die Mütze war prächtig, der Gürtel gab ihr in nichts nach. Ihm kam wieder Solochas Treubruch in den Sinn – und so sagte er schließlich mit fester Stimme: «Gut! Schicke mir deine Brautwerber!»

«Ei!», schrie Oxana auf, die beim Eintreten den Schmied erblickte und ihre Augen freudig verwundert auf ihm ruhen ließ.

«Schau, was für Schuhchen ich dir mitgebracht habe», sagte er, «die Zarin selbst hat sie getragen.»

«Nein, nein, ich brauche keine Schuhe!», rief sie aus, machte eine abwehrende Handbewegung und schaute ihm unausgesetzt in die Augen. «Ich will auch ohne Schuhe ...» Sie hielt inne und wurde feuerrot.

Der Schmied trat dicht an sie heran und ergriff ihre Hand. Da senkte die Schöne ihre Blicke. Noch nie hatte sie so wunderbar ausgesehen. Der entzückte Schmied küsste sie sanft. Und ihr Gesicht wurde noch röter und sah jetzt noch viel schöner aus.

XV

Einmal kam der Bischof seligen Angedenkens durch Dikanka gereist, lobte den Platz, auf dem das Dorf erbaut war, und ließ im Weiterfahren vor der neuen Hütte haltmachen. «Wem gehört diese so schön bemalte Hütte?», fragte Seine Hochwürden eine hübsche junge Frau, die mit einem Kind im Arm vor der Haustür stand.

«Dem Schmied Wakula», antwortete da Oxana (denn sie war es) mit einer Verneigung.

«Schön! Eine schöne Arbeit!», sagte Seine Hochwürden und betrachtete aufmerksam Tür und Fenster. Die Fenster waren allesamt mit roten Strichen eingefasst; auf der Tür aber waren Kosaken zu Pferde mit Pfeifen zwischen den Zähnen abgebildet.

Noch mehr aber lobte Seine Hochwürden den Schmied, als er erfuhr, dieser habe seine Kirchenbuße auf sich genommen und überdies die ganze linke Chorseite in der Kirche grün angestrichen und mit roten Blumen bemalt.

Das war aber noch nicht alles: An die Seitenwand der Kirchenvorhalle hatte er ein großes neues Bild gemalt, das den Teufel in der Hölle darstellte – einen so abscheulichen Teufel, dass alle ausspuckten, wenn sie vorbeigingen, und dass die Weiber, wenn ein Kind auf ihren Armen nicht zu schreien aufhören wollte, es an dieses Bild herantrugen und sagten: «Schau nur, was für ein Ungeheuer dort gemalt ist.»

Dann verschluckte das Kind seine Tränen, schielte scheu nach dem Bild und verbarg das Gesicht an der Brust seiner Mutter.

Guillaume Apollinaire
Das Weihnachtsfest der Milords

In den Ferien in Villequier unterhielt ich mich in einer sehr hellen Augustnacht auf dem Kai mit einem Lotsen der Innung von Quillebœuf, der mit seinem Gummimantel über dem Arm auf einen aus Rouen kommenden englischen Tanker wartete.

*

«Jedes Mal wenn ich an Bord eines englischen Schiffes gehe», sagte der Seemann, «bin ich ergriffen und muss an meinen Großvater denken, den Korsaren, der den Engländern so übel mitgespielt hat. Die Entente cordiale* ist ja schön und gut, aber ich habe den Engländerhass einfach im Blut, ich kann es auch nicht ändern ...

Gewiss haben Sie von dem Korsaren Jean-Louis Mordant gehört, dem Sieger in jenem berühmten

* Frz. «herzliches Einverständnis», ein 1904 zwischen Frankreich und Großbritannien geschlossenes Abkommen, das die Beilegung von geostrategischen Interessenskonflikten etwa in der Kolonialpolitik zum Ziel hatte.

Seegefecht, von dem die alten Seeleute alle noch wissen und das man das Weihnachtsfest der Milords nennt?»

«Ich bedaure», erwiderte ich, «aber erzählen Sie mir von dem Weihnachtsfest der Milords, solange Sie auf Ihren englischen Tanker warten.»

*

«Hören Sie gut zu», sagte der Lotse und klopfte seine Pfeife auf der Brüstung aus, «die Geschichte ist es wert, erzählt zu werden.

Am 24. Dezember 1812 segelte das Korsarenschiff ‹La Belle-Malouine› auf der Jagd nach Abenteuern in den Gewässern der Antillen.

Es war eine schreckliche Zeit.

Frankreich versuchte damals noch, England die verlorene Vorherrschaft auf dem Meer wieder zu entreißen. Unsere Fregatten und Korvetten versanken, bedrängt von den mächtigen Dreideckern des Feindes, in den Fluten, aber sie strichen nicht die Flagge. Schnell und furchtlos griffen unsere Korsaren unerwartet und oft erfolgreich gegnerische Schiffe an, die unendlich überlegen schienen.

Den Kapitän der ‹Belle-Malouine›, Jean-Louis Mordant, fürchteten die Engländer mehr als die Pest, denn er hatte drei ihrer Kriegsschiffe versenkt. Außerdem hatte er zehn englische Handelsschiffe gekapert. Doch von diesen Heldentaten machte er kein Aufhebens. Er nannte das ‹sich verproviantieren› und brüstete sich lediglich mit seinen drei Scharmützeln, wie er es nannte.

In Wirklichkeit handelte es sich um drei regelrechte Seegefechte, in denen er Kriegsschiffe besiegt hatte, die mindestens zehnmal so groß waren wie die ‹Belle-Malouine›.

*

Kapitän Jean-Louis Mordant war einer der reichsten Reeder von Saint-Malo. Seine Schiffe wurden eins nach dem andern von den Engländern erbeutet. Bei Trafalgar töteten sie den Verlobten seiner Tochter, die von so bemerkenswerter Schönheit war, dass man sie nur die schöne Malouine nannte. Sie starb vor Kummer, und ihre verzweifelte Mutter überlebte sie nur um wenige Monate.

‹Ich habe mich damit abgefunden›, sagte er einige Tage später zu seinen Freunden in Saint-Malo; ‹wenn die Engländer mich um mein Glück gebracht haben, wenn sie sich meiner Schiffe bemächtigt haben, wenn sie den Tod meiner Tochter und meiner Frau verschuldet haben, so nur, weil Gott und die Jungfrau Maria es zugelassen haben. Wenn ich meinerseits so viele *Milords* wie möglich töte, dann wird das ebenfalls durch den Willen des lieben

Gottes und der Heiligen Jungfrau Maria geschehen.›

*

In den folgenden Tagen ordnete er seine Angelegenheiten, verkaufte alles, was er besaß, kaufte eine Brigg, die er zur Kaperei ausrüstete und in Erinnerung an seine Tochter ‹La Belle-Malouine› nannte.

Und seit diesen Ereignissen hat der ehemalige Reeder die Engländer nicht geschont. Er hat Wort gehalten und so viele *Milords* getötet, wie er konnte.

Kapitän Mordant war ein Mann von etwa fünfzig Jahren, im Allgemeinen sanft und höflich, gebildet, er schrieb selbst Verse und rezitierte gern welche, insbesondere den berühmten Vers Lemierres:

‹Der Dreizack Neptuns ist das Szepter der
Welt.›*

Er rezitierte ihn traurig, denn er dachte an Frankreich, das, sagte er, das Szepter verloren habe, indem es den Dreizack aufgab.

Im Übrigen fehlte es seinen politischen Ansichten vielleicht an Genauigkeit. Er zollte der weißen

* Antoine-Marin Lemierre (1733–1793), frz. Bühnendichter, in seinem Gedicht *Le Commerce*.

Fahne* denselben Respekt wie der Trikolore. Und wenn er unter Letzterer segelte, versäumte er nicht, in Gefechten beide Flaggen am Besan aufziehen zu lassen.

‹Französisch sind sie beide›, sagte er, ‹und so ruhmreich, dass es eine Herabsetzung Frankreichs wäre, hörte man auf, die eine oder die andere zu ehren.›

Sobald Kapitän Mordant sich mit den Engländern konfrontiert sah, wurde er erbarmungslos. Und das trug nicht wenig dazu bei, ihn auf den Meeren berühmt zu machen.

Um seinen Namen rankte sich eine Legende, die ihn als Bestie darstellte, und das war sehr ungerecht, denn selten verbindet sich Höflichkeit mit Grausamkeit, wohingegen unerbittlich zu sein für einen Mann des Krieges nicht immer bedeutet, dass er aufhört, ritterlich zu sein.

*

Es war also Heiligabend 1812. Den ganzen Tag über hatte der Wind geblasen. Bei Sonnenuntergang

* Vor der Französischen Revolution, mit der sich die Trikolore durchsetzte, symbolisierte das königliche Weiß einer Fahne das absolutistische Zeitalter des Ancien Régime.

legte er sich. Allein die Gischt der sich brechenden Wellen trübte bisweilen die Klarheit des Himmels. Allmählich wurde es dunkel. Sterne erschienen am Firmament. Dann war es Nacht: eine sternenhelle, laue Nacht. Die rauen Seeleute der ‹Belle-Malouine› vermissten jedoch die kalten Nächte der Weihnachtszeit zu Hause, ihre Familien und ihre ferne Heimat. Sie sangen alte französische Weisen, Weihnachts- oder Seemannslieder, während auf der Brücke, das Fernrohr unter dem Arm, Kapitän Mordant ihnen nachdenklich zuhörte und dabei vergaß, in seine geöffnete Schnupftabaksdose zu greifen.

Eine Stimme rief: ‹Fregatte in Lee!›

*

Der Kapitän schloss seine Schnupftabaksdose, steckte sie eilends in die Tasche und suchte mit dem Fernrohr den Horizont ab. Dann lachte er laut auf. Ein großes Schiff näherte sich. Die geübten Augen der Seeleute konnten in der sternenhellen Nacht die englische Flagge am Besan erkennen.

‹Das ist die ‚Juno'›, sagte Kapitän Mordant zu seinem Steuermann. ‹Sie kommt von Martinique, das diese ver... *Milords* uns gestohlen haben. Lassen Sie die englische Flagge aufziehen. Das Schiff klarmachen zum Gefecht. Bord- und Bugkanonen laden. Alle Laternen an Deck bringen und anzünden. Die *Milords* sollen einen schönen Weihnachtsbaum bekommen, wie es Brauch ist in ihrem Land.›

*

Und Kapitän Mordant holte seine Pistolen und seinen Entersäbel.

*

Die ‹Belle-Malouine› wurde für den Kampf aufgetakelt. Man schmückte den Fockmast und machte mit den bunten Lichtern der Schiffslaternen, die man darangehängt hatte, einen wunderbaren Weihnachtsbaum daraus. Sodann ließ Kapitän Mordant seine Matrosen ein in der englischen Marine beliebtes Lied singen, das er mit französischen Worten unterlegt hatte. Das Lied hatte ihm geholfen, die *Milords*, als er ihre Handelsschiffe verfolgte, hinsichtlich seiner Nationalität in die Irre zu führen. Diesmal aber sollte es gegen Englands Königliche Marine helfen:

‹Milords, macht euch bereit,
Ihr seid dem Tod geweiht!
Mordant übernimmt nun
Den Dreizack von Neptun.›

Nach dieser Strophe erhob sich Hurrageschrei auf der ‹Juno›.

‹Sie bewundern unseren Weihnachtsbaum›, sagte Mordant, ‹und halten uns für *Milords.*›

‹Ja›, erwiderte der Steuermann, ‹sie denken, wir feiern *Christmas.*›

*

Die ‹Juno› kam näher. Man sah Männer an der Reling stehen. Sie winkten begeistert zur ‹Belle-Malouine› herüber.

‹Nun die zweite Strophe›, forderte Mordant, ‹und alle singen mit!›

‹Milords, macht euch bereit,
Ihr seid dem Tod geweiht!
Denn Mordant der Korsar
Hasst England immerdar.›

‹Hurra, hurra!›, rief man auf der ‹Juno› und stimmte eine englische Strophe desselben Liedes an. Aber auf der ‹Belle-Malouine› war es unmöglich, die englischen Worte zu verstehen, genauso wie man auf der ‹Juno› die französischen Worte nicht wahrgenommen hatte.

*

Im gleichen Augenblick gab Kapitän Mordant den Befehl zu feuern. Die Kanonen der ‹Belle-Malouine› donnerten, und die Geschützsalve, die über das Deck der ‹Juno› fegte, muss die Mannschaft wohl überrascht haben, die dachte, es mit einem kleinen englischen Schiff zu tun zu haben, das feierlich das Weihnachtsfest beging. Die *Milords* stießen ein erstauntes Geheul aus, in das sich Schmerzensschreie mischten. Durch den Rauch aber blieb den Seeleuten der ‹Belle-Malouine› das Durcheinander, das an Bord der Fregatte herrschte, verborgen.

‹Holt die englische Flagge ein und zieht die französische auf!›

‹Welche?›, fragte eine Stimme.

‹Beide!›, antwortete Mordant hochgemut.

*

Die englische Flagge sank kläglich herab und die beiden französischen, die weiße und die dreifarbige, flatterten bald am Besan, angestrahlt von den Lichtern, die aus dem Fockmast einen Weihnachtsbaum machten.

Nach einer neuen Breitseite brach endgültig Panik auf der ‹Juno› aus, deren Großmast umstürzte und ein Dutzend Männer unter sich zermalmte. Dann stießen die Schiffe aneinander, und die

‹Belle-Malouine› hakte sich an der Fregatte fest. Mit Messern bewaffnet sprangen die Korsaren auf die ‹Juno›. Sie war in einem üblen Zustand. Das Deck war von Leichen übersät. Kapitän Mordant tötete mit einem Pistolenschuss den Commodore, der sein Möglichstes getan hatte, um seine durch den Überraschungsangriff entmutigte Mannschaft zusammenzuhalten.

Alle Engländer wurden niedergemetzelt. Das englische Lied mit den französischen Worten übertönte die Schreie der noch Lebenden und die Flüche der Sterbenden.

‹Milords, machte euch bereit,
Ihr seid dem Tod geweiht!
Von jeher war Frankreich
Beim Entern erfolgreich ...›

*

Nachdem sie die Lunten angezündet hatten, die eine Stunde später das Pulver in Brand setzen sollten, um die manövrierunfähige und blutgetränkte Fregatte in die Luft zu jagen, gingen die Franzosen von Bord. Man durchtrennte die Ketten, mit denen das Schiff an der ‹Belle-Malouine› festgemacht war, und diese entfernte sich.

Eine Stunde später explodierte das Wrack der

‹Juno› mit einem großen Knall und riesigen Feuergarben.»

*

Stromaufwärts kündete ein Tuten von der Ankunft des Tankers. Der Bootsmann tauchte seine Ruder ins Wasser. Der Lotse nahm sich indessen die Zeit, seine Geschichte zu Ende zu erzählen:

*

«Kapitän Mordant rieb sich die Hände. Er wandte sich zu seinem Steuermann und bot ihm höflich eine Prise an.

‹Das ist unser viertes Scharmützel›, sagte er, ‹und das macht vier Kriegsschiffe weniger für die *Milords*: die ‚Proserpina', die ‚Phoebe', die ‚Amphitrite' und heute Nacht die ‚Juno'.› Er schwieg einen Augenblick, dann fuhr er fort: ‹Ich möchte gern, bevor es wieder Nacht wird, in Gouadeloupe ankommen.›

*

Er betrachtete prüfend den Horizont und das ruhige Meer, auf dem sich kein Lüftchen regte, als ihn seine Manie des Rezitierens überkam und er folgenden Vers aus ‹Iphigénie› deklamierte:

‹Ich bitt die Götter nichts, als dass ein Wind
mich führe.›*

‹Aber die Göttinnen behandeln Sie schlecht›, versetzte sein Steuermann, der Humor hatte...

*

Allmählich erhob sich der Wind. Man löschte die Laternen am Fockmast, und während die ‹Belle-Malouine› auf Guadeloupe zusteuerte, sangen die Matrosen lange in der Nacht:

‹Wir singen alle und sind froh
Christ ist geboren in Saint-Malo
Wird noch am selben Tag Korsar
England zu Ehren, das ist wahr› usw...

und viele andere Weihnachtslieder, während am Besan glorreich die beiden französischen Flaggen wehten: die weiße und die Trikolore...»

*

* Aus der Tragödie *Iphigénie* (1674) des frz. Dramatikers Jean Baptiste Racine (1639–1699).

Jetzt war der Lotse im Boot. Es erreichte den vorüberfahrenden Tanker. Der Nachfahre des Korsaren warf zuerst seinen Mantel über, kletterte dann flink die Leiter hinauf, und während der Lotse der Innung von Rouen herabstieg, sah ich in der hellen Nacht den Enkel von Jean-Louis Mordant dem englischen Kapitän die Hand schütteln.

EMILIA PARDO BAZÁN

Der weiße Stern

Von den drei Königen aus dem Morgenland – sie werden auch Magier* genannt – war der alte Balthasar der weiseste. In seinem Palast, dessen hohe Dächer mächtige Zedernbalken abstützten und den starke Granitmauern und ein ausgesuchter Trupp Soldaten aus den edelsten Familien schützten, hatte er sich zuoberst in einem runden Turm eine Art Observatorium eingerichtet. Dort schloss er sich immer wieder ein, befragte in aller Ruhe die Sternbilder und füllte mit rätselhaften Zeichen eines unbekannten Alphabets wunderbar gegerbte, weiche Pergamentblätter, die ihm sorgfältig aufgerollt in großer Zahl gebracht wurden. Die Wände entlang reihten sich rund um den Raum kostbare Holzgestelle aneinander, wo er Wachstäfelchen aufbewahrte, die alle mit einem Gewirr feiner, mit spitzem Metallstift eingeritzter Linien bedeckt waren.

* Das Matthäusevangelium (Mt 2) berichtet von μάγοι (griech. «Weisen», «Sterndeutern», «Wahrsagern», «Zauberern»). In seiner dt. Übersetzung bezeichnet Luther sie als «Weise» aus dem Morgenland; in der spanischsprachigen Bibel ist von *magos* («Magiern») die Rede.

Der alte König bildete sich nichts ein auf seine Wissenschaft. In den weiten blauen Räumen, die seine Augen absuchten, wünschte er sich sehnlichst, auf geheimnisvolle Gesetze zu stoßen, unvermutete Schöpfungsharmonien zu entdecken; aber es gelang ihm nicht. Sein sehnliches Verlangen, Erkenntnis zu gewinnen, den Schleier aufzureißen, womit die Schöpfermacht ihr Vorgehen verbirgt, hielt ihn dermaßen gefangen, dass er seine Regierungsgeschäfte vernachlässigte. Ein ehrgeiziger Neffe gewann mit seinem Tatendrang die Zuneigung des Volkes und der Heerführer, und wenn er seinen Onkel nicht absetzte, so nur weil er dessen Beschäftigung als harmlos ansah und sich davon nicht gestört fühlte.

König Kaspar hingegen beschäftigte sich nicht mit dem Himmel, sondern setzte seine magischen Kräfte zur Eroberung und Beherrschung der Erde ein. Wenn er an der Spitze eines Kriegsheeres in Feindesland einfiel, war er gut gewappnet mit Voraussagungen und Horoskopen. Alle glaubten, Kaspar besitze seherische Begabung und könne sich unmittelbar mit der verborgenen Macht verständigen, die im zufälligen Verlauf der Ereignisse den Sieg gewährt, und sie folgten ihm blindlings und ohne jegliche Furcht. Wer ihn sah, wie er als Anführer in den besten Mannesjahren sein Streitross in der hitzigen Schlacht mit vertrauensvollem Lächeln sicher durch Pfeilhagel und Staubwolken lenkte, sagte jedes Mal wieder, dass wohl ein Zauber ihn unverwundbar machte. In der Tat hatte der Magier noch nie eine Verwundung erlitten: In allen Schlachten vollbrachte er tollkühne Taten, doch weder Pfeil noch Stein vermochten ihn zu treffen, noch ein Schwerthieb sein Gewand zu ritzen. Die Römer versuchten, Kaspars Herrschaftsgebiete zu unterjochen, aber die kampferprobten Legionen wurden geschlagen, übel zugerichtet und aufgerieben. Als der Prokonsul, der sie befehligt hatte, dem Senat Bericht erstattete, der König verfüge über magische Kräfte und sei unbesiegbar, wurde er ausgelacht, er sei orientalischem Aberglauben und lächerlichen Ammenmärchen verfallen. Kaspars Ehrgeiz hingegen war noch nicht gestillt, er verzehrte sich in seinem Verlangen nach größeren Eroberungen, wollte in Rom einmarschieren, die Stadt in Brand setzen und sich der Weltherrschaft bemächtigen.

Der dritte König, Melchior, herrschte über die Äthiopier, das älteste Volk der Erde. Er war jung, höchstens fünfundzwanzig Jahre alt, sein Herz und alle seine Sinne brannten lichterloh. Sein schwarzer Leib glänzte wie eine kostbare Bronzestatue, er war schlank, und trotz seiner kräftigen Muskeln bewegte er sich mit eleganter Geschmeidigkeit. Seine reichen Schätze an Gold, Perlen, Straußenfedern und köstlichen Ölen kauften ihm Händler und Karawanenführer ab und vermittelten ihm dafür weiße Sklavinnen aus den veschiedensten Ländern. Zitternd vor Angst, tieftraurig oder schicksalsergeben betraten sie den Palast, den ihnen Melchior eingerichtet hatte: in makelloser Schönheit die Töchter des Kaukasus mit den schmalen Augen; die Griechinnen mit ihrer Kunst, anmutige Verse zur Laute zu singen; die Perserinnen in einer Wolke von betörendem Rosenduft; die Andalusierinnen mit ihren wollüstigen Tänzen; die schwarz verschleierten Phönizierinnen; die Hebräerinnen mit den edlen Gesichtszügen; schließlich die stolzen Römerinnen, die nicht selten ihre Tuniken zerrissen und sich erhängten, um so der Versklavung und den Liebkosungen des Barbarenkönigs zu entgehen. Melchior wollte, dass seine Sklavinnen in Luxus und Freude lebten. Sein Serail war riesig und stand inmitten blühender Gärten und schattenspendender immergrüner Bäume, die süße Düfte verströmten. Kleine Boote durchfurchten lauschige Teiche und luden zu Badefreuden und Spazierfahrten ein, aber gerudert wurden sie nicht von Männern, sondern von dressierten Affen oder von dienstbeflissen lächelnden Sklavinnen mit muskulösen Oberkörpern und wulstigen Lippen. Melchior litt nämlich an einer grausamen Krankheit: Seine Leidenschaft konnte sich zu rasender Eifersucht steigern, und so schirmte er seine Frauen von allen Männerblicken ab. Am liebsten hätte er sie in eine Festung ohne frische Luft eingesperrt, aber die Erfahrung hatte ihn gelehrt, dass sie sich in der Gefangenschaft verzehrten und an Fieber starben, und so fand er es besser, ein riesiges Gelände zu ummauern und darin seinen Schatz zu hüten, den er mit niemandem teilen wollte.

In diesem köstlichen Schutzgelände verbrachte er seine Abende und Nächte, überwachte seine Schönen, genoss ihre Tänze und Spiele, hörte ihren Gesängen zu, erkundigte sich nach ihren fernen Heimatländern und spürte den heimlichen Schmerz seiner Konkubinen, wenn ihnen unwillkürlich Tränen in die schönen Augen traten.

Bisweilen fragte Melchior mit sanfter Stimme: «Bist du nicht glücklich, Dircé? Liebst du mich nicht, Faustina? Sehnst du dich nach einem anderen Geliebten, Guluya?»

Wie ihre Antwort auch ausfiel, wie innig sie ihn auf seine Frage hin liebkosten, Melchior blieb zu Tode betrübt. Denn er wusste, dass seine schwarze Haut und sein Kraushaar ihnen unangenehm waren und dass die Schönen ihm ein Glück vorgaukelten, das sie nicht empfanden. Jede von ihnen hatte in ihrer Heimat einen Auserwählten zurückgelassen: einen Griechen mit ebenmäßigem Profil und straffen

Muskeln unter der goldfarbenen Haut; einen Militärtribun; einen stattlichen Patrizier; einen schwarzlockigen Hirten in Galiläa; einen iberischen Fürsten, der auf seinem Pferd über die turdetanischen Ebenen* sprengte. Melchior versuchte verzweifelt, seine unsichtbaren Rivalen aus ihrem Gedächtnis zu tilgen, und nahm schließlich zur Magie Zuflucht, um das Glück zu erringen, das er über jedes andere stellte: geliebt zu werden. Ihm genügte die mechanische Unterwerfung nicht, das Einverständnis der verführerischen Leiber; er forderte die Seele mit wütender, nie befriedigter Begierde. Er versuchte es mit Liebestränklein und Beschwörungen, Zauberformeln und Geisteranrufungen, er wandte sich an die Zauberinnen in Thessalien, die sich bei Mondlicht versammeln, an die Wahrsagerinnen in Israel, die sich schwarzer Riten bedienen, Schlangen anbeten und grausame Zeremonien anwenden, um das Böse zu besänftigen. Er raubte Haare, abgebrochene Fingernägel und Badewasser seiner Geliebten, und aus solchen Zutaten mischte er Liebestränklein. Aber die Liebe stellte sich nicht ein; Melchior spürte sie im demütigen Gehorsam der Schönen nicht vibrieren. Er entstieg ihrem Schoß noch durstiger und noch melancholischer, und so wund war seine

* Die Turdetaner bewohnten in vorchristlicher Zeit die Ebene am Guadalquivir, im heutigen Andalusien.

Seele, dass er sich einschloss, manchmal eine ganze Woche lang, ohne einen Fuß auf das Gelände seines Serails zu setzen – bis er sich endlich ein wenig fing und seinen Kampf mit dem Unmöglichen wieder aufnahm, um dann von Neuem in Lustlosigkeit und Niedergeschlagenheit zu verfallen. Wenn nur eine Einzige ihm ihre Liebe schenken wollte! Und diese Eine wäre sein ganzes Leben!

In einem solchen Zustand finsterer Hoffnungslosigkeit kam Melchior auf die Idee, dass der alte König Balthasar mit seiner Weisheit ihm vielleicht helfen könnte. Er begab sich mit einem prunkvollen Geleit auf die Reise und erreichte nach vier Tagen mit seinem Tross mit Goldstaub und Myrrhe beladener Kamele die Hauptstadt des Magiers. Unterwegs war er König Kaspar begegnet, der an der Spitze eines Trupps ausgesuchter Krieger ebenfalls den greisen König besuchen wollte, um ihm ein Bündnis vorzuschlagen. Diese Absicht unterbreitete er auch Melchior. Warum sollten sich die Monarchen aus dem Orient nicht verbünden und Rom überfallen, das sich immer die Herrschaft über die andern Völker anmaßte und sie zu tributpflichtigen Vasallen erniedrigte?

Melchior stimmte diesem Plan zu, aber beide kamen überein, ihn dem altersweisen Balthasar zu unterbreiten, der ohne Zweifel in den Gestirnen die Zukunft lesen konnte.

Herzlich und mit allen Ehren wurden sie empfangen, und nach Sonnenuntergang setzten sich dann die drei Magier, nachdem sie reichlich gegessen und getrunken hatten, auf der Terrasse des Königspalastes zusammen und genossen den Anblick des samtweich schimmernden türkisfarbenen Sternenhimmels, der sich wie ein mit Diamanten und Edelsteinen besetztes Zeltdach über sie spannte. Nun wandte sich Balthasar in väterlich-leutseligem Ton mit folgenden Worten an seine Gäste: «Was Kaspar wünscht, entspricht seiner hohen Gesinnung und seinem Löwenmut; aber ein schwacher Greis wie ich will nichts mehr von Kriegen und Heldentaten wissen. Wenn ihr wollt, verhandelt über dieses Bündnis mit meinem Neffen, der mir beisteht, die Last des Staates zu tragen. Ich möchte euch in dieser ganz besonderen Nacht von etwas viel Wichtigerem berichten.»

«Wichtiger als die Eroberung Roms?»

«Wichtiger als die Liebe?»

Diese beiden Einwürfe erstaunten Balthasar keineswegs. Seine Seheraugen hefteten sich auf die beiden Monarchen, und er lächelte nachsichtig. «Hört, meine Freunde!», sprach er. «Seit vielen Jahren durchforschen meine Augen die Himmelsräume, und meine Hände zeichnen die Bewegungen der Himmelskörper und ihre Bahnen auf. Vergeblich versuche ich herauszufinden, was für eine

Bedeutung diese Ansammlung von Sonnen und Planeten für die Menschheit haben kann. Verwundert es euch nicht, dass sie in so riesiger Zahl in so weiten Fernen strahlen und nie näher kommen, uns vielmehr aus der Unermesslichkeit kalt und starr betrachten?»

Kaspar und Melchior schwiegen, und der Magier fuhr fort: «Seit einiger Zeit allerdings glaube ich, Anzeichen wahrzunehmen, dass der Himmel sich der Erde annähern müsse. Meine Berechnungen erlauben mir, mit Sicherheit auszusagen, dass ein unbekannter Stern aufgehen muss und dass dieser neue Stern der einzige sein wird, der Mitleid mit den Menschen hat. Ich habe Anzeichen für sein baldiges Erscheinen wahrgenommen. Wir sind hier drei Männer mit einer unstillbaren Sehnsucht. Ist es nicht so? Warum soll dieser wohltätige Stern denn nicht heute Nacht erscheinen?»

Die tiefe Stille, die in stummen Wellen der nahen Wüste zu entsteigen schien, die Feierlichkeit der Stunde beeindruckten die anderen beiden Könige sehr. Ihre Einbildungskraft entfaltete sich wie der schwere Duftkelch einer riesigen Blüte.

Balthasar breitete die Hände aus wie zum Gebet und sprach weiter: «Wir Alten, die wir an der Schwelle des Todes stehen, unser Leben lang Enthaltsamkeit geübt haben und mit den geistigen Werten in Verbindung geblieben sind, gelangen manchmal zu Erkenntnissen, die nur schwer zu erklären sind. Mir ist in meinem Observatorium manchmal durch den Kopf gegangen, dass die Welt leidet, dass sie Opfer von Ungerechtigkeit und Schmerz ist und deshalb die Stunde kommen muss, da der Himmel sich ihrer annimmt. Ich kann nicht herausfinden, wie der Mensch gerettet werden soll, und trotzdem glaube ich fest daran, dass es geschehen muss und dass diese Wahrheit mit feurigen Lettern in den Himmel eingeschrieben ist. Und wenn euch das als Hirngespinst eines altersschwachen Kopfes vorkommt, so lasst es mir dennoch, es ist mein einziger Trost, der Lohn für mein Dasein, das dem Geistigen gewidmet ist.»

«Mein verehrter Vater», entfuhr es dem schwarzen König, bei dem der Glaube plötzlich entbrannt war, «ich glaube, ich verstehe, was du meinst. Die Welt ist voll Bitternis. Sie braucht irgendeine Hoffnung, und wir mit unserem blutenden Herzen suchen sie wie der Hirsch die Wasserquelle.» Und er ergriff beide Hände des Weisen und küsste sie.

«Man muss», erklärte trotzig Kaspar, «das unverschämte, ruchlose Rom niederreißen, seine Tyrannei abschütteln.»

«Mein Sohn Kaspar», flehte der älteste Magier, «glaube, und du wirst sehen, dass Rom kampflos und ohne Blutvergießen fallen wird. Glaube und warte, die Stunde ist nahe; wahrhaftig, ich sage es dir.»

Kaspar warf sich nun seinerseits dem Greis zu Füßen. Dieser erhob die Augen zum Himmelsgewölbe und betrachtete die zahllosen funkelnden Lichtpunkte. Nichts war zu hören, nicht einmal der Atem der drei Könige. Kein Lufthauch regte sich.

Auf einmal erschien inmitten der Lichter am Firmament ein neues, das zuvor nicht sichtbar gewesen war. Ein weißer Stern, weißer als alle anderen, stieg langsam und majestätisch empor, kam immer näher, bis er schließlich wie ein kleiner, perlenschimmernder Mond aussah. Er beleuchtete die ganze Terrasse und zog einen blendenden Schweif hinter sich her, der sich entfaltete wie der Mantelsaum einer Sternenkönigin. Balthasar beugte nun ebenfalls das Knie und weinte vor Seligkeit: «Seht ihr ihn?» Und nochmals: «Seht ihr ihn?»

Der feurige Melchior sprach als Erster den entscheidenden Satz aus: «Folgen wir ihm!»

Und sie folgten dem Stern, obwohl sie nicht wussten, wohin er sie führen würde, aber sie waren sicher, er war der Weg zur Erlösung. Glücklich ritten die drei auf ihren Dromedaren durch die weite Sandwüste, Balthasar dachte nicht mehr an seine Wissenschaft, Kaspar nicht mehr an Kriegsruhm, Melchior nicht mehr an Liebesentrückung. In ihren Augen glänzte ein übernatürliches Licht, und der Stern, der ihnen immer vorauszog, schien sie mit immerwährendem Jubel zu erfüllen. Bei Tag überstrahlte seine Helle sogar das Sonnenlicht.

Und weil die weisen Könige dem Stern gefolgt sind – das wisst ihr doch –, wurden sie nach ihrer Rückkehr in ihre Heimatländer zu den Heiligen Drei Königen.

BRET HARTE

Der Weihnachtsmann kommt nach Simpsons Bar

Im Tal des Sacramento war ein Unwetter niedergegangen. Die North Fork war über ihre Ufer getreten und der Rattlesnake-Fluss unpassierbar geworden. Die Steinblöcke, die sonst die Sommerfurt an Simpsons Übergang kenntlich machten, waren unter einer Wasserfläche verschwunden, die bis an die Ausläufer des Gebirges reichte. Die Postkutsche war nicht über Grangers hinausgekommen, und der Bote hatte seine Briefe im Stich lassen müssen, um schwimmend dem sicheren Tod zu entgehen. Nicht ohne tiefsinnigen Lokalstolz berichtete die «Sierra Avalanche»: «Ein Gebiet so groß wie der gesamte Staat Massachusetts steht jetzt unter Wasser.»

Im Hügelland war das Wetter auch nicht besser. Auf der Bergstraße lag eine tiefe Schlammschicht. Planwagen, die weder Muskelkraft noch Flüche von der Stelle rühren konnten, blockierten die Fahrbahn, und der Weg nach dem Dorf Simpsons Bar war durch zusammengebrochene Fahrzeuge und fluchende Männer gekennzeichnet. Hoch oben, völlig abgeschnitten und unerreichbar, sturmumtobt und vom Hochwasser bedroht, klammerte sich Simpsons Bar wie ein Schwalbennest an das felsige Säulengebälk, das aufgesplitterte Kapitell des Tafelberges, und bebte im Sturm.

Es war Weihnachten 1862. Als die Nacht sich über die Siedlung senkte, sah man nur die erleuchteten Fenster der Hütten rechts und links der Dorfstraße, die jetzt völlig zerfurcht war von Rinnsalen und Bächlein und umtobt von Windstößen aus allen vier Himmelsrichtungen. Zu ihrem Glück waren die meisten Einwohner in Thompsons Laden versammelt, saßen schweigend um den glutroten Ofen und spuckten ihn zuweilen an, ein Zeitvertreib, der anscheinend jedes Gespräch voll ersetzte. Allerdings waren auch die meisten sonstigen Zerstreuungen des Dorfes längst erschöpft. Das Hochwasser hatte vorläufig die tägliche Arbeit der Goldgräber in der Schlucht und am Fluss unmöglich gemacht. Mangel an Geld und Whisky nahm manch anderen fragwürdigen Vergnügen jeden Reiz. Sogar Jack Hamlin, der Spieler, hatte sich damit abfinden müssen, den Ort mit nur fünfzig Dollar in der Tasche zu verlassen – alles, was er von einer viel größeren Summe in bar einkassieren konnte, welche er in seinem mühseligen Beruf seinen Freunden abgewonnen hatte. «Wenn man mich fragt», erklärte er einmal später, «so nenne ich Simpsons Bar bestenfalls ein nettes kleines Dorf, wo ein pensionierter Spieler, dem es aufs Geldverdienen nicht ankommt, frei und ungestört leben kann. Aber für einen jungen Menschen, der eine große Familie zu erhalten hat: Hände weg.» Da Hamlins Anhang hauptsächlich aus erwachsenen Damen bestand, zeugten solche Äußerungen mehr für seinen Humor als für die Last seiner Pflichten.

Wie dem auch sei, die wehrlosen Opfer dieser Erzählung saßen an jenem Abend in träger Stumpfheit, entstanden aus Müßiggang und Langeweile, um den Eisenofen. Als draußen das Regentrommeln von Hufschlag unterbrochen wurde, rührte sich niemand. Höchstens, dass Dick Bullen im Pfeifenputzen innehielt und aufblickte. Ja, als nun der Reiter eintrat, zeigte keiner der Männer auch nur eine Spur des Interesses oder des Erkennens.

Dabei war der Neuankömmling allen wohlvertraut. Er zählte etwa fünfzig Jahre, hatte schütteres graues Haar, sah aber sonst viel jünger aus und hieß in Simpsons Bar nur der «Alte». Stets bemühte er sich, freundlich zu scheinen, und besaß die chamäleonartige Fähigkeit, sich jeder Stimmung seiner Umwelt in allen Schattierungen anzupassen. Offensichtlich war er aus einer recht munteren Gesellschaft gekommen und hatte die Trübsal der Anwesenden noch nicht bemerkt. So schlug er gleich dem Nächstsitzenden ausgelassen auf die Schulter, warf sich in einen leeren Stuhl und begann: «Also, Kinder, ich muss euch die beste Geschichte erzählen, die ich seit Langem gehört habe. Ihr kennt doch drüben den Smiley, ein ganz famoser Kerl und wirklich der witzigste Mensch im Ort. Nun, dieser Jim hat da eine tolle Sache erzählt...»

«Smiley ist ein Idiot», unterbrach ihn eine dumpfe Stimme.

«Ein Stinktier ist er, ein abgefeimtes», fiel ein anderer mit Grabesstimme ein.

Auf diese eindeutigen Bemerkungen folgte Schweigen. Der Alte blickte sich betroffen im Kreise um, dann wechselte langsam sein Gesichtsausdruck. «Natürlich», meinte er nach einer Weile nachdenklich, «wenn man es so recht bedenkt, ein Idiot ist er schon und ein Stinktier auch, gewiss.» Dann schwieg er einen Augenblick, wie in bitterer Erinnerung an diesen unappetitlichen und dummen Smiley, der hier so unbeliebt war, und meinte dann, jetzt völlig im Bild über die herrschende Stimmung: «Sauwetter, das. Wirklich scheußlich für die Jungens. Wie soll man da überhaupt etwas verdienen. Dabei ist morgen Weihnachten.»

Auf diese Worte hin ging eine Bewegung durch die Reihen der Männer, die ebenso gut Abscheu wie Zustimmung hätte bedeuten können.

«Ja», fuhr der Alte in dem weinerlichen Ton fort, den er sich inzwischen angeeignet hatte, «morgen ist Weihnachten und heute die Christnacht. Wisst ihr was, Jungens», sprach er nun etwas lebhafter weiter, «ich dachte früher, oder eigentlich ist mir die Idee eben jetzt gekommen: Wie wär's, wenn wir alle jetzt zu mir hinübergingen, zu so einer Art Sauferei?... Aber vielleicht wollt ihr gar nicht, seid vielleicht nicht in der rechten Stimmung?», fuhr er eingeschüchtert fort und sah fragend in die Runde.

«Also, ich weiß nicht recht», antwortete Tom Flynn mit besserer Laune, «vielleicht machen wir gern mit. Aber deine Frau? Was sagt sie dazu?»

Der Alte zögerte. Seine Erfahrungen in der Ehe waren nicht die besten gewesen, und ganz Simpsons Bar wusste es. Seine erste Frau, ein zartes kleines Ding, hatte unter seiner Eifersucht schwer und stillschweigend zu leiden gehabt. Eines Tages hatte er das ganze Dorf zu sich eingeladen, nur um seine Frau öffentlich der Untreue zu überführen. Die Gäste fanden aber die schmächtige, hübsche Frau mit häuslichen Arbeiten beschäftigt und zogen sich bald beschämt und gedemütigt zurück. Eine solche Beleidigung war aber diesem zartbesaiteten Geschöpf doch zu viel gewesen. Es brauchte noch eine Weile, nachdem die Besucher abgezogen waren, bis sie ihr Gleichgewicht so weit wiedergefunden hatte, um ihren Geliebten aus dem Schrank zu befreien, darin sie ihn versteckt gehalten hatte, und mit ihm auf und davon zu gehen. Zum Trost hinterließ sie ihrem vereinsamten Gatten einen Knaben von drei Jahren. Der Alte heiratete später seine

Köchin, ein mächtiges, aggressives, aber sehr treues Weib.

Bevor er etwas sagen konnte, gab Joe Dimmick seiner Meinung unverblümt Ausdruck: Schließlich wäre es der Alte, der sie in sein eigenes Haus einlade. Er an seiner Stelle würde stets einladen, wen er wolle, und setzte er damit sein Seelenheil aufs Spiel. Die Mächte des Bösen, fügte er hinzu, würden vergebens gegen ihn anstürmen. Aber die Vehemenz seiner Stellungnahme lässt sich auf dem Papier gar nicht richtig wiedergeben.

«Gewiss, natürlich, genau so ist es», stimmte der Alte ihm ermutigt zu. «Schließlich ist es mein eigenes Haus, in das ich euch bitte, von mir selbst erbaut, von Grund auf. Ihr braucht keine Angst vor ihr zu haben, Jungens, auch wenn sie Geschichten macht – Frauen sind nun einmal so –, aber ich werd sie schon kleinkriegen.» Insgeheim hoffte er, dass der Alkohol und seine beherzten Kameraden ihm aus seiner Not helfen würden.

Bisher hatte Dick Bullen, Orakel und König von Simpsons Bar, noch nicht das Wort ergriffen. Jetzt nahm er bedächtig die Pfeife aus dem Mund. «Nur eines noch, Alter», begann er. «Wie steht es eigentlich mit Johnny? Schon letzthin wollte mir sein Zustand gar nicht gefallen, als er die Chinesen mit Steinen beschmiss. War nicht recht bei der Sache. Gestern ersoff übrigens wieder so eine Bande

Chinesen oben am Fluss, da musste ich an Johnny denken, wie der sie nun vermissen wird. Aber jetzt wären wir vielleicht im Weg, da er krank liegt?»

Der Vater war augenscheinlich gerührt über das Verständnis, das hier den Streichen seines Sprösslings entgegengebracht wurde, und mehr noch über die Rücksichtnahme für dessen Erkrankung, und so beeilte er sich zu versichern, dass es dem Johnny besser gehe und ein bisschen Abwechslung ihm doch nur guttun könne. Worauf Dick sich erhob, sich mächtig schüttelte und erklärte: «Na, dann los! Alter, du führst den Weg!» Damit stellte er sich mit einem einzigen Satz an die Spitze der Schar, ließ seinen allbekannten Kampfesruf erschallen und stürzte in die Dunkelheit. Im Vorderzimmer riss er im Vorbeigehen ein brennendes Scheit aus dem Kamin. Die anderen folgten seinem Beispiel, und ehe der überraschte Besitzer von Thompsons Laden noch wusste, wie ihm geschah, war das Haus schon leer.

Die Nacht war pechschwarz. Schon beim ersten Windstoß erloschen die improvisierten Fackeln, und nur die angebrannten Holzstücke, wie trunkene Irrlichter forttanzend, verrieten den Weg, auf dem die Männer weggezogen waren. Sie stiegen die fichtenbewaldeten Hänge des Canyons empor, bis sie, oben angelangt, das niedere, rindenbedeckte Blockhaus des Alten erreichten, das in der Felswand versteckt lag. Es war sein Heim und zugleich der Eingang zu seinem Stollen, darin er arbeitete, sofern er überhaupt jemals arbeitete. Mit Rücksicht auf den Hausherrn, der keuchend hinter ihnen her kam, blieben die Gäste stehen und warteten ehrerbietig.

«Vielleicht bleibt ihr besser einen Augenblick hier draußen, während ich erst nachschauen will, ob auch alles in Ordnung ist», meinte der Alte mit einer Selbstverständlichkeit, die keineswegs seinen wahren Gefühlen entsprach. Der Vorschlag wurde gerne angenommen, und während die Türe sich öffnete und hinter dem Hausherrn wieder schloss, reihten sich die Gäste längs der Mauer unter der Regentraufe auf und warteten und horchten.

Zunächst war nur das Tropfen des Regens zu vernehmen und das Rauschen der Fichten. Schließlich wurden die Männer unruhig und begannen sich allerhand Vermutungen zuzuflüstern.

«Vielleicht hat sie ihm mit einem einzigen Hieb den Schädel eingeschlagen.»

«Oder in den Stollen gelockt und hinter ihm den Eingang verrammelt.»

«Sie hat ihn sicher untergekriegt und sitzt auf ihm.»

«Nein, sie sammelt allerhand Zeug, das sie uns an den Kopf werfen wird, Obacht, Jungens, Ausgang frei halten!»

In diesem Augenblick schnappte das Schloss, behutsam öffnete sich die Tür, und eine Stimme sagte: «Kommen Sie doch herein, es regnet ja.» Die Stimme war aber weder die des Alten noch auch die seiner Frau. Es war eine Knabenstimme, weich und zitternd und gebrochen, von jener unnatürlichen Heiserkeit, die man sonst eigentlich nur bei Vagabunden findet und bei Knaben, die allzu früh auf eigenen Füßen zu stehen gezwungen sind. Der kleine Bub, der jetzt zu ihnen emporschaute, hatte ein hübsches Gesicht, das man hätte edel nennen können, wäre es nicht gezeichnet gewesen von schlimmen Gedanken und frühzeitigen harten Erfahrungen. Er hatte eine Decke um sich geschlagen und war offensichtlich eben aus dem Bett aufgestanden.

«Kommen Sie doch herein», wiederholte er, «nur bitte keinen Lärm machen, der Alte ist drin und spricht mit Ma.» Dabei wies er nach dem Nebenzimmer, wohl die Küche, aus der man nun deutlich die eingeschüchterte Stimme des Hausherrn hörte.

«Lass mich los», wandte sich der Kleine jetzt gereizt an Dick Bullen, der ihn mitsamt seiner Decke in die Höhe gehoben hatte und Miene machte, ihn in die Glut zu werfen. «Lass mich los, du alter Narr, hörst du?»

Worauf ihn Dick Bullen mit unterdrücktem Lachen wieder auf den Boden setzte, während die andern Männer sich schweigend an dem langen grob gezimmerten Tisch aufreihten, der die Mitte des Zimmers einnahm. Johnny ging jetzt mit ernster Miene an den Schrank, entnahm ihm dies und jenes und stellte es auf den Tisch. «Whisky – Zwieback – Fisch – Käse», zählte er halblaut auf. Ein Stückchen Käse biss er sich auf dem Wege zum Tisch ab. «Und Zucker», dabei fuhr er mit einer recht schmutzigen Hand in die Dose. «Und Tabak. Oben, auf dem Wandbrett gibt's noch getrocknete Äpfel, aber die kann ich eigentlich nicht empfehlen; sie geben Bauchweh! Also jetzt, zugefasst und keine Angst – ich kümmere mich auch nicht um die Alte, die hat mir gar nichts zu sagen. Also, bis nachher.»

Nun stand er an der Schwelle seiner Kammer, die kaum größer als ein Wandschrank war und in einem düsteren Winkel sein Bett barg. Einen Augenblick stand er so da, gehüllt in seine Decke, darunter die bloßen Füße hervorsahen.

«Johnny, du gehst doch nicht wieder schlafen, oder?», fragte Dick.

«Doch», antwortete der Kleine entschlossen.

«Warum denn gar so schnell, alter Knabe?»

«Weil ich krank bin.»

«Schwer?»

«Fieber, Rheuma, Eiterbeulen», erwiderte Johnny bündig und war weg. Und dann erklang aus der Dunkelheit, wahrscheinlich unter der Decke hervor: «Und Galle.»

Es herrschte verlegenes Schweigen. Die Männer blickten ins Feuer und blickten in die Runde und wären vielleicht, ungeachtet des gedeckten Tischs, in die alte Trübsal wie in Thompsons Laden zurückgesunken, hätte man jetzt nicht aus der Küche die Stimme des Alten vernommen, klagend und unvorsichtig laut: «Sehr richtig, sehr wahr. So ist es. Eine Bande fauler, versoffener Tagediebe, und dieser Dick Bullen ist der Schlimmste von allen. Haben kein Benehmen, überfallen uns einfach so, mit einem Kranken im Haus und ohne jeglichen Vorrat. ‹Bullen›, hab ich gesagt, ‹du bist ja besoffen›, hab ich gesagt, ‹und blöd obendrein, an so etwas überhaupt zu denken. Staples›, hab ich gesagt, ‹du willst ein Mann sein und kommst in mein Haus Krach schlagen, wenn kranke Leute herumliegen?› Aber nicht halten haben sie sich lassen. Sind einfach mitgekommen. Aber was kann man schon anderes erwarten von solchem Lumpenpack, das in Simpsons Bar herumlungert.»

Die Männer platzten vor Lachen. Ob man es in der Küche gehört hatte oder ob der erzürnten Lebensgefährtin bloß die Worte ausgegangen waren, ihrer Empörung und Verachtung Ausdruck zu geben, ist schwer zu sagen. Aber plötzlich fiel irgendwo eine Türe krachend ins Schloss. Und dann erschien der Alte, ganz so, als ob nichts geschehen wäre, und lachte einfältig mit den andern mit.

«Meine Frau muss leider rasch noch bei Mrs. MacFadden einen Besuch machen», erklärte er beiläufig, als er sich zu ihnen setzte.

Merkwürdigerweise hatte es gerade dieser peinlichen Episode bedurft, um die Besucher ihrer trüben Stimmung zu entreißen, in die sie wieder zu versacken drohten. Mit dem Hausherrn war ihr gewohnter Übermut zurückgekehrt. Lasst uns über die Einzelheiten des Gelages, das nun folgte, hinweggehen. Man möge sich mit der Feststellung begnügen, dass das Gespräch dasselbe geistige Niveau hatte, dieselbe Objektivität, dieselbe edle Sprache und dialektische Präzision und, in vorgerückter Stunde, denselben logischen Zusammenhang wie die meisten Gespräche, welche bei derartigen Zusammenkünften des männlichen Geschlechts auch in kultivierteren Kreisen und unter gepflegteren Verhältnissen geführt werden. Gläser wurden indessen keine zerbrochen, weil es keine gab. Kein Alkohol wurde nutzlos auf Tisch und Boden verschüttet, weil er zu spärlich floss.

Es war beinahe Mitternacht, als das Gelage eine plötzliche Unterbrechung erfuhr. «Still», befahl Dick Bullen und hob lauschend die Hand.

Aus der Kammer erklang eine klägliche Kinderstimme: «Ach, Papa, ach!»

Sofort erhob sich der Alte und verschwand hinter der Tür, nur um gleich wieder zurückzukehren.

«Wieder so ein Rheumaanfall», bemerkte er, «da muss ich ihn einreiben.» Er hob die Korbflasche Whisky vom Tisch und schüttelte sie. Sie war leer. Mit etwas verlegenem Lachen schob Dick Bullen ihm seinen Zinnbecher hin. Die anderen folgten seinem Beispiel. Der Alte prüfte den Inhalt der Becher und meinte: «Vielleicht reicht's. Viel braucht man nicht dazu. Aber ihr bleibt natürlich, bis ich zurück bin!» Mit einem alten Wollhemd in der einen Hand, dem Whiskyrest in der anderen, verschwand er in der Kammer. Die Tür schloss nicht recht, so vernahm man deutlich folgendes Gespräch.

«Nun, Kleiner, wo zwackt's dich denn am meisten?»

«Manchmal da und manchmal dort. Aber meist von hier nach hier. Ja, so ist's gut, hier reiben, Pa.»

Die eintretende Stille war wohl die Folge der Reibeprozedur. Und dann wieder Johnnys Stimme: «Habt ihr Spaß da draußen?»

«Ja, mein Sohn.»

«Und morgen ist Weihnachten?»

«Ja, Johnny. Nun, wie geht's jetzt?»

«Besser schon, aber reib noch hier... nein, ein bisschen weiter unten. Was ist eigentlich Weihnachten? Was ist da los?»

«Weihnachten, ach, das ist ein Tag.»

Diese erschöpfende Erklärung befriedigte offenbar den Frager, jedenfalls wurde zunächst nicht mehr gesprochen, sondern nur massiert. Nach einiger Zeit begann aber Johnny doch wieder: «Mutter sagt, überall bekommen die Leute zur Christnacht etwas geschenkt, und dann fuhr sie über dich her. Sie sagt, es gibt einen Mann, er heißt der Weihnachtsmann, so eine Art Chinese stell ich mir vor, der kommt in der Nacht vor Weihnachten durch den Rauchfang ins Haus und bringt Sachen den kleinen Buben – Buben wie ich. Steckt sie ihnen in die Schuhe. So wollte sie mich zum Narren halten! Langsamer, Pa! Überhaupt, du reibst jetzt meilenweit woanders. Natürlich hat sie die Geschichte nur erfunden, um uns zu ärgern, dich und mich, was? Aber nicht dort reiben, Pa, aber Pa!»

In der großen Stille, die über das Haus gekommen war, hörte man draußen das Ächzen und Seufzen der Fichten und das Tröpfeln auf den Blättern. Auch Johnnys Stimme klang gedämpfter, als er nun fortfuhr: «Aber du, Pa, sei nicht traurig; denn bald bin ich wieder gesund. Möchte nur wissen, was die Kerle da draußen treiben?»

Der Alte öffnete die Tür einen Spalt breit und spähte hinaus. Da saßen seine Gäste gemütlich um den Tisch, auf dem eine magere Geldbörse und einige Silbermünzen lagen. «Wetten wahrscheinlich um irgendetwas, muss wohl irgend so ein Spielchen sein. Aber sie scheinen ganz zufrieden …», beruhigte er Johnny und massierte weiter.

«Schade, dass ich nicht mitspielen und auch etwas gewinnen kann», meinte Johnny nach einer Weile nachdenklich.

Der Alte wiederholte nun mit großer Geläufigkeit eine Geschichte, die in der Familie wohl zur stehenden Formel geworden war: Johnny müsse nur warten, bis er im Stollen auf eine reiche Ader stoße, dann werde ein Haufen Geld da sein usw. usw.

«Ach ja», meinte Johnny, «nur sehen möcht ich's schon. Ob du die Ader findest oder ich im Spiel gewinne, das ist doch eigentlich gleich. Glück muss man haben. Aber das mit der Christnacht, das ist doch eigentlich komisch. Warum sagt man überhaupt Christnacht?»

Vielleicht war es eine unbewusste Scheu, die andern könnten ihn hören, vielleicht empfand er die Unzulänglichkeit seiner Erklärung, jedenfalls war seine Antwort so leise, dass sie sicher nur in der Kammer gehört wurde.

«Ja», meinte Johnny, mit schwindendem Interesse, «von ihm hab ich auch schon gehört. So, aber jetzt ist's genug, Pa, der Schmerz ist halb weg. Jetzt wickle mich gut in die Decke. So. Und jetzt», seine Stimme wurde schon schwach und leise, «geh nicht weg, bis ich eingeschlafen bin.» Um ganz sicherzugehen, wand er eine Hand aus der Decke, fasste des Vaters Ärmel und legte sich zum Schlafen zurecht.

Der Alte ließ es geschehen und wartete einige Augenblicke. Indessen begann er sich über die große Stille nebenan zu wundern und öffnete mit seiner freien Hand die Tür, ohne sich dabei vom Bett zu entfernen, und spähte hinaus. Zu seiner Überraschung lag das Zimmer finster und verlassen da. Doch eben dann brach ein schwelender Klotz im Kamin krachend entzwei, und im Aufflackern der Flamme erkannte er Dick Bullens Silhouette.

«Hallo?»

Dick fuhr auf, erhob sich und torkelte auf ihn zu.

«Wo sind die andern?», fragte ihn der Alte.

«Sind ein wenig den Canyon hinaufspaziert. Gleich kommen sie zurück. Ich warte eben auf sie. Aber wie schaust du mich denn an, ‹Alter›!? Du meinst doch nicht, ich sei blau?»

Man hätte dem Alten einen solchen Verdacht verzeihen können, denn Dick standen Tränen in den Augen, und sein Gesicht war stark gerötet. Einen Augenblick zögerte er, dann kehrte er sich wieder dem Kamin zu, streckte sich, gähnte, knöpfte sich den Rock zu und lachte. «So viel zum Saufen gab's ja gar nicht, ‹Alter› – aber bleib nur sitzen.» Der andere hatte sich nämlich erhoben und versuchte verstohlen seinen Ärmel aus Johnnys Griff zu befreien. «Nur keine Formalitäten. Bleib schön, wo du bist. Gleich bin ich weg. Da sind sie ja schon, die anderen.»

Es wurde leise an die Tür geklopft. Dick Bullen öffnete rasch, grüßte freundlich, nickte «gute Nacht», und draußen war er. Der Alte wäre ihm gern gefolgt, aber da war dieses Händchen, das ihn noch im Schlaf am Ärmel festhielt; dieses Händchen war so schwach, so klein und mager, dass er sich natürlich spielend von ihm hätte lösen können. Aber vielleicht gerade deswegen, weil es so klein und schwach und mager war, besann er sich, zog den Stuhl näher an das Bett heran und stützte seinen Kopf auf die Lehne. In dieser hilflosen Stellung begann bei ihm plötzlich der Whisky zu wirken. Vor seinen Augen fing das Zimmer jäh zu wogen an, die Gegenstände wurden abwechselnd verschwommen und wieder scharf – und dann war er eingeschlafen.

Inzwischen hatte Dick Bullen hinter sich die Tür geschlossen und stand nun draußen im Kreise seiner Freunde.

«Alles bereit?», fragte Staples.

«Bereit», antwortete Dick. «Wie viel Uhr haben wir?»

«Zwölf vorbei.»

«Kannst du's auch sicher schaffen? Es sind gute fünfzig Meilen, hin und zurück.»

«Vermutlich», gab Dick lakonisch zurück. «Wo ist die Stute?»

«Am Kreuzweg warten Bill und Jack mit ihr.»

«Werden noch eine Minute warten müssen»,

meinte Dick. Damit kehrte er behutsam ins Haus zurück.

Im Schein des ersterbenden Feuers und der tropfenden Kerze gewahrte er, dass die Tür zur Kammer offen stand. Auf Zehenspitzen näherte er sich ihr und lugte hinein. Der Alte lag in seinen Stuhl zurückgelehnt, die Beine vor sich hingestreckt, die Schultern eingesunken, den Hut überm Gesicht, und schnarchte. Neben ihm, auf seiner schmalen Holzpritsche, lag Johnny, so fest in seine Decke gewickelt, dass nur ein Stückchen der schweißbedeckten Stirne und sein Haarschopf zu sehen waren. Behutsam trat Dick Bullen einen Schritt vor, zögerte, blickte über die Schulter in das eben verlassene Zimmer zurück. Aber dort regte sich nichts. In einer plötzlichen Anwandlung strich er sich mit beiden Händen den mächtigen Schnurrbart zur Seite, dann neigte er sich über das schlafende Kind. Doch in eben dem Augenblick fuhr ein Windstoß tückisch den Kamin herab, brachte das Holz zu neuem Aufglühen und versetzte den Raum in unerbittliche Helle – worauf Dick verschämt und erschrocken von dannen floh.

An der Kreuzung warteten seine Freunde. Zwei von ihnen versuchten mit einer sonderbaren, unförmigen Gestalt fertig zu werden, die beim Nähertreten den Umriss eines großen falben Pferdes annahm.

Es war die Stute. Schön anzusehen war sie wahrlich nicht. Von ihrer römischen Nase zu der steil aufsteigenden Kruppe, von ihrer durchgebogenen Wirbelsäule, verdeckt durch den steifen mexikanischen Sattel, bis zu ihren geraden, knochigen Läufen zeigte sie keine Spur equestrischer Grazie. Ihre halb erblindeten, weißlichen, aber unbeirrbar tückischen Augen, ihre vorgezogene Unterlippe, ihre unmögliche Farbe, alles an ihr wirkte hässlich und verkommen.

«Achtung!», rief da Staples. «Ausschlagen tut sie auch. Du musst ihr fest in die Mähne greifen und sofort den rechten Steigbügel finden. Bereit, jetzt los!»

Ein Schwung, ein kurzer Kampf, ein Luftsprung, wilde Flucht der Männer, ein Feuerwerk fliegender Hufe, zwei Sätze, so hart, dass der Boden krachte, das Spiel klirrender Sporen und Dicks Stimme irgendwo aus dem Dunkel: «Geschafft.»

«Vermeide auf dem Rückweg die untere Straße, wenn's geht – außer du bist spät dran –, und bergab gib ihr Spiel. Um fünf sind wir an der Furt. Los Mula, hoppla, los.» Wasser spritzte auf, Funkenschlag auf den Steinplatten, Hufgetrappel im felsigen Hohlweg, und fort waren sie.

Singe, o Muse, die Tat des Richard Bullen, des Pferdegewaltigen! Singe, o Muse, von der heiligen Sendung, dem Kampf mit gemeinen Schurken, dem gefährlichen Ritt und den schrecklichen Gefahren, die der Renner von Simpsons Bar und sein Reiter bestanden! – Aber ach, die Muse ist zimperlich geworden und will nichts wissen von dem bockenden Ungeheuer und seinem schäbigen Reiter, darum will ich die beiden, wohl oder übel, in Prosa begleiten – zu Fuß.

Es war schon ein Uhr morgens, und Dick hatte noch nicht einmal Rattlesnake Hill erreicht. Denn inzwischen hatte Jovita begonnen, ihm alle ihre boshaften Mucken vorzuexerzieren. Dreimal war sie gestolpert. Zweimal hatte sie ihre krumme Nase hochgeworfen, die Trense zwischen die Zähne genommen und war, ohne Rücksicht auf Zügel und Sporen, querfeldein davongerast. Zweimal ist sie gestiegen und, aufbäumend, nach rückwärts gefallen. Beide Male musste Dick seine Meisterschaft unter Beweis stellen, um wieder fest im Sattel zu sitzen, bevor sie auf ihren tückischen Beinen stand. Sie hatten noch einen Kilometer zum Rattlesnake Creek am Fuß der Hügelkette, und Dick wusste, dass erst dort die eigentliche Bewährungsprobe begann. Drum hieß es, aus der Verteidigung zum plötzlichen Angriff übergehen, die Zähne zusammenbeißen und den Gaul fest zwischen die Knie zwingen. Drangsaliert und in Wut gebracht, begann Jovita den Abstieg ins Tal. Mit lautem Schimpfen und gut gespielten Schreckensrufen machte der listenreiche

Dick ihr vor, er wolle sie halten. Klar, dass Jovita ihm darauf glatt davonstürmte. Die Zeit zu nennen, die sie zum Abstieg brauchten, erübrigt sich, sie ist in den Annalen von Simpsons Bar verewigt. Einen Augenblick später, oder so schien es Dick wenigstens, hatten sie das überflutete Flussufer erreicht. Genau wie Dick es geplant hatte, kam Jovita mit solchem Schwung dahergerast, dass sie nicht rechtzeitig abbremsen konnte, und schon befanden sich Ross und Reiter inmitten der rasenden Strömung. Ein kurzes Ausschlagen, Waten, Schwimmen – und Dick holte am anderen Ufer tief Atem.

Die Straße vom Rattlesnake Creek zum Red Mountain war leidlich eben. Vielleicht hatte das Bad Jovita einen Dämpfer aufgesetzt, oder sie hatte endlich begriffen, dass hier der Reiter der Herr war, jedenfalls gab sie es auf, ihre überschüssigen Kräfte in mutwilligen Kapriolen zu vertun. Nur ein einziges Mal noch bockte sie, aber mehr aus Gewohnheit als aus böser Absicht, ein einziges Mal nur scheute sie, aber das geschah vor dem neu gestrichenen Rasthaus an der Wegkreuzung. Löcher, Gräben, Kieshaufen und Flecken jungen Grases flohen unter ihren klappernden Hufen dahin. Dann begann sie unzart zu duften, und ein-, zweimal hüstelte sie, aber ihr Tempo und Eifer ließen nicht nach. Um zwei Uhr morgens hatten sie Red Mountain hinter sich gelassen, und der Abstieg

Leinenbezogene, mit Goldfolienprägung
veredelte Festausgabe der
Manesse Bibliothek der Weltliteratur.

Einbandgestaltung: Cornelia Niere, München.

Diese Buchausgabe der *Manesse Bibliothek der Weltliteratur*
wurde aus der Berthold Bembo gesetzt
und in Fadenheftung gebunden.
Das FSC-zertifizierte Dünndruckpapier
Pro-Manesse liefert Drewsen, Lachendorf.
Alle verwendeten Materialien entsprechen alterungs-
beständiger Qualität, die Papiere sind
chlor- und säurefrei.
Printed in Germany 2014
ISBN 978-3-7175-2308-6

www.manesse.ch

INHALT

lig ausgeliefert war und die nicht einmal der Langeweile einen Spielraum ließ, wich nun dem Gähnen. Zum ersten Mal, nach einem Monat, seitdem meine liebe Emilia mit ihrer schon kalten Hand mir ins Haar gegriffen, während ich die Tränen im Kissen ihres Lagers verbarg, zum ersten Mal, seitdem ich nach meiner Flucht aus Turin in Italien umhergeirrt war, empfand ich das Bedürfnis nach einer Zerstreuung, hatte es dringend nötig, mit jemandem zu reden, mein Herz einem Freund, einer Frau, einem Arzt auszuschütten und von meiner Seelenangst, meinen körperlichen Qualen zu erzählen. Eigenliebe wurde in mir wieder wach. Es tat mir leid, nicht in Turin zu sein, wo ich weinend und unter Gesprächen jetzt zusammen mit der guten Maria gespeist hätte. Kurz bevor es Zeit gewesen wäre, zu Bett zu gehen, hätte sie mir mit ihrer so tief demütigen Stimme zugeflüstert: «Herr Giorgio, ich bitte Sie um Himmels willen, ein klein wenig Gottesfurcht. Hören Sie: Tun Sie Ihrer alten Frau da einen Gefallen; beten Sie mit mir den Rosenkranz. Haben Sie Geduld; er ist so kurz. Sie werden dann sehen, Gott und die Muttergottes erfüllen Ihr Herz mit großer Ergebung, und nach und nach werden Ihnen der Friede und der Trost des Gerechten zuteil. Giorgetta und Frau Emilia beten für Sie. Gehen Sie ihnen entgegen, indem auch Sie ein wenig beten, Herr Giorgio.» Und um dieses fast mütterliche Antlitz mit erhabener Genugtuung lächeln zu sehen, hätte ich mich vielleicht wie Emilia benommen und niederkniend beim Rosenkranzgebet geantwortet.

Ich geriet in die Nähe der Biblioteca Ambrosiana. Wenn ich mich so herumtrieb, ohne recht zu wissen, wohin ich sollte, und das war immer der Fall, trugen mich die Beine zu den Straßen in der dortigen Umgebung; in der einen wohnte ein Mädchen, eine Putzmacherin, die ich schon am zweiten Tag meines kurzen Aufenthaltes in Mailand bemerkt hatte. Um sie zu sehen, war ich dann drei- oder viermal, also fast jeden Abend, gegen halb sechs zurückgekehrt, wenn es dunkelt und die Laternen angezündet werden und das Hin- und Hergelaufe der Leute, die zum Essen nach Hause eilen, und das Gewimmel der Kutschen auch den gemächlichen Fußgänger in eine besondere unternehmungslustige Aufregung versetzen und seine Fantasie beflügeln.

Ich schäme mich in Grund und Boden, es zu beichten: Diese Putzmacherin hatte mich angelockt, weil sie Emilia glich. Meine Beklemmung verschlimmerte sich durch ein vages Schuldgefühl. Es schien mir, dass ich das heilige Andenken an meine Tote entweihte, wenn ich, wie ein unwiderstehlicher Drang mich nötigte, nach irgendwelchen winzigen, auch bloß flüchtigen Ähnlichkeiten ihrer Gestalt mit den Frauen suchte, die mir begegneten, sie überprüfte, ja sogar mit den Fotografien, die mir zu Gesicht kamen. Und allzu oft musste ich dann feststellen, dass solche Ähnlichkeiten nur in meiner Einbildung lebten. Wie manches Mal verweilte ich ganze halbe Stunden lang vor den Auslagen eines Fotografen! Dabei hatte ich in meiner Brieftasche vier verschiedene Porträts der Emilia und drei auch von Giorgetta, die wie ein Konterfei Emilias als Kind aussahen. Indes, ich weiß es noch, in den fünf in Florenz verbrachten Tagen bin ich zweimal bis ans Ende des Corso di Porta Romana eigens hingewandert, obwohl es regnete, um zwischen vielen spindeldürren Liniensergeanten und hässlichen, mit Flitterkram behängten Frauen vom Land in einem Rahmen ein liebliches Köpfchen zu betrachten, das ich zuerst zufällig auf dem Gang zur Certosa* erblickte und gern kaufen wollte, wenn ein Schamgefühl mich nicht daran gehindert hätte.

Die Putzmacherin lief immer hurtig ihres Weges; doch zum ersten Mal trafen wir vor dem Schaufenster eines großen Juweliergeschäftes zusammen, wo sie stehen geblieben war. Man zündete die Lichter an, und die Goldsachen schimmerten, die Diamanten funkelten, und die kleinen Perlen ließen wundervoll blanke Pünktchen aufglänzen.

* Die bei Florenz gelegene, 1342 von Niccolò Acciaiuoli, einem Freund Petrarcas und Boccaccios, gegründete Kartause.

Das Mädchen dreht sich auf einmal um, mit strahlenden Augen und zu einem fröhlichen Lächeln geöffneten Lippen, die Zähne blendend weiß; sie bemerkt mich, zuckt die Achseln und springt wie der Blitz weg. Ich hatte Mühe, ihr zu folgen; sie wich den Kutschen aus, schlüpfte durch die Menge, ohne die Fassung zu verlieren, hielt dabei den Rock ein wenig vom Boden hoch und trippelte mit flinken Schritten davon. An einer Straßenbiegung meinte ich, sie sei mir entwischt, doch da erblickte ich sie wieder, von fern, wie sie an einem Café vorüberging; ich hinterher; sie nach rechts und dann nach links, bis sie plötzlich verschwand.

Am Tag darauf, als ich auf der Straße wartete, wo sie sich in Luft aufgelöst hatte, sah ich sie in eine Haustür treten und sofort in einen dunklen Flur entlaufen. Dann ein Klingelzeichen, und Schluss.

Das Lächeln dieser Putzmacherin hatte meine Seele stürmisch aufgewühlt. So schaute mich Emilia an, wenn ich von einer Reise heimkehrte und ihr ein hübsches Geschenk brachte oder wenn sie an meinem Namensfest oder an besonderen Gedenktagen in der Früh in mein Zimmer trat, nachdem sie leise an die Tür gepocht und mit sanfter Stimme gefragt: «Darf ich?» Mit einem Satz stand sie dann vor mir und heftete mir an die Krawatte eine Nadel (die ich nun immer trage) mit der herrlichen Perle, oder sie steckte mir eine lederne Brieftasche ein, die sie mit selbst entworfenen Silberornamenten verziert hatte. Es ist erst zweieinhalb Jahre her, da wollte sie, so sehr ich mich auch dagegen wehrte, mit ihren rosigen zarten Händen mir die Stiefeletten ausziehen und die Pantoffeln überstreifen, die ach so schönen, so schönen, die sie bestickt hatte. Da drückte ich ihr jeweils die Hände und küsste sie auf die freudestrahlende Stirn. War es so weit, hörte man wild an die Tür klopfen; das Haus schien zusammenzustürzen: Es war Giorgetta, die hereinkam und einen Wirbelwind von Küssen, schallendem Lachen, glückseligem Taumel mit sich führte.

Ich hatte keinerlei Hoffnung, an dem Weihnachtsabend meine Putzmacherin zu sehen, da die gewohnte Stunde längst verstrichen und sie ihrerseits, wie die übrigen Sterblichen, wohl vom feierlichen Weihnachtsmahl in Anspruch genommen war. Und trotzdem ging ich nah an ihrer Haustür vorbei. Mir schien, zuhinterst im dunklen Flur sei ein Schatten. Nach einigen Schritten wandte ich mich um und sah einen Damenhut, der sich rasch versteckte. Sie war's. Das Herz schlug mir bis zum Halse. Ich blieb einen Augenblick stehen, unsicher, ob ich weitergehen oder zurückkehren sollte. Schließlich ging ich wieder zurück, und verstohlen spähend gewahrte ich nochmals den reglosen Schatten. Ich errötete über mich selbst, über mein Verlangen und zugleich über meine Schüchternheit.

Wieder ging ich vorbei. Ich war nie imstande gewesen, eine unbekannte Frau auf der Straße anzusprechen, mochte sie mich noch so wenig abweisend dünken, ohne dabei einen heftigen Widerwillen zu empfinden; und die äußerst seltenen Male, als ich es getan, hatte mich mehr als alles andere die Furcht veranlasst, ihr lächerlich vorzukommen. Aber an diesem Abend spürte ich in mir das Bedürfnis, meinem Herzen Luft zu machen. Seit einem Monat hatte ich meine Leiden, meine Träume, meine Jugend tief in mir drinnen eingesperrt. Nun, ich gab mir einen Ruck, und da der Schatten sich beinah auf der Schwelle befand, warf ich einen Gruß hin: «Guten Abend.» Der Schatten erwiderte nichts, sondern trat einige Schritte zurück und verschwand in der Finsternis. Das gefiel mir. Es hätte mich verdrossen, wenn das Mädchen allzu entgegenkommend gewesen wäre; doch kurz darauf streckte sie nochmals den Kopf aus der Tür und schaute rasch nach rechts und nach links. Ich näherte mich und wiederholte: «Guten Abend.»

Sie antwortete mir, indem sie nicht eben freundlich die Schultern hochzog; dann sagte sie: «Lassen Sie mich in Ruhe. Gehen Sie Ihres Weges.» Und da ich mich nicht rührte, setzte sie hinzu: «Sie haben keinen Anstand. Man belästigt nicht ehrbare Mädchen auf solche Weise, und Sie fallen mir wirklich auf die Nerven, aber sehr.»

Jetzt sträubte sich mein Stolz und ließ mich umkehren; mit entschlossener Miene entfernte ich mich hundert Schritt weit.

Zehn Minuten später stand ich wiederum vor der Tür. Ich bemühte mich, meiner Stimme einen nachgiebigen und einschmeichelnden Ausdruck zu verleihen, und flüsterte: «Warten Sie auf jemand? Wenn ich Sie begleiten dürfte! Ich bin ein gutmütiger Kerl, wissen Sie; und übrigens werden Sie mich doch wohl schon mehr als einmal gesehen haben.»

«Ja, habe ich. Sie machen sich ein Vergnügen daraus, mir auf den Fersen zu sein. Offenbar haben Sie nichts anderes zu tun.»

«Besseres nicht, denn Sie gefallen mir so. Wie heißen Sie?»

«Das kann Ihnen gleichgültig sein.»

«Gleichgültig ist es mir sicherlich nicht. Ich möchte wenigstens wissen, an welchen Namen ich meine Bitten zu richten habe.»

«Sie Ärmster! Gehen Sie sofort weg. Wenn mein Bräutigam Sie erblickt...»

«Sie warten also auf Ihren Bräutigam?»

«Freilich. Er hätte schon vor einer halben Stunde hier sein sollen.» Und unterdessen stampfte sie vor Ärger mit den Füßen, vielleicht auch wegen der Kälte, denn ihre Hände, die ich flüchtig berührt hatte, waren durchfroren.

«Ihr Bräutigam hat wirklich keine Manieren. Und Sie wollten mit ihm spazieren gehen, wenn ich fragen darf?»

«Was spazieren gehen! Zum Abendessen wollte ich mit ihm gehen.»

Da kam mir ein Gedanke, den ich auch deshalb unverzüglich aufgriff, weil ich vermutete, ich hätte mich schon ungeschickt genug benommen: «Zum Abendessen? Kommen Sie doch mit mir essen.»

«Oh, stellen Sie sich vor! Nein, nein. Und wenn es mein Bräutigam wüsste?»

«Er wird es nicht erfahren. Wir nehmen eine Kutsche, fahren zum Gasthaus ‹Cavour›, essen Trüffeln und trinken Champagner. Wir werden uns amüsieren.»

«Aber ich kenne Sie ja gar nicht.»

«Sie werden sehen, nach dem Essen sind wir alte Freunde.»

Sie lächelte mit dem Lächeln, das mich verführt und mir einen Schauder über den Rücken gejagt hatte; dann rief sie, als fasste sie einen wichtigen Entschluss: «Gehen wir.»

Das Zimmer im Gasthaus «Cavour», wo ich seit einigen Tagen wohnte, war wohlig warm: Das Feuer loderte im kleinen Kamin. Ich ließ zwei Kerzenleuchter und den Lüster anzünden, der von der Decke hing. In dem starken Licht nahmen sich die goldgelben Wände mit dem rotblumigen Muster schreiend aus.

Der hoheitsvolle Kellner musterte das Mädchen von Kopf bis Fuß mit vornehmer Würde und schickte sich an, den Tisch zu decken, einen kleinen ovalen Tisch nah beim Feuer; bald war die Tafel mit den verschiedensten Leckerbissen belegt. Mein Magen konnte sich kaum gedulden: Hätte man ihn mir aufgeschnitten, wie den Lämmern, um Pepsin zu gewinnen, wäre man darin auf einen seltenen Überfluss an Säften gestoßen. Der Appetit, das Bedürfnis nach Essen war so unbändig, dass es mir unmöglich schien, ich könnte die Nahrung nicht verdauen; und über diesem seit Langem ersehnten Fest, mir den Bauch vollzuschlagen, hatte ich meine Putzmacherin beinah vergessen. Sie hatte bereits den Hut abgenommen, den Muff auf einen Stuhl, den Umhang auf einen Sessel geworfen und stand vor dem Spiegel, um die Frisur wieder in Ordnung zu bringen. Ihre rundum auf Kopfhöhe hochgehaltenen Arme ließen sehr deutlich die Umrisse des Körpers erkennen, den das eng anliegende, so leichte Fähnchen, dass es wie für den Sommer schien, kaum verhüllte. Ich bat sie an den Platz mir gegenüber, schaute sie nicht einmal an, und wir begannen, große Austern zu schlürfen und einen bernsteinfarbigen Wein zu trinken, der mich mit neuer Lebenskraft erfüllte. Die lästigen, lang andauernden, hartnäckigen Beschwerden meiner Eingeweide waren fort. Ich atmete auf; ich genoss es; o Gott! Endlich konnte ich essen. Schon seit vielen Monaten hatte ich alle möglichen Arzneien aufgebraucht und sogar, zu meiner Schande sei es gesagt, die von Zeitungsannoncen gepriesenen durchprobiert; hatte die berühmten Berliner und Pariser Ärzte um Rat gefragt; und musste trotzdem von wässrigen Brühen, von Milch, Kaffee, von Schnipseln blutigen Fleisches leben. Epikur, Epikur! Der Kaiser Tiberius fiel mir ein, der seinem Dichter zweihunderttausend Sesterze für einen Dialog gab, in dem sich die Pilze, die Gartengrasmücke, die Auster und der Krammetsvogel einander den Vorrang streitig machen.

Was mich betraf, so hätte ich den Preis dem Fasan mit Trüffeln zuerkannt, den meine Schöne und ich mit frommer Andacht verspeisten und zu dem wir mit einem exquisiten Bordeaux Schluck für Schluck den Durst stillten. Die Vielfalt der Trinkgläser war nach und nach gewachsen. Jede Kerze warf auf ihre Facetten einen glänzenden Streifen wie von winzigen elektrischen Funken. Die Linien des Kelches, der Schale, der breiten bauchigen Wölbung, des hochragenden Halses zeichneten sich ab, der Gläser und Gläschen und des Ehrfurcht gebietenden, noch trockenen Wasserbechers. Bei jeder Erschütterung des Tisches wackelten sie, klirrten sie, und die weißen Glasfunken rannen zu Tausenden über das Tischtuch. Der Wein glich geschmolzenen Edelsteinen, Amethysten, Rubinen, Topasen.

Nachdem der Kellner die Süßspeisen ordentlich der Reihe nach aufgetragen und den Champagner entkorkt hatte, verbeugte er sich höchst respektvoll und leicht verschmitzt und ging hinaus.

«Willst du nichts mehr, Liebes?»

«Nein, danke, mein Bauch ist voll.»

«Ein Glas Champagner?»

«Das ja. Champagner hab ich so gern, und ich habe im Leben nur ein einziges Mal davon getrunken.»

«Wann?»

«An einem Abend, als zwei Herren mich ins ‹Rebecchino› zum Essen ausführten. Ein anderes Mädchen war auch mit dabei.»

«Und dein Bräutigam?»

«Was für ein Bräutigam?»

«Auf den du heute Abend an der Tür gewartet hast.»

«Ach so, ich dachte nicht mehr daran. Der Teufel soll ihn holen.»

«Hast du ihn nicht gern?»

«Ich? Ich kenne ihn seit zehn Tagen, und er ist verheiratet. Ich habe Ihnen gesagt, dass ich auf meinen Bräutigam warte, damit Sie, ein guter Herr, wie mir schien, nicht schlecht von mir denken.»

«Sag mir doch du.»

«Wie Sie wünschen.»

«Sag mir, bist du nie verliebt gewesen?»

«Lassen Sie mich... lass mich mal nachdenken. Einmal, glaub ich; aber nur ein paar Tage. Er war vierzig, mit einem schwarzen Schnurrbart. Er schlug mich und wollte, dass ich Geld für ihn auftreibe. Na eben, die Männer sind sich alle ähnlich. Also hör, pass auf, die Geschichte ist dann so gewesen...»

Ich hörte ihr nicht mehr zu: Ich schaute sie an. Sie war hässlich. Das Figürchen nicht übel, aber das Gesicht hatte gemeine Züge, die Haut mit gelben Tüpfeln, um die Augen grünliche Ringe, auf der Stirn haarfein gezogene gleichlaufende Runzeln.

Ich unterbrach sie, während sie mit heiserer Stimme von ihren Abenteuern berichtete und sich damit vergnügte, die verschiedenfarbigen Weine miteinander zu mischen, um die garstigen Mixturen in sich hineinzuschütten.

«Wie alt bist du?»

«Neunzehn»; und sie nahm die abgerissene Erzählung wieder auf. Sie erhob sich, betrachtete neugierig die großen vergoldeten Spiegelrahmen, streckte sich auf den Sesseln, dem Sofa aus, warf sich aufs Bett, trat hinter meinen Rücken, um mich mit ihren rauen Händen zu streicheln; dann aß sie Süßigkeiten, füllte sich damit die Taschen, leerte ein

Glas Champagner, indem sie den Wein von oben herab in den Mund goss, und sah sich aufmerksam jeden einzelnen Gegenstand auf den Kommoden und Tischlein an. Sie nahm die Bilder Emilias in die Hand und rief: «Oh, da hab ich sie, hab sie gefunden; da ist sie, deine Flamme.»

Ein Gefühl von Schmach und Schande, Zorn wallte in mir auf, und aufspringend schrie ich sie an: «Gib diese Porträts her.»

«Die Liebste, die Liebste.»

«Gib mir sofort die Bilder», sagte ich immer wieder wutentbrannt; sie rannte indes im Zimmer herum, stieg auf die Stühle und rief in einem fort, indem sie die Porträts in die Höhe hielt, stumpfsinnig: «Die Liebste, die Liebste.»

Da machte der Zorn mich vollends blind, ich lief hinter ihr her und wiederholte mit erstickter Stimme: «Gib mir die Bilder, du verdammtes Weib»; ich entriss sie ihr, nachdem ich sie so fest am Handgelenk gepackt hatte, dass sie mit einem Aufschrei fast ohnmächtig auf den Sessel fiel.

Ich machte mich gleich mit kölnisch Wasser zu schaffen. Sie kam bald wieder zu sich, der Arm und die Hand taten ihr allerdings noch ein wenig weh. Über meine Gewalttätigkeit beschämt, flüsterte ich ihr zu: «Verzeih mir. Verzeih.» Ich holte aus der Schublade eine vor Kurzem gekaufte Uhr und legte die dazugehörige Kette um ihren Hals.

Sie schaute sich die Uhr, die eher klein war, sorgfältig an, ebenso die dicke Kette, dann fragte sie mich, völlig beschwichtigt: «Ist das Gold?»

«Ja.»

Sie hob den Kopf und blickte mich mit ihren schwarzen, nun aufleuchtenden Augen unverwandt an: Und sie lächelte. Ihr Gesicht hatte vor Freude einen neuen Ausdruck angenommen; die korallenroten, bogenförmig geöffneten Lippen umrahmten die schneeweißen makellosen Zähne. Sie glich tatsächlich Emilia.

«Verzeihst du mir?», fragte ich sie.

Sie rückte näher zu mir und umarmte mich; dann setzte sie sich auf einen niedrigen Schemel, streckte die Beine auf dem Teppich von sich und legte den Kopf auf meine Knie. Den Kopf hielt sie zurückgebeugt; die zerzausten, halb aufgelösten Haare dienten ihr als Kissen. So, in dem großen Fauteuil ruhend, lehnte ich mich über sie, um sie zu betrachten, und ich bat sie, den Mund gut aufzutun und zu lächeln.

Der Wein, den ich getrunken, und die Leckerbissen, die ich gegessen hatte (so viel essen und trinken könnte ich nicht in einem ganzen Jahr), waren zu meinem großen Erstaunen keinerlei Belastung für meinen Magen gewesen; doch hatten sie zweifellos meine Fantasie erregt. Ich war nicht betrunken, denn ich erinnere mich heute noch aufs Genaueste an jede Einzelheit jener Nacht; aber ich befand mich in einem absonderlichen physischen und geistigen Rauschzustand, der das Gedächtnis nicht im Geringsten schmälerte und mir zugleich die Verantwortlichkeit für meine Handlungen benahm. Ich hätte einen Menschen, nur so zum Spiel, mit einem Obstmesser töten können.

Die Zähne des Mädchens faszinierten mich.

«Was hast du, dass du mich so anschaust?»

«Ich schaue deine Zähne an.»

«Gefallen sie dir?»

«Wie bringst du es fertig, dass sie derart glänzend bleiben?»

«Ich mache gar nichts.»

Sie waren alle ebenmäßig, alle gleich schön gewachsen; die oberen etwas größer und so dünn, dass sie durchsichtig schienen.

«Eine Freundin von mir», fügte das Mädchen hinzu, «die eine, die mit mir und den beiden Herren zum Essen ins ‹Rebecchino› kam, hatte einen faulen Zahn. Du hättest sehen sollen, was für einen schönen Zahn man ihr wieder einsetzte; und man merkt es nicht, dass er nicht ihr eigener ist. Die Rechnung war denn auch gesalzen: zwanzig Lire! Wenn ich mir vorstelle, dass ich dagegen manchmal einen meiner Zähne für zwanzig Lire verkaufen würde.»

«Gib mir einen für fünfhundert.»

«Das wär's! Ich ließe ihn mir wieder einsetzen und würde dabei vierhundertachtzig Lire verdienen. Das wär's!», und sie klatschte in die Hände.

«Nun aber sag mir», fing sie von Neuem an, «warum wolltest du mich wegen dieser famosen Bilder fast umbringen? Ich wollte sie dir doch nicht fressen.»

«Reden wir nicht davon. Es ist etwas Trauriges, das mir wehtut.»

Sie schien gekränkt zu sein: Sie gähnte, streckte die Arme, legte den Kopf auf meinen Knien besser zurecht und schlief ein.

Ich wollte das Mädchen nicht wecken, blieb ruhig sitzen, und langsam trat ich den Gang zu meinen quälenden und lieben Erinnerungen an. Auch Giorgetta hatte sich mehr als einmal auf meinen Knien schlafen gelegt, während ihre Mutter mir mit ihrer wohlklingenden Stimme einen Zeitungsaufsatz oder ein Romankapitel vorlas; aber die Haare meiner Nichte waren golden blond wie der Schein rings um den Kopf der Heiligen, ihr Gesicht glich dem Gesicht eines Engels, und ihr Atem hauchte herzensrein aus der Brust, reiner als Bergluft, wenn die Sonne aufgeht. Zuweilen regte sie sich, redete im Traum zu ihrer Puppe. Ich wartete, bis sie ganz fest schlief, dann stand ich möglichst sachte auf, stützte mit einem Arm den Rücken, mit dem andern die Beinchen und trug sie auf den Zehenspitzen, von Emilia gefolgt, in ihre schöne goldene Wiege mit dem spitzenbehangenen Betthimmel, den ihre Mutter gestickt hatte. In demselben anmutigen kleinen Bett war Giorgetta, als die Diphtherie ihr die Kehle zuschnürte, entschlummert. Bevor sie sich in den Himmel flüchtete, blickte sie mit ihren hellblauen Augen alle der Reihe nach an, mich, die Mutter, die alte Maria, und begriff nicht, warum wir weinten. Auch der Arzt weinte.

Bei Emilia wurden die Flecken unter den Augen, die zuerst leicht bläulich gewesen waren, dunkel und tiefer, und auf den Wangen verwandelte sich das weiche Inkarnat in eine blasse durchsichtige Elfenbeinfarbe. Die Milde ihres sanftmütigen, zum Guten geneigten, immer selbstlosen, unbefangenen, freundlichen und weisen Wesens läuterte sich zur Natur eines Engels empor. Im gleichen Fortschreiten, wie die Krankheit ihren Leib verzehrte, schwang sich ihr Geist in die Höhe zu Gott. Während der letzten Stunden, als sie von furchtbaren Krämpfen gepeinigt wurde, bemühte sie sich, sie mit vielerlei sublimen Listen vor allen zu verbergen. Wenn ich behutsam ihren Kopf anhob und die Kissen besser aufschüttelte, flüsterte sie mir mit erlöschender Stimme zu: «Verzeih mir, Giorgio. So viele Unannehmlichkeiten hast du nun meinetwegen!», und sie strengte sich an, um mir die Hand zu drücken. Und sie unterließ es nie, zu Maria und den andern für jede noch so geringfügige Hilfe mit einem Lächeln zu wiederholen: «Danke.» Bevor sie starb, schien sie sich besser zu fühlen; sie rief mich nah zu sich und sagte mir sanft: «Giorgio, wir sind zusammen geboren, haben vierundzwanzig Jahre lang miteinander gelebt und uns fast nie getrennt, und du bist immer sehr, sehr gut zu mir gewesen. Gott segne dich. Doch sollte ich dir je Kummer bereitet oder sonst etwas angetan haben; sollte ich dir all meine Liebe nicht immer gezeigt haben, verzeih mir.» Zwei Tränen rannen langsam ihre Wangen herab. «Ich sterbe nicht gern, sterbe deinetwegen nicht gern. Du hast eine schwache Gesundheit. Du brauchst viel Pflege und...», fügte sie nach einer langen Pause hinzu, «viel weise Vernunft.» Mit diesen Worten starb sie. Ich hielt in der Nacht die Totenwache, allein im Zimmer. Nebenan betete schluchzend die alte Maria. Die schwarzen Augen waren geöffnet; die schwarzen Haare fassten das weiße Gesicht ein; die halb geschlossenen Lippen hoben sich rosig ab inmitten von dem Todesweiß und von dem Todesschwarz und ließen die Zähne hervorschimmern, die noch weißer waren als die Stirn meiner armen Toten.

Ein Stoß an die Beine weckte mich aus dem trübseligen Sinnen. Ich hatte Fieber und einen glühenden Kopf. Eine Weile hielt ich die Klinge eines

Obstmessers gegen die heiße Stirn gepresst. Die Kälte tat mir gut.

Von der Putzmacherin her kam ein Schwall von scharfem Weingestank. Ich bückte mich und schaute sie an: Sie war widerlich. Sie schlief mit offenem Mund. Das Gefühl maßloser Demütigung, bitterer Reue überwältigte mich, und in meiner Brust regte sich etwas wie eine grimmige und zugleich vorsichtig schlaue Gier nach Rache. Ich betrachtete das Messer in meiner Hand und wog es balancierend ab, um den Punkt des kräftigsten Hiebes zu finden. Dann zog ich mit einem Finger die Oberlippe der Putzmacherin behutsam hoch und versetzte mit der Klingenspitze einem der schönen Schneidezähne einen harten Schlag, sodass er zerbrach und mehr als die Hälfte davon wegflog.

Das betrunkene Mädchen zuckte kaum zusammen. Ich schob ihr einige Kissen unter den Kopf und riss die Fenster auf. Der Nebel wehte wie dichter Rauch ins Zimmer. Sehen konnte man nichts, nicht einmal die Straßenlaternen; aber man hörte vom Eingang des Gasthauses her, wie Gepäck auf den Omnibus geladen wurde.

Eine wilde Hast, nun abzureisen, ergriff mich. Der Kellner, den ich gerufen hatte, teilte mir mit, der Omnibus fahre gerade zum Bahnhof, um den Zug nach Turin zu erreichen, ich dürfe jedoch keine Zeit verlieren. Ich steckte eine Fünfhunderternote in einen Umschlag, versiegelte ihn und gab ihn dem Kellner: «Händigen Sie diesen Brief», sagte ich ihm, «der Dame aus, wenn sie aufwacht, und schicken Sie sie mit einer Kutsche nach Hause. Dann legen Sie alles, was Sie auf den Tischen und in den Schubfächern finden, in meine Koffer. Da sind die Schlüssel. Senden Sie alles nach Turin an meine Adresse; zuerst aber bringen Sie die Rechnung, ich habe keine Zeit, lange darauf zu warten.»

Ich warf den Pelzmantel über und machte mich auf den Weg.

(Hier endet Herrn Giorgios Handschrift)

Diese Blätter überreichte mir Herr Giorgio drei Tage nach seiner Ankunft in Turin. Er war halbwegs von seinem schweren Magenleiden genesen aus Mailand zurückgekehrt und tätiger, lebhafter als vorher. Ich fühlte mich wie wiedergeboren. Einen guten Teil des Tages verbrachte er mit Schreibarbeiten, und wenn ich ihn fragte: «Was schreiben Sie so emsig, Herr Giorgio?», erwiderte er: «Ich schreibe meine schlimmen Bekenntnisse und übe Buße»; dann setzte er in tieftraurigem, resigniertem Ton hinzu: «Liebe Maria, es ist eine schreckliche Buße!»

Am Morgen des vierten Tages konnte er nicht aufstehen; er hatte hohes Fieber. Nach der langen Visite schüttelte der Arzt den Kopf; als er wegging, sagte er mir ins Ohr: «Es ist zu Ende.» Herr Giorgio brachte nichts mehr hinunter, auch nicht mit Wasser verdünnte Milch; und das Fieber dauerte heftiger denn je an. Er war so schwach, dass er nur noch den Arm ein wenig heben konnte. Er fantasierte fast ununterbrochen. Er redete leise vor sich hin. Oft hörte ich die Namen von Giorgetta und Frau Emilia heraus, und dann entspannte sich sein Gesicht und nahm einen Ausdruck seliger Zufriedenheit an, der zu Tränen rührte; dann verfinsterte er sich wieder und schloss die Augen, als quälte ihn eine grausige Erscheinung.

Eines Abends, es war der siebente seit Herrn Giorgios Heimkehr, rief mich ein Diener. Der Kranke schien zu schlummern, und ich wagte es, ihn einen Augenblick allein zu lassen. Eine Frau war da, die mit ihm zu sprechen verlangte; sie beharrte darauf, schlug Krach. Was für eine Person! Was für ein gemeines Gesicht, was für unverschämte Worte und Manieren! Ein derart freches Weibsbild hatte noch nie den Fuß über die Schwelle dieses Hauses gesetzt. Sie behauptete, Herr Giorgio schulde ihr ich weiß nicht wie viel Geld und dass sie eigens aus Mailand hergekommen sei, um es einzutreiben. Ich versuchte, sie zu beruhigen, und versprach ihr, damit sie ginge, dass ich sie am folgenden Morgen einließe. Sie schien einzuwilligen, doch als ich wieder das Zimmer betreten wollte, lief sie leise hinterdrein, und Herr Giorgio, der aufgewacht war, erblickte sie. Mit gefalteten Händen beschwor ich sie, sich nicht zu bewegen und still zu sein.

Im verschwommenen fahlen Licht des Öllämpchens für die Nacht starrte der Kranke das niederträchtige Weib an. Sein Gesicht heiterte sich auf, und seine Hand rief sie näher heran. Er murmelte: «Emilia!» Es war ein süßer und gewiss von vielen zerfließenden Bildern erfüllter Fieberwahn, Bilder, die man an den Zügen des Sterbenden ablas. Er wollte etwas sagen; doch wiederholte er einzelne Worte mit so schwacher Stimme, dass selbst ich sie nicht verstand.

Schließlich begriff ich, dass er nach der Perlenkette fragte, ein prächtiges Collier, das letzte Geschenk, das er Frau Emilia kurz vor ihrem Tod gemacht hatte. Ich holte die Kette aus dem Schrein und gab sie ihm.

Er nahm sie mit beiden Händen, und indem er sich zu einer Anstrengung aufraffte, zu der ich ihn nicht für fähig gehalten hätte, zeigte er dieser argen Person an, sie möge sich vorneigen, und legte ihr das Collier sehr langsam um den Hals. Er lächelte in himmlisch heiterer Seelenruhe.

Die Frau aber betrachtete gierig das kostbare Schmuckstück, verzog den Mund und lachte so voll plumper Freude auf, dass es abscheulich aussah. Ein schwarzes Loch mitten in den weißen Zähnen machte sie noch abscheulicher. Herr Giorgio heftete den Blick auf sie und stieß vor Entsetzen einen Schrei aus; er wandte sich weg, sank aufs Bett zurück, verbarg das Gesicht im Kissen und starb.

Anstelle eines Nachworts …

AMBROSE BIERCE

Aus des Teufels Wörterbuch

Weihnachten besonderer Tag, reserviert für Völlerei, Trunksucht, schwachsinnige Gefühlsduselei, Annahme von Geschenken, öffentlichen Stumpfsinn und häusliches Protzen.

QUELLENVERZEICHNIS

Guillaume Apollinaire (1880–1918), Das Weihnachtsfest der Milords. Copyright © 2013 by Manesse Verlag, Zürich, in der Verlagsgruppe Random House GmbH, München.

Ambrose Bierce (1842–1914), Aus des Teufels Wörterbuch: Weihnachten. Aus: Ambrose Bierce, Des Teufels Wörterbuch. Copyright © 2013 by Manesse Verlag, Zürich, in der Verlagsgruppe Random House GmbH, München.

Rudolf Georg Binding (1867–1938), Das Peitschchen. Eine Weihnachtsgeschichte, drei Kindern erzählt. Aus: Das große Rudolf-G.-Binding-Buch. Eine Auswahl aus dem Werk. München: Bertelsmann, 1979.

Camillo Boito (1836–1914), Weihnachtsabend. Aus: Italienische Erzähler. Von Boito bis Parise. Herausgegeben und mit einem Nachwort von Federico Hindermann. Copyright © 1991 by Manesse Verlag, Zürich, in der Verlagsgruppe Random House GmbH, München.

Fjodor Michailowitsch Dostojewskij (1821–1881), Der Knabe am Weihnachtsabend beim Herrn Jesu. Aus: Kinder in der Weltliteratur. Auswahl und Nachwort von Federico Hindermann. Copyright © 1981 by Manesse Verlag, Zürich, in der Verlagsgruppe Random House GmbH, München.

Arthur Conan Doyle (1859–1930), Der blaue Karfunkel. Aus: Arthur Conan Doyle, Sherlock-Holmes-Geschichten. Der Hund von Baskerville. Copyright © 1981 by Manesse Verlag, Zürich, in der Verlagsgruppe Random House GmbH, München.

Nikolaj Wassiljewitsch Gogol (1809–1852), Die Nacht vor Weihnachten. Aus: Nikolaj Gogol, Meistererzählungen. Copyright © 1949 by Manesse Verlag, Zürich, in der Verlagsgruppe Random House GmbH, München.

Bret Harte (1836–1902), Der Weihnachtsmann kommt nach Simpsons Bar. Aus: Bret Harte, Kalifornische Erzählungen. Copyright © 1967 by Manesse Verlag, Zürich, in der Verlagsgruppe Random House GmbH, München.

O. Henry (1862–1910), Dick der Pfeifer und der Weihnachtsstrumpf. Copyright © 2013 by Manesse Verlag, Zürich, in der Verlagsgruppe Random House GmbH, München.

Frigyes Karinthy (1887–1938), Weihnachtsnummer. Aus: Frigyes Karinthy, Bitte, Herr Professor. Satiren und Erzählungen. Copyright © 1982 by Manesse Verlag, Zürich, in der Verlagsgruppe Random House GmbH, München.

Alexander Kielland (1849–1906), Else. Eine Weihnachtsgeschichte. Copyright © 2002 by Manesse Verlag, Zürich, in der Verlagsgruppe Random House GmbH, München.

Guy de Maupassant (1850–1893), Ein Weihnachtsabend. Aus: Guy de Maupassant, Fünfzig Novellen. Copyright © 1963 by Manesse Verlag, Zürich, in der Verlagsgruppe Random House GmbH, München.

in die Ebene begann. Zehn Minuten später wurde die schnelle Pionier-Postkutsche von einem Mann auf scheckiger Mähre überholt, worüber sich der Kutscher noch lange nicht beruhigen konnte. Um halb drei Uhr stellte sich Dick in den Steigbügeln auf und ließ sein Triumphgeschrei in die Gegend schallen: Durch das zerreißende Gewölk blinkten Sterne, und vor ihm wuchsen aus der Ebene zwei Turmspitzen empor, eine Fahnenstange und schließlich ein krummes Band dunkler Flecken. Dicks Sporen klirrten, er schwang die Peitsche, und Jovita raste vorwärts. Dann ritten sie in Tuttleville ein und hielten vor der Holzterrasse des «Hotel of All Nations».

Was in jener Nacht weiterhin in Tuttleville geschah, gehört, genau genommen, nicht mehr in diese Geschichte. Es sei indessen berichtet, dass Dick seine Jovita einem verschlafenen Stallknecht anvertraute, den sie sofort mit einem unangenehmen Tritt zu Bewusstsein brachte. Dann machte er sich, vom Barkeeper des Hotels begleitet, zu einem Gang durch die schlafende Stadt auf. Nur in wenigen Schenken und Spielhöllen brannte noch Licht. Diese aber ließen die Männer links liegen und begaben sich zu einigen verschlossenen Geschäften, klopften und riefen so lange, bis die Eigentümer aus ihren Betten gekrochen kamen, die Läden öffneten und ihnen die Waren zeigten. Manchmal wurden

sie freilich mit unzarten Flüchen verjagt, aber häufiger noch hörte man ihr Anliegen mit Verständnis und Teilnahme an und beschloss die Unterredung mit einem kräftigen Trunk. Um drei Uhr hatte Dick seinen Auftrag ausgeführt und kehrte, einen kleinen Kautschukbeutel über der Schulter, in sein Hotel zurück. Dort aber lauerte ihm Beauty auf, die verführerische und redegewandte Schöne mit dem spanischen Akzent. Umsonst jedoch versuchte sie ihn ins «Excelsior» zu locken, ein Lokal, das die bergbegeisterte Jugend verschmähte und das in dieser Nacht auch von einem reiferen Sohn der Sierra abgelehnt wurde. Seine Absage an die Schöne wusste Dick jedoch durch einen gutmütigen Scherz und das Geschenk seiner letzten Goldmünze tröstlicher zu gestalten.

Jetzt saß er wieder im Sattel und galoppierte die verlassene Straße zurück und hinaus in die noch einsamere Ebene, bis allmählich die letzten Lichter, die dunkle Zeile der Häuser, die Kirchtürme und der Flaggenmast hinter ihm versanken und sich in der Nacht verloren.

Der Sturm hatte sich gelegt, die Luft war frisch und kalt, klar zeichneten sich die Konturen der vertrauten Landmarken ab. Es war halb fünf Uhr früh, als Dick das Rasthaus an der Wegkreuzung erreichte. Um die große Steigung zu vermeiden, hatte er einen Umweg gewählt, doch auf der schlechten

Straße versank Jovita bis an die Fesseln im Morast. Dies war keine sehr günstige Vorbereitung auf den bevorstehenden Aufstieg über sieben Kilometer und mehr, doch Jovita verstand es, auf den Beinen zu bleiben, und schaffte es schließlich mit ihrer gewohnten, blinden, wahnsinnigen Raserei, und eine halbe Stunde später erreichten sie wieder das offene Flachland, das den Weg zum Rattlesnake Creek freigab.

Noch eine halbe Stunde und sie würden am Fluss sein. Dick warf die Zügel lässig über den Widerrist seiner Stute, schnalzte ihr freundlich mit der Zunge und begann zu singen.

Plötzlich schreckte Jovita mit einem Satz zur Seite, der einen weniger geübten Reiter aus dem Sattel gehoben hätte. An den Zügeln hing eine Gestalt, die vom Ufer her aufgesprungen war, und gleichzeitig tauchte vor ihnen auf dem Weg ein dunkler Schatten auf: ein Reiter hoch zu Ross.

«Hände hoch!», befahl die zweite Erscheinung mit einem Fluch.

Durch den Sattel spürte Dick, wie die Stute erzitterte und scheinbar zu versinken begann. Was das zu bedeuten hatte, das wusste er und war bereit.

«Weg da, Jack Simpson», brüllte er zurück, «du meinst am Ende, ich erkenne dich nicht, du verdammter Galgenvogel. Fort da, oder...» Weiter kam er nicht. Jovita hatte sich steil auf ihre Hin-

terhand gestellt und schleuderte den Kerl, der an ihrer Trense hing, mit einem einzigen Ruck ihres Kopfes zu Boden, um dann mit tödlichem Hass das Hindernis anzugehen, das sich ihr entgegenstellte. Ein Fluch, ein Pistolenschuss, der fremde Reiter und sein Ross rollten über die Straße, und schon im nächsten Augenblick befand sich Jovita bereits ein gutes Stück vom Kampfplatz entfernt. Doch Dicks guter, rechter Arm hing, von einer Kugel getroffen, schlaff in seinem Ärmel.

Ohne an Tempo zu verlieren, nahm Dick die Zügel in die Linke. Dann musste er aber doch anhalten und den Sattelgurt, der beim Zusammenprall mit dem Gegner verrutscht war, fest anziehen. Bei seinem Zustand, der schmerzenden Verwundung, ging das nicht so schnell. Verfolger fürchtete Dick zwar keine mehr, doch als er aufblickte, sah er, dass die Sterne im Osten zu schwinden begannen, die fernen Gipfel ihre gespenstische Weiße verloren und sich nunmehr vom lichteren Himmel als dunkle Schatten abhoben. Der Tag war da. Von einem einzigen Gedanken besessen, vergaß er seine Wunde und seinen Schmerz, saß wieder auf und war wieder auf dem Wege nach dem Rattlesnake Creek. Aber Jovitas Atem ging kurz und keuchend, Dick taumelte in seinem Sattel, und heller und heller wurde der Himmel.

Reite, Richard! Laufe, Jovita! Verweile, o Tag!

Während der letzten Etappe rauschte es in den Ohren des Reiters. Ob das Erschöpfung war oder Blutverlust, er wusste es nicht. Verwirrt und schwindlig ritt er die Böschung hinab – und erkannte plötzlich die Landschaft nicht wieder. Hatte er sich verirrt, oder sollte das vor ihm wirklich der Rattlesnake Creek sein?

Er war es. Doch der rauschende Fluss, den sie vor wenigen Stunden durchquert hatten, war weiter gestiegen, war um mehr als das Doppelte breiter geworden und rollte, ein reißender Strom, zwischen ihm und dem Rattlesnake Hill dahin. Zum ersten Mal in dieser Nacht sank Dick Bullen der Mut. Der Fluss, der Berg, das Dämmerlicht im Osten, alles verschwamm vor seinen Augen. Um sich überhaupt sammeln zu können, musste er sie schließen. Da erschien vor seinem inneren Auge ein Bild: Simpsons Hütte, die kleine Kammer, der schlafende Vater am Bett seines kranken Kindes. Dick riss die Augen auf, warf den Rock ab, wurde seine Stiefel los, die Pistole und den Sattel, band seinen kostbaren Beutel fest um die Schultern, fasste Jovitas bloße Flanke mit den nackten Knien und jagte sie mit einem wilden Aufschrei in die gelben Fluten. Vom gegenüberliegenden Ufer erscholl ein Schrei, als der Kopf eines Mannes und ein Pferd einige Augenblicke lang gegen die reißende Strömung kämpften und dann mit den wirbelnden Fluten inmitten ent-

wurzelter Bäume und treibenden Schwemmholzes den Strom hinabgetragen wurden.

Der Alte fuhr aus dem Schlaf. Das Feuer im Herd war erloschen, die Kerze im Wohnzimmer flackerte, bevor sie noch ganz abbrannte. Horch, ein Klopfen an der Tür. Der Alte öffnete und fuhr mit einem Schrei zurück. Vor ihm stand eine triefend nasse, halb nackte Gestalt, die gegen den Türpfosten taumelte.

«Dick?»

«Still, ist er schon wach?»

«Nein – aber Dick?»

«Fass dich schon, du alter Esel, gib mir lieber Whisky, aber schnell!»

Der Alte war fort und gleich wieder zurück mit der Flasche – nur, dass sie leer war. Dick hätte gerne geflucht, doch es fehlte ihm dazu an Kraft. Er schwankte, musste sich an der Klinke festhalten und konnte eben nur noch den Alten herbeiwinken.

«Da, in meinem Pack, da hab ich was für Johnny. Nimm es raus, ich kann nicht.»

Der Alte band den Beutel los und legte ihn vor dem Erschöpften hin.

«Mach ihn auf, aber schnell.»

Der Alte gehorchte mit bebender Hand. Einiges armseliges Spielzeug kam zutage, billig, dürftig, weiß Gott, aber bunt bemalt und von Flitter strah-

lend. Das eine Stück war entzwei, das andere vom Wasser wohl unwiederbringlich zerstört, und auf dem dritten – ach ja, auf dem dritten zeichneten sich ein paar hässliche dunkle Flecke ab.

«Sieht nicht nach viel aus, ist wahr», meinte Dick traurig. «Aber zu mehr hat's nicht gelangt... nimm's halt, wie es ist, Alter, schieb es ihm in den Strumpf und sag ihm... ja, sag ihm... du weißt schon... Aber jetzt hilf mir, Alter, stütz mich...» Der Alte fing den Fallenden in seinen Armen auf. «Sag ihm», fuhr Dick mit einem schwachen Lächeln fort, «sag ihm, es war der Weihnachtsmann.»

So also kam an jenem Christtag der Weihnachtsmann, verschmutzt, zerfetzt, mit wirrem Haar und mit Bartstoppeln, den rechten Arm hilflos herabhängend, nach Simpsons Bar und stürzte an der Schwelle des Hauses bewusstlos zusammen. Langsam zog der Weihnachtsmorgen auf und umfing mit Rosenfingern die fernen Bergesgipfel unaussprechlich liebevoll. Und so mitfühlend blickte der junge Tag auf Simpsons Bar, dass der ganze Berg, wie bei einer guten Tat ertappt, zum Himmel hin errötete.

CAMILLO BOITO

*Weihnachtsabend**

Das ist das Manuskript meines verstorbenen Giorgio: meines armen Giorgio, dem ich Lesen und Schreiben und viele andere schöne Dinge beibrachte. Und oft schmiegte er sich als Kind an mich, auf der einen Seite, und auf der andern die Emilia selig, und sie erstickten mich fast. Ich weiß noch, wie Emilia eines Tages auf einmal sagte: «Maria, du hast ein weißes Haar», und sie wollte es mir ausreißen. Die Haare sind mein letzter Ehrgeiz gewesen. Zwanzig Jahre später saß Giorgetta, die in den Himmel eingegangen ist, ebenfalls auf meinen Knien, und mit derselben Stimme und derselben Verwunderung wie ihre Mutter sagte sie zu mir: «Maria, du hast ein schwarzes Haar», und verzog dabei das Gesicht, weil ihr meine über und über weißen Locken so gut gefielen.

Es gibt nichts an meinem Giorgio, was mir nicht lieb wäre; aber diese Handschrift, von der ich wenig

* In Italien wurde und wird nach wie vor Weihnachten am 25. Dezember gefeiert, nicht schon am Heiligen Abend.

verstehe, drückt mir das Herz ab und rührt mich zu Tränen. Nur in der Kirche finde ich Frieden, wenn ich zu Gott bete. Ich hätte meine Gesundheit, mein Leben hingegeben, um die drei lieben Kinder gesund und glücklich zu sehen, die mich verlassen haben.

(Herrn Giorgios Handschrift)

Seit einigen Tagen plagte mich der Magen. Ich konnte nicht essen. An dem Abend war ich im Gasthaus «Cavour» an der Table d'Hôte gewesen und hatte nach der Suppe aufstehen müssen. Der Saal war kalt, fast leer. Drei Deutsche seufzten bei jedem Bissen, und ein Franzose, der nicht wusste, wem er in den Ohren hätte liegen können, und darüber untröstlich war, plauderte dann und wann mit den Kellnern und meinte, er habe sich nie um Ostern, Weihnachten, Neujahr noch um anderen Weiber- und Kinderunsinn gekümmert; worauf er, froh, die Kraft und die Freiheit seines Geistes feierlich beteuert zu haben, sich über den Teller beugte.

Unterwegs sah man die rötlichen, beinah düsteren Lichter der Laternen, eins nach dem andern; doch war der dicht geronnene Nebel von einem weißfahlen Schein umflossen, der in der Nähe der Lampen heller erstrahlte und zugleich zäher wurde und nur ein Stück weit den nassen glänzenden

Gehsteig erkennen ließ, den dunklen Schatten einer Gestalt, die im Vorbeigehen mit dem Ellbogen stieß, die verschwommenen Umrisse einer Kutsche, die vorsichtig und lautlos weiterfuhr. Sonst waren die gewöhnlich von Fußgängern und Wagen so bevölkerten Straßen fast ausgestorben: Die Stille schien voller Hinterhalte. Alles wurde weit, von Geheimnis umwoben. Man verlor die Orientierung. Unvermutet stand man an einer Straßenecke, die man fernab glaubte, oder man wähnte sich bei einer Kreuzung, die man noch lange nicht erreicht hatte. Man zog durchnässt, durchfroren im Trüben dahin, mit dem Verdacht, blind und taub geworden zu sein.

Ich stolperte über die vorstehenden Stufen der Kirche San Francesco, und die Wehklage einer Frau drang aus dem Nebelbrei; dann rannte ein in Lumpen gehüllter Junge mir gegen die Beine und bat mich dabei um Geld: Er sprach von irgendwelchen Glückwünschen zu diesem Weihnachtsabend. Ich wies ihn ab, gab ihm nichts. Er ließ nicht locker: Ich drohte ihm. Ich war finster gestimmt. In der Galleria* sang ein Betrunkener torkelnd ein wüstes Lied; unter den Lauben des Domplatzes gingen zwei Polizisten gemessenen Schrittes auf und ab.

* Die zentral gelegene, 1877 erbaute Galleria Vittorio Emanuele II, ein beliebter Treffpunkt, mit zahlreichen Gaststätten und Ladengeschäften.

In den Gassen jenseits der Piazza Mercanti lichtete sich der zwischen den hohen Häusern gefangene Nebel ein wenig. Man sah die samt und sonders verriegelten Kaufläden, sogar die Türen der Wirtshäuser waren zugesperrt; aber von den Fenstern kamen da und dort seltsame fröhliche Laute. Das Glück herrschte in den Esszimmern. Ich hörte das Klirren der Gläser, die schrillen Freudenschreie, das breite, gemeine, unflätige Lachen im Chor. Es war eine Orgie; jedoch die heilige Familienorgie. Unter einem der lärmigsten Balkone blieb ich stehen und lauschte. Zuerst konnte ich nichts genau unterscheiden, doch dann gelang es mir allmählich, im Getöse der Teller und Gläser die Stimmen auseinanderzuhalten. Ein Kind rief: «Mamma, noch ein Stück Panettone»; ein anderes: «Papa, noch ein Tröpfchen Wein»; und es war mir, als erriete ich die Worte des Vaters, der Mutter und hätte den vergnügten Großvater und die lächelnde Großmutter vor Augen. Ich schlug den Kragen meines Pelzmantels hoch über die Ohren.

Ich wusste nicht, was unternehmen. Die Straßen glichen Friedhöfen, die Theater waren alle geschlossen, wegen des Feiertages fehlten die Zeitungen: Ich war allein, allein in Mailand, wo ich keine Freundin, keinen Freund, keinen Bekannten hatte: Allein auf der Welt. Ein Jahr zuvor hatte ich mich an Weihnachten, zu derselben Zeit, nach dem

Mahl im schönen Esszimmer unseres Hauses in der Via Po mit Giorgetta und ihren Kameradinnen auf dem Teppich ausgestreckt, und sie wollten, dass ich Pferdchen spiele, stiegen mir auf den Buckel und hieben auf mich ein. Und Emilia schimpfte mit mir: «Also Giorgio, schäme dich: bist dreiundzwanzig und spielst noch mit den Kindern»; und zu Giorgetta sagte sie: «Lass den Onkel in Ruhe.» Aber die Mädchen hörten nicht auf sie, tollten weiter um mich herum und schrien mir die Ohren voll mit ihrem Jubel. Da stand ich denn auf, nahm sie jedes Einzelne auf den Arm und gab ihnen die letzten übrig gebliebenen Süßigkeiten und einen Schmatz auf die Wange.

Wie lustig war es, welche Fröhlichkeit!

Der Spaziergang und der Nebel hatten mich so fürchterlich hungrig gemacht, dass es mir unheimlich wurde. Das in den vergangenen Tagen in maßlosen Dosen und durcheinander eingenommene Pepsin, das bis dahin nichts anderes vermocht hatte, als meinen Magen schlimmer denn je zu quälen, wirkte vielleicht nun schlagartig und regte seine Tätigkeit an. Ich verspürte Lust, einen ganzen Ochsen zu vertilgen; doch war ich leider seit Langem an die bösen Tücken des Magenpförtners gewöhnt. Trotzdem machte sich an dem Abend in mir die wilde Begierde bemerkbar, über die Schnur zu hauen. Sogar die Niedergeschlagenheit, der ich meistens völ-